KB036114

LADY SHERLOCK #2

벨그라비아의 음모

LADY SHERLOCK #2
A CONSPIRACY IN BELGRAVIA
벨그라비아의 음모
셰리 토마스 장편 소설
이경아 옮김
SHERRY THOMAS
READbie

이 시리즈의 든든한 조력자인 캐리에게

감사의 말

캐리 도노반, 록산느 존스, 사라 제인 폴레티, 미술 부서 그리고 버클리의 모든 직원들

최고의 작품을 위해 노력한 그들에게 감사의 말씀을 전합니다.

모든 과정을 침착하게 처리해 준 크리스틴 넬슨

하늘 아래 최고의 비평가인 재닌 발라드

고대 무술에 대한 지식을 아낌없이 공유해 준 제프 로드

만나는 모든 사람들에게 '레이디 셜록 시리즈'를 자랑하는 남편

《주홍색 여인에 관한 연구》에 열광해 주신 모든 분들

그리고 이 책을 읽고 있을 당신, 고맙습니다. 모든 것에 감사합니다.

프롤로그

'누가 봐도 확실한 살인이라니, 하느님 감사합니다.'

트레들스 경사는 이 말을 굳이 입에 담지는 않았다. 고인에게 실례가 되니까. 하지만 맥도널드 경장을 꼬리처럼 달고 시신이 발견된 집으로 향하는 동안, 이 사건에 구미가 확 당겼다.

색빌 사건으로 비정상적인 상황에 시달린 후라, 지극히 평범한 살인 사건을 대하니 오히려 마음이 평온해지고 한번 잘해 보자는 의욕이 샘솟았다. 사건 해결의 실마리를 모아야 할 수사가 기대되었다. 목격자들에게 질문할 시간이 손꼽아 기다려졌다. 핵심 증거로 쓰일 만한 진술을 모을 생각에 가슴이 두근댔다.

트레들스 경사는 다른 사람의 도움에 기댈 필요 없이 자신의 힘으로 사건의 모든 측면을 살펴보겠다고 다짐했다.

그가 도착한 동네는 께느른한 분위기에 거리는 개성이 없으며 집이 더할 나위 없이 단조로웠다. 트레들스 경사는 이 사건이 점점 더 좋아지기 시작했다. 심지어 마음 한구석에서는 어딜 봐도 그에게 딱 어울리는 사건이라고 속삭이는 목소리가 들렸다. 평범 그 자체인 사건. 지루하고 꾸준히 발품을 팔기만 하면 되는 그런 사건.

하지만 경사는 얼른 그런 생각을 마음속에서 몰아냈다. 새벽을 기다리는 한밤에나 찾아올 상념이니까. 이 순간 그의 시간과 정신은 온전히 범죄수사부의 것이다. 무엇보다 셜록 홈스가 있건 없건 그는 유능하고 뛰어난 사람이며 경찰의 귀중한 자산이라는 사실을 상관에게 보여 주어야 했다.

"저 앞에 있는 집입니다."

맥도널드 경장이 말했다.

두 사람은 런던을 둥글게 에워싸며 형성된 교외의 어느 거리라고 해도 좋을 법한 거리에 서 있었다. 쇄석을 깐 도로며 갈색 벽돌로 지은 2층이나 3층 건물들, 이쪽 끝에는 신문 판매소가, 저쪽 끝에는 선술집이 들어선 거리.

전세 마차 한 대가 옆을 지나치더니 멈춰 섰다. 어떤 남자가 내렸다.

"저분은……."

맥도널드 경장이 더듬거리며 말했다.

그랬다. 트레들스 경사가 존경하는 친구인 잉그램 경이었다. 최근 들어 '셜록 홈스'와의 친분 탓에 그 존경심이 살짝 희미해지기는 했지만 말이다.

잉그램 경은 마차 옆에 서서 어떤 숙녀가 마차에서 내리도록 손을 잡아 주었다. 아니, 숙녀가 아니다. 몰락한 여성일 뿐이다. 자신의 과거도 현재도 전혀 수치스럽게 여기지 않는 듯한 여성.

두 사람은 트레들스를 보자마자 시선을 교환하더니 경사에게 다가왔다.

"경사, 경장. 여기서 만날 줄은 몰랐군. 여기 무슨 문제라도 있나?"

잉그램 경이 말했다.

트레들스는 잉그램 경의 인사가 평소보다 조금 차갑다는 사실을 깨달았다. 턱에 단단히 힘이 들어간 모습은 트레들스가 샬럿 홈스 양의 등장을 불편해한다고 짐작하는 것 같았다. 잉그램 경은 두 사람 모두의 친구이니 이 상황을 어색하게 여기는 것은 당연했다.

한편 트레들스는 서운함을 지울 수가 없었다. 잉그램 경이 주중에 함께 어울릴 사람으로 그 대신 홈스 양을 골랐다는 사실에, 마음 깊은 곳에서부터 스며 나오는 감정이었다.

"공무라 함부로 말씀드릴 수가 없습니다."

트레들스는 불퉁하게 대답하는 자신의 태도에 짜증이 났다.

문제의 집에서 키가 크고 안색이 붉은 남자가 나오더니 큰 소리로 말했다.

"아, 트레들스 경사님. 오셨군요. 시신은 집 안에 있는데, 그리 보기 좋은 광경이 아니에요."

"더는 자네를 방해해서는 안 되겠군."

잉그램 경이 고개를 끄덕이며 덧붙였다.

"경사, 경장. 그럼 또 보세."

그와 홈스 양은 마차로 돌아갔고 이내 그 자리를 떴다. 트레들스 경사는 멀어지는 마차를 바라보았다. 자신도 연락을 받은 지 한 시간이 되지 않은 사건을 두 사람은 어떻게 알고 찾아왔는지 짐작도 되지 않았다. 하지만 그들도 이제 막 사건에 발을 들여놓으리라 짐작할 수 있었다.

그리고 그 짐작은 영 마음에 들지 않았다.

제1장

일요일

엿새 전……

이 이야기는 셜록 홈스라 불리는 뛰어난 남자의 활약상이다.

아니, 아니지. 이런 도입부는 전혀 눈에 안 띄잖아. 올리비아는 방금 쓴 문장을 종이에서 긁어내 지웠다.

지금부터 나는 공포와 복수로 얼룩진 이야기를 풀어놓고자 한다.

이번에는 좀 나은 것 같다. 적어도 아까보다는 솔깃하게 들리니까.

우리 이야기의 시작은 수십 년 전으로 거슬러 올라가 폭력과 배신의 폭발 속에서 배태되었다. 상상력을 일깨워 격류가 몰아치는 대서양을 뛰어넘어 저 광활한 신세계로 가라. 대륙의 동쪽 해안을 따라 늘어선 도시들을 지나, 문명으로 길들여진 내륙의 농장과 농지를 지나가라. 당신은 개척지의 최전선에 도착했다. 그 경계 너머의 땅은 거칠고 생존을 확신할 수 없다. 하지만 당신은 돌아가기에는 너무 멀리 왔다. 이제부터 앞으로 가는 수밖에 없다.

리비아는 펜의 끄트머리로 아랫입술을 톡톡 두드렸다. 스스로 평가를 내린다면, 글의 도입부로 썩 괜찮았다. 배경은 명확했다. 문체는 남성적이었다. 소리 내어 읽어 보니 좋은 글이 으레 그렇듯이, 단어의 운율도 듣기 좋았다.

리비아는 자신이 정말 해낼 수 있을지, 동생인 샬럿의 대활약에서 영감을 얻은 이 매혹적인 이야기를 잘 쓸 수 있을지 자문했다. 전날 샬럿은 리비아에게 그 일을 해낼 만한 능력이 충분하다고 자신감을 불어넣어 주었다. 리비아는 한숨도 잘 수 없었다. 시커먼 천장을 보고 있으니 이야기가 섬광처럼 떠올랐다. 삭막하고 험악한 풍경이 펼쳐진 가운데 높은 산으로 둘러싸인 초록의 오아시스, 몸은 지치고 힘들어도 희망을 버리지 않은 가족들을 태우고 캘리포니아로 향하는 포장마차 행렬, 박해를 두려워하고 외부인을 증오하는 의용군들이 유타주 깊은 곳에서 자행한 대학살극.

이 이야기를 완성한다면 점잖고 광범위한 독자층을 보유한 출판사에서 출간할 수도 있을 것이다. 사교계의 어느 응접실에서 아무 관심도 받지 못한 채 구석에 앉아 있는 그녀를 한 번도 대화에 끼워 주지 않았던 손님들이, 감탄에 차서 그녀의 소설을 주제로 이야기를 나눈다면 얼마나 통쾌할까.

리비아는 마음을 따뜻하게 감싸 줄 그 만족감을 상상해 보았다. 아늑하고 은은한 행복에 폭 싸인 기분이겠지.

리비아는 베이컨을 한입 베어 물고 순회 도서관에서 대출한 여행서를 읽기 시작했다. 소설에서 유타주를 정확하게 묘사하고 싶었다. 셜록 홈스의 전기 작가가 사실을 정확하게 기술하지 않으면, 위대한 탐정에 대한 독자들의 평가는 떨어질 것이다. 그런 상황은 절대 용납할 수 없었다.

문제는 리비아도 완벽한 그림을 그릴 수 없다는 것이었다. 여행서도 단편적인 정보밖에 알려 주지 않았다. 그런 점에서 사건이 벌어지는 배경은 한두 문단 정도로 적당히 묘사해 모호하게 처리하고, 대신 초점을 등장인물들의 행동에 맞춰 서술하면 괜찮을 것 같았다.

하지만 그 등장인물들을 구체적으로 어떻게 설정할지 자신도 아직 모른다는 문제가 있었다. 피해자는 여성일 것이다. 그것만큼은 확실하다. 그렇다면 몇십 년이 지난 후 범인들을 단죄하는 사람은 어떻게 그리면 좋을까? 여자여야 할까? 아니면 남자? 그리고 그 범인들, 그들은 또 어떤 사람들일까?

리비아는 마운틴 메도 학살 사건•에 대해 쓴 마크 트웨인의 글에서 복수극에 대한 영감을 처음으로 얻었다. 그 글에 따르면, 사건 후 아홉 명이 기소되었지만 재판정에 선 사람은 단 한 명뿐이

• **마운틴 메도 학살 사건** 1859년 유타 남부에서 민병대 오륙십 명이, 인디언 부족과 함께 캘리포니아로 가던 이주민 백여 명을 학살한 사건

었다. 정의의 심판을 빠져나간 나머지는 복수심에 불타는 사람에게 좋은 목표물이었을 것이다. 하지만 소설에서 목표물이 여덟이면 너무 많다. 둘이나 셋이면 적당할 것 같았다.

그렇다면 규모가 확 줄어든 살인자들의 수에 맞춰 학살의 규모도 줄어야 할까? 아니면 그들 대부분이 법의 처벌을 받았다고 하는 게 좋을까? 기록에 따르면 살아남은 사람은 일곱 살이 채 되지 않은 아이들뿐이었다. 이 아이들은 가까운 가족들이 거둬서 키웠다. 죽은 여성의 복수를 하려는 자가 그때 거둬 키운 아이라고 하면, 이 소설은 한 차원 더 복잡해지면서 입체적이 될 것이다. 혹시 일곱 살보다 더 많은, 이를테면 십 대가 그날 밤에 몰래 그곳을 빠져나가 목숨을 부지할 수 있었다고 하면 어떨까?

리비아는 관자놀이를 문질렀다. 그녀는 자신이 어떤 이야기를 쓰건 몇 쪽을 넘기지 못하는 이유가 기억났다. 이야기를 지어내려면 직접 결정해야 할 사항이 너무 많았다. 종종 리비아는 자신이 지금처럼 구속당하는 삶을 살지 않으면 좋겠다고, 스스로 선택을 내릴 여지가 더 많으면 좋겠다고 생각했다. 그런데 눈앞에 놓인 텅 빈 종이를 뚫어져라 보고 있으니, 스스로 결정을 내리고 싶어 한 사람은 언제나 동생이었다는 사실이 떠올랐다. 정작 리비아 자신은 세상이 음식을 한입 크기로 잘라서 그녀의 입맛에 맞춰 양념까지 친 후 접시에 담아 대령해 주길 바랄 뿐이었다.

그때 하녀가 마침 응접실로 들어왔다. 리비아는 공책을 탁 덮었다. 하지만 하녀는 빳빳한 신문 한 부를 탁자 위에 내려놓고 조용히 나갔다.

리비아는 자그맣게 욕설을 내뱉었다. 왜 늘 이렇게 좌불안석할까? 왜 차분하고 위엄 있게 행동하지 못할까?

그녀는 신문으로 손을 뻗었다. 더 구체적으로 말하면 신문 뒷면에 실린 짧은 광고 면을 펼쳤다. 리비아는 드러내고 연락할 수 없는 연인들 사이의 은밀한 암호를 특히 재미있게 읽었다.

그들이 사용하는 암호는 단순히 철자를 바꿔치기하는 종류로, 복잡하다고 해 봐야 알파벳을 다음 자리로 한 칸씩 옮기는 정도였다. 좀 더 정교한 암호도 있었다. 예를 들어, 며칠 전부터 등장한 광고는 이미 대체한 철자를 알파벳 순서에 맞춰 숫자로 다시 바꾸는 과정을 거쳤다.

그 광고들은 몹시 침울했는데, 버림받은 쪽이 실의에 빠져 변심한 애인에게 답장을 보내 달라고 간절히 매달리는 내용이었다.

적어도 리비아의 해석으로는 그랬다. 그녀는 발신인이 기다리는 답변을 받을 수 있을 거라고 생각하지 않았다. 그래도 매일 일방적으로 보내는 광고가 여전히 실리고 있는지 아침 신문을 펼쳐 확인하지 않고는 배길 수 없었다. 그러다가 신문에 실린 동생의 가명을 미처 못 보고 지나칠 뻔했다. 그녀는 방금 무심코 건너뛴 부분으로 황급히 시선을 돌렸다.

다락방에서 묘한 소리가 난다고요? 셜록 홈스에게 연락하세요.

올해 6월 어너러블 해링턴 색빌의 죽음으로 자칭 런던경찰청 자문이라는 셜록 홈스 씨가 주목을 끌었다. 그 사건 후 홈스 씨는 일반인들로부터 의뢰를 받기 시작했다. 그의 활약을 지켜보면 당연히 이런 의문에 도달하게 된다. 그는 거리의 남자 혹은 응접실의 숙녀들을 위해 정확히 어떤 문제를 해결해 왔는가?

S씨라는 어느 신사는 홈스 씨의 도움으로 연인으로부터 받은 생일 선물의 힌트를 풀 수 있었다고 열변을 토했다. O부인이라는 어떤 숙녀는 잃어버린 반지를 홈스 씨가 찾아 주었다고 밝혔다. 고령의 세 자매는 다락에서 들리는 묘한 소리의 비밀이 풀려 안심하고 살 수 있게 되었다고 주장했는데, 그 소리의 정체는 말을 걸고 싶었던 영혼이 보낸 모스 부호가 아니라 나무에 구멍을 내는 곤충이 평소처럼 열심히 나무를 갉는 소리였다.

홈스 씨에게 들어오는 압도적으로 사사로운 의뢰에 대한 기자의 질문에 런던경찰청 관계자는 이렇게 답했다.

"셜록 홈스가 자신의 시간을 어떻게 보내건 런던경찰청이 관여할 문제가 아닙니다."

그 관계자는 앞으로도 런던경찰청이 홈스 씨에게 도움을 요청할 것이냐는 질문에 언급을 회피하면서 현재 수사 중인 사건들 가운데 그의 조언이 필요한 사건은 없다는 사실을 강조했다.

그토록 흥미진진한 등장 뒤, 셜록 홈스의 호쾌한 약속은 어느새 집안에서 벌어지는 괴이한 현상을 규명하는 지루함 속으로 자취를 감춘 걸까? 세상을 발칵 뒤집어 놓을 살인 사건이 일어나야 잠든 데스워치 딱정벌레•가 눈을 뜰 것인가?

• **데스워치 딱정벌레** 나무를 갉아먹을 때 시계가 째깍거리는 듯한 소리가 난다고 해서 붙은 이름

그 해답은 오로지 시간이 말해 줄 것이다.

"정말 쓸모없는 기사네!"

페넬로페 레드메인 양은 그 기사를 소리 내어 끝까지 다 읽고 투덜거렸다.

"그러게 말이야."

그 집의 가장이자 페넬로페의 이모인 존 왓슨 부인이 맞장구를 쳤다.

두 사람은 식탁에 자리를 잡고 앉은 세 번째 식구인 이십 대 중반의 아가씨에게로 시선을 돌렸다. 그 아가씨는 풀을 빳빳하게 먹였고 눈처럼 하얀 아일릿 레이스로 만든 주름 옷깃이 달린 연분홍 드레스를 입고 있었는데, 윤기가 자르르한 구불구불한 금발 머리와 크고 푸른 눈, 도톰한 입술에 더할 나위 없이 잘 어울렸다. 옷깃에 사용된 레이스는 소맷동에서 삼단으로 하늘거리며 흘러내려 그녀가 갓 구운 머핀에 버터를 바를 때마다 식탁보를 이리저리 쓸었다.

그녀는 놀라운 집중력을 발휘해 버터를 발랐다. 왓슨 부인이 처음 만난 순간 알아차렸다시피, 샬럿은 음식에 매우 진지했다. 사실 보기 좋게 통통한 몸매와 언뜻 보이는 두 번째 턱만 보면 그녀가 노상 먹을 생각만 하나 보다고 경솔하게 짐작할 것이다. 실제로 샬럿은 사랑스러운 이목구비의 소유자지만 지금껏 얼굴 골격에 대해 찬사를 받은 적은 한 번도 없었다.

머핀을 한입 베어 물자 샬럿의 얼굴에 기쁨이 퍼졌다. 하지만 정작 입을 연 그녀는 차분하고 절제된 어조로 이야기를 시작했다.

"나는 그 기사가 마음에 들었어요. 기사가 등장한 시점이 절묘하잖아요. 적어도 이번 주는 광고에 돈을 쓸 필요가 없어요. 그리고 솔직히 말해서 그 기자의 주장은 우리에게 꽤 도움이 될 거예요. 집 안에서 벌어지는 기묘한 사건들이 우리 사업의 근간이니까요. 셜록 홈스가 런던경찰청의 살인 사건에 대해 조언하는 사람이라는 선입견 때문에 선뜻 의뢰할 엄두를 못 내는 남자들이 거리에 잔뜩 있어요. 응접실에도 비슷한 숙녀분들이 잔뜩 있고요. 셜록 홈스가 집 안에서 벌어지는 기기묘묘한 사건도 기꺼이 해결해 준다는 사실을 그 사람들도 이젠 알았으니 더 가벼운 마음으로 의뢰할 거예요."

샬럿은 버터를 더 많이 바를지 고민이라도 하는 것처럼 손에 든 머핀을 빤히 바라보았다. '최대 허용 턱 수'라는 표현이 왓슨 부인의 머릿속에 떠올랐다. 턱 이야기는 두 사람이 처음으로 식사를 같이 할 때 나왔는데, 샬럿이 양껏 먹을지 애석하게도 식욕을 억눌러야만 할지 판가름을 내리는 기준이 되었다.

샬럿은 아쉬운 티를 팍팍 내며 버터나이프를 내려놓았다.

"게다가 저는 가정의 기묘한 사건을 밝히는 조사를 높이 평가해요. 그런 사건은 돈도 되면서 누군가 위험에 처할 걱정도 없잖아요."

"옳소! 옳소!"

페넬로페가 유쾌하게 맞장구를 쳤다.

왓슨 부인은 입술에 힘을 꾹 주며 말했다.

"그래도 나는 싸움을 걸어오는 것 같은 기사의 논조가 마음에 들지 않아."

"대신 그 기자가 셜록 홈스의 진짜 성별을 전혀 모른다는 사실은 기뻐하셔야죠, 조 이모."

페넬로페가 고약한 기사가 실린 신문을 톡톡 두드리며 말을 이었다.

"그 기자는 셜록 홈스의 천재성이 런던 시민들의 일상적인 문제들로 낭비되고 있다고 에둘러 말하고 있어요. 셜록 홈스가 남편을 먼저 보낸 노부인들의 고민을 해결해 주러 다니는 여성이라는 사실을 알아 버렸다고 생각해 보세요. 자기가 뱉은 천재라는 말도 다시 주워 담을걸요."

샬럿이 머핀을 조금 베어 물었다. 다른 아가씨가 이렇게 먹으면 다들 몸가짐이 조신하다고 짐작하겠지만, 왓슨 부인의 눈에는 차마 더 먹을 수 없어서 머핀 하나를 최대한 오래 즐기려고 몸부림치는 것처럼 보였다.

"그럴 위험은 없어요. 설령 내가 트라팔가 광장 한가운데에 서서 즉석에서 사건을 차례차례 해결한다고 해도 사람들은 대부분, 내가 은밀한 수단을 써서 게다가 당연히 남자의 도움으로 해답을 손에 넣었다고 확신할 거예요."

샬럿이 말했다.

"그래도 자신이 거둔 성과에 합당한 대접을 받고 싶지 않아요?"

페넬로페가 물었다.

"나는 늘 내 능력을 어딘가에 써먹고 싶었어요. 그리고 그 노동으로 적절한 대가를 받고요."

샬럿이 또 머핀을 조금 깨물어 먹었다.

최근 하루아침 사이 샬럿의 신세가 달라졌다는 사실을 생각해 보면, 이런 침착함은 성숙한 인품 때문일 수도 있었다. 하지만 샬럿은 사람들이 대부분 당연하게 여기거나 습관적으로 억누르는 감정에 휘둘리지 않았다.

사실 왓슨 부인은 샬럿이 상황을 살필 때는 드레스 제작자가 고객을 요모조모 살펴보고 드레스의 재료인 실크와 벨벳 묶음을 따져 보듯이, 사람의 감정 반응들을 모아 놓은 카탈로그를 살펴본다는 인상을 받았다.

그런 반응을 계산적이라고 부르기는 애매했다……. 왓슨 부인이 떠올릴 수 있는 가장 흡사한 비유는 노인이 되어서야 비로소 영어를 배운 외국인이었다. 이 외국인은 꾸준함과 엄청난 연습을 통해서 뒤죽박죽인 언어의 통사론과 문법, 어휘를 썩 훌륭하게 익혔다. 하지만 대화는 항상 시험 같아서, 온갖 숙어와 별난 용법이 도사리고 있다가 원어민이 아닌 사람을 습격했다.

"홈스·양."

페넬로페가 열을 올리며 몸을 쑥 내밀더니 말했다.

"이제 곧 의뢰인이 밀려올 텐데, 이번 여름에 나를 써먹어 볼 생각은 없나요? 기꺼이 의뢰인을 어퍼 베이커 스트리트의 응접실로 안내하고 차를 대접할게요. 나는 집 안의 미스터리와 일상의 괴현상을 결코 경시하지 않는답니다."

왓슨 부인이 숨을 헉 들이쉬었다. 사실 페넬로페가 홈스 양에게 직접 그 문제를 꺼내기 전에 자신과 먼저 상의해 주기를 바랐다.

무엇보다 셜록 홈스가 관여한 사건은 집 안의 미스터리와 일상의 괴현상이 전부가 아니었다. 예를 들면, 마블턴 부인이 등장한 최근 사건. 그 사건에는 다락에서 나는 소리에 넋이 나갈 정도로 놀란 자그마한 노부인들은 등장하지 않았다.

"물론, 나의 야망은 셜록 홈스의 여동생을 연기하는 거예요."

페넬로페가 말을 이었다.

"내가 전문적으로 무대에 오르는 사람은 아니지만요, 어릴 때 이모를 위해 연기를 한 적도 있어요. 그때 줄리엣 연기를 꽤 실감나게 했다는 걸 이모가 증명해 주실 거예요. 사실 레이디 맥베스 연기가 훨씬 더 뛰어났죠."

샬럿이 왓슨 부인을 힐끔 바라보았다.

"이 사업에서 각자가 맡을 역할을 배정하는 사람은 왓슨 부인이세요. 어퍼 베이커 스트리트에서 조수가 필요하면 왓슨 부인이 말씀하실 거예요."

"아하, 내 계략을 꿰뚫어 봤군요. 이모를 끌어들이지 않고 은근슬쩍 끼고 싶었는데."

페넬로페가 왓슨 부인을 향해 뻔뻔하게 활짝 웃었다.

"지금 국자 하나만 달랑 들고 산을 평평하게 깎아야 한다는 걸 잘 알겠어요. 내가 헤라클레스의 과업도 해치울 만큼 근성 있는 사람이라 다행이지 뭐예요."

그녀는 왓슨 부인의 대답을 기다리지도 않고 벌떡 일어섰다.

"어서 가서 산책용 드레스로 갈아입어야겠어요. 비가 다시 쏟아지기 전에 산책하려면 다들 서둘러야 해요."

이제 방해 없이 음식에 집중하게 된 샬럿이 음식을 깨작거리는 동안 왓슨 부인은 차를 마셨다. 그녀는 마음이 영 편치 않았다. 아침에 잉그램 경이 보낸 메시지로, 둘의 거짓을 샬럿이 꿰뚫어 보았다는 사실을 알게 되었다. 그러니까 왓슨 부인이 집에서 쫓겨난 샬럿과 우연히 마주친 것이 아니라, 잉그램 경으로부터 곤란한 처지에 빠진 사람을 도와주면 좋겠다는 부탁을 받고 접근했다는 사실 말이다.

정작 샬럿은 그 일에 대해서 한 마디도 없었고, 잉그램 경도 샬럿이 먼저 말을 꺼내리라 기대하지 않았다.

잉그램 경은 이렇게 썼다.

'홈스 양은 우리에게 등을 돌리지 않을 겁니다. 특히 부인에게는 절대 그러지 않을 겁니다. 하지만 그녀의 실망감을 느꼈습니다. 인생이 그녀가 짐작한 것보다 근본적으로 더 상냥하기 때문이 아니라, 자신이 명예를 잃기 전에 맺은 친분 덕분에 재난을 피했다고 생각할 테니까요.'

잉그램 경과 달리 왓슨 부인은 샬럿을 알고 지낸 시간이 길지 않았다. 그래서인지 이 아가씨에게서 분노나 실망감을 전혀 느낄 수 없었다. 그래서 불안했다. 그녀는 샬럿을 지극히 높이 평가했으며, 설령 자신이 모르고 한 행동이라도 소외감을 느끼게 하고 싶지 않았다.

그런데 이런 이야기를 어떻게 꺼내면 좋을까? 어떻게 하면 너무 과하게 변명하는 인상을 주지 않고 샬럿에게 품고 있는 애정과 동료 의식을 전할 수 있을까?

마침내 샬럿이 머핀을 다 먹었다. 게다가 자신의 접시에 놓인 다른 음식도 전부 다 먹어 치웠다.

"부인, 괜찮으시면."

샬럿의 말투는 여느 때와 다름없이 차분했다.

"저도 옷을 갈아입고 산책 준비를 하고 올게요."

"셜록 홈스에 대한 기사 읽었어요?"

트레들스 경사의 아내가 넥타이를 매어 주며 물었다.

그는 이미 기사를 읽었다.

"아뇨, 놓쳤나 봐요. 무슨 내용이었어요?"

앨리스가 입을 꾹 다물었다.

"딱히 읽을 만한 내용은 없었어요. 셜록 홈스에게 의뢰를 하는 평범한 신사 숙녀들과 별로 선정적이지 않은 문제를 꽤 무시하는 논조였어요. 평범한 사람들은 선정적인 범죄에 인연이 별로 없다는 사실이 그렇게 나쁜 거예요?"

앨리스는 잘 묶인 넥타이 매듭을 톡톡 치며 고개를 들어 남편을 보았다. 그녀의 눈동자는 갈색보다 녹색이 더 짙은 밤색이었다.

"런던경찰청 관계자 인터뷰도 공감이 되지 않았어요. 사람들은 런던경찰청이 좀 더 고마워해야 한다고 생각할 거예요."

그 쌀쌀맞은 인터뷰를 한 관계자가 바로 트레들스 경사였다. 아내가 진실을 모른다는 사실이 더욱 그의 가슴을 아프게 파고들었다.

"런던경찰청 관계자라면 사실에 근거한 뻔한 이야기밖에 할 수 없지 않겠어요?"

그는 자신의 말투가 방어적으로 들렸는지 신경이 쓰였다. 필요 이상으로 방어적이었나? 아내의 시선에는 당혹감과 호기심이 엿보였다. 혹시 알아차린 걸까? 저 시선에 담긴 아주 희미한 그 감정은 의심일까?

"홈스 양에게 편지를 써서 그 기사가 정말 쓰레기라고 생각한다고 말해 줘야겠어요."

'안 돼요, 그런 편지는 쓰지 말아요.'

그는 그 말을 애써 삼켰다.

'그 자리를 뜰 즈음에는 그 아가씨를 다시는 우습게 여기지 못하리라는 사실을 깨달았어요.'

경사는 홈스 양과 처음 만난 날 아내에게 이렇게 고백했다. 하지만 앨리스에게 차마 진실을 밝히지 못했다. 이 세상에 셜록 홈스라는 남자는 존재하지 않으며, 단지 눈부신 지성을 소유한 여성이 있을 뿐이라는 사실을.

점잖은 사회에서는 더는 받아들여지지 않는 여성.

그렇다고 굳이 잔인하게 사실을 밝혀야 할까? 위대한 자문 탐정이 극성스러운 여인들의 세심한 보살핌을 받으며 병상에서 자신의 추리력을 발휘한다는 환상을 아내가 마음껏 즐기면 또 어떤가?

앨리스가 양손으로 그의 얼굴을 감쌌다.

"무슨 일 있어요?"

고작 몇 주 전만 해도 트레들스 경사는 자신이 이 세상에서 제일 운 좋은 남자라고 의기양양했다. 상관의 신임과 부하들의 존경을 한몸에 받았으며, 살아 있는 가장 완벽한 여성의 사랑을 독차지했다. 셜록 홈스와 직접 연락을 주고받을 수 있는 연줄, 다시 말해 그의 경력에 날개를 달아 줄 요긴한 수단마저 손에 넣었다.

사실 신은 그 부부에게 아이를 선물해 주지 않았다. 그렇지만 그는 자신이 누리는 모든 것에 감사하는 마음뿐이었다. 그런데 알고 보니 셜록 홈스는 문란한 도덕 관념을 가지고 있을 뿐더러 그것에 대해 한 점의 후회조차 하지 않는 여성이었다. 그리고 앨리스의 일도 있었다. 앨리스는 그녀의 아버지가 평생에 걸쳐 일군 큰 회사인 커즌스 매뉴팩처링을 경영하고 싶었다고 털어놓았다.

트레들스는 아내의 그런 마음을 조금도 알아차리지 못했다. 그녀는 영리하고 책도 많이 읽었다. 게다가 유능하고 조직을 관리하는 능력 또한 훌륭했다. 아무리 그렇다고 해도 야심을 품는다고? 자신의 운명을 훌쩍 넘어서는 야심을?

물론, 앨리스가 정말 커즌스 매뉴팩처링을 경영할 위험은 없었다. 앨리스 말로는 장인어른은 딸에게 회사를 물려주지 않겠다고 했다. 지금 그 회사는 아내의 오빠가 물려받았다.

하지만 아내가 품어 왔던 꿈을 알게 된 후 트레들스는 충격에서 시작해 고통과 비애까지 다양한 감정의 터널을 통과했다.

'왜 내가 도저히 줄 수 없는 것을 원하는 거예요? 왜 권력과 여성답지 않은 성취를 원하는 거죠? 그렇다면 당신은, 결국 내가 안다고 생각했던 사람도, 내가 사랑하고 존경했던 사람도 아닌 건가요?'

"아무 일 없어요."

트레들스는 이렇게 대답하고는 망설임이 아주 미묘하게 드러나는 시간이 흐른 뒤 이렇게 물었다.

"왜 그런 말을 해요?"

마치 말을 해도 될지 망설이는 것처럼 앨리스의 아랫입술 한구석에 걱정스러운 기색이 나타났다.

"요즘 당신 마음이 딴 곳에 가 있는 것 같아요."

"가끔 퇴근해서 집에 오면 피곤해서 그런가 봐요."

앨리스는 그의 기색을 잠시 살피더니 미소를 지으며 그의 볼에 입을 맞추었다.

"그렇다면 이번 안식일은 한 치의 모자람도 없는 안식의 날로 만들어요."

아내가 그의 대답을 믿는지는 알 수 없었다. 어쩌면 지금은 그냥 넘어가기로 했을지도 몰랐다.

앨리스가 화장대로 가더니 휴일용 모자를 썼다. 고딕 성당만큼이나 건축학적으로 복잡하게 공들여 만든 모자였다.

"어머, 깜박할 뻔했네. 당신이 씻는 동안 새언니한테 연락이 왔어요. 오빠가 몸이 안 좋은가 봐요. 그래서 일요일 저녁 약속을 다음 주로 미루고 싶대요."

트레들스는 현재 커즌스 매뉴팩처링을 경영하는 바너비 커즌스와 그의 아내 엘리노어에게 도무지 호감이 가지 않았다. 그 부부가 트레들스에게 느끼는 감정도 크게 다르지 않았다. 그가 존경했던 장인 모티머 커즌스 씨가 살아 있을 때만 해도 매주 일요일 교회를 다녀오면 가족이 모두 모여 저녁을 먹었다. 하지만 장인이 세상을 뜬 후에는 일요일 저녁에 함께 저녁을 드는 횟수는 점점 줄어, 이 주에 한 번에서 한 달에 한 번이 되고, 요즘은 두 달에 한 번이 되었다.

"이러다가는 넉 달에 한 번 정도로 얼굴을 보겠어요."

트레들스는 처가 식구들을 못 만나서 애석하지는 않았다. 하지만 그렇다고 해서 모욕감을 느끼지 않는 것은 아니었다.

앨리스가 모자의 꼭대기에 기다란 핀을 꽂았다. 그녀의 두 눈이 거울에 비친 남편의 눈을 바라보았다.

"나도 처음에는 그렇게 생각했어요. 지금까지 오빠네가 일요일 저녁 모임을 미루고 싶을 때는 늘 새언니가 몸이 좋지 않다고 말했어요. 바너비 오빠가 그 역할을 맡은 건 이번이 처음이에요. 그래서 그 말이 사실인지 혹시 오빠가 정말 아픈지 확인해 보고 싶어졌어요."

트레들스가 어깨를 움츠리듯 하며 재킷을 입었다.

"오빠의 병문안에 나까지 끌고 가지 않을 거죠, 그렇죠?"

"그럼요. 하지만 나는 갈 거예요. 저녁에."

앨리스가 다시 남편에게 미소를 지었다.

"경사님은 다리 쭉 펴고 푹 쉬어요."

샬럿 홈스는 제 방의 창 앞에 서서 길 건너편에 있는 리전트 공원의 싱그러운 풍경에 푹 빠졌다. 빗방울과 무성한 잎사귀로 가지가 묵직해진 채 일렬로 늘어서 있는 다 자란 나무들 너머, 얼핏 보이는 호수 주위에 옅은 안개가 떠돌았다.

샬럿은 한겨울에 쏟아지는 굵은 빗방울을 좋아했지만 한여름의 소나기도 똑같이 좋아했다. 그것도 머리 위에는 비를 막아 줄 지붕이 있고 그 지붕이 사라질 걱정으로 마음이 무겁지 않을 때의 이야기겠지만.

지금 이런 생각을 떠올리다니 묘하지만, 요즘 샬럿이 지내는 런던의 이 집은 평생 살았던 집 중에 가장 훌륭했다.

그녀의 아버지인 헨리 홈스 남작도 한때는 런던에 타운하우스를 가지고 있었다. 하지만 샬럿이 첫 번째 사교계에 나가기도 전에 벌써 팔고 없었다. 매년 샬럿의 어머니인 레이디 홈스는 팔아 버린 그 집을 애석해했다. 빌린 집이 아니라 내 집으로 갈 수 있으면 얼마나 좋을까, 하면서 말이다.

홈스 가족이 빌린 집들은 지금 왓슨 부인이 사는 동네보다 훨씬 부유한 지역에 있지만 그만큼 비싸기도 했다. 게다가 레이디 홈스가 원하는 만큼 넓은 집은 턱도 없었다. 열여섯 명 이상이 함께 식사할 수 있는 식당 방이나 제대로 갖춰진 무도회실은 꿈도 못 꾸었다. 그곳에서 춤을 추려면 응접실의 가구를 모두 치우고, 왈츠를 추겠다는 용기를 낸 신사들이 파트너를 다른 손님에게 밀어붙이지 않을 정도로 춤 솜씨가 노련하기만 바라는 것이 최선이었다.

그 집들은 전망이 좋지도 않았고 최신 설비도 없었다. 당연히 전기 설비도 갖춰지지 않았다. 전기로 말하자면, 샬럿은 아직도 조금씩 적응해 나가는 중이었다. 그녀의 부모님은 한 번도 마담 가스코뉴처럼 솜씨 좋은 요리사나 미어스 씨처럼 유능한 집사를 고용하지 않았다. 사실 샬럿은 제 방을 가져 본 적도 없었다.

샬럿은 자신이 이 모든 것을 누릴 자격이 없다는 불편한 기분을 지울 수 없었다. 직접 손에 넣은 행운이 아니라는 생각이 자꾸 들어서였다. 그녀는 지금 누리는 행운의 씨앗을 잉그램 경이 뿌렸다는 사실을 어떻게 받아들여야 할지 마음을 정할 수 없었다. 그에게 신세를 지기 싫어서 가장 절망적인 순간에도 그에게만큼은 도움을 청하지 않았는데.

그런데 이제 그에게 영원히 갚을 수 없는 빚을 지고 말았다.

세 사람이 산책에서 돌아온 직후 비가 내리기 시작했다. 산책 동안 페넬로페는 변함없이 유쾌한 태도로 왓슨 부인의 허락을 받아 내려고 공을 들였다. 왓슨 부인은 반대 의견을 굽히지 않았다. 굳이 말하자면, 샬럿은 별 수고를 들이지도 않은 채 완전한 중립을 지켰다.

포기를 모르고 졸라 대던 페넬로페가 마침내 잠시 입을 다물자 왓슨 부인은 한숨 돌릴 수 있었다. 두 사람은 교회에 있었기 때문이다. 샬럿은 집에서 도망쳐 나온 후로 한 번도 교회를 찾지 않았다. 주님은 샬럿이 당신의 집에 들어오더라도 상관하지 않으실 것이다. 예수님은 평판이 눈처럼 깨끗하지 않은 여인들도 기꺼이 받아들이셨으니. 하지만 예수님을 따르는 사람들은 그렇게까지 관대하지 않았다.

꼭 그런 이유가 아니더라도 그녀에게는 선약이 있었다. 왓슨 부인에게 알리지 않은 약속이었다.

샬럿은 우산을 든 채 어퍼 베이커 스트리트 18번지로 향했다. 그 집은 왓슨 부인의 소유로 원래 세를 주던 곳이었다. 최근에는 가공의 인물 셜록 홈스의 거처가 되었다. 셜록 홈스는 수수께끼 같은 어떤 병에 걸려 누워서 지내는 중이다. 평범한 방식으로는 의사소통을 할 수 없어서, 의뢰인은 그의 여동생을 거쳐야만 무시무시할 정도로 신통한 그의 통찰력을 전달받을 수 있었다.

가끔 왓슨 부인이 여동생으로 나서기도 했지만, 대체로 그 역할은 샬럿의 몫이었다.

어퍼 베이커 스트리트 18번지의 응접실은 꽤 넓었으며 벽난로 주위에 편안한 의자들이 놓여 있었다. 실내에는 위스키와 담배 냄새가 맴돌았지만, 남성이 산다고 짐작할 정도로 은은할 뿐 술집이나 여관을 떠올릴 정도는 아니었다. 장뇌와 아마인유처럼 요양 환자가 머무르는 곳의 냄새도 났다. 그리고 이 모든 냄새들 사이로 꽃향기가 감돌았다. 내닫이창의 창가에 언제나 싱싱한 꽃들이 만발해 있는 덕이었다.

정각 열한 시, 초인종이 울렸다. 동생처럼 밴크로프트 경도 칼같이 시간을 지켰다. 얼마 되지 않는 형제의 닮은 점이었다.

"좋아 보이는군요, 홈스 양."

샬럿이 안내한 의자에 앉으며 인사를 건네다가 밴크로프트 경은 살짝 놀란 듯했다.

샬럿은 그가 도착할 시간에 맞춰서 알코올램프로 물을 끓였다. 이제 찻주전자를 데우고 첫 잎을 따 만든 홍차를 두 숟가락 넣어 우리기 시작했다.

"고맙습니다."

여러 면에서 그는 동생과 완전히 반대였다. 잉그램 경이 사람을 끄는 육체적인 매력을 뿜어낸다면, 밴크로프트 경은 카리스마가 전혀 느껴지지 않았다. 그런데도 쉽게 잊히기는커녕, 사교 파티에서 밴크로프트 경의 옆에 앉은 사람들은 어느새 혼이 쏙 빠진다는 평이 사교계의 공통된 의견이었다.

밴크로프트 경의 '담백함'은 인간적 온기의 부재와 대화에서 보이는 끈질긴 태도, 매사에 적용하는 회의주의가 낳은 결실이었다. 언젠가 리비아가 그와 저녁을 먹은 적이 있었다. 리비아는 몇 시간이나 그의 질문에 대답해야 했는데, 실질적으로 없는 것이나 다름없는 홈스가의 교육 수준이며 홈스가가 사는 자치 지역의 의회 선거에 대한 시시콜콜한 사정까지 온갖 질문에 시달렸다. 그러고는 헨리 경이 공직에 출마하려다 실패한 사연까지 털어놓아야 했다. 밴크로프트 경은 리비아에게 사실에 대한 그녀의 의견을 입증하라고 요구했으며, 매번 반대 의견을 옹호하며 정반대의 의견을 받아들이지 않는 이유가 무엇인지 캐물었다.

원래 자신감이라고는 없는 리비아는 그날 눈물 바람으로 돌아와 자신은 살아 있는 생명체 중 가장 아둔하고 무식하다며 한탄을 했다.

밴크로프트 경이 사교계에서 그렇게 행동하는 이유는 악의가 아니라 그것이 자신의 의무라고 생각하기 때문이었다. 사람이 모이면 대화가 이어져야 하며 그라도 그렇게 만들어야 한다고 생각했다. 그렇지만 그는 관심사가 거의 없고 취미는 아예 없었다. 책과 신문에서 사람들이 무엇을 배워야 하는지 말해 주고 싶어 하지도 않았다. 사교계에 막 데뷔한 아가씨들에게 그가 정부(政府)를 대신해 은밀하게 처리하는 일을 떠벌일 수도 없는 노릇이었다.

그래서 그는 사교 활동에서 마주친 사람들에게 남자건 여자건 똑같은 질문을 퍼부었다. 샬럿은 그와 마주친 신사들이, 그를 헐뜯는 소리를 들었다. 그도 그럴 것이 밴크로프트 경은 그 신사들에게 재산 관리부터 교우 관계, 키우는 말 등에 대해 온갖 정보를 신문하듯 알아냈다. 그들 역시 리비아처럼, 미성숙하고 무능한 인간이 된 것 같았으리라.

반면 샬럿은 밴크로프트 경과 편하게 어울렸다. 그녀는 자신의 의견에 근거를 제시했지만 그 의견을 특별히 고집하지 않았다. 의견이란 자고로 변할 수 있다고 믿기 때문이었다. 상대의 비위를 맞추려는 욕망도 없고 좋은 인상을 줘야 할 필요도 느끼지 않았으므로, 그가 던진 질문에 모두 대답했고 마침내 그에게 질문거리가 떨어지면 샬럿은 기꺼운 마음으로 조용하게 음식을 들었다.

샬럿이 이번에도 환상적인 파운드케이크 한 조각을 깨작거리는 동안 밴크로프트 경은 응접실을 둘러보았다.

"아늑하게 꾸며 놓았군요. 그리고 이 파운드케이크는 아주 훌륭해요."

마침내 그가 말했다.

"고맙습니다."

샬럿이 관찰한 바에 따르면, 특히 여자들은 더 그렇지만, 사람들은 대체로 칭찬을 들으면 그 칭찬을 받기 위해 자신이 무엇을 했거나 하지 않았는지 시시콜콜 밝히려 들었다. 그렇지만 밴크로프트 경과 대화를 계속하려면 간결하고 단순하게 대답해야 했다. 안 그랬다가는 진작 사망한 목수와 가구 장인들이 작성한 증명서를 보여서 응접실 의자의 소장 이력을 입증하거나, 그 의자들이 리즈에서 제작된 저렴한 복제품이라고 인정해야만 했다.

그런데 이번만큼은 샬럿도 온 세상의 찬사를 받을 만한 이 파운드케이크에 대해 슬쩍 한마디 덧붙이고 싶었다. 그녀는 찻주전자 옆부분을 살짝 만져서 차의 온도를 가늠했다.

"셜록 홈스에게 용건이 있으시다고요?"

"내가 그 메시지에 그렇게 썼던가요? 아뇨, 나는 당신을 만나러 왔습니다, 홈스 양."

전날 밤 밴크로프트 경의 메시지를 전하러 온 잉그램 경은 반쯤은 농담처럼 이렇게 말했다.

'이날이 올까 늘 걱정했어. 밴크로프트가 당신의 재능을 알아차리는 날.'

반면 샬럿은 그런 생각이 들지 않았다. 밴크로프트 경은 자신의 문제를 직접 해결하는 데 익숙했다. 트레들스 경사와는 비교도 안 될 방대한 자원도 있었다. 무엇보다 그가 여성이 생물학적 기능 외에도 달리 유용한 면이 있다고 생각할 리 만무했다.

그의 어조에서 자신만만함과 망설임이 기묘하게 뒤섞인 감정이 느껴지자, 샬럿의 의심은 확신으로 굳어 갔다. 하지만 그녀는 맞잡은 두 손을 다리 위에 내려놓았다.

"그러신가요?"

"당신이 집을 나간 후 우리 모두 몹시 놀랐답니다."

그가 본론으로 들어갔다.

"무탈하게 잘 지내시는 모습을 보니 마음이 놓이는군요."

밴크로프트 경이 샬럿을 바라보았다. 샬럿은 잔에 차를 따랐다.

"제 기억이 정확하다면 설탕은 안 넣으시죠."

"맞습니다."

샬럿은 자신의 홍차에 설탕과 크림을 넣으면서 평소처럼 아무 감정도 드러나지 않는 표정으로 그를 빤히 바라보았다. 왜인지 모르겠지만 그런 표정은 뭔가 달콤한 기대에 찬 표정으로 오해를 일으키기 일쑤였다.

밴크로프트 경은 차를 한 모금 마셨다.

"하지만 당신의 처지는 여전히 몹시 불안정하죠."

샬럿이 말없이 차를 저었다.

"당신이 포트먼 광장 근처에 있는 그 집에 다녀가셨다고 애시에게 들었습니다."

애시는 가까운 사람들이 잉그램 경을 부르는 애칭이었다. 최근에 어퍼 베이커 스트리트 18번지가 주거 침입자들로 한바탕 몸살을 앓았을 때, 잉그램 경과 샬럿은 밴크로프트 경이 말한 그 집에서 트레들스 경사와 만난 적이 있었다.

"네, 그랬어요."

"당신이 그 집에 좋은 인상을 받았다는 말도 애시에게 전해 들었죠."

그 집은 그녀가 본 집들 중에 가장…… 생기발랄했는데, 엉망진창인 색채 감각과 한껏 살린 자유분방함이 결합된 결과였다. 아마도 주황색과 푸른색이 뒤섞인 쿠션을 여섯 개 정도 배치해 과도한 분위기를 누그러뜨렸다면 샬럿의 마음에 쏙 들었을 것이다.

"실내 장식에 마음이 드는 부분이 많더군요."

그곳은 현란한 난장판이었고, 샬럿은 그런 난장판을 좋아했다.

"그곳에서 우리가 남편과 아내로 사는 날을 기대한 적이 있었죠."

'슬슬 시작하는군.'

이제부터 그는 그 집에서 자신의 정부로 같이 살자고 제안할 참이 분명했다.

"나는 아직도 그 희망을 버리지 않았습니다."

샬럿의 찻잔이 입가에서 그대로 멈췄다. 샬럿은 잔을 아예 내려놓아야 했다. 지금 제대로 들은 걸까?

"밴크로프트 경, 저는 이제 신붓감이 될 수 없어요."

"사교계에서는 더는 환영받지 못하겠지만 당신의 정신은 멀쩡합니다. 교회가 당신이 결혼할 자격이 없다고 볼 이유는 없지요."

'결혼.'

샬럿은 여간해서는 놀라지 않았다. 하지만 밴크로프트 경의 말에 샬럿은 아연실색할 뻔했다.

"정말 친절하시군요. 어쨌든 저는 결혼에 맞지 않습니다."

"하지만 내게는 어울리는 사람이죠. 앞으로 나를 아무도 초대하지 않을 테니 나는 행복할 겁니다. 당신이 훌륭한 구실이 될 테니까요. 다시는 잡담 따위를 하지 않아도 된다면 얼마나 기쁘겠습니까. 우리는 기질이 같은 사람들이라는 생각이 들더군요. 나는 늘 바쁠 테고 집을 비우는 시간이 많을 겁니다. 대체로 신부는 이런 신랑을 바라지 않겠지만, 당신이라면 이 결혼의 장점이 하나 더 늘었다고 여길 겁니다, 분명히."

그에게 어떤 단점이 있건, 영리하고 솔직한 남자임에는 틀림이 없었다.

“나는 부자는 아니지만 아내를 안락하게 부양할 능력은 있어요. 나와 결혼을 한들 추락한 명예를 완전히 회복할 수는 없을 겁니다. 하지만 적어도 당신의 가족은 당신을 다시 받아 주겠죠. 그건 아주 중요한 일입니다.”

샬럿은 청혼을 받고 감사하는 날이 올 줄은 몰랐다. 남자들이 결혼을 맹세하는 마음이 순수하다고 생각하지 않았기 때문이다. 설령 그게 사실이라고 해도 그녀는 이 순간만큼은 이성이 아니라 감성을 근거로 이 특별한 결합을 긍정적으로 고려하고 싶은 마음이 들었다.

그녀는 고개를 살짝 흔든 후 현실로 되돌아왔다.

“경의 마음 씀씀이에 정말 감동했습니다. 하지만 결혼을 하면 셜록 홈스의 일은 물론이고 왓슨 부인과의 우정도 포기하라고 요구하시겠죠.”

“왓슨 부인과 관계를 끊을 필요까지는 없을 겁니다. 부인은 제 아버님과 친분이 있었죠. 애시는 부인과 아주 잘 지내고 나조차 때때로 그 부인과 만날 일이 있었습니다. 왓슨 부인은 양식이 있는 여성이라, 자신의 이익을 위해 당신의 처지를 이용할 분은 아니죠. 은밀하게 만난다면 결혼 후에도 당신과 왓슨 부인이 만나서는 안 될 이유가 보이지 않는군요.

셜록 홈스 사업에 관해서는, 왓슨 부인이 그 사업에 투자했다는 사실을 압니다. 부인이 최초 투자금을 충분히 회수하지 못했다고 여기신다면 결혼 지참금의 일부로 기꺼이 부인에게 그 금액을 보상해 드릴 생각입니다."

다시 말해서 샬럿은 결혼 후 자문 탐정 셜록 홈스로 활약해서는 안 된다는 뜻이었다.

"저를 생각해 주시는 마음에 정말 감사드립니다, 뱅크로프트 경."

바로 그때 '고맙지만 사양할게요.'라는 대답을 사전에 차단하려는 듯 뱅크로프트 경이 손가락 하나를 들었다.

"대신 당신이 머리를 쓰는 일에서 즐거움을 느낀다는 사실을 고려해, 앞으로 머리를 쓸 소일거리를 기꺼이 제공해 드리겠습니다. 어차피 나는 정기적으로 그런 문제와 마주치고 있으니까요."

그가 가져온 가죽 서류 가방을 열고 얇은 서류철을 꺼내 샬럿 앞에 내려놓았다.

"내 책상까지 오는 문제들에 비하면 이 정도는 아주 미미한 양입니다. 시간이 날 때 한번 검토해 보세요."

이 말을 끝으로 뱅크로프트 경은 일어나 그곳을 떠났다.

제2장

샬럿과 리비아는 삶을 바라보는 태도가 매우 달랐다.

리비아는 현실이든 상상이든, 세상 모든 일을 왜곡하는 렌즈로 바라보았다. 티파티에서 자리를 고르는 것부터 안주인이 포크를 빠트리고 테이블을 차렸다면 그 사실을 알려 주어야 할지 말지까지, 그녀의 침울하고 왕성한 상상력은 치명적인 실수를 범해 행복하고 안온한 삶을 살 기회가 사라지고 마는 시나리오를 어김없이 만들어 냈다. 리비아에게 선택은 언제나 고통의 순간이며 매주 하루하루가 유사(流沙)와 수렁의 나날이었다.

샬럿은 상상력에 기대는 일이 거의 없었다. 관찰이 훨씬 나은 결과로 이어지기 때문이다. 게다가 이 세상을 구성하는 부품은 끊임없이 움직이고 그 수 또한 셀 수 없이 많으므로, 샬럿은 자신의 개인적인 삶에서 복잡한 결정을 내릴 이유를 찾을 수 없었다. 게다가 선택은 대체로 양자택일 아닌가. 머핀에 버터를 더 바를까 말까. 가출을 할까 말까. 청혼을 받아들일까 말까.

항상 쉬울 리는 없지만 어쨌든 단순했다.

하지만 밴크로프트 경에게 청혼을 받고…… 그녀는 난생처음 비유클리드 기하학을 마주한 태평한 학생이 된 것 같았다.

샬럿의 결혼은 가족에게 큰 도움이 될 것이다. 그녀의 부모님은 도무지 만족을 모르는 결함투성이들이었다. 그렇다고 해도 샬럿이 사교계의 추방자로 계속 남아 있다면, 지금은 물론 앞으로도 두 사람은 불행해질 것이다. 부모님은 우월감에 찬 허울에 필사적으로 매달렸다. 그 허울이 아무리 알량해도 부모님은 남들에게 본 모습을 보이느니 영원히 가식적인 모습으로 남고 싶어 했다. 애정 없는 결혼에서 아무것도 이룩하지 못한 채 재정 상황은 파탄에 이르렀고, 위안과 도움을 기대할 수 있는 자식이라고는 없는 중년 부부.

홈스가의 장녀인 헨리에타는 신혼여행에서 돌아오기도 전부터 이미 자신의 가족과 거리를 두기 시작했다. 차녀인 버나딘은 자신을 돌볼 수 없는 상태였다. 리비아는 제 부모를 경멸했다. 그리고 샬럿은 문란한 행동으로 추문을 일으켜 명예를 더럽히며 그들에게 최악의 타격을 가했다.

샬럿이 부분적이나마 자신의 명예를 회복할 수 있다면 부모님은 다시 고개를 들고 다닐 수 있을 것이다. 설령 그 정도는 아니라 해도 과도한 수치심을 껴안지 않은 채 살 수 있었다.

그리고 부모님만의 문제가 아니었다. 샬럿의 추문으로 리비아도 번듯한 결혼을 하기 어려워졌다. 정작 리비아는 그런 생각을 비웃으며 자신의 앞을 가로막는 가장 큰 장애물은 바로 자신이라고 했지만 말이다. 리비아의 생각이 어떻든 샬럿은 그렇게 태평하게만 생각할 수 없었다.

무엇보다 밴크로프트 경과 결혼하면 리비아에게 살 곳을 마련해 줄 수 있었다. 그러면 리비아도 매일같이 부모님의 멸시를 견디지 않아도 되리라. 가능하다면 버나딘도 데리고 나오고 싶었다. 아무리 생각해도 지금 살고 있는 집안 분위기가 버나딘의 행복에 도움이 될 것 같지 않았다.

반면, 밴크로프트 경과 결혼하면 그녀는 잉그램 경의 형수가 된다. 걱정에 일가견이 있는 리비아의 상상력조차 결혼 후 벌어질 상황을 다 예측하기는 무리일 것이 분명했다. 뿐만 아니라, 밴크로프트 경은 샬럿에게 갓 시작한 사업마저 관두라고 종용했다. 샬럿은 자문 탐정으로 버는 수입이 꽤 소중했다.

샬럿은 파운드케이크를 한입 더 베어 물었다. 쉽게 결정을 내리기 힘든 딜레마를 앞두고 있으니 버터가 듬뿍 들어간 진한 풍미의 위안거리에 한층 군침이 돌았다.

밴크로프트 경을 설득해 일 년에 5백 파운드를 받아낸다면……그 돈은 그녀만의 수입이 될 것이다. 그 정도면 리비아와 버나딘을 돌보기에 충분하다. 물론, 왓슨 부인과도 여전히 만날 수 있다. 그가 정말로 음모와 흥미가 가미된 사건을 샘솟듯 가져와 주기만 한다면…….

샬럿은 그가 두고 간 서류철을 집어 들었다.

그 안에는 봉투가 여섯 개 들어 있었다. 샬럿은 첫 번째 봉투의

봉인을 뜯고 안에 든 서류를 꺼냈다.

18××년, 아내가 출산 중 사망해 젊은 나이에 홀아비가 된 미스터 W.가 마드라스 프레지던시•로 부임하기 위해 인도로 떠났다. 부임지에 도착한 지 몇 주 후, 그는 어느 오후 티파티에 참석했다. 우기가 시작되어 그 전보다 훨씬 시원해졌는데도, 무더위에 녹초가 되고 말았다. 그는 베란다에 앉아 눈을 감고 낮잠을 청했다.

파티가 끝났다. 가족이 저녁을 들기 위해 옷을 갈아입자 하인은 안주인에게 손님이 여전히 베란다에서 잠에 곯아떨어져 있다고 알렸다. 그를 깨우러 간 안주인은 미스터 W.가 이미 숨이 멎었다는 사실에 기절초풍했다.

미스터 W.는 권력이나 권위, 부와는 아무 연관이 없었다. 그를 제거하거나 더 정확히 말해 그와 공모하면 현저한 이득을 볼 만한 지위에 있는 사람도 아니었다. 사생활에서도 그는 소심하고 말썽을 싫어하는 사람으로 알려져 있었다. 범죄 성향도 없고 문제가 될 만한 문란한 행동도 하지 않았다.

미스터 W.는 어떻게 그리고 왜 죽었을까?

인도. 우기. 대답은 너무나 빤했다.

샬럿은 봉투 안을 더 뒤져서 겉면에 '힌트'라고 써서 접어 놓은 쪽지와 '정답'이라고 적힌 더 작은 봉투를 찾았다.

• **마드라스 프레지던시** 영국령 인도의 행정 구역. 마드라스 외에 벵골과 뭄바이에 있었다.

힌트는 이랬다. '미스터 W.의 죽음은 사고사로 발표되었다.'
역시, 짐작대로였다. 샬럿이 '정답' 봉투를 열었다.

미스터 W.의 시신을 검시한 의사는 고인의 손목에서 작은 구멍 자국을 발견했다. 커먼 크레이트는 인도에 사는 매우 치명적인 독사로, 우기에는 몸을 말리기 위해 인가로 들어오기도 한다. 미스터 W.는 잠이 든 채 그 뱀에 물려 두 번 다시 깨어나지 못한 첫 번째 사람도 아니었으며 마지막 사람도 아닐 것이다.

역시 독사에 물린 탓이었다. 그녀는 서류와 타자를 친 글자를 찬찬히 검토했다. 오래전 사건일 수도 있겠지만, 수수께끼로 사건을 재구성한 것은 최근이었다. 그리고 아주 꼼꼼했다.

분명 밴크로프트의 솜씨는 아닐 것이다. 그는 너무 바빠서 이런 일까지 할 틈은 없을 테니까. 그의 부하이자 문서 보관소에 접근할 권리가 있는 자. 밴크로프트의 지시 사항은 무엇이었을까? '그곳에 가서 사건의 최초 기록을 몇 가지 가져오게.'

샬럿은 고개를 가로저었다. 그건 밴크로프트에게 공정한 추론이 아니다. 밴크로프트는 실제 상황을 다루었다. 그리고 실제 상황이 음모가 물씬 풍기는 수수께끼로 일부러 가공됐을 리도 없다. 퍼즐을 만드는 과정은 일종의 기술이라는 사실을 잊어서는 안 된다. 사전에 이 기술을 활용해 본 경험도 없고 샬럿 홈스를 만난 적은 더더욱 없는 그의 부하가, 최고 수준의 수수께끼 요소를 갖춘 미스터 W.의 변사 사건을 있는 그대로 검토했을 뿐이리라.

샬럿이 다음 봉투를 열었다.

18××년 1월 마지막 일요일. S 가족은 예배에 참석하지 않았다. 미스터 S는 노동자였고, 미시즈 S는 가정주부로 세탁 일을 맡아 했다. 그 가족은 가난했지만 신앙심이 깊었다. 이웃은 이 가족이 모두 병이라도 났을까 걱정스러워 예배가 끝나자 그 집을 찾아가 문을 두드렸다. 아무도 대답하지 않았다.
마침내 이웃이 집 안으로 들어가 보니 부부와 세 아이 모두 침대에 죽어 있었다.
사인은 무엇이었을까?

S 가족은 어디에 살았을까? 영국이라면 좀 더 고민을 해야겠지만, 대륙이라면…….
이번 사건에도 힌트가 딸려 있었는데, 'S 가족은 독일 민덴에 살았다.'고 적혀 있었다.
힌트는 그들이 일산화탄소 중독으로 사망했다고 말해 주었다.

그 사건 현장은 어느 주택이었다. 그 주택은 폐광 위에 세운 주택들 가운데 가장 끄트머리 집이었다. 그 집에 사는 가족 다섯 명과 고양이 두 마리, 새장 안 명금이 하룻밤 만에 다 목숨을 잃었다. 그 집 맞은편 집도 똑같이 끄트머리에 있었는데, 그 집에 사는 식구들도 중독이 되었다. 그러나 밤새 그 집에서 키우는 동물들만 죽고 사람들은 살아남았다.

가설에 따르면, 폐광에서 올라온 유독 가스가 지하실의 흙바닥으로 스며들어 위로 올라왔다. 지하실에는 외부로 난 문이 있으나 두 집의 경우, 사건이 일어나기 몇 주 전부터 문이 줄곧 닫혀 있었다. 겨울이어서 외풍이 들어올까 문을 닫아 두었던 것이다. 경찰의 질문에 이웃들은 두 가족이 한동안 두통과 울렁거림을 호소했다고 기억했다. 결국 이 사건은 운의 문제로 밝혀졌다. 동일한 조건, 동일한 위험이었지만, 한 가족은 죽었고 한 가족은 살아남았다.

샬럿은 단순히 스토브를 쓰면서 환기를 충분히 하지 않았기 때문에 일어난 사건이라고 짐작했다. 대륙에서 사용하는 석탄은 그 성분 때문에 태울 때 산소가 부족하면 부산물로 일산화탄소를 방출할 가능성이 높았다.

그래서…… '살짝' 더 흥미가 돋았지만, 그녀의 뇌를 자극하기에는 부족했다.

샬럿은 다음 봉투를 집었다가 내려놓았다. 그녀가 받은 봉투는 고작 여섯 개뿐이었다. 한 번에 모든 수수께끼를 다 풀어 버리면 무슨 재미가 있겠는가.

대신 내닫이창으로 다가가 창가에 놓아둔 얇은 책을 집었다. 십대 시절 잉그램 경이 삼촌의 영지에 있는 로마 빌라 유적지를 탐험하며 보낸 나날을 기록한 《로마 유적지에서 보낸 여름》이었다. 이 책에는 두 사람이 처음으로 키스하게 된 사건이 모호하게 기록되어 있지만, 그녀의 존재를 암시하는 부분은 또 있었다.

가령 이런 대목.

어느 날 나는 돌로 된 유물을 발굴했다. 폭은 약 90센티미터였고 두께는 족히 25센티미터는 되었으며, 손잡이처럼 생겼지만 손잡이치고는 너무 짧은 돌출부만 아니라면 완벽한 원반 모양이었다.

유물의 표면을 덮은 흙을 털어 내니 이 커다란 원반의 가장자리에 난 홈과 돌출된 부분의 한가운데에 곧게 뚫린 구멍이 보였다. 처음에는 맷돌이라고 짐작했지만, 홈을 보니 아닌 것 같았다.

이 유물의 쓰임새를 몰라 어리둥절해 있는데, 책을 더 많이 읽은 누군가가 비드•의 저작물인 《교회사》 한 부를 가져와 고대의 포도밭을 기술한 대목을 보여 주었다. 그것은 포도를 압착하는 도구였다. 그리고 돌출된 부분은 포도즙을 용기로 따르는 주둥이였다.

이 지역에 포도라고?

그는 눈살을 찌푸렸다.

그녀는 비드가 브리튼의 각지에서 자라는 포도 덩굴을 묘사한 부분이 나오는 정확한 문단을 찾아 보여 주었다.

그 포도원들은 다 어떻게 된 거야?

기후나 토양이 포도를 키우기에 적합하지 않게 변했겠지. 아니면 전염병이 돌아서 포도나무 키우는 법을 아는 사람들이 다 죽었거나. 그도 아니면 프랑스 와인이 더 싸고 맛도 좋으니까 포도나무를 뽑아 버리고 더 이득이 되는 작물을 키우는 편이 합리적이었을지도 모르고.

• **비드** 잉글랜드 종교사를 쓴 수도사

그는 한동안 아무 말도 없었다.

내 대부님은 보르도에 포도원을 몇 군데 가지고 있어. 나도 그 포도원들에 가 봤어. 이 지역에 그런 근사한 풍경이 펼쳐져 있었다니 상상이 안 돼.
프랑스에 있을 때 케이크 가게에 자주 다녔어?
그런 생각도 안 했어. 단 걸 좋아하지 않거든.

그가 그녀를 힐끔 바라보았다.

너는 프랑스 빵을 좋아하니?
엄밀히 말해서 그 빵에 대한 묘사를 좋아하는 거지. 크루아상이라든가 밀푀유라든가 크림 퍼프 같은 걸 못 먹어 봤거든.
내가 파리에 있는 케이크 가게를 다 들른다고 해도 네가 그 케이크를 못 먹는 건 마찬가지잖아.
그래도 네가 그것들을 설명해 줄 수는 있겠지.
크루아상은 먹어 봤어. 나쁘지 않더라. 하지만 구체적으로 어떤 맛인지는 잊어버렸어.

그녀는 한숨을 쉬며 책을 다시 집었다.
그 대화를 나눈 지 이틀 후 방에 들어가니 그곳에는 크루아상과 밀푀유, 크림 퍼프가 든 상자가 있었다.
두 사람은 아무도 그 빵들에 대한 이야기를 꺼내지 않았지만,

그 대목의 다음 단락에는 이렇게 적혀 있었다.

나는 책을 별로 좋아하지 않았다. 그보다는 스포츠와 직접 몸을 써서 발굴하는 편을 더 좋아했다. 하지만 그 순간 무지가 내게 도움이 되지 않으리라는 사실을 깨달았다. 그리고 고고학에 대한 열의를 계속 이어 나가고 싶다면 오래전 세상을 떠난 사람들이 남긴 유물이 들려주는 이야기뿐 아니라 도서관의 선반에서 전해지는 역사도 공부해야 한다는 사실을 깨달았다.

샬럿은 책을 살며시 덮었다.

역시, 샬럿은 그와 결혼하고 싶지 않았다. 어차피 결혼 생활과는 맞지도 않고. 하지만 그도 다른 사람과 결혼하지 않기를 바랐다.

결혼 전 알렉산드라 그레빌이었던 여자와 결혼하지 않기를 바랐다.

초인종이 울렸다. 샬럿이 고개를 들었다. 아직 왓슨 부인과 레드메인 양이 교회에서 돌아온 시간이 아니었다. 뱅크로프트 경은 잊고 간 물건이 없었다. 그날은 의뢰인의 예약도 없었다. 도대체 누굴까?

문으로 나가 보니 배달원이 봉투를 하나 들고 서 있었다. 그는 정중하게 고개를 숙였다.

"셜록 홈스 씨에게 편지를 가져왔습니다."

"내가 대신 받을게요."

배달원은 쓰고 있는 모자를 살짝 들어 인사를 한 후 돌아갔다.

그 봉투는 바삭바삭하지만 튼튼한 리넨지로 만들었는데 무게와 질감이 익숙했다. 봉투 앞면에 적힌 이름과 주소를 친 타자기도 누구의 것인지 짐작이 되었다. 타자기도 오래 사용하면 손글씨처럼 필적을 구별할 수 있다.

잉그램 경. 두 사람은 전날 저녁에 단둘이 이야기를 나누었다. 얼마나 급한 일이기에 바로 다음 날 배달원을 시켜 편지를 보낸 걸까?

친애하는 홈스 씨,

편히 쉬고 계실 오후 시간을 방해해 죄송합니다만, 저는 귀하의 도움이 절실합니다. 오늘 오후 네 시에 저를 만나 주시기를 간곡히 청합니다.

핀치 부인

편지의 필체는 잉그램 경의 것이 아니었다. 샬럿이 알고 있는 필적 위조 기술은 모두 달필가인 잉그램 경에게 배웠는데, 그가 고안한 필체도 아니었다.

등골이 따끔거리는 기분이 들었다. 잉그램 경의 집에는 서재에 있는 타자기와 런던 최고의 문구점에 주문한 봉투를 합법적으로 쓸 수 있는 사람이 한 명 더 있다.

그의 아내.

"아빠, 밤새도록 춤췄어요?"

잉그램 경의 딸인 루신다가 물었다.

그는 딸의 질문이 재미있어서 빙그레 웃었다.

"아니란다, 아빠는 밤의 반만 춤을 췄어. 밤새 추지는 않아."

교회에서 돌아온 부녀는 지금 아이 방에서 함께 시간을 보내는 중이었고, 잠시 후 저녁을 함께 들 계획이었다. 루신다의 동생인 칼라일은 상자에 가득 든 나무 블록을 가지고 신나게 노는 중이었다. 루신다도 칼라일만큼 그 블록을 좋아했지만, 지금은 직접 돌보는 화분 관찰부터 끝내고 싶었다.

아이 방의 창문은 세 개인데, 창턱마다 자그마한 토분 여러 개가 오밀조밀하게 놓여 있고 다양한 품종의 묘목 열두 그루가 자라고 있었다. 루신다는 지난주 내내 그 묘목들을 관찰해서 키를 측정하고, 잎의 개수를 세고, 묘목마다 어떤 성장 단계에 있는지 더 잘 보려고 공책에 그림까지 그려 두었다.

루신다는 해바라기 묘목에 난 잎의 개수를 기록했다.

"왜 밤새 춤을 추지 않았어요?"

"왜냐하면 무도회도, 춤도 그렇게 오랫동안 할 수가 없거든. 보통 새벽 세 시가 되면 아무리 춤을 좋아하는 사람이라도 잠자리에 들고 싶어 해."

루신다는 마지막 실험 대상인 또 다른 해바라기 묘목에 난 잎사귀를 헤아렸다.

"나는 아침까지 춤을 춰 보고 싶어요. 야머스 양이 그랬는데, 결혼하면 그럴 수 있대요. 결혼만 하면 내가 하고 싶은 건 뭐든 다 할 수 있대요. 엄마는 말도 안 되는 소리라고 했어요."

잉그램 경이 일반적이든 구체적이든 결혼에 대한 의견을 아내에게 물어본 건 오래전 일이었다.

"결혼을 했든 안 했든 지금보다 더 크면 하고 싶은 일을 더 많이 할 수 있단다."

"야머스 양은 내가 열여섯 살이 되면 결혼할 수 있대요. 엄마는 안 된대요. 그리고 야머스 양에게 한마디 해야겠다고도 했어요."

루신다가 걱정스러운 표정으로 고개를 들며 물었다.

"엄마가 야머스 양을 내보내려는 걸까요?"

잉그램 경이 마지막 묘목에 물을 줬다. 루신다의 표현을 빌리자면, 그것이 루신다의 '수석 조수'가 맡은 임무였다.

"그럴 것 같지 않구나. 그런데 결혼에 대한 야머스 양의 생각 말이야……. 아빠는 결혼으로 무한한 자유를 얻는다고 생각하는 사람은 야머스 양밖에 못 봤단다."

"엄마는 내가 결혼을 싫어할 거라고 했어요. 그리고 결혼을 해버리면 파기할 수도 없대요."

이 결혼 생활에 누가 더 질렸을까? 잉그램 경? 아니면 레이디 잉그램? 방금까지 잉그램 경은 선뜻 답을 정하지 못했다. 하지만 지금 막 잉그램 경은 아내가 머리카락 한 가닥만큼 더 질려 있다는 사실을 깨달았다.

"결혼을 되돌리는 일은 절대 쉽지 않아."

결혼을 무효로 해 버리면 그의 아이들은 사생아가 된다. 그리고 그에게 이혼할 만한 근거가 있다고 해도 세상을 떠들썩하게 만들 추문이 될 것이다. 결국 모두 상처를 받을 것이다.

루신다가 공책을 덮었다.

"왜 엄마와 야머스 양은 같은 일을 완전히 다르게 생각해요?"

"그건 아스파라거스 같은 거야. 너는 아스파라거스를 아무리 먹어도 질리지 않지. 하지만 칼라일은 제 그릇에 나온 아스파라거스를 건드리지도 않잖아. 모두 다 좋아하는 건 없어."

"아빠는요? 아빠는 어떻게 생각하세요?"

그는 이 질문이 나오리라 예상했다. 이 대화는 결국 이렇게 흐를 수밖에 없었다. 물론, 그는 속으로만 움찔했을 뿐 겉으로는 티를 내지 않았다.

그는 물뿌리개를 옆에 내려놓고 한쪽 무릎을 땅에 댄 채 두 손을 딸의 어깨에 얹었다.

"나는 결혼이 내가 한 가장 훌륭한 일이라고 생각해. 왜일까?"

루신다가 고개를 저었다.

"왜냐하면 그 결혼이 너를 내게 데려와 주었기 때문이야. 그리고 네 동생도."

그는 딸의 이마에 입을 맞추었다.

"자, 이제 저녁을 먹으러 가자꾸나. 듣자 하니 오늘도 아스파라거스가 나온대."

"문제가 생겼어요."

샬럿이 식탁의 중앙에 놓인 그릇에서 트라이플•을 양껏 뜨며 말

• **트라이플** 케이크와 과일 위에 포도주 젤리를 붓고 그 위에 커스터드와 크림을 얹은 디저트

했다.

그들은 페넬로페의 의대 친구들이 곧 런던을 방문할 예정이라 이야기를 나누던 중이었다. 페넬로페는 친구들을 데리고 스코틀랜드 고지 여행을 꼭 가 볼 생각이었다. 왓슨 부인은 페넬로페의 계획을 들으며 언뜻언뜻 응접실의 인테리어를 바꿔 보면 어떨까 생각했다. 응접실이 짙은 청색과 칙칙한 갈색 위주라 전체적으로 어두침침한 느낌이 강했다. 실용성을 따지면 괜찮은 결정이었다. 런던은 검댕 때문에 뭐든 금방 거뭇거뭇하고 칙칙하게 변하니 말이다. 하지만 석재 색깔 바탕에 나뭇잎 무늬가 있는 벽지라면 실용성과 미감이라는 두 마리 토끼를 다 잡을 수 있지 않을까?

이렇게 색조와 무늬에 관한 몽상에 푹 빠져 있던 왓슨 부인은 샬럿의 말에 단숨에 현실로 돌아왔다.

"뭐라고요?"

샬럿이 휘핑크림에 파묻힌 블루베리를 숟가락 가득 떠서 입에 넣었다.

"네 시에 새 의뢰인이 방문할 예정이에요. 그 의뢰인은 저를 알아요. 아마 그 의뢰인은 왓슨 부인과 정식으로 소개를 주고받은 적은 없지만, 부인의 얼굴은 알아볼 것 같다는 의심도 어렴풋이 들어요. 그러니 레드메인 양, 비밀을 철저히 지켜 주신다는 전제 아래, 셜록 홈스의 여동생 역할을 맡아 주세요."

페넬로페가 들고 있던 디저트 스푼이 그녀의 접시 위에서 그대로 멈췄다. 그녀는 왓슨 부인을 슬쩍 보았다. 두 사람은 페넬로페가 셜록 홈스 사업에 발을 들일지 말지를 놓고 일종의 교착 상태에 빠져 있었다. 그런데 방금 샬럿의 부탁으로 교착 상태는 깨지고 말았다.

왓슨 부인은 불안감이 스멀스멀 기어 올라오는 느낌이 들었다. 정말로 특별한 상황이 아니라면 샬럿이 자신의 중립적인 태도를 버릴 리 없기 때문이다.

"오늘은 찾아올 의뢰인이 없잖아요. 누구예요?"

"레이디 잉그램."

샬럿이 말했다. 갑자기 마음이 차갑게 가라앉았다.

왓슨 부인과 페넬로페가 다시 눈빛을 주고받았다. 이번에는 너무 놀라 입을 떡 벌린 채로 말이다.

삼 년 전 사보이 극장의 중간 휴식 시간에 잉그램 경이 인사를 하려고 왓슨 부인의 박스석에 들른 적이 있었다. 그가 막 자리를 뜨려는데 관객석 자리를 찾아가는 샬럿이 왓슨 부인의 눈에 우연히 들어왔다.

'어머, 분홍색 무아레• 드레스를 입은 저 아가씨 좀 봐요.'

왓슨 부인이 감탄하며 말을 이었다.

'오늘 밤 이곳에 모인 관객 중에 가장 사랑스러운 아가씨일 거예요.'

잉그램 경의 시선이 아래를 향했다.

'저 아가씨는 샬럿 홈스예요. 오늘 이곳에 모인 관객 중에 가장 괴상한 사람이고요.'

• 무아레 물결무늬

왓슨 부인은 말도 안 된다는 표정을 지었다.

'저렇게 사랑스럽게 생긴 아가씨가요? 진심이세요, 잉그램 경?'

그가 살짝 미소를 지었다.

'두말하면 잔소리죠, 부인.'

극장의 조명이 어둑해졌다. 다음 막이 막 시작되려는 참이었다. 잉그램 경이 마침내 돌아갔다. 하지만 왓슨 부인은 그 미소, 그러니까 '그 이야기를 다 들려 드릴 수만 있다면'이라고 말하는 듯한 애정 어린 미소가 기억에 남았다. 분명히 유쾌한 이야기일 것 같았다. 그런데 그날 저녁 내내 그녀는 까닭 없이 울적한 기분에 빠져 허우적댔다.

잉그램 경과 헤어진 후 왜 저녁 내내 울적했는지 이튿날이 되어서야 해답을 깨달았다. 그가 보인 미소에는 후회와 애석함이 뒤엉켜 있었다.

왓슨 부인은 그 후로 다시는 샬럿 홈스의 이야기를 입에 올리지 않았다. 잉그램 경도 마찬가지였다. 그랬던 그가 샬럿이 불운한 '사건'을 일으킨 그날 저녁 왓슨 부인을 찾아와 도움을 청했다.

왓슨 부인은 그제야 오래전 자신의 직감이 정확했다는 사실을 깨달았다. 그녀는 샬럿도 잉그램 경과 같은 마음임을 믿어 의심치 않았다. 이 두 젊은이는 둘만 있는 자리에서 데면데면하게 굴어도, 둘 사이의 긴장감은 손에 만져질 것처럼 또렷했다. 어쩌면 그런 데면데면한 태도 때문에 긴장이 더 고조되는지도 몰랐다. 바로 옆 방에 앉아 존재하지도 않는 셜록 홈스를 보살피는 시늉을 하던 왓슨 부인은 두 사람의 억눌린 욕망이 뿜어내는 열기에 얼굴을 붉힌 채 서둘러 그곳을 떠난 적도 있었다.

상황이 이런데, 어떻게 홈스 양은 레이디 잉그램의 이름을 차분하다 못해 거의 아무렇지도 않게 내뱉을 수 있을까? 왓슨 부인은 스스로 아량이 넓다고 자부했지만, 그 여자 이야기를 하거나 머릿속에 떠올리기만 해도 적의가 샘솟는 것 같았다.

하지만 샬럿에게 던진 질문은 그런 내용은 아니었다.

"레이디 잉그램은 당신이 셜록 홈스라는 사실을 모르나요?"

"그런 것 같아요."

"의뢰 내용을 편지에 썼어요?"

샬럿이 자신의 트라이플을 퇴폐적일 정도로 푹 파서, 딸기를 반쯤 먹었다.

"아뇨, 당장 만나 달라고만 했어요."

"그 편지를 어퍼 베이커 스트리트로 보냈고요? 주소는 어떻게 알았을까요?"

"슈루즈버리 씨에게 알아내지 않았을까 싶어요. 어머니의 죽음에 얽힌 수수께끼가 풀리자 자신이 셜록 홈스를 찾아갔다고 파티에서 떠벌였다는 소리를 들었거든요. 레이디 잉그램이라면 그 주소가 필요하다는 사실을 밝히지 않더라도 얼마든지 그 사람에게서 주소를 알아낼 수 있었을 거예요."

침묵이 내려앉았다. 페넬로페는 자신의 귀를 믿을 수 없다는 듯이 눈을 천천히 깜박거렸다. 홈스 양은 속속들이 알고 있는 트라이플을 난생처음 먹는 디저트라도 되듯이 굉장히 진지하고 확신에 찬 태도로 음미하는 중이었다. 왓슨 부인은 물을 한 모금 또

한 모금 마시며 홈스 양이 이미 내린 결론을 믿어 보자고 마음을 애써 다잡았다.

어쨌든 비범한 지성은 대체로 뛰어난 분별력과 실용적 판단과 함께하니 말이다.

"나는 아무래도 레이디 잉그램을 만나면 '안 된다'는 생각이 자꾸 들어요."

마음을 다잡은 보람도 없이 왓슨 부인은 어느새 이런 말을 하고 있었다.

"우리는 레이디 잉그램을 알고 레이디 잉그램도 우리를 알아요. 적어도 홈스 양을 알죠. 레이디 잉그램이 홈스 양에게 알리고 싶은 문제가 있다면 곧장 홈스 양에게 말했을 거예요. 그녀는 그러는 대신 타인에게 자신의 비밀을 털어놓기로 했어요. 그 말인즉슨, 레이디 잉그램은 이 문제에서 자신의 정체를 숨기고 싶어 한다는 뜻 아닐까요?

그녀의 걱정거리가 잉그램 경과 관계가 있다면요? 우리가 그녀로부터 받은 신뢰가 그와의 우정에 대한 우리의 의무를 능가할까요? 잉그램 경이 알고 싶어 할 수도 있고, 실제로 그분이 알 '자격'이 있는 사실을 우리가 알게 되면요? 더 큰 문제도 있어요. 레이디 잉그램이 밝힌 사실이 심각한 내용일 경우, 잉그램 경이 계속 아무것도 모르는 상태로 지내야 할까요?"

샬럿은 평정을 잃지 않았지만, 페넬로페는 살짝 염려하는 정도 이상의 감정이 담긴 눈빛으로 왓슨 부인을 바라보았다. 왓슨 부인은 자신의 음성이 평소보다 반 옥타브는 높았다는 사실을 깨달았다. 차분하게 반대하는 근거를 제시하기는커녕 당연하게도 격한 감정에 휘말리고 말았다.

잠시 세 사람은 각자의 디저트에 열중했다. 이윽고 샬럿이 자신의 숟가락을 내려놓았다.

"셜록 홈스와 약속을 잡으려고 한 걸 보면 레이디 잉그램은 문제가 있다는 사실을 의도치 않게 제게 알린 셈이에요. 레이디 잉그램을 어떻게 도울 수 있을지 깨닫고 나니, 어떤 문제일지 몇 가지 가설이 떠올랐어요. 우선 이 의뢰는 잉그램 경과는 관계가 없을 거예요. 물론, 그분이 잉그램 경의 배우자이므로 어떤 문제건 잉그램 경과 무관할 수 없다는 점은 잠시 옆으로 치워 둔다면요.

게다가 레이디 잉그램이 셜록 홈스에게 희망을 걸고 있다면 지금 딱히 의지할 사람이 없는 게 분명해요. 지금 당장 그리고 이 문제에 한해서는요. 우리가 돕지 않으면 아무도 못 도와요. 순전히 인도주의적인 관점에서, 그녀의 청을 물리치다니 너무 잔인해요.

잉그램 경에 대한 친구로서의 의리를 따져 본다면, 레이디 잉그램의 문제가 뭐건 소소한 부분을 제외하면 잉그램 경과 관계가 없을 거예요. 그렇기 때문에 레이디 잉그램의 비밀을 지켜 주는 일이 도덕에 대한 타협은 아닐 거예요."

샬럿이 잠시 아래로 시선을 내렸다.

"잉그램 경은 제 친구이자 후원자예요. 저는 그분의 앞길이 늘 순탄하기만 바라요. 하지만 제 친구와 사이가 멀어진 아내가 저의 적은 아니에요. 레이디 잉그램이 셜록 홈스의 문을 두드린 낯선 이라면, 그때도 곤란에 처한 사람을 거절하실 건가요?"

애석하게도 레이디 잉그램은 낯선 이가 아니었다. 그녀를 의뢰인으로 받으면 이미 차갑게 식은 부부 사이에 눈치 없이 끼어들게 될 것이다. 왓슨 부인은 곤경에 처한 사람을 절대 내치면 안 된다는 샬럿의 원칙은 존중하지만 아무리 생각해도 결국에는 득보다 실이 더 많은 시나리오밖에 떠오르지 않았다.

하지만 왓슨 부인은 '내가 이 사업의 물주이니 내 말이 법이다.' 같은 권위를 악용해 가혹하게 몰아붙이는 것말고는 샬럿의 마음을 돌릴 방법이 떠오르지 않았다. 그리고 자신의 의견을 가차 없이 강요할 자신이 없었다. 무엇보다 자신이 잉그램 경의 부탁으로 샬럿에게 도움의 손길을 내밀었다는 사실이 바로 전날 들통나는 바람에 더욱 체면이 서지 않았다. 왓슨 부인은 두 사람의 협력과 우정이 순수하며, 서로를 향한 존경과 애정의 표현이라는 사실을 어떻게든 샬럿에게 알려 주고 싶었다.

왓슨 부인이 한숨을 쉬었다.

샬럿은 왓슨 부인이 마침내 뜻을 꺾었다는 사실을 알아차렸다. 샬럿은 다시 숟가락을 들고 자신의 그릇에 남아 있는 트라이플을 한데 긁어모으더니 그녀답게 마지막 한 입을 애석해하며 음미하고는 다 먹어 치웠다.

샬럿은 페넬로페에게 말했다.

"저는 왓슨 부인의 신중하신 태도를 믿어요. 레드메인 양, 지금 이 자리에 모인 사람이 아닌 누군가에게 이 이야기를 하지 않으리라 믿어도 될까요?"

페넬로페는 곧장 대답하지 않았다. 그녀는 잠시 생각에 잠겼다.

"나는 지금까지 그런 약속을 한 적은 없는 것 같아요. 이모가 셜록 홈스의 일에 너무 깊이 관여하지 말라고 하신 이유를 알 것 같아요. 어퍼 베이커 스트리트가 주목하는 문제는 위험한 요소가 없다고 안심했는데 이번에는 윤리적 딜레마를 던져 주네요."

그녀는 조금 더 생각하는 눈치였다.

"하지만 오늘은 내가 어떤 역할을 맡아야 할 운명인가 봐요. 내가 알게 될 사실은 여기 두 분 외에 절대 발설하지 않겠다고 약속해요."

"고마워요, 레드메인 양. 이제 우리는 레이디 잉그램을 만날 준비를 마쳤어요."

샬럿이 말했다.

"실례합니다만, 아가씨. 혹시 이걸 잃어버리지 않으셨나요?"

리비아가 고개를 들었다. 젊은 남자가 책을 한 권 내민 채 앞에서 있었다.

비는 좀 전에 멎었다. 하늘을 두텁게 뒤덮은 구름도 뚱하니 그 자리에 버티지 않고 어느새 양쪽으로 갈라졌다. 막 먼지를 씻어낸 공원의 나무와 푸른 하늘을 배경으로 선 남자는 리비아가 아는 그 어떤 여름 오후보다 유쾌해 보였다.

리비아는 누가 그녀를 붙잡고 같이 유쾌해지자고 하지 않는 한, 다른 사람들이 유쾌하건 말건 상관없었다. 하지만 아, 애석하게도 유쾌한 사람들은 대체로 그녀를 자주 붙잡았다. 게다가 리비아가 껍질을 깨고 솔직한 모습을 드러낼 기회를 보고도 가만히 있으면, 그녀를 심통 사납고 배은망덕하다고 생각하는 것 같았다.

리비아는 남자가 내민 책으로 시선을 돌렸다. 《흰옷을 입은 여인》. 묘한 일이었다. 리비아는 그 책을 이틀 전 순회 도서관에서 빌렸다. 공원에 가져온 책이 별 재미가 없을 경우를 대비해 예비로 챙겨 오기도 했다. 그 책은 그녀의 핸드백에 얌전히 들어 있을 것이다. 아니었나?

리비아는 얼른 핸드백을 톡톡 쳐 보았다. 가방은 텅 빈 상태는 아니었지만 확실히 장편 소설 한 권 공간만큼 비어 있었다.

"어머나, 맞아요. 제 책 같아요. 어쩌다 잃어버렸을까."

그 책은 내내 그녀의 가방에 들어 있어야 했다. 게다가 책 이외의 소지품은 제자리에 있는 듯했다.

"이제 찾으셨으니 다행입니다. 주제넘게 들리신다면 죄송합니다만, 훌륭한 안목이군요."

남자가 책을 내밀었다.

그 순간 리비아는 《흰옷을 입은 여인》이 마술처럼 사라진 일에 대해서는 까맣게 잊고 말았다.

"그렇게 생각하세요?"

리비아는 아주 드물지만 살면서 확고해진 취향이 몇 개 있었다. 그 몇 안 되는 취향 가운데 하나가 즐겨 읽는 책의 장르였다. 하지만 아, 애석하게도 그런 책들은 현실을 개선하는 데 조금도 도움이 되지 않았다. 가령, 샬럿은 자신의 독서 습관을 백과사전적인 지식을 얻는 도구라고 옹호할 근거라도 있었다. 그런데 리비아는 자신의 삶에서 꽤 많은 시간을 단숨에 지워 버릴 책만 원했다. 그녀 주위에는 이런 순간 이동을 못마땅하게 생각하는 사람들뿐이었다.

책을 고르는 기준은 말할 것도 없고, '그녀'에게 '훌륭한 안목이군요.'라는 말을 해 준 사람은 지금껏 아무도 없었다.

"오, 그럼요."

그가 환하게 웃었다. 풍성한 턱수염 때문에 나이를 가늠하기 어려웠다. 얼핏 보기에 스물둘에서 서른둘 사이일 것 같았다. 눈꼬리에 잔주름이 잡히기는 해도 피부는 매끈했다.

"그 작품을 얼마 전에 읽었습니다. 한 번도 일어나지 않고 앉은 자리에서 다 읽었지 뭡니까."

"상당히 재미있나 봐요."

"제가 그 책을 들고 자리에 앉았을 때가 밤 아홉 시였죠. 원래는 자기 전에 잠깐 읽을 생각이었거든요. 그런데 정신을 차리고 보니 동이 트고 있는 게 아닙니까. 결국 그대로 하루를 시작할 준비를 해야 했답니다!"

"어머나, 세상에!"

"맞아요. '세상에'였다니까요. 하지만 후회하지 않습니다. 독자의 멱살을 틀어쥔 채 '끝'이 나올 때까지 절대 놓아주지 않는 책을 읽는 즐거움에 비할 만한 건 없으니까요. 신이 우리에게 주시는 삶은 단 하나뿐이죠. 하지만 좋은 책들이 곁에 있으면 우리는 지상에서 주어진 시간 동안 백 번 아니 천 번도 다시 살 수 있어요."

리비아는 좀처럼 이런 감정을 느끼지 않았지만, 책에 대한 감상을 너무나 유려하게 들려주는 생면부지의 남자에게 입이라도 맞추고 싶은 심정이었다.

“그럼 이 책은 어떻게 생각하세요?”

리비아는 괜스레 들떠서 허벅지에 내려놓은 책을 보여 주었다. 막 읽기 시작한 책이었다.

“같은 작가의 책이에요.”

“《월장석》요? 이 작품도 재미있었지만 밤새도록 읽을 정도는 아니었어요.”

리비아가 실망한 티를 낸 모양인지 남자가 갑자기 손가락 하나를 치켜들며 말을 이었다.

“하지만 저의 절친한 친구 한 명은 《흰옷을 입은 여인》보다 《월장석》을 더 재미있게 읽었어요.”

“어머나, 같은 책을 재미있게 읽는 사람이 곁에 있다니 정말 운이 좋으시네요. 제 아버지는 역사책만 읽으시고 여동생은 지식 습득을 위해 책을 읽어요. 동생에게 《제인 에어》를 읽어 보라고 귀가 따갑게 말했죠. 결국 읽기는 했지만 큰 재미는 못 느낀 것 같아요.”

샬럿은 소설을 읽어야 할 필요성을 거의 못 느꼈다. 가상이든 현실이든 사람을 상대하지 않아도 된다면 샬럿은 아예 상대하지 않는 편을 택할 것이다. 반면 리비아는 현실의 지인보다 문학 속 등장인물을 진심으로 더 좋아했다. 가령 톰 소여는 영원히 어린 아이로 남을 것이며, 비올라•는 언제나 용기를 잃지 않았다. 한편 미스터 다아시•는 절대 침대에서 실망스러운 위선자일 리 없었다.

“이런, ‘저’는 《제인 에어》를 뛰어난 작품이라고 생각합니다. 우리의 에어 양이 보여 준 불굴의 정신을 보세요. 덕분에 그녀도 잘 되었잖아요!"

"바로 그거예요. 저도 동생에게 그런 작품이 존재한다는 사실에 좀 더 감사해야 한다고 말했답니다. 잘못된 선택을 한 후 상황이 힘들어지면 자살해 버리는 어리석은 인간으로 여자를 묘사하거나 지독한 불운을 겪다가 설상가상으로 폐병으로 죽어 버리는 도덕적인 여인으로만 그리는 소설이 너무 많잖아요."

그가 웃음을 터트렸다. 눈썹은 진하고, 검은 눈동자의 눈빛은 따스했다.

"맙소사, 한 번도 그런 식으로 생각해 본 적은 없지만, 절대적으로 옳은 생각입니다."

리비아는 자신이 이미 앉아 있다는 사실이 그저 다행스러웠다. 서 있었다면 두 무릎이 몸을 지탱하지 못했을 테니 말이다. 지금껏 그녀에게 '절대적으로 옳다'고 말해 준 사람은 한 명도, 단 한 명도 없었다.

그 어떤 주제에 대해서도.

그 순간 어떤 감각이 돌풍처럼 그녀의 신경을 타고 끝까지 내달렸다. 지금까지 그녀는 유령처럼 그늘에서 그늘로 떠다니다가 햇살 속에서나 흐릿하게 일렁거리며 살았는데, 지금 이 순간 비로소 실체와 단단한 몸을 얻기라도 한 듯한 감각이었다.

벤치의 반대쪽 끝에 앉아 있던 홈스 부인이 콧방귀를 뀌었다.

- **비올라** 셰익스피어의 희곡 《십이야》에 나오는 등장인물
- **미스터 다아시** 제인 오스틴의 《오만과 편견》의 등장인물

리비아는 레이디 홈스와 함께 공원을 찾았다. 샬럿의 스캔들이 터진 후로 그 어느 때보다 아편틴크에 의존하게 된 레이디 홈스는 아래턱이 쑥 내려오고, 두 볼에 힘이 빠지고, 양산은 오른쪽으로 잔뜩 기울인 채 뒤집힌 범선에 달린 삼각돛 같은 무기력한 상태로 순식간에 빠져들었다.

'깨지 마세요. 제발 깨지 마세요!'

레이디 홈스가 다시 콧방귀를 뀌고 불편한 듯 숨을 연거푸 들이쉬었다. 그러더니 몸이 점점 더 옆으로 기울었다. 리비아는 어머니의 의심을 사지 않아도 된다는 사실에 안도의 한숨을 내쉬었다. 한편으로 어머니가 불쾌한 태도로 이 남자를 몰아낼까 봐 걱정하지 않아도 되겠다는 생각에 가슴이 설레기 시작했다.

"제가 당신의 시간을 빼앗아서는 안 되겠죠."

그는 고개를 까닥하며 말을 이었다.

"콜린스 씨의 작품을 둘 다 즐기시길 바랍니다. 그럼 이만."

제3장

왓슨 부인은 스스로 떳떳하지 못했다.

그녀는 레이디 잉그램과 정식으로 소개받은 사이는 아니지만, 샬럿의 짐작대로 레이디 잉그램은 그녀의 존재와 얼굴을 알고 있으리라고 줄곧 생각했다. 그러므로 레이디 잉그램이 와 있는 동안 그녀는 어퍼 베이커 스트리트 18번지는 물론 그 근처에도 얼씬거릴 이유가 없었다.

특히 레이디 잉그램의 문제에는 절대 관여하지 말아야 한다고 주장한 당사자라는 점을 고려하면 더욱 여기에 있을 이유가 없었다.

그런데도 그녀는 아무런 볼일도 없는 이곳에 나타나, 샬럿이 카메라 옵스큐라가 잘 설치되었는지 확인하는 동안 책꽂이의 책을 다시 정리하고 이미 빵빵하게 부푼 쿠션을 다시 팡팡 두드려 부풀렸다.

카메라 옵스큐라는 한쪽 면에 빛이 들어오는 구멍을 낸 상자 같은 물건으로, 위와 아래가 뒤집힌 이미지를 만든다. 그 상자 속 이미지가 감광 물질에 정착되면, 짜잔, 그것이 사진이다.

이곳 '셜록의 방'은 그 자체로 카메라 옵스큐라였다. 문의 맞은편 벽은 흰색 페인트를 두텁게 칠했으며, 창문에는 이미 달린 커튼 위로 검은 커튼을 두 겹이나 달아 외부의 빛을 철저하게 차단했다. 둥근 액자 중앙에는 1기니 동전 크기로 뚫린 구멍이 있었다. 이 액자는 폭이 4센티미터 정도인 그림을 거는 용도이지만, 지름이 최소 15센티미터 정도이며 장식이 너무 화려하고 요란해서 정작 그 안에 걸린 그림에는 아무도 관심을 기울이지 않을 정도였다.

그 액자는 여섯 개가 한 세트라 하나만 눈에 띌 가능성은 적었다. 사실 샬럿은 이 액자가 혹시라도 시선을 끌까 전혀 걱정하지 않았다. 그녀는 그곳을 찾은 고객들은 이미 옆방의 누군가에게 관찰되고 있다는 사실을 알기 때문에, 관찰을 위해 좀 더 투박한 방법을 쓰더라도 그다지 거부감을 느끼지 않을 거라고 했다.

페넬로페는 여전히 집에서 준비 중이었다. 왓슨 부인은 페넬로페가 없는 틈을 이용해 몇 가지 질문을 할지 고민했다.

샬럿이 응접실로 돌아와 곧장 왓슨 부인을 대화로 끌어들였다.

"아직도 제가 레이디 잉그램을 어디까지나 선의로 돕고 싶어 한다는 사실을 반신반의하시죠, 왓슨 부인."

샬럿은 왓슨 부인에게 말동무 일을 제안받았던 저녁, 자신이 왓슨 부인의 삶은 물론이고 부인이 가슴 가장 깊은 곳에 간직해 둔 비밀까지 낱낱이 파헤쳤는데도, 부인이 말동무 자리를 제안했다는 사실에 충격을 받았다. 투명한 물속을 들여다보듯 다른 사람의 마음을 꿰뚫어 보는 사람과 가까이 지내고 싶은 사람은 아무도 없다고 늘 생각했기 때문이다.

왓슨 부인은 샬럿과 그런 대화를 나눈 후로, 샬럿이 그 뛰어난 추리 실력을 드러내지 않도록 신경 썼다는 사실을 뒤늦게 깨달았다. 지금 이 순간처럼.

"'제'가 무슨 대단한 박애 정신으로 그분에게 선의를 듬뿍 발휘하려는 건 아니라는 말이 더 정확할 거예요."

샬럿은 레이디 잉그램이 앉을 의자를 살짝 밀어 엿보기 구멍에서 몇 센티미터 더 멀리 떨어트려 놓았다.

"저는 그분에게 아무런 적의를 품고 있지 않아요."

'하지만 그 여자는 당신과 당신이 사랑하는 남자 사이를 가로막고 있잖아요. 당신과 행복 사이를 말이에요.'

"나는 좀처럼 그렇게 선선하게 받아들일 수가 없어요. 그녀는 내가 몹시 아끼고 존경하는 젊은이의 아내예요. 그런데도 그를 행복하게 만들어 주지 않았다고요."

"잉그램 경이 아내를 행복하게 만들어 주지 않았다고 생각하는 사람도 있을걸요."

샬럿은 '셜록'의 여동생이 앉을 의자도 같은 거리만큼 이동시켰다.

왓슨 부인이 눈을 깜박거렸다. 샬럿의 태도는 공평했다. 고결할 정도로 공평했다. 레이디 잉그램을 옹호했던 샬럿 홈스는 신속하게 기계적인 중립을 지켰다.

"레이디 잉그램은 돈 때문에 결혼을 했고요."

"순전히 장식품 같은 존재로 키워진 여성에게 결혼은 생계 수단이에요. 레이디 잉그램이 재산을 보고 결혼하지 않았다면 바보겠죠."

왓슨 부인이 샬럿을 빤히 바라보자, 샬럿이 살짝 웃었다.

"사과드릴게요, 부인. 누구를 흉보고 싶을 때는 제가 도움이 전혀 안 된다고 리비아 언니에게 몇 번이나 말을 들었어요. 언니의 감정에 공감해야 하는데 저는 그만 다른 관점에서 상황을 분석해 버려요."

두 사람이 함께 티 테이블을 옮겼다.

"그러니까 당신은 진심으로 레이디 잉그램을 경멸하지 않는다고요?"

왓슨 부인은 여전히 그 말을 믿기 어려웠다. 아니면 현재 잉그램 경의 애정을 독차지하고 있다는 이유로 샬럿이 죄책감을 느끼는 걸까?

"자신을 위해 합리적인 선택을 했다는 이유로요? 아뇨, 저는 레이디 잉그램을 경멸하지 않아요. 갈채를 보내지도 않지만, 그녀에게 관심을 보인 가장 부유한 남성과 결혼하기로 한 결정이 이해 못 할 일은 아니라고 생각해요."

"혹시……."

아래층에서 문이 열리는 소리가 들렸다. 셜록 홈스의 여동생 연기를 하기로 한 페넬로페가 도착하는 소리였다.

"혹시 레이디 잉그램의 합리적인 선택이 잉그램 경에게는 행복한 부부생활로 이어지지 않더라도요?"

샬럿이 왓슨 부인의 질문을 마저 끝내자마자 페넬로페가 발걸음도 가볍게 계단을 올라왔다.

"그 점에 대해서는, 잉그램 경이 잘못한 부분도 있다는 사실을 잊지 마세요."

왓슨 부인이 잉그램 경의 행동거지는 언제나 나무랄 데가 없었다고 반박하려는 순간 페넬로페가 응접실로 들어왔다.

레이디 잉그램은 샬럿보다 나이가 조금 더 많았다.

사실 왓슨 부인은 그녀의 나이를 정확하게 알았다. 한때 잉그램 경이 아내의 생일을 축하하기 위해 성대한 무도회를 열어 주었기 때문이다.

그는 여전히 아내의 생일을 축하하는 무도회를 연다. 잉그램 경은 의도적으로 어떤 행동을 하거나 의도적으로 특정한 행동을 하지 않는 식으로 아내를 노골적으로 적대하는 부류의 남자는 아니었다.

올해도 얼마 후면 무도회가 열릴 예정인데, 올해 사교계 시즌의 대미를 성대하게 장식할 것이다. 하지만 왓슨 부인은 이제 이 파티에 익명으로 꽃다발을 보내지 않는다. 잉그램 경에게도 이번에도 아내에게 사치스러운 선물을 했는지 묻지 않는다.

레이디 잉그램의 외모는 여전히 아름다웠다. 하지만 왓슨 부인은 환한 피부와 커다란 눈, 입가에 완벽하게 자리 잡은 애교점까지 눈이 번쩍 뜨일 정도로 아름다웠던 레이디 잉그램을 기억했다. 그 시절 그녀는 연약한 내면이 희미하게 드러나는 미소를 지었는데, 순수한 사람이 세상이 무정한 곳이라는 사실을 알고 난 후 느낄 만한 슬픔이 깃들어 있었다.

잉그램 경은 그녀에게 홀딱 반했을 것이다. 그는 천성적으로 누군가를 보호해 주는 사람이었고, 그녀는 그의 보호 본능을 마지막 한 방울까지 끌어냈다.

그녀는 세월의 흐름에 전혀 영향을 받지 않았다. 스물여섯 번째 생일을 몇 주 앞둔 그녀는 조금도 나이를 먹은 것 같지 않았다. 하지만 그녀의 인상은 예전과 달랐다. 입술이 얇아졌고 안색은 창백해졌으며, 턱은 더 각이 지고 앞으로 튀어나와 있었다. 나이를 더 먹은 모습이 아니라 레이디 잉그램의 미모에 못 미치는 친언니를 보는 것 같았다.

아니면 카메라 옵스큐라에서 투사된 거꾸로 뒤집힌 이미지 때문인지도 몰랐다.

실물과 거의 엇비슷한 레이디 잉그램이 위아래가 뒤집힌 모습으로 움직이고 말을 했다. 그 모습을 보고 있으니 왓슨 부인은 혼란스러운 꿈을 꾸는 듯했다.

응접실에서는 페넬로페가 야단스러울 정도로 반갑게 의뢰인을 맞았다. 그녀는 왓슨 부인이 기대한 것보다 더 뛰어난 배우였다. 레이디 잉그램은 권해 준 의자에 뻣뻣한 자세로 앉았다. 몸이 이렇게 유연하지 못한 것은 둘째 아이를 출산한 후 생긴 요통이 완전히 사라지지 않은 탓이었다.

"파운드케이크를 드시겠어요, 핀치 부인? 정말 맛있어요."

페넬로페가 레이디 잉그램을 가명으로 불렀다.

"고마워요, 홈스 양. 나는 괜찮아요."

핀치 부인이 대답했다.

적어도 그녀의 목소리만은 살짝 쉰 듯한 듣기 좋은 저음에서 느껴지는 사랑스러움을 여전히 간직하고 있었다.

두 사람은 날씨에 관한 인사말을 잠시 주고받았다. 그런 후 그들의 의뢰인과 마찬가지로 페넬로페의 뒤집힌 이미지가 벽에 맺혔다. 치마 일부가 짙은 색 나무 침대 틀 부분에 비치는 탓에 잘 보이지 않는 페넬로페가 찻잔을 내려놓더니 양손을 맞잡아 허벅지 위에 내려놓았다.

"핀치 부인, 이 주소로 곧장 의뢰 편지를 보내셨더군요. 셜록의 예전 의뢰인에게 이야기를 들으셨다고 생각해도 될까요?"

"네, 그래요."

"그럼 부인께서 오라버니의 건강 상태에 대해서도 이미 아신다고 봐도 되겠네요?"

"네."

"오라버니가 몸은 불편해도 정신적 능력은 전혀 훼손되지 않았다는 사실을 직접 확인하고 싶으신가요?"

핀치 부인이 망설였다.

페넬로페는 그녀의 대답을 기다리지 않았다.

"그렇다면 대답은 '예.'이겠군요."

벽 뒤에 숨어 있던 두 숙녀는 황급히 창문에 쳐 둔 검은 커튼을 걷었고, 혹시 문틈으로 빛이 새어 나갈까 문틈에 바짝 붙여 놓았던 깔개도 치웠다. 페넬로페가 노크를 했다. 왓슨 부인이 심한 요크셔 억양으로 "들어오세요."라고 하자 페넬로페가 들어와 수첩을 받은 후 응접실로 돌아갔다.

자리로 돌아간 페넬로페는 일 분 동안 수첩에 적힌 내용을 읽었다. 그 틈에 왓슨 부인과 샬럿은 방으로 들어오는 빛을 다시 차단했다. 완전히 집중해서 수첩의 내용을 읽는 페넬로페와 불안한 듯 차를 한 모금씩 마시는 레이디 잉그램의 이미지가 벽에 점점 또렷하게 맺혔다.

"믿어 주셔서 오라버니가 고마워했어요."

마침내 페넬로페가 이렇게 말했다.

"민감한 문제로 이곳을 찾으신 만큼 이곳에서 하신 말씀은 무슨 일이 있어도 절대 새어 나가지 않을 테니 안심하세요. 그 점은 셜록이 약속합니다."

레이디 잉그램이 몸을 꼼지락거렸다.

"고마워요."

"셜록은 부인이 매우 지체 높은 가문 출신이라고 짐작했어요. 하지만 그런 지위에 항상 안정적인 수입이 따르는 건 아니죠. 솔직히 말씀드리면, 셜록은 부인의 양친께서 자주 재정적으로 곤란한 상황을 겪으셨으리라 짐작하고 있어요. 하지만 부인은 결혼을 잘하셨고 그 후로 윤택하고 평온한 삶을 살고 계세요."

이미지가 뒤집힌 레이디 잉그램이 의자에서 벌떡 일어나는 바람에 그녀의 머리가 굽도리널을 지나 바닥으로 미끄러졌다.

"홈스 씨가 저를 아시나요?"

"셜록의 추리력에 그렇게 생각하시는 건 흔히 있는 반응이에요."

페넬로페가 당황하지 않고 대답했다.

"부인의 옷차림에서 셜록은 상당한 정보를 끌어낼 수 있어요. 부인의 외출복은 '하우스 오브 워스'에서 만들었어요. 솜씨가 흠잡을 데 없는 곳이죠. 무슈 워스의 옷을 가지고 있는 기혼 여성은 본인의 재산이 상당하거나 남편에게 용돈을 넉넉하게 받을 거예요.

부인의 드레스는 두 시즌 전 디자인이지만 변덕스러운 최신 유행을 따라잡을 수 있도록 계속 수선했어요. 하지만 부인의 모자는 이번 시즌 디자인이고, 마찬가지로 고급 가게인 '마담 클로드'에서 만들었어요. 이런 사실로 미루어 보아 부인은 형편이 어려워지신 건 아니지만 부모님 슬하에서 생긴 절약 습관이 여전히 몸에 배어 있어요. 그래서 시즌이 끝나 갈 무렵 옷을 몽땅 처분하기보다 고쳐 가며 입으시는 거예요."

레이디 잉그램이 천천히 자리에 앉았다.

"알겠어요."

"부인의 절약 습관으로 보건데, 부인은 돈과 관련된 문제로 셜록을 찾아오신 게 아니라는 추측을 해 볼 수 있어요. 자녀분이나 가정과 관계된 문제라면 의뢰 편지에 답장을 보낼 주소도 없이 보내시지 않았겠죠. 분명히 지금 안고 계신 문제와 관련된 것은 댁에서 도움받고 싶지 않으신 거예요. 그렇다는 말은 문제가 밖으로 새어 나갈 경우, 최소 망신스러운 상황이 벌어질 수 있다는 뜻이죠. 어쩌면 그보다 더 심한 일도 일어날 수 있고요.

이렇게 생각하면 남는 건 두 가지 가능성이에요. 남편분과 관련해 걱정할 만한 문제가 있거나 남편이 아닌 남자분에 대해 셜록에게 상담을 할 문제가 있는 거죠."

왓슨 부인의 손가락이 앉아 있는 의자의 옆을 세게 파고들었다. 홈스는 이미 이 의뢰가 잉그램 경과는 관계가 없을 것이라고 말했다. 그렇다면…….

레이디 잉그램이 아랫입술을 깨물었다.

"내가 이곳을 찾은 이유를 홈스 씨가 정확히 말하지 않았다는 점이 오히려 놀랍군요."

"셜록은 부인이 찾아오신 이유를 말하려는 게 아니라 능력을 신뢰해 주시기를 바라는 거니까요."

왓슨 부인이 레이디 잉그램을 직접 보고, 이 문장을 말해야 했다면 나무라는 기색을 도저히 억누르지 못했을 것이다. 페넬로페도 왓슨 부인에게 뒤지지 않을 정도로 잉그램 경을 좋아하지만, 그녀는 감정에 좌우되지 않고 믿음을 줄 수 있도록 건조하게만 전했다.

"그렇다면 좋아요."

레이디 잉그램은 크게 숨을 들이쉬며 말을 이었다.

"나는 홈스 씨에게 어떤 남자에 대해 상담을 하고 싶어서 왔어요. 그리고 그 남자는 내 남편이 아니에요."

왓슨 부인 옆에 앉아 있던 샬럿이 자두 케이크를 들어 한입 베어 물었다. 왓슨 부인은 자신의 동업자를 물끄러미 바라보았다. 어쩌면 레이디 잉그램은 지금부터 잉그램 경이 이혼을 요구할 근거가 될 만한 정보를 들려줄지도 몰랐다. 그가 자유로운 몸이 된다면 샬럿과 결혼할 수도 있었다. 그런데도 샬럿의 관심은 온통 케이크에 쏠려 있는 것 같았다.

"홈스 씨의 추리대로 나는 부유한 집안에 시집을 갔어요."

레이디 잉그램이 말을 이었다.

"모두 그렇게 생각하죠. 그 점에 대해서는 나도 전혀 이의가 없답니다. 좋은 혈통과 막대한 재산, 나무랄 데 없는 품행까지. 내 남편은 이 세 가지를 넘치도록 갖추었어요.

하지만…… 먼저 미혼 시절의 내 이야기를 할게요. 이번에도 홈스 씨의 추리는 정확했어요. 내 부모님의 재정 상황은 재앙이었죠. 우리는 아무것도 살 수 없었어요. 그런데도 가문의 명예 때문에, 우리가 명망 있는 가문의 자손이었기 때문에 언제나 겉모습만큼은 번듯하게 꾸며야 했답니다.

내게는 남동생이 둘 있어요. 내가 기억하는 한, 부유한 남편을 만나서 두 동생이 부모님처럼 가난의 굴레를 짊어진 삶에서 벗어나도록 하는 것이 내 의무였어요. 하지만 나는 기적이 일어나기를 바랐죠. 우리 가족이 어느 날 생전 들어 본 적도 없는 아주 먼 친척이 남긴 막대한 유산의 상속자가 되는 기적 말이에요. 내가 재산을 노린 결혼을 경멸할 정도로 낭만적인 여자라서가 아니라, 이미 사랑하는 사람이 있었기 때문이에요."

왓슨 부인이 숨을 헉 들이쉬었다. 샬럿은 방 밖의 응접실에 제일 좋아하는 슬리퍼를 잃어버린 자그마한 노부인이 와 있기라도 한 듯 자두 케이크에만 집중했다.

"그 사람은 가난했어요. 게다가 사생아였어요."

계속 말을 잇는 레이디 잉그램의 목소리는 어느새 꿈결처럼 부드러워졌다.

"하지만 그 사람은 상냥하고, 다정하고, 성품이 태양처럼 밝았어요. 아무리 사소해도 자신에게 일어난 행운에 감사할 줄 알았죠. 우리가 처음 만났을 때 그 사람은 견습 회계사였어요. 언젠가 런던에서 회계사가 되어 아내와 가정을 꾸려 안락하게 살 수 있을 정도로 성공하겠다는 포부를 품었고요.

단순한 삶. 그가 원한 것은 그것뿐이었어요. 나도 그런 삶이 거부할 수 없을 정도로 매력적으로 보이더군요. 그 당시 내 삶에는 거짓이 아닌 게 거의 없었어요. 저녁 만찬을 연다는 말은 남은 한 달 동안 우리가 빵과 묽은 수프로 연명해야 한다는 뜻이었어요. 아버지가 새 코트를 한 벌 장만하려면 어머니의 보석 한 점이 또 모조품이 되어야 했어요. 어떤 해에는 돈이 어찌나 없었는지, 다른 사람들에게는 우리가 남프랑스와 이탈리아로 여행을 간다고 말하고 집은 세를 줬죠. 우리는 가축우리 같은 방에서 지낼 정도였어요.

나는 그가 꿈꾸었던 거짓 없고 복잡하지 않은 삶을 갈망했어요. 우리의 본모습 그대로, 서로에게 쉼터만 되어 주면 되는 아무도 아닌 평범한 사람으로 살면 얼마나 근사하겠어요. 물론, 내 부모님은 졸도할 지경이셨죠. 아버지는 당신의 딸이 사생아와 결혼한다면 다시는 고개를 들 수 없을 거라고 하셨어요. 어머니는 남동생들에게 훨씬 나은 삶을 살게 해 줄 수 있는데도 그들의 고생을 두고 보겠다니 어쩌면 그렇게 이기적이냐며 기겁을 하셨고요.

나는 고통스러웠어요. 그이는…… 그 사람은 사과했어요. 자신이 품은 꿈이 얼마나 헛된지 잘 안다고 했죠. 아무리 찰나의 꿈이라도 자신은 꿈을 꾸면 안 된다고 했어요."

왓슨 부인은 어느새 그녀가 가여워져 마음이 아팠다. 그녀는 무대에 섰던 과거 때문에 제대로 결혼할 수 없었다. 하지만 그녀의 남편은 직계 가족 중에서 유일하게 생존해 있는 사람이었다. 그의 부모님이 여전히 살아 계셨다면 어땠을까? 그분들은 아들의 선택에 속이 상하셨을까? 가문에 그런 여자를 데려왔다는 사실에 분노한 형제가 있었다면 어땠을까? 그랬다면 두 사람의 결혼은 몹시 고통스러운 선택이 되었으리라. 남편은 독자적인 수입이 있었기에 태어나는 순간부터 가족의 의사를 따라야 한다고 강요받은 아가씨와는 처지가 달랐다.

레이디 잉그램은 선뜻 입을 열지 않았다.

"어쨌든 반년 후 나는 런던에서 첫 번째 사교 시즌을 맞았어요. 그리고 몇 달 후 결혼했죠. 식을 올리기 전 우리는 내가 다른 남자의 아내가 되면 다시는 만나거나 편지를 주고받지 말자고 약속했어요. 나는 그 사람의 소식도 알아보지 않겠다고 말했죠. 자꾸 그러면…… 애인이 어떻게 사는지 내가 계속 지켜보고 있다는 사실을 남편이 알면, 좋아할 리 없다고 생각했거든요.

대신 우리는 한 가지 약속을 했어요. 매년, 그의 생일 바로 전 일요일 오후 세 시에 앨버트 기념비 부근에서 산책하기로요. 그러면 우리는 서로 살아 있고 건강히 잘 지내고 있다는 사실을 확인할 수 있을 테니까요."

레이디 잉그램이 남편에게 이혼을 요구할 근거를 줄지도 모른다는 희망은 이쯤에서 접어야겠다고 왓슨 부인은 생각했다. 레이디 잉그램이 한 일이 이것뿐이라면, 그녀의 행실에 대해 비난을 하려면, 왓슨 부인보다 훨씬 더 엄격한 도덕주의자라도 불러와야 할 터였다. 적어도 '애인'에 대해서라면 그래야 했다.

"우리는 그 약속을 철저하게 지켰어요. 일 년에 한 번 우리는 기념비 앞을 스쳐 지나가면서 살짝 고개를 숙여 인사를 나누기만 했죠."

레이디 잉그램이 양손을 맞잡았다. 감정이 복받치는지 목의 앞부분이 꿈틀거렸다.

"그런데 올해 그 사람이 나오지 않았어요."

왓슨 부인이 손으로 목을 감쌌다. 샬럿은 케이크에 더 관심을 쏟았다.

"이유가 생겨서 그 사람이나 나나 아니면 둘 다 약속 장소에 나오지 못하게 되면 〈타임스〉지에 미리 광고를 싣기로 약속했어요. 매년 그 일요일이 되기 몇 주 전부터 광고를 훑는 건 내게 종교의식이나 다름이 없어요. 그리고 혹시 내가 못 보고 놓친 게 있을까 신문을 전부 챙겨 두죠. 그날 집에 오자마자 챙겨 둔 신문을 다시 샅샅이 훑었어요. 아무것도 없었어요.

뭘 어떻게 하면 좋을지 모르겠어요. 그 사람과 마지막으로 이야기를 나눈 건 육 년도 전이에요. 나는 그 사람이 어디에 사는지 직업이 뭔지 몰라요. 그 사람이 아직도 독신인지 아니면 결혼을 하고 아이들을 키우는지 몰라요. 하는 수 없이 신문에 광고를 실었지만 아무 연락도 올라오지 않았죠. 나는 그 사람이 혹시…… 이 세상 사람이 아닌 게 아닐까, 무시무시한 생각에 사로잡혀 있어요. 그렇다고 감히 호적국에 가서 사망 증명서를 찾아볼 용기는 내지 못했어요.

당연히 그가 풋내기 시절의 열병에서 벗어났다는 설명이 훨씬 더 합리적이죠. 사실 매년 그를 볼 수 있어서 놀랐거든요. 그렇지만 그 사람이 나를 더는 보고 싶지 않다고 해도, 비난할 생각은 없어요. 사실 그이에게 다른 여자가 생겼다고 생각하는 게 당연하겠죠."

"하지만 그분이 미리 광고를 싣지 않아서 걱정스러우신 거잖아요."

페넬로페가 말했다.

"이렇게 느닷없이 오랫동안 지켜 온 약속을 깨는 건 전혀 그답지 않아요."

레이디 잉그램은 힘을 받고 싶기라도 한 듯 목에 걸린 카메오 목걸이를 만지작거렸다.

"그러던 차에 신문에서 홈스 씨에 관한 기사를 봤어요. 나는 홈스 씨가 악명 높은 범죄 사건에만 자문하시는 줄 알았어요. 그런데 기사를 읽어 보니 그렇게 대수롭지 않은 문제로 고민하는 우리 같은 사람들도 분명히 도움을 받을 수 있겠다 싶더군요."

"문제는 문제니까요. 셜록은 의뢰인의 문제거리가 악명이나 선정성의 문턱을 넘지 못한다는 이유로 돌려보내지 않아요."

페넬로페가 레이디 잉그램에게 케이크가 담긴 접시를 내밀었고, 레이디 잉그램은 순순히 접시를 받았다.

"제가 부인의 말씀을 정확하게 이해했다면, 부인은 우리가 그 신사분의 행방을 수소문해 주기를 원하시는 거죠?"

"그래요. 나는 이미 최악의 상황이 벌어졌을지 모른다고 짐작하고 있어요. 그러니 어떤 사실을 알아내신다 해도 놀라지 않을 거예요. 어쨌든 나는 그 사람이 예기치 않게 죽음을 맞이했는지, 결혼으로 나와의 관계를 더 이어 나가고 싶지 않은 건지, 감옥에 투옥되거나 외국으로 떠났는지 무슨 일이 일어났든 정확한 사실을 확인하고 싶어요."

"그러려면 우리에게 그분에 대해서 아시는 사실을 전부 말씀해 주셔야 해요."

페넬로페가 단호한 어조로 말을 이었다.

"우선 그분의 성함. 마지막으로 알고 계신 그분의 주소. 고용주들과 집주인들, 친구들의 이름. 하나도 빠짐없이 전부 다요."

레이디 잉그램이 잠시 눈을 감았다.

"그 사람의 이름은 마이런 핀치예요."

그 이름은 왓슨 부인에게 아무 의미도 없었다. 하지만 자두 케이크 한 조각을 입으로 반쯤 가져간 샬럿은 그대로 얼어붙었다. 순간 멈칫한 사람이 샬럿이 아니었다면 왓슨 부인도 대수롭지 않게 느꼈을지 모른다. 하지만 샬럿에게 그 정도는 엄청난 반응이었다. 지축을 뒤흔드는 듯한 반응이랄까.

한편 응접실에서는 레이디 잉그램이 마이런 핀치에 관해 예전부터 아는 사실들을 급류처럼 쏟아 내고 있었다. 침실에서는 왓슨 부인이 종잇조각에 이렇게 썼다. '이 남자를 아는군요, 홈스 양. 누구예요?'

샬럿은 그 메모를 지그시 바라보았다. 한참 지난 것 같은 시간 동안 왓슨 부인은 샬럿이 그 질문을 무시하려고 한다는 인상을 받았다. 그러나 샬럿은 만년필 뚜껑을 열고 이렇게 썼다.

'핀치 씨는 제 오빠예요.'

제4장

"저는 전부터 그분이 매우 맘에 들지 않았어요. 그런데 지금은 안됐다는 생각이 드네요."

페넬로페가 말했다.

레이디 잉그램은 등화유와 치자꽃 에센스로 만든 향수 향기 한 줄기만 남긴 채 그곳을 떠났다.

왓슨 부인이 한숨을 쉬었다.

"그녀의 부모님은 사랑이 아니라 돈을 보고 결혼하라고 딸에게 강요하지 말아야 했어요."

두 사람은 마음이 약했다. 한편 샬럿은 쉽게 비난하지 않는 것만큼 쉽게 동정하지도 않았다. 그녀는 레이디 잉그램이 결혼 시장에서 제 욕심을 추구했다고 경멸하지도 않았지만, 비통함과 한탄이 서린 이야기를 들었다고 해서 그녀를 전보다 더 좋게 보지도 않았다. 그런 사정이 있었다고 해도 그 후에 그녀가 저지른 일은 전혀 달라지지 않는다.

“그분들은 딸이 돈과 사랑을 모두 가질 수 있는 결혼을 하기를 더 바라셨을 거예요.”

샬럿이 창가에서 레이디 잉그램이 세를 낸 이륜마차가 떠나는 모습을 지켜보며 말했다.

“그 둘을 다 얻을 수 없다면 돈이 사랑보다 훨씬 믿을 만하죠. 돈은 권태와 후회로 발전하지 않지만, 낭만적인 감정은 종종 퇴색하니까요.”

“그러니까 그녀의 부모님을 탓하지 ‘않는다’는 뜻이에요?”

레드메인 양이 물었다.

“그 결혼이 더 큰 부와 남부럽지 않은 삶으로 가는 유일한 길을 제시했다는 사실을 고려하면, 그분들은 자신의 위치에서 유일하게 논리적인 방식에 따라 행동하셨어요. 그분들이 상식에 반해서 딸을 지지했다면 훗날 그분들의 딸은 물론, 모두에게 책임을 추궁당하는 처지가 되었을 거예요. 당연히 핀치 씨와의 결혼 생활도 그리 평탄치 않았을 거고요.”

하지만 그녀가 핀치 씨와 결혼했다면, 잉그램 경의 인생은 어떤 식으로든 달라지지 않았을까?

잉그램 경은 자신이 돌아가신 와이클리프 공작의 넷째 아들이 아니라 공작 부인과 이 나라에서 가장 유명한 은행가와의 사이에서 태어난 혼외자라는 사실을 알고, 몇 년 동안 자신이 존경받을 만한 자격이 있음을 증명하기 위해 미친 듯이 노력했다. 그는 현재의 아내가 아니더라도 ‘누군가’와 결혼했을 것이다. 아내와 아이들이 있다는 사실만큼 남자를 존경받는 존재로 만들어 주는 것은 없으니 말이다.

그러니 결국 무슨 일이 일어났어도 '샬럿'에게는 아무 차이도 없었을 것이다.

"홈스 양, 당신은 내가 아는 사람들 가운데 가장 낭만적이지 않은 사람이에요. 그리고 나는 그런 점이 좋아요."

페넬로페가 말했다. 다음 순간 그녀가 벌떡 일어났다.

"어머나, 시간 좀 봐. 우리는 드 블루아 가문의 레이디들과 만나야 해요. 그들이 파리에서 집으로 가는 길에 읽으라고 준 책을 펼쳐 보지도 않았어요. 얼른 훑어봐야지. 혹시 오늘 저녁 만남에서 그 책에 대해서 물어볼 수도 있잖아요."

페넬로페가 바람처럼 그곳을 떠났다. 왓슨 부인과 샬럿은 좀 더 느긋한 걸음걸이였지만, 역시 뒤이어 어퍼 베이커 스트리트 18번지를 나섰다. 두 사람은 산책용 드레스 차림이 아니었다. 하지만 샬럿은 왓슨 부인이 셜록 홈스의 집에서 엎어지면 코 닿을 데 있는 집으로 가는 대신 정문을 지나 건너편 리전트 파크로 발길을 돌려도 만류하지 않았다.

왓슨 부인은 커다란 버드나무 한 그루가 서 있는 보팅 레이크 가장자리에 도착해서야 비로소 질문을 건넸다.

"예전에 배다른 오빠가 있다고 했죠, 홈스 양. 그분이 핀치 씨?"

샬럿이 손을 뻗어 하늘거리는 가지를 건드렸다. 해는 한참 전에 떴지만, 톱니처럼 생긴 섬세한 잎사귀들은 아침에 내린 비로 여전히 촉촉이 젖어 있었다.

"런던에서 회계사로 일하는 마이런 핀치라는 사생아 출신 신사가 두 명 이상 있을 리 만무해요."

"당신이 절박한 형편일 때도 오빠를 찾아가 도움을 구하려고 하지 않은 이유를 아직 말해 주지 않았어요."

부드러운 미풍이 호수 표면에 동심원을 그렸다. 버드나무가 휘청휘청 흔들리자 연인 앞에서 머리카락을 흔드는 여인처럼 잎사귀들도 함께 물결치듯 휘날렸다.

"우선은, 한 남자의 보호를 받다가 다른 남자의 보호를 받는 상황은 원치 않았어요. 게다가…… 오빠가 당장 아버지를 찾아가 제가 어디에 있는지 말하지 않으리라는 보장도 없잖아요."

"아버지와 아들 사이에 교류가 있었어요?"

"그럴 거라고 생각하지는 않아요. 하지만 우리가 올해 시즌을 위해 런던에 도착한 직후에 아버지는 오빠의 편지를 한 통 받았어요."

그날 마침 헨리 경은 집을 비웠다. 리비아와 샬럿은 전부터 아버지가 꽤 오래 집을 비울 때면 서재를 뒤져 그의 서신을 모두 읽는다는 규칙을 꼭 지켰다. 헨리 경과 레이디 홈스는 가족이 현재 어떤 상황인지 아이들이나 서로에게 솔직하게 털어놓지 않을 때가 많았다. 그래서 집안 형편을 까맣게 모르고 있지 않도록 가장 어린 두 딸이 서재를 뒤지게 되었다.

"그 편지에는 오랫동안 지원해 주셔서 감사하다고 적혀 있었어요. 그리고 회계사가 되어 런던에서 신사에게 어울리는 동네에 살고 있는데, 앞으로 일이 잘 풀릴 것 같다고 했어요. 아버지와 더 가깝게 지내고 싶다거나, 아버지를 만나러 오고 싶다거나 반대로 아버지가 와 주시기를 바란다고 해석될 만한 내용은 전혀 없었어요. 하지만 그런 편지를 썼다는 사실만으로도 놀라웠죠. 특히 언니가 충격을 받았어요. 이렇게 편지를 보내다니 신중하지도, 적절하지도 않다고 했죠.

저는 그 편지에서 핀치 씨가 아버지와 어느 선까지는 가까이 지내고 싶어 한다는 느낌을 받았어요. 오빠에게 부담을 주고 싶지도 않았고, 저도 혹시 참견하기 좋아하는 성격일지 모르는 오빠 때문에 골치 아픈 일을 겪고 싶지 않았죠. 무엇보다 그런 느낌 때문에 오빠를 찾지 않았어요."

왓슨 부인의 이마에 주름이 잡혔다. 그러나 그녀는 얼른 주름을 폈다. 샬럿이 혼자 미소를 지었다. 남편은 벌써 세상을 떠났기에 열한 살이나 어린 남편 옆에서 너무 나이 들어 보이지 않을까 걱정할 필요가 없는데도, 역시 왓슨 부인은 주름살을 서둘러 하나 더 늘릴 생각은 없어 보였다.

"그 사람, 그러니까 오빠가 걱정되나요?"

샬럿은 대답을 망설였다. 지금 이 감정은 걱정일까? 샬럿은 그렇게 생각하지 않았지만 부인의 질문이 무겁게 다가온 것은 사실이었다.

"레이디 잉그램이 말했듯이, 오빠가 불상사나 불행한 일에 휘말렸다기보다 더는 그분과 만나고 싶지 않을 가능성이 훨씬 커요."

샬럿이 말을 이었다.

"그러니 제 대답은 '아니요.'예요. 저는 오빠의 안위를 걱정하지는 않아요. 하지만 점점 호기심이 일어요. 몹시 궁금해요."

드 블루아 가문의 두 레이디는 페넬로페가 의과 대학에서 알게 된 사이였다. 두 사람 중 나이가 더 많은 마담 드 블루아는 스물한 살 때 남편과 사별했다. 그녀는 재혼에 눈독을 들이는 대신 교육을 받기로 결심했다. 다른 한 명인 마드모아젤 드 블루아는 마담 드 블루아의 죽은 남편의 사촌이었다. 그녀는 마담 드 블루아를 본받아 그녀를 따라 의과 대학에 입학했다.

두 사람은 우아하고, 주관이 뚜렷하고, 너무나 프랑스인다웠다. 왓슨 부인은 그들과 어울리는 시간이 즐거웠다. 하지만 젊은 사람들은 자기들끼리만 있고 싶어 하는 기색이 역력했다. 마담 드 블루아는 엄격한 샤프롱으로 두 사람을 잘 지켜보고 절대 늦지 않게 페넬로페를 집으로 돌려보내겠다고 약속했다. 왓슨 부인과 샬럿은 그들에게 저녁 시간을 즐겁게 보내라고 인사한 후 호텔에서 나왔다.

왓슨 부인이 대기 중인 마차에 막 오르려는데 샬럿이 말했다.

"저 모퉁이를 돌아가면 잘 아는 찻집이 있어요. 근사한 곳인데, 지난번에 이 동네에 왔을 때는 주머니 사정 때문에 들르지 못했어요."

왓슨 부인이 깜짝 놀라 샬럿을 흘깃 보았다. 하지만 아직 여섯 시 반이었고 해는 여전히 하늘 높이 걸려 있었다. 당장 급한 용무도 없었다.

"그렇다면 그 찻집의 단골이 되어 볼까요."

왓슨 부인과 샬럿은 예전에 중앙우체국 근처에 있는 찻집에서 처음으로 제대로 이야기를 나누었다. 그곳은 허기진 우체국 직원들이 집으로 돌아가기 전에 스크램블드에그 한 접시를 눈치 보지 않고 편하게 먹을 수 있는 분위기였다. 이 세인트 제임스의 찻집은 훨씬 더 세련된 곳이었다. 왓슨 부인은 지난가을 파리에 페넬로페를 만나러 갔을 때 두 사람이 카페오레와 애플 타르트를 맛있게 먹었던, 사방 벽이 유리로 된 고급스러운 분위기의 케이크 가게가 떠올랐다.

그런데 이 찻집에도 프랑스인 파티시에가 있는 것 같았다. 그도 그럴 것이 커다란 유리 진열대에 파리의 케이크 가게와 비슷한 음식들이 진열되어 있었기 때문이다. 왓슨 부인은 작은 배 타르트를 주문했고, 홈스 양은 자그마한 디저트들을 한 접시 주문했다.

"잉그램 경의 대부는 파티시에를 따로 고용했어요. 상상해 봐요. 얼마나 호사스러웠을지."

왓슨 부인이 말했다.

"오, 수도 없이 상상해 봤답니다."

샬럿은 이번만큼은 홍차를 주문했다. 달콤한 페이스트리의 맛을 더 잘 음미하기 위해서일 것이다. 파리의 맛있는 '별미'를 맛보려면 설탕과 크림을 포기하는 대가를 치러야 하는 법이다.

"그건 그렇고."

샬럿이 말을 이었다.

"핀치 씨는 이 거리에 있는 거주용 호텔에 살아요."

왓슨 부인은 살짝 놀랐다. 샬럿이 가끔은 다른 무엇보다 자신의 식욕에만 신경을 쓰는 것 같아도 그녀의 머릿속이 온통 음식 생각뿐이라는 판단은 단 한 순간도 해서는 안 된다는 사실을 애써 떠올렸다.

"그 호텔을 지나쳤나요?"

그 동네는 수입이 넉넉한 독신 남성이 살기에 적당한 아늑한 집이 많았다. 그런 집들 가운데 일부는 드 블루아 레이디들이 묵고 있는 저민 스트리트의 숙소처럼 가족용 할인 호텔이 한데 모여 있었다. 더 조용한 거리에 있어서 얼핏 봐서는 일반 가정집과 구분이 되지 않는 곳도 있었다.

"아뇨, 그 호텔은 이 거리 반대편 끄트머리에 있어요. 정문은 검은색이고 창틀은 흰색, 외벽은 화이트 스톤과 치장 벽토로 마감했어요. 이웃집들도 다 똑같이 생겼어요. 여기서 나가면 알려 드릴게요."

그때 웨이트리스가 차와 매혹적인 디저트를 가지고 왔다.

"더 필요한 것이 있으신가요, 두 분?"

"음식을 빨리 주셔서 고마워요. 잠시 시간 있어요?"

샬럿이 웨이트리스의 손에 동전을 슬쩍 쥐여 주었다.

"그럼요, 아가씨."

"우리는 다트머스에서 와서 런던을 잘 몰라요. 내 동생이 건축가인데, 자신과 같은 직업을 가진 남자에게 런던만 한 곳이 없다지 뭐예요. 그래서 동생이 살 만한 괜찮은 집이 없을지 알아보러 왔어요. 이왕이면 나쁜 사람들과 어울릴 일이 없도록 주위에 점잖은 사람들이 많은 곳으로요."

"아하, 그렇다면 우즈 부인의 하숙집에 가 보세요."

웨이트리스가 얼른 대답했다.

"이 거리를 따라 조금만 가면 돼요. 저는 그 하숙집에 들어가 본 적은 없어요. 하지만 우즈 부인은, 그분은 하숙인들을 잘 돌보고 그들을 무척 자랑스러워하시죠. 연로한 비커리 박사님은 가끔 여기로 디저트를 드시러 오세요. 상냥하신 분이죠. 박사님은 사모님이 돌아가신 후로 몇 년째 2층의 방을 몇 개 사용하고 계세요. 식사와 빨래를 그곳에서 해 줘요. 그러면 남자들은 지내기가 훨씬 수월하잖아요."

"이 길을 따라가면 바로 있다고요?"

"저쪽, 그러니까 북쪽으로 가다보면 끝에서 두 번째 집이에요. 겉으로 봐서는 모르시겠지만, 이 거리에서 최고의 하숙집이에요."

"어머나, 이야기를 들을수록 마음에 드네요. 어떻게 하면 그곳에 입주 신청을 할 수 있죠? 우즈 부인이라는 분과 만나서 이야기를 하고 직접 그곳을 둘러볼 수도 있어요?"

"그건 저도 몰라요, 아가씨. 방을 얻으려면 운이 아주 좋아야 한다는 건 알죠. 우즈 부인의 하숙집은 빈방이 잘 나오지 않거든요. 예전에 하숙집 신사들은 결혼하거나 죽을 때에만 방을 뺀다는 말을 부인에게 들은 적이 있어요. 하지만 그 신사들은 결혼할 생각도 죽을 생각도 없는 것 같다나요!"

그 말에 세 사람 모두 웃음을 터트렸다.

"너무 아쉽네요. 그곳이 내 동생에게 딱 맞을 것 같은데."

"오, 걱정하지 마세요. 이 근방에는 괜찮은 하숙집이 잔뜩 있으니까요. 물론 우즈 부인이 가장 훌륭하게 하숙집을 운영하시죠, 그렇고말고요."

"혹시 방 두 개짜리 거처는 하숙비가 얼마인지 알아요?"

"그건 방에 따라 달라요. 방이 다 똑같이 생기지 않았거든요. 비커리 박사님의 거처는 방 세 개에 개인 욕실이 있어요. 우즈 부인네 하녀들에게 들었는데, 박사님의 하숙비는 일주일에 2파운드 11페니예요. 동생분은 그 반값에 3층 방 두 개를 얻을 수 있을 거예요."

"그 정도면 괜찮은 가격 같네요. 요즘 빈방이 나온 적이 있어요?"

우즈 부인의 하숙집 같은 곳은 대체로 방세를 매주 지불했다. 레이디 잉그램의 생각대로, 마이런 핀치가 지난 일요일 이후 자취를 감추었다면 지금쯤 우즈 부인은 그가 방을 뺐다고 생각할 것이다.

"아뇨. 최근에는 빈방이 나오지 않았던 것 같아요."

그렇다면 마이런 핀치는 행방불명 상태가 아닌가? 아니면 우즈 부인이 '매우' 은밀하게 광고를 한다는 뜻일까? '최고의' 하숙집들은 이왕이면 아무나 얻을 수 '없는' 곳이라는 이미지를 주고 싶어 하므로 좀 더 조용하게 방을 내놓았다.

웨이트리스가 다른 손님들의 주문을 받으러 갔다. 왓슨 부인은 샬럿이 2분 동안 미니어처 에클레어를 아무 방해도 받지 않고 음미하도록 내버려 두었다가 이렇게 권했다.

"그냥 불쑥 찾아갈 생각은 없어요? 어쨌든 두 사람은 남매잖아요."

"되도록 제가 이 일에 모습을 드러내지 않는 편이 좋을 것 같아요. 자꾸 돌발 상황이 일어날 것만 같거든요. 상황이 바뀌어서 핀치 씨가 다시 레이디 잉그램과 연락을 취할 수 있게 되면 두 사람은 전보다 훨씬 더 빈번히 접촉할지도 몰라요. 레이디 잉그램이 셜록 홈스를 찾아가자마자 샬럿 홈스가 마이런 핀치를 찾아갔다는 사실이 알려지는 건 싫어요. 그 사실만으로도 레이디 잉그램은 누가 누구인지 금방 알아차릴 거예요."

"그러면 우리는 뭘 어떻게 하죠?"

샬럿은 자신의 접시에 마지막으로 남은 별미인, 윤기가 자르르 흐르는 검은색 무스가 가득 든 작은 배 모양의 타르트를 물끄러미 바라보았다.

"미어스 씨가 돌아오셨을까요?"

하인들은 일요일에 쉰다. 적어도 교회를 다녀온 후에는 휴일을 즐겼다. 고용주 중에는 하인들이 특별히 할 일이 없다면 외출하는 편을 더 좋아하는 사람들도 있다. 왓슨 부인은 하인들이 외출해서 런던을 즐기든, 제 침대에서 책을 읽든, 하인들 구역에서 친목을 다지든 그들이 원하는 자유를 주었다.

왓슨 부인은 배우 시절 훗날 그녀의 집사가 될 미어스 씨를 만났다. 그는 대체로 무대 뒤에서 일을 했지만 여러 작품에 출연한 연기 경력도 있었다.

두 사람이 집에 가 보니 미어스 씨는 켄싱턴 가든에서 롱 워터 호수의 수원에 세워진 분수를 스케치하며 즐거운 오후를 보낸 후 이미 돌아와 있었다.

세 사람은 머리를 맞대고 의논한 끝에, 미어스 씨가 헨리 경의 사무 변호사인 길레스피 씨로 위장해 핀치 씨를 찾아가 경거망동한 배다른 여동생의 소식을 듣지 못했는지 알아보기로 했다. 짧지만 집중적으로 리허설을 진행한 후 철테 안경으로 변장을 한 미어스 씨는 일을 극도로 은밀하게 처리해야 한다는 사실을 숙지한 후 임무를 해치우기 위해 집을 나섰다.

응접실에 침묵이 내려앉았다. 왓슨 부인은 자꾸 눈치를 보게 되었다. 예전에는 벽난로 선반과 장식 선반, 가끔은 탁자 위에도 다양한 무대 의상을 입은 그녀의 사진이 놓여 있었다. 샬럿이라면 자신이 지내게 될 집이 어떤 곳인지 금방 알아차릴 것이라는 사실을 깨달았을 때도, 그 사진들은 버젓이 방을 장식하고 있었다. 조신한 말동무 후보들은 사진들을 보기만 해도 꽁무니를 빼기 바빴다는, 그녀에게 들려준 터무니없는 이야기 속에서 샬럿이 사실을 유추할 수 있다는 사실을 깨달았을 때도, 사진들은 제자리를 지키고 있었다.

하지만 페넬로페가 돌아온 후로 그 사진들은 모두 치워 버렸다. 그 아이는 사진 대부분을 본 적이 없었다. 어차피 젊은 사람들은 연장자들의 삶에 놀랄 정도로 관심이 없어서 그들이 집을 떠받치는 벽이라도 되듯 치부한다. 지붕을 지탱하고 비바람을 막아 주지만, 대체로 철저히 무시되는 그런 존재 말이다.

그런데 그 사진들이 없으니 왓슨 부인은 자신이 샬럿의 삶에 관여한 상황에 대해 처음부터 사실대로 말하지 않았다는 사실이 더욱 켕겼다. 지금도 말하지 못한 이야기가 많았다. 물론 샬럿이라면 마지막 사실까지 남김없이 추리했겠지만 말이다.

혹시 샬럿은 잉그램 경에게 화가 났을까? 그래서 그의 아내를 도우려고 마음먹은 걸까? 왓슨 부인은 샬럿에게 악의가 있다고 생각하지 않았다. 그렇지만 가끔은 분노, 그중에서도 인정받지 못한 여러 일에 대한 분노가 다른 결심에 스며들기도 했다. 다른 모든 결심에.

"무슨 생각을 해요, 홈스 양?"

왓슨 부인은 자신도 모르게 불쑥 질문을 던졌다.

샬럿은 창가에 서서 공원을 바라보고 있다가 그 질문에 반쯤 몸을 돌렸다.

"거리 노점상들이 어떤 체계로 영역을 형성하는지 생각 중이었어요. 자리 구분이며 임대 기간, 자리를 승계하는 법칙 같은 거요."

행상인들? 공원 입구에는 언제 가도 사탕과 진저비어를 파는 사람들이 여섯 명 정도는 늘 있었다.

"그러니까 미어스 씨가 좋은 소식을 안고 돌아올 가능성에 대해서 어떻게 생각하느냐고요."

"미어스 씨는 분명 뭔가를 알아내실 거예요."

"레이디 잉그램의 의문을 해소해 줄 정도로?"

"그건 곧 알게 되겠죠."

"이 사건이 얼른 해결되지 않으면 어떻게 하죠?"

왓슨 부인의 목소리에서 진짜 공포가 느껴졌다.

"레이디 잉그램의 의뢰로 잉그램 경의 결혼 생활에 불행을 몰고 온 원인인 남자의 행방을 조사하다가 그 남자와 대면해야 할 일이 생기면요?"

"잉그램 경의 결혼 생활이 불행해진 이유는 그분이 성급했고, 자신이 어떤 사람인지 몰랐기 때문이에요."

샬럿이 조용하게 말했다.

"출생의 비밀을 알게 된 그는 자기 회의에 완전히 매몰되었어요. 그런 감정을 똑바로 마주 보는 대신 결혼해서 아이를 가지면 그런 감정이 사라질 것이라고 생각했고 끝내 그 길을 선택했죠. 그런 오해 범벅인 전제를 바탕으로는 어떤 결혼을 한들 가정생활에 만족할 리 없을걸요."

지난 시절 잉그램 경이 샬럿 홈스에게 구애를 하지 않았다고 해도 조금도 놀랍지 않았다. 솔직히 왓슨 부인은 지금도 잉그램 경이 이런 평가를 듣고도 움찔하지 않을 수 있을지 의문이었다.

"하지만 그것 말고는 저도 부인의 우려에 공감해요."

샬럿이 말을 이었다.

"우리는 레이디 잉그램의 신뢰를 배신할 수 없어요. 하지만 그분에게 신뢰를 지키는 일은 꼭 잉그램 경을 배신하는 것처럼 보이죠. 이 사건에서 그렇게 보이는 건 그냥 그렇게 보이는 것이라는 점을 명심하세요. 잉그램 경이 모든 사실을 알게 된다고 해도 상황은 여전히 그대로일 거예요. 그는 과거를 바꿀 수 없어요. 레이디 잉그램이 핀치 씨 때문에 마음을 졸이는 것도 막을 수 없고요. 핀치 씨에게 레이디 잉그램을 흔들지 말라고 요구할 수도 없어요. 의도했든 아니든 핀치 씨는 지금 바로 그렇게 하고 있으니까요."

샬럿이 창문에서 돌아섰다.

"지금으로서는 잉그램을 경을 완전히 배제하고 계속 조사를 진행하는 게 최선이에요."

사랑하는 샬럿,

셜록 홈스를 지독하게 말한 신문 기사를 봤니? 맙소사. 그 색빌 사건은 네 통찰력과 명민함 덕에 간신히 해결되었는데, 그 이름에 벌써 오물을 던지는 거야? 셜록 홈스가 평범한 사람들을 당혹스럽게 만드는 문제를 돕겠다고 나선다고?

벽난로에 불이 지펴져 있었다면 그 신문을 박박 찢어서 벽난로에 던져 버렸을 거야. 나는 마침내 네 가명을, 신과 다름없는 천하무적의 지적인 명민함을 타고나 후대에 길이 기억될 영웅으로 만들겠다는 각오를 다졌어. 그 누구도 그를 무시하는 말은 단 한 글자도 발표하지 못하게 할 거야.

언제나 문제는 실행에 옮기는 것보다 말로 떠드는 게 쉽다는 거야. 나의 최고 걸작이 될 작품을 어떻게 시작해야 할지 감을 잡을 수 없어서 여러 작가들의 책을 읽었어. 이번에는 윌키 콜린스 씨의 소설을 골랐지. 그런데 정말 신기한 일이 벌어졌지 뭐니.

엄마와 바람을 쐬려고 공원으로 산책하러 나간 날이었어. 엄마는 잠에 곯아떨어지셨고 나는 가져온 책 중 한 권을 펼쳤지. 바로 그때 어떤 신사가 내가 가져온 책을 잃어버리지 않았냐며 불쑥 내미는 거야. 분명히 그 책은 내 가방에 확실히 들어 있어야 했거든.

그 일은 신경 쓰지 마. 그 신사분은 내가 가져간 두 권을 다 읽었대. 그리고 우리는 여러 작품과 독서 자체에 대해서 짧지만 충실한 대화를 나눴단다.

마침내 좀 더 깊이 알고 싶은 남자를 만났는데, 다시 만날 희망이 없는 남자라니, 이것도 다 내 운이겠지. 네가 그 자리에 있었으면 얼마나 좋았을까. 너라면 그 신사의 이름이며 사는 곳에 가계도까지 낱낱이 알려 줬을 텐데.

그러다가 그 신사는 나중에 나를 실망시킬지도 모르고.

오, 이런.

무탈한 일요일을 보냈기를 바라.

사랑을 담아,

리비아

리비아는 펜을 잉크병에 다시 꽂고 그 방에 있는 또 다른 사람에게 시선을 돌렸다. 그곳에는 버나딘이 리비아에게 등을 돌린 채 방구석에 얼굴을 처박고는, 줄에 꿰여 있는 작은 나무 원통들을 돌리며 말없이 앉아 있었다.

버나딘이 일부러 그렇게 행동한다면 리비아는 모욕적이라 느꼈을 것이다. 다시 말해 그녀가 방에 들어가자마자 버나딘이 후다닥 구석을 보고 앉아 한참부터 저 자세로 앉아 있었던 시늉을 했다면 말이다.

버나딘은 열여덟 살이 다 되어서야 비로소 숟가락을 쓸 수 있게 되었다. 그때도 마치 두 살짜리처럼 이미 잘게 잘라 놓은 음식을 향해 서툰 솜씨로 되는 대로 숟가락을 휘두르곤 했다. 버나딘에게는 그 정도도 대단한 성과였다. 믿기 어려울 정도로 훌륭한 성취였다.

샬럿이 집을 나가고 사흘 만에 버나딘은 스스로 음식을 먹지 않아 다시 누가 숟가락으로 떠먹여 주는 생활로 돌아갔다. 그리고 오래전에 버나딘을 포기했다고 생각했던 리비아는 그 모습에 눈물을 흘리면서 절대 멎을 것 같지 않은 고통스러운 흐느낌을 삼켰다. 그녀의 마음속에 차곡차곡 고인 절망들은 꼭꼭 다져져 비참함이 되어 갔다.

샬럿은 요즘 제 앞가림을 어떻게든 하게 되었다. 하지만 버나딘은 아직도 잃어버린 힘을 되찾지 못했다.

리비아는 버나딘의 옆 의자에 손도 대지 않은 채 놓여 있는 그릇을 흘끔 보았다. 버나딘은 바닥에 앉아 두 벽이 하나로 모이는 부분에서 고작 60센티미터 정도 떨어져, 그곳을 빤히 바라보고 있었다. 리비아의 마음속에서는 영국 어디든 가장 야생적이고 모든 것을 쓸어 버릴 수 있는 곳으로 가고 싶은 욕망이 활활 타올랐다.

기나긴 저녁이 될 것 같았다.

제5장

왓슨 부인은 고개를 절레절레 내저을 수밖에 없었다.

샬럿은 지하에 있는 주방 공간에서 지난주 신문을 전부 가지고 올라왔다. 신문지는 온갖 종류의 집안일에 요긴하게 쓸 수 있으므로 절대 함부로 버리지 않았다. 샬럿은 레이디 잉그램이 핀치 씨에게 보낸 광고를 찾아 해독까지 금방 끝냈다.

M, 별일 없어요? 당신의 침묵이 당신의 부재보다 더 걱정스러워요. 당신이 건강하게 잘 지내고 있기를 기도해요. A.

M, 단 한 마디면 돼요. 당신이 잘 있다는 사실만 알려 주면 다른 말은 필요 없어요. A.

M, 이제 먹을 수도 잠을 잘 수도 없어요. 제발 연락 줘요. A.

M, 내 심장의 불꽃은 여전히 희망으로 펄럭이지만 나날이 사위어 가요. A.

M, 다시는 당신에게서 소식을 듣지 못하는 건가요? A.

"이게 다예요?"

왓슨 부인이 여전히 고개를 가로저으며 물었다.

샬럿이 고개를 끄덕였다.

"첫 번째 광고가 수요일에 올라왔고 마지막은 오늘자 신문이에요."

세월의 무게에 점점 쪼그라드는 노파처럼 광고의 양은 점점 줄었지만 그 문장에 담긴 절망감은 점점 더 격렬해졌다.

"레이디 잉그램은 정확히 무슨 일이 있었는지 알고 싶은 마음을 참을 수 있다면 계속 버틸 수 있을 거예요."

왓슨 부인이 중얼거리듯 말했다.

"그렇지만 일단 그 마음에 굴복하면 더 멈출 수 없어요. 핀치 씨의 침묵이 길어질수록 그에게 대답을 듣고 싶은 마음은 더 강렬해질 테니까요."

최근 몇 년 동안 레이디 잉그램은 피부가 피와 살이 아니라 금강석 같은 난공불락의 물질로 만들어지기라도 한 듯 놀라울 정도로 침착해 보였다. 그런 사람의 호소에 담긴 아픔과 절망을 본 왓슨 부인은 슬픔이 담긴 눈빛으로 사교계에 데뷔했던 레이디 잉그램을 떠올렸다.

모든 방어를 파괴하는 힘, 사랑.

문을 살짝 두드리는 소리가 났다. 미어스 씨가 돌아왔다. 왓슨 부인의 심장이 쿵쾅거렸다. 이 사건의 진상에 이렇게 목을 매는 자신이 당황스러울 정도였다. 핀치 씨가 다리가 부러져 아편틴크로 의식이 혼미한 채 병상에 있었다는 소식을 레이디 잉그램에게 한시바삐 전했으면 하는 자신을 깨닫자 번개라도 맞은 듯 머리가 아득해졌다.

“어서 들어와요, 미어스 씨. 우리에게 줄 소식이 있어요?”

미어스 씨는 역할을 위해 썼던 철테 안경을 벗고, 머리에 바른 포마드도 거의 다 씻어 낸 후였다. 이제 그는 왓슨 부인이 풋내나는 애송이 시절, 런던의 시끌벅적함과 얼음장 같은 무관심에 주눅 들어 지내던 시절에 만난 요정 같은 청년의 모습으로 돌아와 있었다.

“저는 하숙집 주인에게 핀치 씨 아버님의 사무 변호사라고 소개했습니다. 그분은 제가 사칭한 신분을 의심하지 않고 핀치 씨를 매우 칭찬하시더군요. 핀치 씨는 예의 바르고 품위가 있으며 하숙집에도 아무 문제를 일으키지 않는 매우 훌륭한 젊은이라고 했습니다. 집주인 말로는 핀치 씨가 휴가를 떠났답니다. 이틀 전에 출발했고 다음 일요일에 돌아올 거라고 하셨습니다.”

“휴가라고요? 어디로요? 핀치 씨가 자리보전을 하고 있었던 게 ‘아니란’ 말이에요?”

말도 안 되는 소리였다.

“우즈 부인은 핀치 씨가 떠날 당시 건강과 정신 상태가 최고조가 아니었다고 짐작할 만한 말은 전혀 하지 않으셨습니다. 부인은 핀치 씨의 행선지를 구체적으로 밝힐 입장이 아니라고 생각하시더군요. 그래도 핀치 씨가 기념품을 가져오겠다고 약속했다는 말은 해 주셨습니다.”

“하숙비는 어떻게 처리했죠?”

샬럿이 뾰족하게 마주 댄 손끝을 턱 아래로 가져갔다.

"떠나기 전에 미리 다 지불했습니다. 물론 집을 비운 동안에는 요리나 세탁, 여타의 서비스가 필요 없을 테니 그만큼은 제했고요."

샬럿이 이마를 찡그리자 보일 듯 말 듯 주름살이 잡혔다. 왓슨 부인이 질문을 몇 가지 더 했지만, 다른 대답도 결국은 이런 뜻이었다. '우즈 부인의 하숙집에서 아무도 핀치 씨의 안위를 걱정해야 한다고 느끼지 않았다.'

미어스 씨는 남은 일요일을 즐기기 위해 물러났다. 왓슨 부인은 어리둥절한 채 방 안을 이쪽 끝에서 저쪽 끝으로 서성거릴 뿐이었다. 우즈 부인의 말이 맞는다고 치자. 그렇지 않으리라고 볼 근거도 없으니 말이다. 그렇다면 마이런 핀치는 일주일 전 일요일에 분명히 런던에 있었으며, 연인과 찰나의 눈짓을 교환하기 위해 앨버트 기념비를 충분히 지나칠 수 있었다. 또한 그 후로 휴가를 떠나기까지 며칠 동안 평소와 다름없이 생활했다는 사실은 그가 오랫동안 지켜 온 약속을 깨더라도 딱히 개의치 않았다는 뜻이기도 했다.

"홈스 양, 걱정하지 않아도 된다는 말이 옳았어요. 하지만 이런 결과는 꿈에도 기대하지 않았어요."

샬럿이 곧장 대답하지 않자 왓슨 부인은 자신의 생각에 살짝 웃음이 나왔다.

"당신은 내게 기대는 변덕스러운 물건이라고 하겠죠. 그런 건 애초에 갖지 않는 편이 좋다고 말이에요."

샬럿은 양 손바닥 사이에 연필을 끼우고 빙빙 굴리며 유난히 새침한 표정을 지었다.

"저는 사람들을 볼 때 그들이 보여 주고 싶어 하는 모습이 아니라 본모습을 보려고 해요. 그런데 방금 부인이 말씀하신 종류의 기대감은 개연성을 의미해요. 저는 개연성을 배제하지 않아요. 그것이 없으면 일상을 벗어난 뭔가를 포착하기 힘들거든요."

"그러니까 홈스 양도 이 상황이 일상에서 벗어났다고 생각하는군요?"

샬럿은 태평스럽게 손가락으로 연필을 돌렸다. 반면 어느새 해쓱해진 그녀의 얼굴에는, 왓슨 부인이 벽에 걸린 거울을 지나칠 때마다 자신의 얼굴에서 보았던, 당혹스러움을 넘어 불안감이라고 해도 좋을 우울함이 묻어나 있었다.

눈썹이 춤추듯 찡긋거리고 수백 가지 감정을 또렷하게 드러내려는 것처럼 입술의 모양을 바꾸는 페넬로페 같은 사람들과 달리, 샬럿의 표정은 모나리자처럼 쉽사리 변하지 않고 속내를 읽을 수가 없었다. 하지만 왓슨 부인은 그녀의 미세한 변화를 읽는 데 점점 능숙해졌다.

아까만 해도 샬럿은 오빠에 대해 전혀 걱정하지 않았다. 레이디 잉그램과 핀치 씨의 관계를 알고 놀라기는 했어도 그가 자취를 감추는 일이 특수한 경우가 아니라 간단한 설명으로 해명할 수 있는 평범한 일탈 정도라고 생각했다.

그런데 이제 그녀의 생각이 바뀌었다.

"우리가 세운 가설을 다시 검토해 봐야 할지도 모르겠어요."

샬럿이 말했다.

왓슨 부인은 자신의 가설을 살펴보는 데도 족히 일 분이 걸렸다. 그녀의 눈이 커졌다.

“우리는 핀치 씨에 대한 레이디 잉그램의 연모의 정이 너무 깊어서 핀치 씨의 애정도 그만큼 깊을 거라고 짐작했어요. 어쩌면 그 사람은 지난 몇 년간 열정이라기보다 동정하는 마음으로 약속 장소에 나왔을지도 몰라요. 레이디 잉그램이 분별력을 찾아서 이런 재회를 관두기를 바랐을지 몰라요. 그런 식으로 절대 자신이 먼저 퇴짜를 놓지 않는 모양새가 만들어지도록 말이에요. 그렇지만 시간이 흐르면서 너무 부담스러워졌어요. 레이디 잉그램에게 약속을 지키고 싶지 않다고 알리는 대신 결정타를 날린 거죠.”

샬럿은 생각에 잠긴 것 같았다.

“지금으로서는 그런 쪽으로도 검토를 해 봐야 해요. 우리가 그럴 리 없다고 배제한 가설이 또 뭐가 있을까요?”

“맙소사. 핀치 씨가 레이디 잉그램을 사랑하기는 했는지 확인해 봐야 한다는 거예요? 그녀는 자신의 가족이 무엇보다 체면을 유지하는 데 급급했다고 했죠. 어쩌면 핀치 씨는 그녀의 가족이 그토록 곤궁한 형편인 줄 꿈에도 몰랐던 야심가였을지도 몰라요. 그렇게 생각하면, 레이디 잉그램이 결혼 생활의 경계는 넘지 않으려는 결벽증을 벗어던지고 그와 정사를 나누거나, 그가 재산을 노린 결혼을 할 수 있도록 부유한 사람들을 소개시킬 만한 환경을 만들어 주기를 바라는 마음에 매년 딱 한 번인 만남을 유지했을 수도 있어요.”

왓슨 부인은 과거의 알렉산드라 그레빌이 자신이 바라는 길에서 점점 멀어질 수밖에 없었던 현실이 마음 아팠다. 정말로, 여자라면 그 누구라도 바라는 길에서 점점 멀어질 수밖에 없는 그 현실 때문에 말이다.

"그렇다면 부인은."

샬럿이 말문을 열었다.

"미어스 씨의 보고 사항이 레이디 잉그램에게 알릴 만한 충분한 증거가 될 거라고 생각하세요?"

샬럿은 레이디 잉그램을 전혀 동정하지 않는 것 같았다. 왓슨 부인은 이 사실이, 당황스러운지 안심이 되는지 스스로도 갈피를 잡을 수 없었다.

"레이디 잉그램은 이 보고 내용을 받아들이지 않을 거예요. 미어스 씨와 삼십 년이 넘는 인연인데도, 나는 그 내용을 곧이곧대로 받아들일 수 없거든요."

또 샬럿의 안면 근육이 아주 미세하게 움찔했다. 왓슨 부인은 이 자문 탐정이 아직 사건을 종결할 때가 아니라고 생각하는 걸 느낄 수 있었다.

"일단 핀치 씨가 돌아올 때까지 기다려 보죠. 그 사람이 정말 남들에게 보여 주는 모습대로 한 점 부끄러움 없이 유쾌한 사람인지 확인해 봐요."

"연인의 소식을 기다리는 여인에게 일주일은 영원과도 같아요."

왓슨 부인은 마이완드 전투가 끝난 후 라왈핀디•에 있는 작은 집 베란다에 서 있는 자신의 모습이 눈에 선했다. 그날은 몹시 후텁지

• 라왈핀디 파키스탄 북동부 도시

근했다. 열기와 습기가 파도처럼 밀려오며 그녀를 괴롭혔지만, 어째서인지 시간이 흐를수록 몸이 점점 더 차가워지는 듯했다.

샬럿은 그와 똑같은 장면을 목격하는 것처럼 왓슨 부인을 유심히 살펴보았다. 이윽고 사이드보드로 가더니 위스키를 한 잔 따라 왓슨 부인에게 가져다주었다.

"그동안 뭔가를 알아낼 수 있을 거예요."

리비아는 뒷문으로 집을 빠져나오며 욕설을 중얼거렸다.

'이제야' 공원에서 만난 젊은 남자에 대해 샬럿에게 털어놓았다는 사실이 후회스러웠다. 홈스가에서 말을 돌보고 마차를 모는 모트가 이튿날 지시받은 일을 하려고 나갈 때, 편지를 대신 보낼 수 있도록 비밀 장소에 편지를 두고 나오지 말걸 그랬다며 '이제야' 후회가 되었다. 그 남자를 다시 만나고 싶다는 속마음을 그렇게 아무렇지도 않게 글로 밝힌 것은 물론이며, 애초에 그 남자 이야기를 언급하다니. 이 모든 일들이 어리석은 짓이라는 사실을 왜 더 일찍 깨닫지 못했을까. 차라리 그녀가 열 살이었을 때 깔깔거리며 웃음을 터트렸던, 정확히 코끝에 떨어진 빗방울과 다시 만나기를 바라는 편이 나았다.

그 남자를 다시 만날 확률은 겨우 그 정도에 불과했다!

그나마 밖은 컴컴해 다른 사람에게 들킬 일은 없었다. 레이디 홈스는 벌써 잠자리에 들었고 헨리 경은 또 외출을 했다. 집 뒤의 손바닥 크기의 정원과 거주자의 말과 마차를 넣어 두는 마구간 사이에는 좁은 길이 나 있었다. 사방 공기는 농밀했다. 말과 밀짚,

말똥 냄새가 가득한데 이웃에 활짝 핀 인동덩굴의 달콤한 향기가 불협화음처럼 섞여 들고 있었다.

리비아가 홈스가의 마구간 문을 두드렸다. 모트가 노크 소리를 들을 수 있도록 두 주먹으로 쿵쿵 쳐야 하는 일이 없기만 빌었다. 놀랍게도 문이 금세 열렸다.

"무슨 일이세요, 리비아 양?"

모트가 물었다.

모트는 서른 살가량으로 검은 머리에 키는 중간 정도이며 체격은 땅딸막했다. 예전에 샬럿은 그가 근시일 것이라고 말한 적이 있는데, 아직 전봇대에 마차를 들이받은 적은 없었다.

리비아가 그를 지나쳐 안으로 들어갔다. 문밖에 서 있어 봐야 좋지 않았다. 쏟아지는 불빛에 그녀의 모습이 너무나 또렷하게 드러나 보일 테니 말이다.

"내 편지를 다시 받아 가려고 왔어, 모트. 아직도 가지고 있지?"

모트는 어리둥절한 기색으로 문을 닫았다.

"네, 아가씨. 가져오겠습니다."

그는 자신의 거처로 사용하는 고미다락으로 올라갔다. 발을 옮길 때마다 사다리가 삐걱거렸다.

마구간에서는 가죽 광택제와 바퀴 윤활유, 암모니아 냄새가 났다. 리비아는 주위를 둘러보았다. 샬럿이 집에서 도망친 직후, 샬럿에게 편지를 보내 달라거나 반대로 샬럿의 편지를 받아 오라고 부탁하려고 마구간 앞에 온 적은 있지만 안으로 들어간 적은 한 번도 없었다. 그곳은 리비아가 기억한 대로 깔끔하게 정리되어 있었다. 사교 시즌을 위해 대여한 마차가 한쪽 자리를 차지하고 있었다. 다른 쪽은 말을 넣어 두는 칸 네 개가 늘어서 있었지만, 시즌을 위해 대여한 한 쌍의 부산스러운 말 두 마리가 두 칸만 차지하고 있었다. 등자와 둥글게 감은 밧줄 여러 개가 커다란 나무못에 걸려 있었다. 솔과 긁개, 직접 만든 풀 등이 울퉁불퉁해 보이는 선반에 일렬로 놓여 있었다.

모트가 입에 편지를 물고 사다리를 내려왔다.

"고마워."

그가 편지를 건네자 리비아가 말했다. 그러고는 큰 기대 없이 이렇게 물었다.

"우리 집에서 계속 일하는 문제에 대해서 우리 아버지께 말씀드려 봤어?"

모트는 마차와 말들과 마찬가지로 이번 시즌에만 고용된 마부였다. 체면치레도 해야 하고 레이디 홈스와 그녀의 딸들을 시내 곳곳으로 데려다줄 사람도 있어야 했다. 홈스가는 가장 가까운 이웃과 정원사 겸 마부를 공동으로 고용해 마차를 몰게 했다.

원래 리비아는 고용인들을 계속 고용할지 말지 신경을 쓰지 않았다. 그녀의 부모님은 성격이 부드럽거나 친절한 사람들이 아니었다. 리비아도 하인들이 자주 들고 나는 일에 익숙했다. 그렇지만 모트는 이번 여름에 정말로 도움이 되었다.

모트는 리비아를 싫어하는 기색이 아니었기에 그녀의 눈에 이 마부는 유독 특이해 보였다. 그도 그럴 것이 사람들은 대부분 유난히 자의식이 높은 리비아를 좋아하지 않기 때문이다. 어쨌든 시즌이 끝난 후에도 홈스가에 남을 수 있을지 헨리 경과 이야기를 해 보라고 한 말은 리비아의 입장에서는 썩은 동아줄이라도 잡고 싶은 행동이었다. 지금 모트는 그녀의 유일한 아군이었다. 그녀는 시골에서 지낼 아홉 달 동안 의지할 사람 한 명 없이 버티고 싶지 않았다.

"요즘 주인님은 그런 대화를 나눌 만한 분위기가 아니십니다."

모트가 대답했다.

리비아는 그 말을 부정할 수 없었다.

사람들은 헨리 경이, 의혹이 말끔하게 사라졌다는 사실에 기뻐할 거라고 생각했다. 헨리 경의 예전 약혼녀가 급사하기 몇 시간 전, 그와 언쟁을 하는 소리를 들은 사람들이 있었고, 덕분에 주변에는 의심이 피어올랐다. 하지만 색빌 사건으로 예전 약혼녀 레이디 아멜리아 드러먼드의 성격과 판단력에 몹시 문제가 있었다는 사실이 드러났고, 사람들은 헨리 경이 그녀에게 파혼당한 사실을 오히려 기뻐할 거라고 짐작했다.

하지만 전혀 그렇지 않았다. 헨리 경은 기뻐하기는커녕 분노에 휩싸였다.

샬럿에 따르면, 헨리 경은 도덕적으로 한참 열등한 여성에게 차였다는 사실에 분노를 느꼈다. 게다가 그녀는 이미 땅속에 누워 있으므로 그녀가 응당 받아야 할 비난을 퍼부을 수 없다는 사실에 더욱 분통이 터지는 듯했다.

그 결과 모트는 헨리 경에게 말을 걸어 볼 기회조차 잡을 수 없었다. 이번 시즌이 끝날 때까지 그런 기회를 통 못 잡을 것 같았다.

"음, 그래도 희망을 버리지 마."
리비아는 모트보다 자신을 위해 그렇게 격려했다.
모트가 리비아에게 문을 열어 주었다.
"그럴 겁니다, 리비아 양."

잉그램 경이 계단에서 아내와 마주쳤다. 그는 아이들에게 잘 자라는 인사를 하기 위해 아이들의 방으로 가는 길이었고, 레이디 잉그램은 막 그곳에서 나온 참이었다.
"잘 주무시오."
그가 아무 억양도 없는 어조로 말했다.
그녀가 차갑게 대꾸했다.
"안녕히 주무세요."
지난 몇 년 동안 이 부부는 여전히 고집스럽게 아내와 남편으로 지냈지만, 집에서는 최대한 마주치지 않도록 동선과 일정을 짰다. 그들은 식사도 따로 했다. 레이디 잉그램은 침대에서 아침으로 코코아를 마셨고, 잉그램 경은 클럽에서 아침 겸 점심을 먹었다. 시즌 중에는 특별히 신경을 쓰지 않아도 서로 마주치지 않을 수 있었다. 외식을 하건, 집에서 디너파티를 열건 남편과 아내는 서로 이야기를 나누지 않고, 다른 손님들과 사교를 즐기는 것이 사교계의 암묵적인 규칙이기 때문이다.
아이들에 대해서도 두 사람은 암묵적인 협정을 맺었다. 그는 주말마다 아이들과 함께 아침을 먹고 일요일 오후면 아이들을 데리고 외출했다. 한편, 레이디 잉그램은 주말마다 아이들과 점심을 먹고 일요일 저녁마다 아이 방을 독점했다.

레이디 잉그램은 지금 막 아이들을 재웠다. 평소처럼 오 분가량 더 일찍 재웠다면 이렇게 서로 마주칠 일도 없었을 것이다. 말이 나왔으니 말이지만, 그녀는 오늘 오후에도 평소보다 귀가가 늦었다. 그는 아이들과 시간을 더 보내도 상관없었지만, 시간을 어기는 건 그녀답지 않았다.

그녀가 초조한 발걸음으로 남편을 지나쳤다.

“아, 혹시 서재에서 타자기를 썼소?”

잉그램 경은 ‘내 타자기’라거나 ‘내 서재’라고 말하지 않았다. 하지만 그녀는 말뜻을 충분히 짐작했을 것이다. 그녀가 몸을 돌렸다.

“앞으로는 그러지 말라는 뜻인가요?”

“물론 당신은 이 집의 물건을 무엇이든 마음껏 사용할 수 있어요. 궁금증이 생긴 것뿐이오. 당신은 타자기가 필요하다고 한 적은 없잖소.”

“가끔은 나도 타자기로 편지를 쓰고 싶을 때가 있어요.”

레이디 잉그램은 정중하지만 거리감이 느껴지는 어조로 대꾸했다.

잉그램 경은 애초에 왜 그런 질문을 하고 싶었는지 알 수 없었다. 최근 들어 아내가 어딘지 조금 달라진 것 같았다. 홈스라면 그 차이를 정확하게 이야기해 줄 수 있을 것이다. 그렇지만 홈스 같은 뛰어난 관찰력을 타고나지 않은 그로서는 감에 의지할 수밖에 없었다. 그의 직감은 이유나 방법에 대해 말해 주지 않은 채 잘 지켜보라고만 했다.

아내가 바람을 피울 수도 있을까? 그는 아직 결혼 서약을 깨지 않았다. 아내도 그러하리라 짐작했다. 그 정도가 아니라 요즘은 아내가 어떤 로맨스도 추구하지 않으리라는 인상마저 받았다.

어쨌든 아내가 이혼의 빌미를 만들어 줄 경우를 대비해서 좀 더 유심히 지켜보아야 할까? 그는 정말로 그 빌미를 무기로 휘두를 수 있을까? 아내로서는 부족한 점이 있어도 두 아이에게만은 따뜻한 어머니인 그녀를 아이들에게서 떼어 놓을 정도로 무정한 사람이 될 수 있을까?

만약 아내와 절대 이혼하지 않는다면, 아내의 애인을 알아냈을 경우 어떤 유리한 위치에 오르게 될까?

"잘 자요, 여보."

잉그램 경이 말했다.

샬럿은 제 방으로 들어가 문을 닫은 후 한 손으로 얼굴을 가린 채 문에 기대섰다.

밴크로프트 경의 청혼으로부터 핀치 씨의 잠적 아닌 잠적에 이르기까지 길고도 기묘한 하루였다. 게다가 고작 이십사 시간 하고도 조금 더 전에는 잉그램 경과 키스를 하기까지 했다. 물론 짧게 끝났지만 십 년 만의 키스였고, 그만큼 모든 것을 불사르는 열기에 화르르 집어삼켜진 순간이었다.

구체적인 사건은 처리하기 쉽다. 감정적인 반응은 더 성가셨다. 감정적인 반응은 산뜻하지도 않고 사실에 기반하지도 않는다. 제멋대로 돌연변이를 일으킨다. 그것들은 사람의 의식을 가득 채워 다른 것이 들어설 공간마저 남김없이 집어삼킨다.

게다가 감정은 명료하게 사고할 대상도 아니다.

핀치 씨를 둘러싼 상황은 앞뒤가 들어맞지 않는 구석이 너무 많아 도무지 평범하다고 할 수 없었다. 하지만 레이디 잉그램의 비통함과 왓슨 부인의 고통, 레이디 잉그램이 의뢰인이라는 사실에 대한 불편함 사이에서 샬럿은 무엇이 신경을 계속 건드리는지 딱 집어낼 수가 없었다.

우박을 동반한 폭풍이 몰아치는데 누군가 소심하게 창문을 두드려 보내는 모스 신호를 알아들으려고 애쓰는 기분이었다.

샬럿은 문을 밀어내듯이 문에서 몸을 뗐다. 침대에는 뱅크로프트 경이 준 서류철이 놓여 있었다. 그녀는 서류철에서 다음 봉투를 꺼냈다.

암호 : 한 페이지 가득 공간을 띄우지 않고 붙여 쓴 알파벳 대문자들.

단서를 보니 그것은 비즈네르 암호였다. 비즈네르 암호는 벌써 몇백 년 동안 사용되었지만, 고작 한 세대 전에야 비로소 해독에 성공했다. 신기원에 버금가는 위업을 달성한 찰스 배비지는 자신의 해독법을 따로 출판하지 않았다. 하지만 해결할 문제를 모색 중인 지성과 시간이 흘러넘치는 샬럿은 리비아에게 비즈네르 암호를 여러 개 만들도록 했다. 그리고 독자적으로 그 암호를 연구해 해독법을 알아내고 말았다.

이 과정에서 샬럿은 비즈네르 암호를 해독하는 일은 성질 고약한 노새에게 머리를 걷어차이는 것과 흡사한 경험이라는 사실을 깨달았다. 다시 말하지만, 해독 작업은 머리가 깨질 것처럼 까다로울 뿐더러 도저히 시간을 단축하거나 좀 더 즐겁게 몰두할 방법이 없는 한없이 길고 지난한 과정이기 때문이다.

밴크로프트 경은 '이것'이 샬럿에게 즐거움을 선사할 정신노동이 될 거라고 생각했을까?

공평하게 말하면, 비즈네르 암호를 해독하려면 정확히 무엇이 필요한지 알기 전부터 샬럿은 그렇게 생각했다.

적어도 밴크로프트 경이 그녀를 위한 난제를 고르도록 부하들에게 지시했다는 사실은 알 수 있었다. 덕분에 그는 확실히 점수를 땄다.

카이사르 암호는 그 이름은 위풍당당하지만 풀이법은 간단하다. 암호화하지 않은 평문의 철자를 정해진 수만큼 위나 아래로 움직인 다른 자리의 철자로 치환하는 암호이다. 가령, 카이사르 암호에서 오른쪽으로 두 칸 이동한다고 하면, A는 C로, B는 D로 치환되는 식이다.

비즈네르 암호에는 이 카이사르 암호의 원칙이 포함되어 있다. 먼저 샬럿은 '타불라 렉타'• 즉, 가로×세로 스물여섯 칸에 온갖 방식으로 치환 가능한 표를 만들었다.

샬럿이 암호를 만들고 있다고 가정하면 이제 열쇠말을 고를 차례였다.

• **타불라 렉타** 암호 해독에 필요한 알파벳 사각형 테이블

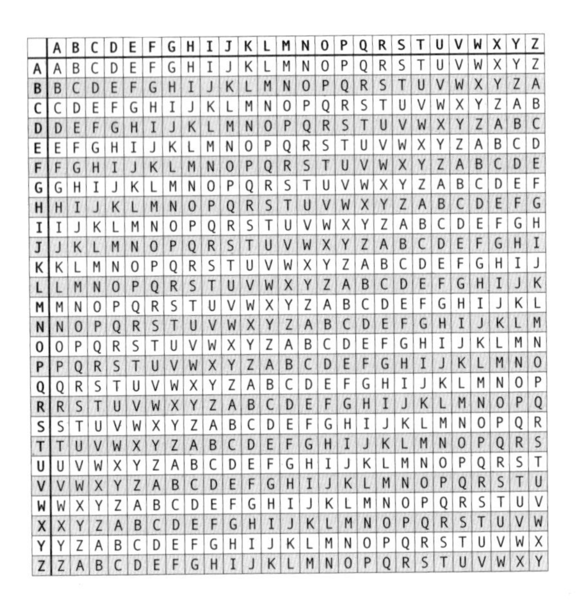

	A	B	C	D	E	F	G	H	I	J	K	L	M	N	O	P	Q	R	S	T	U	V	W	X	Y	Z
A	A	B	C	D	E	F	G	H	I	J	K	L	M	N	O	P	Q	R	S	T	U	V	W	X	Y	Z
B	B	C	D	E	F	G	H	I	J	K	L	M	N	O	P	Q	R	S	T	U	V	W	X	Y	Z	A
C	C	D	E	F	G	H	I	J	K	L	M	N	O	P	Q	R	S	T	U	V	W	X	Y	Z	A	B
D	D	E	F	G	H	I	J	K	L	M	N	O	P	Q	R	S	T	U	V	W	X	Y	Z	A	B	C
E	E	F	G	H	I	J	K	L	M	N	O	P	Q	R	S	T	U	V	W	X	Y	Z	A	B	C	D
F	F	G	H	I	J	K	L	M	N	O	P	Q	R	S	T	U	V	W	X	Y	Z	A	B	C	D	E
G	G	H	I	J	K	L	M	N	O	P	Q	R	S	T	U	V	W	X	Y	Z	A	B	C	D	E	F
H	H	I	J	K	L	M	N	O	P	Q	R	S	T	U	V	W	X	Y	Z	A	B	C	D	E	F	G
I	I	J	K	L	M	N	O	P	Q	R	S	T	U	V	W	X	Y	Z	A	B	C	D	E	F	G	H
J	J	K	L	M	N	O	P	Q	R	S	T	U	V	W	X	Y	Z	A	B	C	D	E	F	G	H	I
K	K	L	M	N	O	P	Q	R	S	T	U	V	W	X	Y	Z	A	B	C	D	E	F	G	H	I	J
L	L	M	N	O	P	Q	R	S	T	U	V	W	X	Y	Z	A	B	C	D	E	F	G	H	I	J	K
M	M	N	O	P	Q	R	S	T	U	V	W	X	Y	Z	A	B	C	D	E	F	G	H	I	J	K	L
N	N	O	P	Q	R	S	T	U	V	W	X	Y	Z	A	B	C	D	E	F	G	H	I	J	K	L	M
O	O	P	Q	R	S	T	U	V	W	X	Y	Z	A	B	C	D	E	F	G	H	I	J	K	L	M	N
P	P	Q	R	S	T	U	V	W	X	Y	Z	A	B	C	D	E	F	G	H	I	J	K	L	M	N	O
Q	Q	R	S	T	U	V	W	X	Y	Z	A	B	C	D	E	F	G	H	I	J	K	L	M	N	O	P
R	R	S	T	U	V	W	X	Y	Z	A	B	C	D	E	F	G	H	I	J	K	L	M	N	O	P	Q
S	S	T	U	V	W	X	Y	Z	A	B	C	D	E	F	G	H	I	J	K	L	M	N	O	P	Q	R
T	T	U	V	W	X	Y	Z	A	B	C	D	E	F	G	H	I	J	K	L	M	N	O	P	Q	R	S
U	U	V	W	X	Y	Z	A	B	C	D	E	F	G	H	I	J	K	L	M	N	O	P	Q	R	S	T
V	V	W	X	Y	Z	A	B	C	D	E	F	G	H	I	J	K	L	M	N	O	P	Q	R	S	T	U
W	W	X	Y	Z	A	B	C	D	E	F	G	H	I	J	K	L	M	N	O	P	Q	R	S	T	U	V
X	X	Y	Z	A	B	C	D	E	F	G	H	I	J	K	L	M	N	O	P	Q	R	S	T	U	V	W
Y	Y	Z	A	B	C	D	E	F	G	H	I	J	K	L	M	N	O	P	Q	R	S	T	U	V	W	X
Z	Z	A	B	C	D	E	F	G	H	I	J	K	L	M	N	O	P	Q	R	S	T	U	V	W	X	Y

HOLMES라는 열쇠말로 'CHARLOTTEISSHERLOCK'라는 문장을 암호화하려면 이렇게 써야 한다.

CHARLOTTEISSHIEROCK

HOLMESHOLMESHOLMESH

첫 번째 철자 C를 암호화하려면, 먼저 타불라 렉타에서 세로 C줄과 가로 H줄을 확인해야 한다. 다음 철자는 세로 H줄과 가로 O줄이 교차하는 칸의 철자이다. 이 과정을 원래 글에 있는 철자만큼 반복한다. 마침내 암호문은 이렇게 완성된다.

JVLDPGAHPUWKOSCXSUR

하지만 이 암호에서는 우선 열쇠말부터 알아내야 한다. 그녀는 암호문을 구성하는 철자들을 검토하고, 반복된 문자열을 찾아내고, 반복된 문자열의 철자군들 사이에 위치한 철자의 개수도 세어 보았다. 이런 작업이 열쇠말의 길이를 알아내는 데 도움이 되기 때문이다.

자정에 가까워지자 관자놀이가 욱신거렸다. 과거, 배비지는 찰스 1세의 암호 서신을 해독할 기회를 거절했다. 아마 비즈네르 암호 때문에 머리가 너무 아팠기 때문이었을 것이다.

샬럿은 자리에서 일어나 창가로 다가갔다. 그러자마자 마음의 눈에 잉그램 경이 보였다. 그가 결혼한 지 두 달이 흐른 겨울, 시골에서 하우스 파티가 열렸다. 샬럿은 호랑가시나무 잎이 달려 있는 눈 쌓인 테라스에 나가 있는 잉그램 경에게 다가갔다. 그는 고개를 뒤로 살짝 젖힌 채 느긋하게 연기를 길게 뱉으며 담배를 피우고 있었다.

그는 두 눈을 감고 있었다. 그리고 구름 덮인 하늘을 향해 미소 짓고 있었다. 자애로운 우주일 것이라 믿어 의심치 않는 하늘을 향해서.

"안녕, 홈스."

그가 여전히 눈을 감은 채 어깨에서 편안하게 힘을 빼며 말했다. 그의 입술에는 여전히 미소의 흔적이 남아 있었다.

"어떻게 당신인 줄 알았느냐고 물어볼 작정 아니야?"

"이곳에 와서 아무 말도 없이 서 있을 사람은 나말고 아무도 없다고 대답하겠지."

그가 웃음을 터트리며 눈을 떴다.

"정답이야, 홈스."

그가 담배를 길게 빨았다.

"좀 달라 보이는데. 살이 빠졌나?"

살이 빠졌다.

"아니."

샬럿이 말을 이었다.

"너는 행복해 보이네. 결혼 생활이 잘 맞나 봐."

"정말 그래."

그는 행복에 겨운 나머지 샬럿이 이 특별한 결혼을 반대하며 경고했다는 사실은 굳이 다시 끄집어내지 않았다.

"너도 해 봐."

잉그램 경 부부는 원래 일정보다 두 주 더 연장한 신혼여행에서 돌아온 지 고작 며칠밖에 되지 않았다. 그들은 그날 오후에 하우스 파티에 도착했지만, 저녁 만찬에는 나오지 않았다. 레이디 잉그램의 몸이 살짝 좋지 않다고 했다.

샬럿은 몸에 작살이 박힌 것 같았다.

"곧 아버지가 되는구나, 그렇지?"

그녀는 회상에서 빠져나와 창가에서 몸을 돌렸다.

잉그램 경과 만난 후로 그가 그때만큼 기쁨에 겨워 하는 모습을 본 적이 없었다. 샬럿은 그 기쁨을 절대 믿지 않았다. 돌이켜 생각해 보면 그것이 얼마나 허구의 토대에서 비롯되었으며, 비눗방울처럼 영롱한 그 기쁨이 얼마나 덧없는지 알았기 때문일 것이다…….

샬럿은 다시 책상으로 돌아가 감사와 다름없는 마음으로, 비즈네르 암호라는 정신을 혹사하는 지겨운 작업에 뛰어들었다.

제6장

월요일

리비아는 음악을 싫어하지 않았다. 하지만 지금, 이 순간 춤을 출 수 있다면, 아니 책이라도 읽을 수 있다면 이 연주 파티를 그럭저럭 즐길 수 있을 것이다. 하지만 춤을 추려고 모인 자리도 아니었고, 책을 읽으면 모두 눈살을 찌푸릴 것이 분명했다. 덕분에 리비아는 소프라노 가수가 지저귀듯 노래하는 동안 음악을 듣고 지겨워하고 짜증을 내고 걱정에 휩싸였다. 다시 말해 평소처럼 버티는 중이었다.

등이 펑퍼짐한 이태리 소프라노가 또 유리를 긁는 고음을 내자 리비아는 더는 그곳에서 버틸 수가 없었다. 그녀는 응접실에 줄줄이 늘어놓은 의자들 가운데에서 일부러 제일 끄트머리에 앉아 있었다. 그녀가 자리에서 일어나자 레이디 홈스가 노려보았다. 리비아는 화장실로 발길을 옮겼다. 당장 급하지는 않았다. 하지만 화장실이 급해서 자리를 떴다고 생각하면 레이디 홈스가 굳이 뒤따라 나오지는 않을 터였다.

응접실에서 충분히 멀어지자 리비아는 복도 벽에 붙어 있는 기둥에 몸을 기댔다. 이 집은 누구의 집일까? 애초에 그런 게 중요하기는 했나? 사교계 시즌은 막바지를 향해 달려가는 중이었다. 곧 런던은 텅 비고 리비아는 런던을 떠나는 행렬의 한 사람이 될 것이다.

원래 칠월 이 무렵이 되면 리비아는 언제든 시골집으로 돌아갈 준비가 되어 있었다. 결혼이라는 성배를 가질 자격을 증명하는 소득 없는 과업을 수행하느라, 남편을 구하지 못했다는 실망감에도 불구하고, 쉴 새 없이 미소를 짓고 고개를 끄덕이고 유쾌한 듯 대화를 나누어야 하는 일은 제발 피하고 싶었다.

올해에는 샬럿도 함께 오지 않았다. 오롯이 혼자였다.

그때 자신을 향해 다가오는 발걸음 소리에 리비아는 얼른 자세를 고쳤다. 어떤 여자가 화장실이 있는 쪽에서 모퉁이를 돌아 나왔다. 레이디 잉그램이었다. 그녀는 음악회에 지각을 해서 첫 번째 피아노 연주회가 이미 시작된 후에야 도착했다. 그래도 이 집의 안주인은 레이디 잉그램을 보자 반색을 하며 한참 동안 그녀의 곁을 떠나지 않았다.

레이디 잉그램도 앞에 있는 리비아를 알아차리고 놀란 것 같았다.

"홈스 양, 안녕하세요."

"안녕하세요, 레이디 잉그램."

지금까지 두 사람은 이야기를 나눈 적이 별로 없었다. 레이디 잉그램은 그녀만큼 차갑고 세련된 여자들에게 늘 둘러싸여 있었다. 그들의 아름다운 외모와 영향력이 어우러져 만들어진 위세가 어찌나 대단한지 리비아는 다가갈 엄두도 나지 않았다. 어차피 눈이 부실 듯한 빛이 만들어 낸 그림자에 들어가지 않더라도 리비아는 투명인간이나 다름없었다. 리비아에게는 그 무리에 받아들여지지 않은 채 근처를 어슬렁거리는 정도만 허락되는 사람으로 보이고 싶지 않을 정도의 자부심이 있었다. 대양을 횡단하는 맵시 있는 여객선의 벽에 붙어 있는 따개비처럼은 보이고 싶지 않다는 자부심 말이다.

둘 사이에 어색한 침묵이 잠시 흘렀다. 이윽고 레이디 잉그램이 살며시 미소를 지으며 말했다.

"홈스 양, 당신은 어떨지 모르지만, 나도 고막에 구멍이 날까 걱정하지 않아도 되는 음악이 좋아요."

리비아는 깜짝 놀랐다. 레이디 잉그램의 태도는…… 사근사근하기까지 했다. 원래 이런 사람이었나?

"아무래도 제가 화장실에 꼭 가야 할 어떤 분에게 설득력 있는 이유를 드린 것 같네요."

레이디 잉그램이 부드럽게 웃었다. 비웃음이 아니라 나도 이해한다는 웃음이었다. 그런데 리비아는 어떤 연유인지 레이디 잉그램의 표정에 다른 감정이 숨어 있다는 인상을 지울 수가 없었다. 권태감인 듯했다.

피로감인 듯도 했다.

"괜찮아요, 홈스 양?"

질문이 워낙 느닷없었다. 리비아는 허를 찔리기라도 한 듯했다.

"아, 그럼요. 아주 쌩쌩해요. 레이디는 어떠신가요?"

"나도 쌩쌩하답니다."

지금 레이디 잉그램의 입술이 살짝 비틀린 것 같은데 비웃는 걸까?

"샬럿 양에 대해서는 무슨 소식을 들으셨나요?"

샬럿이 그렇게 도망친 후, 사교계에서 가십이라면 누구에게도 뒤지지 않는 레이디 에이버리와 레이디 서머스비를 빼고는 감히 리비아의 면전에서 샬럿의 이야기를 꺼낸 사람은 아무도 없었다. 부모님은 샬럿에 대해 언쟁을 했을지 모르지만 그런 언쟁에 리비아를 끌어들이지는 않았다. 샬럿이 가장 신뢰하는 친구인 잉그램 경조차 샬럿이 행방을 감춘 직후 딱 한 번 리비아를 찾아왔지만, 그 자리에서도 샬럿의 이름은 꺼내지 않았다. 리비아는 마치 추기경이 법을 어기는 기분으로 그 이름을 입에 담을 수 있는 유일한 사람이었다.

그런데 지금 레이디 잉그램이 샬럿의 소식을 물어본 것이다. 악의는 전혀 느껴지지 않았다. 샬럿이 불명예스러운 일로 바닥으로 추락한 게 아니라 아마존으로 여행이라도 떠난 듯 안부를 묻는 투였다.

수많은 사람 중에 '레이디 잉그램'에게 이런 질문을 듣다니.

샬럿은 샬럿답게 레이디 잉그램에게 특별한 감정이 없었다. 반면 샬럿을 대하는 레이디 잉그램의 태도는 결코 호의적이지 않았다. 까마득한 옛날에 리비아는 잉그램 경이 미래의 아내가 드러내는 그 냉랭한 태도를 즐기는 것 같다고 확신하기도 했다. 그런데 레이디 잉그램은 결혼으로 잉그램 경을 손아귀에 넣은 후나, 심지어 부부 사이가 소원해진 후에도 샬럿에게 따뜻한 태도를 보인 적이 없었다. 사실 샬럿을 향한 냉랭한 태도는 레이디 잉그램이 오로지 재산을 노리고 잉그램 경과 결혼을 했다는 사실이 모두에게 알려진 후로 훨씬 더 두드러졌다. 리비아는 그녀의 논리를 도저히 이해할 수 없었다. 남편의 사랑을 원하지도 않으면서 왜 남편의 친구에게 이렇게까지 적대적으로 구는 걸까?

어쩌면 이런 태도의 변화는 샬럿이 그녀의 자리에 조금의 위협도 되지 않는다는 사실을 마침내 깨달았기 때문일지도 모른다. 어쩌면 다른 남자로 인해 샬럿이 파멸을 맞았다는 사실 덕분에 잉그램 경이 얼마나 적절하게 처신했는지 비로소 알게 되었을 수도 있다. 그도 아니라면 샬럿이 너무나 극적으로 몰락한 채 적어도 대중의 눈앞에서는 자취를 감추었기에, 천하의 레이디 잉그램조차 샬럿을 동정하고 걱정하게 된 것일지 몰랐다.

"아니, 아뇨."

리비아는 이렇게 대답하고 난 후에야 아직 제대로 대답하지 않았다는 사실을 뒤늦게 깨달았다.

"아직 동생에게서는 아무 소식도 없어요."

"무작정 기다리는 일이 가장 끔찍해요, 그렇죠?"

리비아는 레이디 잉그램이 단순히 예의를 차리는 정도가 아니라 마치 사랑하는 사람이 자취를 감추었을 때 느낀 고통을 떠올리고는 그 감정을 지금 느끼기라도 한 듯 울컥하는 모습에 적잖이 놀랐다. 아무것도 모른 채 절망감에 사로잡혀 홀로 남겨진 고통을 느끼기라도 하듯 말이다.

"네, 정말 그래요."

레이디 잉그램이 미소를 지었다.

"홈스 양, 실례가 안 된다면 나는 이제 집으로 돌아갈 시간이에요."

레이디 잉그램과 헤어진 지 한참 후에도 리비아의 마음의 눈망울에는 레이디 잉그램의 모습이 맺혀 있었다. 그녀는 후회와 적막함으로 가득 찬 미소를 짓고 있었다.

화요일

샬럿이 눈을 비볐다.

리비아는 가족 중에서 올빼미형 인간이라 한 번에 이틀을 꼬박 새워도 잠시 눈을 붙이기만 하면 푹 잔 것처럼 쌩쌩해졌다. 리비아는 식사를 몇 끼 건너뛰어도 배 속이 텅 비었다는 느낌을 거의 받지 않았다. 한편 샬럿은 하루의 일과를 엄격하게 지켰다. 시간에 맞추어 식사하고 식사를 즐기는 만큼이나 잠도 즐겼다.

그러므로 고작 네 시간 수면으로 하루를 버티는 건 샬럿에게 익숙하지 않았다. 하지만 밴크로프트 경의 서류철에서 나온 골치 아픈 비즈네르 암호 덕분에 지난 이틀 밤 동안 고작 네 시간밖에 눈을 붙이지 못했다.

그래도 잠자리에서 뒤척이며 잉그램 경과 레이디 잉그램, 핀치 씨를 자꾸 떠올리느니 암호에 파고드는 편이 나았다. 밴크로프트 경의 청혼은 말할 것도 없고.

샬럿이 다시 눈을 비볐다. 그녀는 생기 넘치는 사람처럼 보여야 했다. 셜록 홈스의 다음 의뢰인이 이미 도착해 있었다. 응접실 문이 열리더니 왓슨 부인이 모리스 부인을 안으로 안내해 들어왔다.

의뢰 편지에 따르면, 모리스 부인은 현재 항해 중인 해군 대위와 결혼했다. 남편이 바다로 나가면, 그녀는 연로한 아버지를 돌보기 위해 런던으로 왔다.

연로한 아버지는 왕년에 의사였다. 모리스 부인이 들고 온 가방은 숙녀가 장식품으로 드는 평범한 핸드백보다 더 크고 튼튼했다. 아마도 예전에 의사의 왕진 가방으로 요긴하게 쓰였을 것 같았다. 잘 보니 그 가방은 최근까지 왕진 가방으로 쓰인 게 분명했다. 아직 새것인 걸 보면 지난해에 샀을 것 같았다.

그렇다면 그 실력 있는 의사는 은퇴한 지 그리 오래되지 않았다. 곧 은퇴를 하리라 생각했다면 새 가방에 돈을 쓰지 않았을 테니, 꽤 갑작스럽게 은퇴 결정을 내렸을 것이다.

빗자국으로 얼룩진 가방을 내려놓을 때 살펴보니, 모리스 부인의 손가락에서 결혼반지가 안 보였다. 세척을 위해 최근에 반지를 뺐다면, 남아 있어야 할 또렷한 반지 자국도 보이지 않았다.

"모리스 부인이 오셨습니다, 아가씨."

왓슨 부인이 말했다.

샬럿은 의뢰인과 악수했다. 삼십 대 중반인 모리스 부인은 빈혈 환자 같이 창백한 아름다움을 갖추었고, 태도는 적극적이었지만 어딘지 불안해 보였다.

평소와 같은 뻔한 과정이 시작되었다. 의뢰인에게 차를 권했다. 왓슨 부인이 '셜록 홈스'를 보살피기 위해 자리를 떴다. 이 즈음 샬럿은 의뢰인에게 셜록의 추리력을 보여 주는 증거가 필요한지 물어본다. 그런데 샬럿은 지금까지 관찰로 알아낸 내용을 모리스 부인에게 말해야 할지 확신이 서지 않았다.

규칙에는 반하지만, 해군 장교의 아내들은 남편의 부임지로 함께 떠나는 경우가 있었다. 모두 그러지는 않았고 성격이 적극적인 사람은 종종 그랬다. 모리스 부인이 남성의 비율이 압도적인 비좁은 숙소에서 한 줌밖에 안 되는 여성들과 부대끼며 살기 싫다면, 남편이 육지에서 상당한 시간을 보내게 될 기항지에서 지내는 방법도 있었다.

그런데 샬럿은 모리스 대위가 지금 정말 바다에 있는지 확신이 서지 않았다.

어쩌면 모리스 부인은 오로지 아버지를 보살펴 드리고 싶어서 함께 지낼지도 몰랐다.

모리스 부인은 여기까지 걸어서 왔다. 그녀가 신고 있는 부츠의 밑창과 가장자리에 붙어 있는 흙 따위를 보니 런던의 포장도로로 걸어오지 않은 것이 분명했다. 구체적으로 말하자면, 리전트 파크에서 산책을 했다. 부츠의 안쪽에 지저분한 얼룩이 묻어 있으며, 그런 얼룩을 만들 수 있는 사람은 그녀밖에 없다는 사실로 미루어 보아 활기차게 공원을 걸었을 것이다.

지금은 비가 오지 않았다. 하지만 지난밤 샬럿이 비즈네르 암호 해독에 매달려 있을 때 마침 비가 왔다. 추적추적 내리는 이슬비였지만 한참 동안 내렸다. 남편과 함께 세상을 일주하는 일도 꺼리는 여자가 비가 내리는 한밤에 신나게 공원을 산책할까?

그것보다 더 주목할 만한 점은 모리스 부인은 두 번째로 좋은 웰링턴 부츠를 신고 왔다는 사실이었다.

헨리에타가 결혼하면서 두고 간 걸 셈에 넣지 않는다면, 샬럿은 오버슈즈•가 없었다. 샬럿이 시골에 살면서도 그런 덧신 한 켤레가 없는 이유는 비가 오면 창문을 꼭 닫고 뜨거운 코코아 한 잔과 함께 실내에서 지내는 편을 더 좋아했기 때문이다.

반면 리비아는 늘 웰링턴 부츠를 신었다. 그리고 그녀에게 두 번째로 좋은 부츠가 있는데, 아주 오래되었으며 진창길을 걸을 일이 있으면 꼭 그 부츠를 신었다. 제일 좋은 부츠와 달리, 흙탕물이 가득한 웅덩이를 만날 일이 있을 때만 그 부츠를 신었다.

그런 리비아도 런던에 올 때는 가장 좋은 부츠만 챙겼다.

런던에 잠시 지내다 가려고 온 여성이 두 번째로 좋은 구두를 챙겨 올까?

"모리스 부인, 글리슨 부인에게서 제 오라버니에 대해 들었다고 의뢰 편지에 쓰셨더군요. 글리슨 부인은 최근에 오라버니의 상담을 받으러 이곳을 찾으셨고요."

"맞아요. 글리슨 부인과 나는 같은 자선 편물 모임에서 자선 활동을 하고 있어요. 부인이 셜록 홈스 씨를 많이 칭찬하더군요. 어제 이 공포를 누군가에게 털어놓지 않으면 잠시도 못 버틸 것 같

• **오버슈즈** 날씨가 좋지 않을 때 신는 고무 재질 덧신

다는 생각이 들자마자 홈스 씨가 떠오르지 뭐예요. 이렇게 빨리 만나 줘서 감사해요."

샬럿과 왓슨 부인은 편지를 보고 바로 예약을 잡았다. 자신의 건강이 걱정되며 어쩌면 목숨마저 걱정해야 할 처지일지 모른다고 의뢰 편지에 쓰여 있었기 때문이다.

"천만에요. 글리슨 부인에게 이야기를 들으셨다니 오라버니의 추리를 제가 어떤 식으로 보조하는지는 이미 아시겠군요."

"네. 글리슨 부인의 이야기를 듣고 홈스 씨를 전적으로 신뢰하게 되었어요."

"알겠습니다. 그런데 어떤 일로 오셨나요?"

"남편이 바다에 있으면 런던으로 와서 아버지와 함께 지낸다고 이미 말씀을 드렸죠."

모리스 부인이 말문을 뗐다.

"물론 런던이 더 즐거운 곳이지만, 어머니가 돌아가시기 전에 아버지를 잘 보살피겠다고 약속드렸거든요. 있죠, 외할아버지는 예순에 은퇴하셨는데, 그 후로 급속하게 기력이 쇠하셨어요.

아버지는 의사로 크게 성공하신 분이에요. 아버지가 은퇴하실 무렵 오랫동안 일을 봐주셨던 가정부인 포스터 부인도 일을 그만두셨죠. 주위에서 적극 추천을 받아서 새 가정부로 번스 부인을 고용했어요. 번스 부인의 일솜씨에 대해서는 전혀 불만이 없어요. 그런데……."

모리스 부인이 쥐고 있던 손수건을 비틀었다.

"그런데 아버지와 함께 집에 오랜 시간 있으니까 아마도, 음,

번스 부인이 어떤 계략을 꾸미게 된 것 같아요."

"계략요?"

그 짧은 반응에 모리스 부인은 갑자기 자신의 주장에 자신이 없어진 것 같았다. 얼굴이 벌게지고 침을 삼키더니 손수건을 한참 더 비틀어 댔다.

"홈스 씨가 나를 터무니없는 사람으로 여기지 않길 바라요. 지성이 홈스 씨만큼 뛰어나다고 해도 번스 부인이 내 아버지에게 보내는 추파를 막을 수는 없을 거예요. 그것만이 아니에요. 그녀가 나를 독살하려 한다고 믿을 근거가 있어요."

샬럿은 그런 이야기가 나오리라 어느 정도 짐작했다. 모리스 부인과 같은 처지의 사람은 가정에서 위험에 빠질 가능성이 더 높았다.

"어떤 연유로 그렇게 생각하시게 되었나요?"

샬럿이 물었다.

"지금은 그렇게 보이지 않겠지만, 저는 누구 못지않게 건강해요. 저를 아는 사람들은 다 그렇게 말할 거예요. 한 번도 코감기에 걸리거나, 스멜링 솔트•를 사용한 적도 없었어요. 어디가 아프다거나 통증을 느낀 적도 없었고요. 아버지는 내가 돌이나 말편자를 씹어 먹어도 멀쩡할 거라고 하세요. 그런데 이번 주에만 두 번이나 심각하게 아팠는데, 두 번 다 번스 부인이 만든 비스킷을 먹은 직후였어요. 다른 사람들은 아주 멀쩡했고요."

샬럿이 자신의 찻잔에 차를 더 따르며 말했다.

• **스멜링 솔트** 의식이 희미해질 때 냄새로 정신이 들게 하는 약

"그 두 번의 상황에 대해 구체적으로 설명해 주세요."

"첫 번째는 닷새 전 일이었어요. 지인의 집을 방문하고 돌아와서 아버지와 커피를 마셨죠. 하녀가 비스킷을 가져왔어요. 나는 아버지에게 접시를 건넸고 아버지도 비스킷을 집었어요. 우리는 하루를 어떻게 보냈는지 잠시 이야기를 나눴죠. 나는 자리에서 일어날 즈음에야 비스킷을 먹었어요. 그리고 십 분 후, 내 방으로 돌아갔을 때 통증이 나타났어요."

"증상이 어땠나요?"

"목이 타는 것 같았어요. 뭔가가 긁는 듯한 통증은 아니었고요. 마치 거친 밧줄에 스쳐서 목 안쪽의 피부가 온통 벗겨진 것 같았어요. 어찌나 아픈지 숨도 못 쉬겠더군요."

"그 증상이 얼마나 지속되었죠?"

"영원히 안 끝날 것 같았어요. 하지만 시계를 보니 두 시간은 넘지 않은 것 같았어요."

"아버님은 어떻게 생각하시던가요?"

"원인을 찾지 못해서 당황하시더군요. 나는 열이 난 적도, 림프절이 부은 적도, 만성 통증이 있다거나, 위장 장애를 겪은 적도 없었거든요. 그 전까지 나는 멀쩡했어요. 그 후로 다시 멀쩡해졌고요. 잘 먹고, 거동에도 문제가 없고, 잠도 잘 잤답니다.

아버지는 반나절 동안 의학 서적과 씨름하셨지만 결국에는 내가 런던과 잘 맞지 않을지 모른다는 결론을 내리셨어요. 아버지는 의사 시절에 성별에 상관없이 두통과 호흡 곤란, 일반적인 증세로 고생하는 환자들을 많이 보셨대요. 그런 증상을 일으킨 병리학적

원인을 못 찾으면 시골에 가서 한동안 요양을 하라고 조언하셨어요. 그곳의 물과 공기는 이곳보다 더 깨끗하니까요. 요양을 하면 십중팔구 상태가 호전되었대요.

나는 그건 아닌 것 같아서 런던에 온 지 두 달이 지났다는 사실을 상기시켜 드렸어요. 런던이 맞지 않았다면 그런 증상이 더 일찍 나타나야 하지 않았을까요? 아버지는 그런 문제가 계속 누적되었을 수도 있다고 하시더군요. 수십 년 동안 런던에서 잘 살던 사람들도 가끔 도시의 생활을 더는 못 견디게 되는 일도 있다고요.

그런 식으로 아버지와 나는 그 문제에 대해 의논을 했어요. 아주 철저하게 살펴봤죠. 걱정은 되지 않았어요. 어쩌면 어떤 증세가 뒤늦게 나타났을지도 모르잖아요. 그런데 같은 일이 또 일어났지 뭐예요. 이번에도 원인은 알 수 없었어요. 그쯤 되니 집 안의 누군가가 나를 해칠 음모를 짜고 있을지 모른다는 걱정이 슬슬 되었어요."

"두 번째는 언제였나요?"

"그저께 밤이었어요. 번스 부인은 아홉 시 사십오 분 무렵에 항상 비스킷과 커피를 준비해 둬요. 이번에도 잠자리에 들자 똑같은 증세가 나타나서 목을 움켜쥐고 몇 시간 동안 죽도록 고생했어요. 그 시간 내내 가여운 아버지가 제 곁을 지키셨어요. 아침을 들면서 아버지와 다시 이 통증에 대해서 이야기를 나누는데 번스 부인이 식당 방으로 들어왔어요. 정말 맹세하는데, 홈스 양, 그녀가 그 순간 제 눈을 피했어요."

왓슨 부인의 집에는 가정부가 따로 없다. 대신 요리사인 마담 가스코뉴가 집안 사람들이 먹는 케이크와 비스킷을 만들었다. 오늘 마담 가스코뉴는 얇고 바삭바삭한 안장 모양의 아몬드 비스킷을 한 판 구웠다. 마담 가스코뉴는 이 비스킷을 튈•이라고 부르는데, 프랑스어로는 분명히 '눈이 번쩍 뜨이도록 맛있다'라는 뜻일 것이다. 샬럿이 튈을 하나 더 집었다.

"왜 번스 부인이 아버님에게 꿍꿍이가 있다고 생각하시나요, 모리스 부인?"

"내가 집에 도착하자마자 나를 향한 적의를 느꼈어요. 나는 성격이 서글서글한 편이라 전에 있던 가정부와도 친하게 잘 지냈어요. 그런데 번스 부인은 내가 이야기를 나눠 보려고 할 때마다 퉁명스럽게 나오더라고요."

모리스 부인은 '튈'을 먹으려고 잠시 말을 쉬었다.

"아버지에게 그녀의 행동거지를 어떻게 생각하시냐고 여쭤봤는데, 더할 나위 없이 만족스럽다고 하셨어요. 홈스 양, 이 점을 꼭 알아주셨으면 해요. 나는 자랄 때 고용인들에게 불합리한 요구를 하면 안 된다고 배웠어요. 제 부츠를 눈여겨보셨는지 모르겠지만, 이 부츠는 제가 가진 제일 좋은 신발이 아니에요. 아버지는 구두가 흙투성이가 될 걸 알면서도 제일 좋은 구두를 신고 나갔다가 돌아와서는, 하녀가 얼룩 한 점 없이 말끔히 손질해 놓을 거라 기대하는 일이 바로 고용인을 못살게 구는 거라고 생각하시는 분이죠.

• **튈** '튤립'이라는 뜻으로 반죽이 뜨거울 때 꽃잎 모양으로 빚는다.

런던에 온 후로 아버지의 집에서 정해져 있는 일과를 그대로 따르면서 되도록 그 일과를 깨트리지 않으려고 조심했어요. 그러니 번스 부인이 나를 미워할 합당한 이유가 있을 리 없어요. 그런데도 그녀는 나를 미워해요. 그렇다면 그녀가 내 존재를 어떤 장애물로 본다고 짐작하는 게 당연하지 않겠어요?

아버지에게 번스 부인이 원래는 하인 계급이 아니었다는 이야기도 들었어요. 그녀의 아버지도 의사였지만 술 때문에 빚더미에 앉은 후 죽었다더군요. 그러니까 번스 부인이 예전에 누렸던 지위로 다시 돌아가고 싶어 한다는 추측이 자연스럽지 않을까요? 그녀가 독약이나 의학 지식이 있으리라는 사실도 명심해 둘 만하고요."

샬럿은 천천히 고개를 끄덕였지만, 실은 질문을 하기 전에 손에 쥐고 있던 퉐을 먹을 시간을 벌고 싶었을 뿐이었다. 잠을 충분히 자지 못한 탓에 평소보다 더 허기가 졌다.

"번스 부인이 어떤 비스킷을 내왔나요, 모리스 부인? 그리고 두 번 다 같은 비스킷이었나요?"

"두 번 다 디저트용 비스킷이었어요."

"부인의 아버님은 두 번 다 아무렇지도 않으셨고요?"

"아버지는 비스킷에 든 건포도를 좋아하세요. 나는 건포도가 질색이고요. 번스 부인은 비스킷 반죽을 반으로 나눠서 한쪽에는 건포도를 넣고 나머지에는 넣지 않아요. 아버지와 나는 서로의 비스킷을 절대 먹지 않죠. 게다가 번스 부인이 혹시라도 아버지를 죽이면 계획이 실패잖아요, 그렇죠?"

샬럿은 건포도라면 사족을 못 썼다. 영어로 '자두 케이크'라는 엉터리 이름으로 불리는 케이크도 따지고 보면 밀가루 1파운드당 건포도가 반 파운드나 들어가지 않는가. 한편 리비아는 건포도에 관한 한 모리스 부인과 의견이 완전히 일치했다.

"그런 의심을 아버님에게 이야기해 보셨나요?"

모리스 부인이 한숨을 쉬었다.

"이야기해 봐야 소용없을 거예요. 그런 생각을 하다니, 박정하다고 생각하실걸요. 그렇지 않아도 한 번은 번스 부인이 아버지의 옆자리를 노리고 있을지 모른다고 말한 적이 있어요. 물론 농담으로요. 그때 아버지는 진심으로 황당해하시더군요. 아버지가 보시기에 번스 부인은 매사 자신의 처지에 맞게 처신하는 사람이에요. 언젠가 우리 집의 안주인이 될 날을 노리고 있을지 모른다는 생각은 꿈에도 못 하실 거예요."

"그렇군요. 남은 비스킷을 가져오셨겠죠, 모리스 부인?"

"그럼요. 남은 걸 잘 챙겨 뒀어요. 색빌 사건에서 홈스 씨가 스트리크닌이 다른 약으로 바꿔치기 되어 있다고 추리하셨다면서요. 이번에도 이 비스킷에 독극물이 들어갔는지 알아내실 수 있을까요?"

샬럿은 화학 도구 세트를 몇 벌 사 두었지만, 정작 화학 분석을 위한 교육은 따로 받지 않았다. 그렇다고 셜록 홈스가 분석할 수 없다는 뜻은 아니다. 적어도 모리스 부인은 홈스가 뛰어난 화학 분석 실력을 갖추고 있다고 믿고 있었다.

"분석 작업이 비용에 반영될 테지만 가능할 거예요."

"고맙습니다. 얼마나 감사한지 모르겠어요."

모리스 부인은 마음이 놓이는지 긴장을 풀며 대답했다.

"그동안, 댁에서는 더는 비스킷을 드시지 않으리라 믿을게요."

샬럿이 말했다.

"걱정 마세요. 집에서 주는 건 '아무것'도 손대지 않을 작정이니까요."

왓슨 부인이 모리스 부인을 배웅하려고 응접실로 나왔다. 물론 작은 사무실로 바꿔 놓은 아래층 방에서 의뢰비에 관한 이야기도 끝내야 했다. 두 사람이 계단을 내려가는데 샬럿이 응접실 밖으로 머리를 빼꼼 내밀었다.

"실례합니다, 모리스 부인. 오라버니가 질문이 하나 있대요."

"뭔가요?"

"혹시 뱃멀미를 하시나요?"

모리스 부인이 눈을 깜박거렸다.

"아뇨, 전혀 그렇지 않아요. 오히려 항해를 즐기는걸요."

"고맙습니다."

샬럿이 인사를 하며 문을 닫았다.

시골집으로 돌아갈 날을 며칠 앞두고 헨리 경과 레이디 홈스는 재봉사와 모자 제작자, 여성 유행복 제작자, 바느질 도구 판매상, 온갖 사치품 제작자들과 연일 약속을 잡았다. 두 사람은 외상 거래 청구서가 도착하면 돈을 물 쓰듯 쓴 일을 후회했다. 하지만 자신들보다 더 부유한 지인들과 제국의 심장으로 쏟아져 들어오는 사치품에 둘러싸여 지내는 사교계 시즌만 되면 두 사람은 후회의 기억을 머릿속에서 어김없이 말끔히 지워 버렸다.

이렇게 물건을 경솔하게 마구 사들이는 행동은 늘 리비아를 우울하게 만들었다. 한 번도 청혼을 받지 못한 또 한 번의 일 년, 노처녀의 삶에 돌이킬 수 없이 가까워진 또 한 번의 일 년, 여기에 노년이 된 리비아가 방 한 칸이라도 마련하는 데 쓸 수도 있을 돈을 펑펑 쓰고 있는 부모까지. 그녀는 아무런 생계 수단도 없고 누구도 원하는 사람이 없는 여성을 기다리고 있는, 우중충한 하숙집에서 양배추로 끼니를 때우는 미래에 또 한 걸음 떠밀려 간 것만 같았다.

하지만 적어도 오늘만큼은 그 덕분에 그녀도 집에서 나와 해처드 서점의 서가를 살펴보며, 사방에서 가죽과 종이, 접착제의 냄새가 나는 책이 가득한 자신의 집에 관한 꿈을 꿀 수 있었다.

"실례합니다만, 혹시 이것이 아가씨 물건 아닌가요?"

리비아가 몸을 빙그르르 돌렸다. 세상에, 그곳에 그 남자가 있었다. 요전 날 공원에서 마주친 그 젊은 남자 말이다. 하지만 그 날과 달리 이번에는 그녀에게 아무것도 내밀지 않았다.

그가 활짝 웃자 갈색 눈에 따뜻한 빛이 감돌았고, 눈꼬리에 주름이 생겼다.

"벌써 다른 책을 찾고 계신가요? 콜린스의 소설 두 권을 벌써 다 읽으셨나요?"

"네, 다 읽었어요."

"그렇다면 두 권의 장점에 대해서 저나 제 친구의 의견에 동의하시나요?"

“대체로 친구분의 의견에 동의해요. 《월장석》이 《흰옷을 입은 여인》보다 더 뛰어나요.”

“말도 안 돼요!”

그 남자는 충격을 받은 시늉을 요란하게 내더니 이내 환하게 미소 지었다.

“그럼 이번에는 같은 소설을 읽은 후, 다음에는 각자의 의견이 더 가까워질 수 있는지 알아볼까요?”

리비아는 그 말에 심장이 쿵쾅거렸다. 지금 리비아와 ‘다시’ 만날 거라고 넌지시 암시하는 건가?

“혹시 추천해 주실 만한 작품이 있나요? 《월장석》과 《흰옷을 입은 여인》 같은 계열의 작품을 좀 더 많이 읽어 보려고요.”

“《스퀴데리 양》이라고 얼마 전에 나온 독일 소설이 있어요. 매우 극적인 분위기의 작품이죠. 미국인 포 씨가 쓴 소설도 몇 작품 있고요.”

“어머나, 《모르그 가의 살인 사건》은 추천하지 않으셔도 돼요.”

“당연하죠! 그런 몹쓸 범인은 추천하지 않습니다. 그 작품을 읽고 며칠 동안 씩씩거렸어요.”

“저도요!”

리비아가 전적으로 동의했다.

“덕분에 제 여동생은 제가 투덜거리는 소리를 끝도 없이 들어야 했어요. 포 씨가 이미 고인이 아니었다면 저는 강력한 항의 편지를 썼을 거예요. 제 불만을 알리기 위해 대서양 횡단 우편 요금을 지불했겠죠.”

그가 웃음을 터트렸다. 믿기지 않았지만 그가 마주 웃자 리비아는 자신도 모르게 통쾌한 기쁨이 혈관 속을 거침없이 폭주하는 느낌을 만끽했다. 세상에, 그 빌어먹을 범인의 등장이 얼마나 모욕적인지 이해하는 사람과 마침내 이야기를 나누다니 정말 기분이 좋았다.

두 사람의 웃음소리가 서서히 잦아들었다. 잠시 두 사람은 아무 말도 하지 않았다. 이윽고 그가 물었다.

"너무 무람없는 질문이 아니라면, 무슨 연유로 이런 장르의 이야기에 관심을 가지시는지요?"

리비아의 입장에서는 잃을 것이 없으므로 솔직하게 털어놓았다.

"저도 그런 소설을 쓰고 싶어서죠. 물론 더 재미있게요."

"꼭 쓰세요! 줄거리 한두 가지를 알려 주시겠습니까?"

"음, 복수에 관한 이야기를 쓰고 싶어요. 수수께끼에 싸인 죽음이 잇달아 발생하고 천재가 등장해 거미줄 같은 복잡한 진상을 풀기 위해 훌쩍 뛰어들면, 수십 년 전에 일어났고 이제야 복수가 완성된 지독한 범죄가 밝혀지는 거죠."

그가 감탄했다.

"그러니까 그 남자가 개입했던 색빌 사건을 변주한 소설 말씀이시군요. 그 남자 이름이 뭐였더라?"

"홈스."

"맞아요, 셜록 홈스. 꼭 쓰셔야 해요. 제가 그 책을 사기 위해 제일 먼저 줄을 서겠습니다."

샬럿은 리비아가 그런 이야기를 쓸 수 있으리라 믿는다고 말했다. 하지만 샬럿은 원래 자발적으로 소설을 읽는 사람이 아니다. 이 남자는 소설에 조예가 깊었다. 그런 그가 리비아의 소설을 읽고 싶어 했다. 아직 세상에 존재하지도 않는데.

"이번에도 밤새 읽으실 건가요?"

리비아는 자신도 모르게 불쑥 물었다.

그 남자가 리비아를 빤히 바라보았다.

"아닐걸요. 잠자리에 들기도 전에 이미 다 읽었을 테니까요. 그리고 이 작품을 다시 한 번 난생처음 읽을 수 있기를 바라며 잠을 청하겠죠."

리비아가 침을 꿀꺽 삼켰다. 아마 얼굴이 붉게 달아올랐을 것이다. 그녀의 얼굴이며 목덜미, 심지어 귓불마저 뜨겁게 달아오른 것 같았다.

그 남자는 다시 한 번 리비아를 바라본 후 고개를 숙여 인사를 건네고 그 자리를 떴다.

계단을 터덜터덜 걸어 올라 제 방으로 들어간 리비아는 문을 닫고 침대로 털썩 몸을 던졌다.

여전히 이름조차 모르는 그 남자와 처음 마주친 후 리비아는 비밀스러운 흥분을 느꼈다. 하지만 그의 이야기를 쓴 편지를 한밤중에 모트에게서 다급하게 되찾아온 행동에서 알 수 있듯이, 그녀는 무자비할 정도로 그 흥분을 억눌렀다. 그 감정을 아무리 억눌러도 그와 다시 마주치리라 예감하기라도 한 듯 은밀한 감정은 계속 리비아 주위를 떠돌았다.

그런데 지금 리비아는 두 사람이 우연히 마주칠 일생의 기회를 다 써 버렸을지 모른다는 생각에 기가 팍 죽어 버렸다.

리비아는 자신이 누구인지 왜 소개하지 않았는지 자책했다. 사실 그 이유는 남자든 여자든 모르는 사람과 함부로 만나는 행동은 부적절하다고 어릴 때부터 교육받았기 때문이었다. 하물며 낯선 남자라면 더 말할 나위가 없다. 모르는 사람은 공통의 지인을 통해서만 만날 수 있으며, 이 소개자는 양측 모두의 신원을 보장할 수 있는 사람이어야 한다. 지금까지 리비아는 그런 엄격한 예절이 조금도 불편하지 않았다. 어차피 사람과 어울리는 걸 좋아하지 않기 때문이다. 하지만 그렇게 맹목적으로 예절을 따르다가 뭔가가 시작될 기회를 망쳐 버리고 말았다.

그 뭔가가 뭔데?

리비아는 천장을 노려보며 속으로 욕설을 뱉었다. 이번에는 소리 내어 욕을 했다. 집은 고요했다. 부모님은 아직 돌아오지 않았다. 어디선가 발소리가 들리더니 버나딘의 방에서 발음이 또렷하지 않지만 부드러운 말소리가 들려왔다. 하녀가 버나딘을 달래며 밥을 먹이는 중인 듯했다.

리비아는 양손으로 얼굴을 비볐다. 그녀는 자신이 왜 늘 이러는지 한심했다. 왜 아주 희미한 기미만 보여도 상상력이 훌쩍 앞서 달려가는 걸까? 한 남자가 그녀에게 말을 걸어 이 분 동안 이야기를 나눴을 뿐이다. 그런데 그녀의 마음은 런던을 갈가리 찢어 놓는 한이 있어도 그를 찾아내 청혼하려고 하지 않는가.

그런 일은 결코 일어날 리가 없다. 청혼의 치읓 자도 일어날 리가 없었다. 리비아는 상상 속에서 벌어진 일을 모두 털어 버리고 자리에서 일어나 버나딘을 보러 가야 했다. 자신만의 실의에 빠져 있는 버나딘을 볼 생각을 하니 침대로 더 깊이 파묻힐 수 있다면 그러고 싶었다.

그 순간 방문이 끼익 소리를 내며 열렸다. 몸통은 보라색 물방울무늬에 소매는 보라색 줄무늬인 눈부시게 하얀 외출용 드레스를 입은 샬럿이 드레스에 맞춰 보라색으로 가장자리를 장식한 뾰족한 밀짚모자를 든 채 방으로 들어왔다.

리비아가 한숨을 쉬었다. 샬럿에게 이런 모습을 보여 주기 너무 싫었다.

리비아가 얼른 몸을 일으켰다.

"샬럿! 너 여기서, 잠깐. 버나딘 방에 있었던 사람이 '너'였어? 여기 있으면 안 돼! 엄마 아빠가 곧 돌아오실 거야."

"금방 갈 거야."

샬럿은 평소처럼 느긋한 태도로 방을 둘러보더니 주의 깊고 차분한 시선으로 리비아를 바라보았다.

샬럿에게 다정하다거나 애정이 넘친다고 말할 사람은 아무도 없을 것이다. 하지만 리비아는 그런 여동생이 곁에 있으면 언제나 마음이 편안해졌다. 리비아는 샬럿이 너무 독특한 사람이라 그런 동생과 함께 있으면 자신이 평범한 사람으로 느껴져서 마음이 편해진다고 생각했다. 그런데 그건 완전히 틀린 생각이었다.

샬럿은 리비아에 대해 모르는 것이 없었다. 부디 리비아가 본모습 그대로 살기를 바랐다. 동생에게 늘 그런 바람을 받던 리비아는 그 남자를 만난 후 누군가에게 인정받는다는 느낌이 어떤 것인지 맛보았고, 자신이 그런 감정에 얼마나 목말라 있었는지 비로소 깨달았다.

"언니, 괜찮아?"

샬럿이 조용하게 물었다.

리비아는 느닷없이 눈물이 차올라 눈이 따끔거렸다. 괜찮지 않았다. 지금까지 괜찮은 적은 한 번도 없었다. 단 얼마 만의 시간만이라도 괜찮다고 생각할 수 있는 날이 올지 자신할 수도 없었다.

"그럭저럭."

리비아가 대답했다. 어차피 아닌 척해 봐야 소용없었다. 샬럿은 이미 진실을 알 테니까.

"버나딘 언니 말이야. 내가 집을 나간 후로 저런 상태였어?"

"한동안."

리비아는 거짓말하지 않았다. 한동안 그녀는 버나딘의 방에 들어갈 엄두도 낼 수 없었다.

샬럿이 고개를 끄덕였다. 잠시 아무 말도 하지 않았다.

샬럿의 침묵. 차분하고 상냥한 침묵이 주는 동지애가 얼마나 그리웠던가. 바로 이 지점에서 샬럿이 리비아를 있는 그대로 받아들였듯 리비아도 샬럿을 그대로 받아들여 주었다. 그녀는 동생에게 말을 하라고 다그치는 대신 말하고 싶으면 말할 것이라고 믿고 언제까지고 기다려 주었다.

이윽고 하고 싶은 말이 생겼는지 샬럿이 말문을 열었다.

"지난 토요일에 만난 후로 편지를 한 통도 안 보냈더라."

"책을 읽느라 바빴어. 작가들은 묘하고 수수께끼 같은 사건이 벌어지는 줄거리를 어떻게 소설로 발전시키는지 공부하려고."

샬럿이 다시 고개를 끄덕이더니 창가로 가서 밖을 내다보았다.

리비아의 경계심이 되살아났다.

"엄마나 아빠가 돌아오셨어?"

"아직은 아니야. 언니가 그 남자에 대해서 말하고 싶어 하지 않는다고 생각할게."

샬럿이 돌아섰다.

리비아는 온몸의 근육이 그대로 굳어 버린 것 같으면서 동시에 사지가 통제할 수 없이 난폭하게 퍼덕거리는 것만 같았다.

"나는 소개받은 남자가 없는데."

추호도 거짓이 없는 사실이었지만, 진실과도 한참 거리가 먼 대답이었다.

"그래, 그건 그렇지."

샬럿이 말했다.

다시 둘 사이에 침묵이 내려앉았지만, 더는 평온하고 상냥한 침묵이 아니었다. 리비아는 어떻게 반응할지 갈피를 잡을 수가 없었다. 거짓말을 해야 할까? 순순히 털어놓아야 할까? 아니면 입을 꾹 다물고 샬럿을 계속 바라보고 있어야 하나?

샬럿이 창틀에 걸터앉았다. 그녀가 추문을 일으킨 날, 집을 뛰쳐나갈 작정이라고 리비아에게 털어놓기 직전에 앉았던 바로 그 창틀이었다.

"사실, 부탁이 있어서 왔어."

"무, 아니. 그러니까 '물론'이지. 말해 봐. 뭐든."

소개도 받지 않은 그 남자에 대한 이야기만 피할 수 있다면 뭐든.

"레이디 잉그램에 관한 거야."

"그러고 보니 지난밤에 엄마에게 끌려간 음악회에서 레이디 잉그램을 만났어. 내게 꽤 친근하게 굴지 뭐야. 해가 서쪽에서 뜨려는지. 내가 그 요들송 같은 연주회에서 얼마나 도망치고 싶었을지 자기도 다 이해한대. 심지어 네 소식도 묻지 뭐야."

이렇게 떠벌이면 방금까지 두 사람이 나누고 있던 대화를 샬럿이 잊을 수 있을까?

"정말?"

샬럿은 한쪽 눈썹을 추켜올린다거나 언성을 높이지 않았지만, 리비아는 동생의 대답에서 놀란 기색을 읽었다.

"응, 게다가 무심하게 툭 던지듯 묻더라. 그래도 '주위를 휙 둘러보고 몸을 찰싹 붙이면서 속삭이는' 건 없었어."

샬럿은 생각지도 못한 정보 덩어리를 소화할 시간이 필요한 듯 일 분 가까이 아무 대꾸도 하지 않았다.

"레이디 잉그램에 대해서 어떻게 생각해?"

리비아가 고개를 가로저었다.

"그런 부류의 여자들을 보면 긴장이 돼. 그런 사람들은 너무 자신만만하거든. 나를 나쁘게 생각하지 말아 달라고 비는 것 말고는 그런 사람들에 대해서 무슨 생각을 할 수 있겠니."

리비아는 레이디 잉그램 같은 사람이 지나치면서 힐끔 쳐다보기만 해도 자신의 단점이 유난히 신경 쓰였다. 달리 말하면 리비아는 이미 자신의 단점을 통렬하게 의식하고 있는데, 그런 부류의 사람들로부터 업신여기는 듯한 기미가 실제로 있거나, 그런 느낌이 드는 것만 같아도 평소 수준의 불안이 열기를 받아 자기혐오의 거품으로 부글부글 끓어올랐다.

"그러니까 내 말은, 그녀가 잉그램 경을 사랑하기는 했을지 묻는 거야."

샬럿이 그런 질문을 하다니 정말 묘한 일이었다. 그도 그럴 것이 샬럿은 그 두 사람의 결혼을 한 번도 입에 올린 적이 없었기 때문이다. 생각해 보면 두 사람이 그토록 오랫동안 우정을 지속해 오면서도, 샬럿은 리비아 앞에서 잉그램 경을 거의 언급하지 않았다. 때때로 리비아는 두 사람의 관계가 궁금했지만, 그가 샬럿을 남몰래 사랑하고 있을지 모른다고 추측만 할 뿐이었다. 한편 샬럿에 대해서는, 동생이 이 세상에서 보낸 이십오 년 동안 로맨스에 따르는 마음의 고통 비슷한 것도 느껴 보지 못했다는 가설을 언제든지 인정할 수 있었다.

"레이디 잉그램이 남편을 사랑한 적이 있는지는 모르겠지만 그 결혼에 몹시 만족스러워하는 것 같다고 생각한 적은 있어. 부적절한 행동이라고 할 정도는 아니지만, 완전히 아니라고 할 수도 없지. 그런 행복을 거머쥔 그 여자가 부러웠어."

"언제나 우리의 부러움은 우리가 부러워하는 사람들의 행복보다 더 오래 가더라."

"글쎄, 그건 나도 잘 모르겠어. 레이디 잉그램의 행복은 상당히 오래갔으니까. 적어도 내게는 그렇게 보였어."

샬럿이 고개를 한쪽으로 갸웃했다.

"그게 다 연기였다면?"

"연기가 맞지, 아니니? 그 여자는 오로지 잉그램 경의 유산을 보고 결혼했으니까."

"그게 아니라, 내 말은 행복한 척한 것에 불과하다면 어떨까? 애초에 처음부터 그 사람과 결혼해서 한 번도 행복한 순간이 없었다면?"

"갑자기 레이디 잉그램에게 관심을 가지는 이유가 뭐야?"

샬럿이 다시 창밖을 보았다.

"지금부터 최근에 알게 된 사실을 들려주려고 하는데, 절대 다른 사람에게 말하면 안 돼."

"너도 알다시피, 어느 누가 내게서 가십을 알아내려고 안달이 나 있겠니. 걱정 마, 아무에게도 말하지 않을 테니까. 뭔데 그러니?"

"레이디 잉그램이 사교계에 데뷔하기 전에 누군가와 사랑에 빠져 있었다는 사실을 들었어. 부적절한 사람이었대."

리비아가 숨을 헉 들이쉬었다. 친구들이 있다면 이렇게 군침 도는 가십거리를 눈앞에 들고 흔들어 댈 수 있을 텐데. 하마터면 그런 친구들이 없어 아쉬울 뻔했다.

"부적절하다니 어떻게?"

"우리 오빠만큼이나 부적절해."

"우리에게 오빠가……."

두 사람에게는 형제가 있었다. 샬럿이 그 사실을 알아냈다. 하지만 리비아에게 그 사실은 어떻게든 잊어버리고 싶은 것들 중 하나였다. 아버지의 인품을 아무리 잘 안다고 해도 그렇게까지 확실한 증거를 앞에 두고 있으니 배를 세게 얻어맞은 듯 아팠다.

"누구에게 들었어?"

"지금은 밝힐 수 없어. 레이디 에이버리와 레이디 서머스비가 여전히 언니에게 내 소식을 캐묻겠지. 혹시 그 사람들을 또 만나거든 레이디 잉그램의 과거 연애사에 대해서 아는 게 있는지 물어봐 줄래? 물론 티 내지 말고 아주 슬쩍."

"그럴게."

"고마워."

샬럿이 다가와 리비아의 손을 꼭 쥐었다.

"가야겠어. 잊지 마. 내가 언니를 돌봐 줄 거야. 버나딘도."

동생이 떠난 후 리비아는 한참이나 그 문을 가만히 바라보았다.

리비아는 샬럿이 그 약속을 꼭 지킬 수 있으리라 믿고 싶었지만, 모든 것이 방해했다.

모든 것이.

샬럿은 리비아의 방에 들어선 순간 불에 타다 남은 편지를 보았다.

그녀의 부모님은 하인들을 좀처럼 존중하거나 배려하지 않았다. 그래서 하인들은 최대한 게으름을 부려 그런 대접에 보답했다. 주종 관계가 더 좋은 집에서는 날이 따뜻해져서 벽난로 불을 피우지 않게 되어도 쇠살대의 재를 매일 말끔히 쓸어 냈다. 하지만 홈스가에서는 그렇게 하지 않았다.

그리하여 리비아의 편지는 새까맣게 탄 채 벽난로에 남게 되었다. 원래 말려 있던 편지지 잔해는 중력에 의해 계속 바스러졌고, 매일 방을 환기할 때마다 재가 된 작은 조각들이 쇠살대 주위를 떠돌았다.

리비아는 편지에 무슨 이야기를 썼을까? 부모님에 대해? 버나딘? 샬럿은 리비아가 편지에 누구에 대한 걱정거리를 썼든 바로 부치지 않고 태워 버린 이유를 짐작할 수 없었다. 게다가 의기소침한 리비아의 모습은 평소의 울적함에 비해 더 심각하고 새삼스러운 구석도 있었다.

그렇다면 리비아에게 개인적으로 영향을 준 뭔가가, 심사숙고 끝에 동생에게도 털어놓을 수 없었던 뭔가가 있을 터였다.

슬쩍 떠본 질문에 보인 리비아의 반응도 샬럿의 가정을 뒷받침했다. 리비아의 관심을 자극하는 남자를 만났을 것이라는 가설 말이다. 어차피 런던에는 그런 일을 하려고 왔으니까. 문제는 리비아가 한 대답이었다.

'나는 소개받은 남자가 없는데.'

사교계에서는 젊은 숙녀가 주변 사람들에게 먼저 인정받지 않은 남자를 만나는 일은 금지되어 있다. 사교계가 물 샐 틈 없이 완벽하게 돌아가는 시스템은 아니지만 대체로 그렇게 해야 한다면 모두 따르는 편이었다. 샬럿은 사교계의 관습을 따르는 동안에는 서로 알고 있는 제삼자가 보증해 주지 않은 남자와는 말 한 마디 섞지 않았다.

그리고 샬럿이 아는 한 리비아도 마찬가지였다.

그렇다면 이 남자는 어디에서 나타났을까? 무슨 속셈일까?

부모님이 잠시 세를 얻은 집에서 나선 후, 샬럿은 곧장 런던에서 화학 분석 수준이 가장 뛰어난 연구소를 찾아가 모리스 부인의 비스킷 분석을 맡겼다. 그날 오후 샬럿은 어퍼 베이커 스트리트 18번지에서 또 다른 고객을 만났다. 남은 하루는 또다시 지독한 비즈네르 암호를 푸는 데 바쳤다. 새벽 한 시가 지나서야 샬럿은 완성한 철자 거리표를 손에 든 채, 반복적인 문자열 사이의 거리가 대체로 5의 배수라는 사실을 알아냈다. 열쇠말은 다섯 글자의 단어가 분명할 것이다.

그 사실을 발견했지만 만족감은 거의 느낄 수 없었다. 눈은 따끔거리고 술을 마신 것처럼 머리가 띵했다. 내일 예정된 일을 위해서 일단 중단해야 했지만 그녀는 여기에서 멈출 생각이 없었다.

핀치 씨가 실종이 아니라는 사실을 떠올릴 때마다 뱃속에서 스멀스멀 올라오는 불안한 느낌. 잉그램 경을 생각하면 찾아오는 죄책감. 느닷없이 절정에 도달해 버린 밴크로포트 경과의 결혼 압력. 평소와 다른 리비아. 그리고 버나딘, 끔찍한 수준으로 퇴행해 버린 버나딘. 샬럿의 단 한 마디면 모든 상황은 극적으로 좋아질 것이다.

한 마디면.

샬럿은 공책으로 다시 고개를 숙이고 암호 풀이의 다음 단계로 들어갔다.

제7장

목요일

페넬로페는 기억나는 대로 이런저런 곡조를 흥얼거리며 집으로 들어왔다.

오후 응접실에 불이 켜져 있었다. 페넬로페는 혹시 조 이모가 기다리나 싶었다. 그녀는 이모에게 그러지 말라고 미리 말해 두었다. 공연이 끝난 후 그녀와 친구들은 드 블루아 레이디들이 묵고 있는 호텔로 돌아가 저녁을 먹으며 잠시 쉬고 올 예정이었다.

벽에 걸린 시계가 자정에서 이 분이 지났다고 알려 주었다. 그랬다, 귀가 시간이 늦었다. 하지만 상황을 고려해 볼 때 이 분 정도는 눈감아 줄 수 있지 않을까.

페넬로페는 오후 응접실로 머리를 빼꼼 집어넣었다. 예상과 달리 그곳에 앉아 있는 사람은 조 이모가 아니라 금발 머리를 헝겁게 땋아 내리고 양귀비와 미나리아재비가 잔뜩 수 놓인 크림색 실내복을 입은 사람이었다.

"홈스 양, 아직 안 주무셨군요."

샬럿이 몸을 돌렸다.

"레드메인 양, 〈미카도〉•는 즐거우셨나요?"

"네. 나보다 마드모아젤 드 블루아가 더 재미있게 보신 것 같아요. 영어 실력이 형편없어서 공연을 하나도 못 알아들을지 모른다며 미리 오페라 대본까지 사셨거든요. 혹시라도 김이 샐까 걱정했는데, 다행히 재미있게 보셨대요."

"사람들이 어떤 걸 좋아하는지 보면 늘 놀라워요, 그렇지 않아요?"

"하지만 당신은 전혀 놀란 것 같지 않아요."

"다 제 표정 때문이에요. 얼굴을 움직여 표정을 지으려면 엄청나게 큰 감정을 느껴야 하거든요. 놀라움보다는 충격 같은 거요. 저도 자주 놀라지만 충격을 받는 경우는 별로 없어요."

그 말이 페넬로페의 호기심을 자극했다. 그녀는 홈스 양이 충격을 받을 수 있다는 생각조차 하지 않았기 때문이다.

"그러면 어떤 일에 충격을 받아요?"

샬럿이 잠시 생각해 보더니 말했다.

"사람들이 나와 같지 않으면 놀라요. 그 사람들이 그들답지 않을 때 충격을 받고요."

"그러니까, 우리는 평소에 우리의 본성대로 행동하기 때문에 평

• **미카도** 1885년 런던에서 초연한 오페라

소와 완전히 다르게 행동하면 당신에게는 충격인 거군요."

"맞아요. 다른 사람에게 충격을 받을 때는 대체로 그 사람을 제대로 몰랐기 때문이에요. 우리는 혈통과 의복, 태도처럼 성격을 보여 준다고 여기는 것들을 바탕으로 서로를 평가하라고 배우잖아요. 우리는 사람들이 공공장소에서 남들에게 보여 주는 모습으로 그들을 알고 있어요. 그런데 그 모습이 그들의 본모습과 완전히 다른 경우가 드물지 않아요."

페넬로페는 샬럿을 자극해 보기로 했다.

"그렇다면 당신이 집에서 도망쳤을 때 할 말을 잃고 기절초풍한 사람들만이 당신의 진정한 모습을 전혀 모르는 사람들이었군요."

샬럿은 그 말에 전혀 상처를 입은 것 같지 않았다.

"바로 그거예요. 내 성격을 속속들이 아는 사람들은 조금도 놀라지 않았어요. 오히려 십중팔구 이렇게 생각했겠죠. '어리석기는. 이렇게 될 줄 알았어.'"

"잉그램 경. 그분도 그렇게 생각하셨을까요?"

이모라면 지금 이런 뻔뻔한 행동에 충격을 받을 것이다. 하지만 페넬로페는 온유한 자는 땅을 기업으로 받을지 몰라도•, 온유하지 않은 사람은 적어도 훨씬 즐거운 대화를 누릴 수 있다는 결론에 오래전에 도달했다.

샬럿이 미소를 지었다.

"그분이 그렇게 생각하지 않았다면 나는 넋이 나갈 정도로 충격

• **온유한 자는 땅을 기업으로 받을지 몰라도** 마태복음 5장 5절에서 따온 표현

을 받았을 거예요."

"잉그램 경 얘기가 나왔으니 말인데……."

페넬로페가 책상으로 다가와 손끝으로 신문을 톡톡 쳤다.

"레이디 잉그램은 아직도 핀치 씨에게 메시지를 보내고 있어요?"

샬럿이 책상 위에 펼쳐져 있는 공책을 몇 장 뒤로 넘겨서 페넬로페 쪽으로 슬쩍 밀었다.

"나는 짧은 광고들 사이에 실려 있는 암호 메시지를 전부 추적하고 있어요. 이것들이 레이디 잉그램이 보낸 광고들이에요."

페이지 제일 위에 암호 해독법이 적혀 있었다. '숫자 1~26은 각각의 철자에 대응한다. 그 결과로 나오는 철자는 다시 알파벳 배열에서 왼쪽으로 일곱 자리를 이동한다.' 그 아래에는 매일 실린 암호문과 그것을 해독한 결과물이 적혀 있었다.

M, 나는 아직도 당신의 대답을 기다려요. A

M, 당신을 포기하지 않을 거예요. A

M, 제발 소식을 보내 줘요. A

M, 당신, 괜찮아요? A

"공책에는 또 뭐가 적혀 있어요? 다른 암호들인가요?"

페넬로페가 물었다.

샬럿이 고개를 끄덕였다.

"그래야 새로운 암호문이 실리면 제가 알 수 있어요. 핀치 씨가 답장을 보낸 경우요."

"그걸 다 하려면 엄청난 공을 들였겠어요."

"시간을 꽤 잡아먹어요, 특히 암호를 처음 풀 때는요. 다행히도 암호는 대체로 상상력이 부족한 편이죠."

책상 위에 놓인 신문 최신호는 자잘한 광고를 싣는 면이 펼쳐져 있었는데, 몇 개는 꼼꼼하게 표시가 되어 있었다. 광고는 대부분 암호문이 아니었고, 더는 조사할 필요가 없다는 사실을 표시하려는 듯 대부분 옆에 작은 점이 하나 찍혀 있었다. 암호문 하나에는 옆에 대문자 A가 적혀 있었다. 레이디 잉그램이 보낸 메시지인 듯했다. 다른 암호문들도 대부분 옆에 작은 사각형이 그려져 있었는데, 이 표시로 보아 그 암호는 '상상력이 없다'는 뜻인 듯했다.

그런데 물음표를 적어 놓은 광고가 세 개 있었다. 아마도 그것들은 어딘지 특이한 점이 있는 듯했다.

"이건 어떤 점이 특별하죠?"

"암호로 적힌 평문이 독일어예요. 아무 의미도 없을 수 있어요. 그래도 다른 것과 달라서 일단 주목하고 있어요."

두 번째는 다섯 종류의 꽃 이름이 적혀 있었다.

"그러면 이건요?"

"아마 어느 말에 돈을 걸지 암호로 쓴 것 같아요."

세 번째 광고도 암호문이 아니라 평문이었다. '많은 사람이 그로 인하여 거칠 것이며 넘어질 것이며 부러질 것이며 걸릴 것이며 잡힐 것이니라.'

"이건 성경 구절 아니에요?"

"이사야 8장 15절."

"그걸 다 외우고 있어요?"

샬럿이 고개를 가로저었다.

"성경의 절을 전부 색인해 놓은 책을 참고했죠."

"그런데 애초에 왜 이 절을 신문에 실었을까요? 광고비는 불과 유황, 그러니까 하나님의 분노에 사로잡힌 신도들이 냈을까요?"

"모르겠어요."

페넬로페가 사이드보드로 가더니 탄산수 제조기에서 소다수를 한 잔 따랐다.

"요즘 신문의 광고란을 좀 더 주의 깊게 살펴볼걸 그랬다는 생각이 들어요. 이 지면에 실려 있는 기벽과 비밀이 얼마나 많은지 모르겠어요."

"리비아 언니는 예전부터 이 광고란을 아주 좋아했어요. 치환 암호를 제일 먼저 가르쳐 준 사람도 언니였어요. 하지만 언니는 끈기가 없어서 좀 더 복잡한 암호는 못 풀어요."

"끈기는 과대평가된 덕목이에요. 지금 당장 원하는 걸 즐기는 편이 훨씬 재미있다고요. 더 기다린다고 더 나은 결과를 얻는다는 보장이 없으면 더욱 그렇죠."

샬럿은 잠시 입을 다물었다.

"레이디 잉그램은 끈기가 있는 사람 같아요?"

"아뇨. 음, 어딜 봐도 그렇게 보이지 않았어요. 그런데 적어도 한 가지 면에서는 극도의 인내심을 몸소 증명하기는 했죠. 일 년에 딱 한 번 스쳐 지나가는 시선을 기다린다고요? 이루 말할 수 없이 고통스러울 거예요."

페넬로페는 소다수를 한 모금 마셨다. 탄산이 목을 간질이는 느낌이 좋았다.

"물론 그런 성격이라기보다 상황상 어쩔 수 없이 그런 약속을 했다고 볼 수도 있죠. 아무리 그래도 저라면 핀치 씨가 스쳐 지나갈 때 그의 멱살을 잡고 어디서 뭘 하고 사는지 다 털어놓으라고 했을 것 같아요."

"내 말은."

샬럿이 부드럽게 말을 이었다.

"셜록 홈스가 조사하는 동안 레이디 잉그램이 아무 불만 없이 차분하게 기다릴까요?"

페넬로페가 겸연쩍은 듯 웃음을 터트렸다.

"아하, 그거요. 음, 그럴 것 같지 않아요. 셜록 홈스가 움직이고 있는 동안에도 매일같이 신문에 광고를 싣잖아요."

"그분 입장이라면 저도 그렇게 할 거예요. 경험적으로 신문은 파급 범위가 훨씬 넓으니까요. 그에 반해 셜록 홈스를 고용한 유일한 장점이라면, 신문의 잉크가 말라 없어지도록 그 광고를 무시할 수 있는 핀치 씨와 달리 홈스는 조사 결과를 반드시 보고한다는 것 정도죠."

샬럿이 꼼꼼하게 신문을 접었다.

"그런데 이 광고들을 보니 한 가지 의문이 생겼어요. 레이디 잉그램은 어떻게 매일 광고를 실을까요? 매일 신문사를 찾아갈 형편이 아니잖아요?"

"매일 전보로 광고를 보내나 보죠. 광고로 실을 글과 요금을 전부 우편으로 보낼 수 있으니까요."

"그러려면 이번에는 매일 우체국을 다녀와야 하잖아요. 레이디 잉그램 같은 여성이라면 주위의 이목을 끌 거예요. 같은 우체국으로 계속 갈 수도 없고, 제일 편한 위치에 있는 우체국을 이용할 수도 없어요. 그분의 암호는 쉬워요. 자신이 신문에 필사적으로 애원하는 광고를 싣는다는 이야기가 퍼져 나가기를 원할 리도 만무하고요."

"몸종을 대신 보낼 수도 있잖아요. 한 명은 있을 테니까요."

페넬로페가 의견을 냈다.

몸종은 내밀한 일을 도맡아 처리한다는 점에서 다른 하인들보다 안주인과 관계가 더 가까웠다. 그리고 대체로 안주인이 어디를 방문하거나 외출할 때 함께 가지 않기 때문에 익명의 장점을 훨씬 더 유리하게 이용하며 움직일 수 있었다. 하인을 거느릴 수 있는 집안은 대체로 키가 엇비슷한 시종 두 명이 외출한 안주인을 모셨다.

"레이디 잉그램이 결혼했을 때 그녀가 부린 몸종은 오랜 세월 잉그램 경의 어머니를 모셨던 하녀였어요."

샬럿이 지적했다.

"흠, 그 몸종이 안주인보다 잉그램 경에게 더 충심을 느낀다면 그런 일을 쉽게 시키지 못하겠네요."

"그렇기도 하고 레이디 잉그램의 몸종이 아직도 그 하녀인지도 잘 몰라요. 오래전 일이거든요. 몸종이 누구든 간에 레이디 잉그램이 그렇게 개인적인 문제를 하인에게 믿고 맡기는 사람으로 보이세요?"

페넬로페가 잔을 비웠다.

"그렇지는 않아요. 하지만 우리는 지금껏 그분을 잘 몰랐다는 사실을 이제야 깨달았잖아요, 그렇죠? 그걸 생각해 보면 레이디 잉그램의 성격이 어떨 거라고 딱 잘라서 말 못하겠어요."

"맞아요. 이 시점에서 우리가 자신있게 말할 수 있는 건 없어요."

샬럿이 천천히 말했다.

토요일

사실 철자 거리표를 만드는 과정은 암호 해독에서 비교적 쉬운 일이었다. 이 암호문의 경우 열쇠말을 다섯 글자의 단어라고 가정했으니 이제부터 철자 다섯 개의 위치를 하나씩 확인해 봐야 했다. 그러기 위해서 샬럿은 T부터 시작했다. T는 영어에서 가장 흔하게 사용되는 철자이다. 그곳에서부터 역으로 살펴보며 암호문의 다섯 번째 자리에 있는 철자를 문자표에 있는 단어로 치환한 후 나온 철자와 그 철자가 출연한 횟수를 기록했다. 그 철자들이 영어에서 각 철자가 사용되는 상대적인 비율과 일치하는지 확인하기 위해서였다.

이론적으로도 쉽지 않지만 실제로 하면 열 배는 더 힘이 들었다. 왜냐하면 그녀가 풀어야 할 암호문은 예상보다 O가 눈에 띄게 적었기 때문이다. 이 정도 횟수면 일반적인 철자 출몰 비율을 왜곡하는 수준이었다.

하지만 결국에는 열쇠말을 찾아냈다. 그녀가 찾은 열쇠말은

'TRUTH(진실)'였다. 마침표까지 집어넣자 암호문은 이렇게 풀렸다.

고대의 계곡에는 몇 세기 후 그곳을 침입한 자들에 의해 많은 것이 파괴된 채 남아 있었다. 폐허는 웅장함을 잃고 영락한 채 서글픈 풍경이자 음울한 한숨 외에 아무것도 끌어내지 못하는 시시한 과거로 남았다. 우리는 돌무더기와 사방에 감도는 비애감을 뒤로한 채 그곳을 떠나게 되어 기뻤다. 앞으로! 다행스럽게도 매가 날아가듯 동쪽으로 천 야드를 가면 나오는 우리의 다음 목적지는 떠나온 곳이 보잘것없을 만큼 웅장한 곳이었다. 화강암 건물은 번영을 구가할 당시 궁궐이었을 것이며, 그 궁궐의 보물은 분명 눈이 휘둥그레질 정도였으리라. 친구여, 이쯤에서 글을 줄이더라도 용서해 주기를. 대신 흙을 파헤쳐 유물과 다른 고대의 보물을 발굴하면 다시 펜을 들게 해 주게.

그녀가 해독한 암호문은 첨부된 해답과 일치했다. 하지만 배경 정보를 전혀 주지 않았기 때문에 샬럿은 무슨 글을 읽고 있는지 짐작도 되지 않았다. 그녀는 값어치가 수천 파운드나 되는 '고대의 보물'이 정말 발굴되었기를 바랄 뿐이었다. 그렇지 않았다면, 기껏 암호로 작성한 내용은 철저하게 기밀을 유지할 필요가 있는 정보가 아니라 아무 쓸모도 없이 작성자의 편집증을 보여 주는 증거에 머무르기 때문이었다.

샬럿은 잠시 눈을 붙이고 싶었다. 아직 오전 열한 시였지만 느낌으로는 사십팔 시간을 꼬박 깨어 있는 것 같았다. 그런데 드 블루아 레이디들이 찾아올 예정이었다. 이십 분 후 샬럿과 왓슨 부인, 레드메인 양 그리고 그들의 손님들은 리전트 파크로 산책을 나가, 며칠 만에 보슬비가 그쳐 나타난 맑은 공기와 청명한 하늘을 마음껏 즐겼다.

왓슨 부인이 조마조마한 눈빛으로 간간이 샬럿을 힐끔거렸다. 요즘 샬럿은 대부분 자신의 방에서만 보내며 한두 번은 저녁도 방에서 먹었다. 식사를 같이 해도 페넬로페가 대화를 주도하도록 내버려 둔 채 누가 먼저 말을 걸지 않으면 거의 입을 열지도 않았다.

왓슨 부인은 샬럿이 오빠의 실종과 잉그램 경의 결혼 생활, 그 둘 사이의 관계에 대한 생각에 완전히 사로잡혀 있다고 믿어 의심치 않았다. 확실히 왓슨 부인의 관점에서는 다른 이유를 생각하기 힘들 것이다.

하지만 그 순간 샬럿은 그런 것들은 안중에도 없었다.

비즈네르 암호를 해독한 결과물. 그 글을 생각하면 할수록 좀 더 자세히 살펴보아야 한다는 생각이 들었다. 그것도 바로 지금!

"여러분, 먼저 실례해도 될까요. 지금 반드시 살펴보아야 할 일이 있어요."

샬럿은 드 블루아 레이디들과 악수를 해야 한다는 사실을 가까스로 기억한 후 몸을 돌려 왓슨 부인의 집으로 급히 돌아갔다.

자신의 방으로 돌아간 샬럿은 해독문을 다시 꺼냈다. 이 글의 무엇이 그녀의 뒤통수를 자꾸 긁어 대는 걸까? 아하, 그거였다. '매가 날아가듯'이라는 글귀. 글쓴이가 목적지가 직선 거리로 천 야드 떨어진 곳이라는 사실을 전하고 싶었다면 왜 '화살이 날아가

듯'이라고 쓰지 않았을까. '까마귀가 날아가듯'이라는 표현도 괜찮았을 것이다. 매는 공중에서 맴을 돌거나 선회하지만 까마귀는 최단 경로로 날아간다고 하니 말이다.

그뿐만 아니라 누구도 거리를 몇천 야드 단위로 측정하지 않는다.

눈에 띄게 O의 개수가 적은 것도 신경 쓰였다. 일반적으로 전체 철자들 가운데 O가 출연하는 비율은 7.5퍼센트 정도이다. 그런데 이 글에서는 3퍼센트에 약간 못 미쳤다. 암호문 작성자는 그 글의 특정한 지점에서 철자 O가 들어가는 단어를 넣고 싶지 않았기 때문에 일부러 '매'라는 단어를 고른 건 아닐까?

샬럿은 펜을 들고 모두 열여섯 개인 O에 밑줄을 쳤다. O는 대부분 그 글의 중앙에 모여 있다. 그렇게 O를 배치한 패턴에 무슨 의미가 있다고 해도 이거다 싶은 것은 보이지 않았다. 샬럿은 몇 분 더 그 글을 뚫어지게 바라보더니 백지를 한 장 꺼내 그 글을 베껴 쓰기 시작했다. 이번에는 전부 소문자로 썼다.

때로는 다른 관점이 도움이 된다. 이번은 아니었지만.

샬럿은 이런저런 방법을 다 시도해 보았다. 평문에 비밀 메시지를 숨기는 일은 쉽지는 않아도 못할 일도 아니었다. 그녀는 혹시나 t의 가로줄과 i의 점이, 모스 부호를 이루는 것이 아닌가 싶어서 꼼꼼하게 살펴보았다. 아니었다. 이번에는 직접 찍은 구두점을 확인한 후 이리저리 바꿔서 다른 의미가 나타나는지 보았다. 아무 의미도 나타나지 않았다.

샬럿은 일어서서 방을 서성거리기 시작했다. 신선한 발상이 도통 떠오르지 않자 이번에는 주방으로 갔다. 마담 가스코뉴가 오븐에서 마들렌 한 판을 꺼내는 중이었다. 왓슨 부인 일행이 산책에서 돌아왔을 때 내놓을 디저트였다.

샬럿은 마들렌 여섯 개를 냉큼 챙겨서 얼른 자리를 떴다. 책상에 앉아 아직도 뜨거운 첫 번째 마들렌을 입에 넣으며 다시 암호문을 살펴보았다. 작은 케이크가 그녀의 배 속으로 사라진 순간 그녀의 뇌가 느닷없이…… 발상의 싹을 틔웠다.

역시 그거였어. 그녀는 자신이 어디에서 실수를 했는지 알아냈다. 그녀는 비즈네르 암호에 너무 집착한 나머지 제대로 먹지 않았던 것이다. 거울을 힐끔 보니 턱이 1.3턱까지 줄어들어 있었다. 공포 그 자체였다. 이러니 마지막으로 한 삽 남은 석탄을 넣은 증기 엔진처럼, 뇌가 느릿느릿 엉망이었던 것은 당연한 결과였다.

마들렌을 두 개 더 먹자 샬럿은 새로 태어난 기분이었다.

알파벳 O. 이것들이 글자가 아니라면 어떨까? 알파벳으로 숫자를 대신하게 했다면?

숫자 0.

만약 O가 전부 0이라면 I나 L은 모두 1이 된다.

그녀의 메모에 의하면 I는 너무 많이 나오지만 다른 모음이 O의 부족함을 보충해 주기 때문에 그냥 넘어갈 만했다. 반면 L은 O처럼 숫자가 너무 적었다. 그리고 거리를 몇천 야드 단위로 측정했다는 사실을 떠올리자……. 암호문 작성자가 마일(mile)이나 펄롱(furlong)•처럼 좀 더 합리적인 단위는 일부러 쓰지 않았다면 어떨

● **펄롱** 경마에서 쓰는 길이 단위. 220야드 또는 201.2미터

까? 그 단어들을 쓰면 L이 들어가면 안 되는 곳에 L이 들어가니까 말이다.

샬럿은 그 글을 다시 쓰고 이번에는 L과 O에 전부 밑줄을 그었다.

```
Much that remained in the ancient valley had been ransacked by raiders in later centuries. The ruins were a sad sight, decrepitude sans grandeur, an insipid past that inspired little beyond a gloomy sigh. We were glad as we departed, leaving behind the mounds of rubble and that general air of mournfulness. Onward! Lucky for us, our next destination, a thousand yards eastward as the hawk flies, was as magnificent as this one was inferior. The granite edifice must have been a palace in its heyday and the treasures within must have been astonishing. My friend, pray excuse my brevity. Let me dig instead and write again when I have unearthed artefacts and other archaic gems.
```

일단 L과 O를 각각 숫자 1과 0으로 바꾸자 모두 31개의 숫자가 되었다. 1111101001100110010100001001010

샬럿은 그 숫자를 모스 부호 즉, 1은 선(–)으로, 0은 점(·)으로 바꾸었다. 하지만 그렇게 완성된 점과 선의 연속을 아무리 분석해도 뜻이 통하지 않았다. 이 결과물이 암호라도 암호를 풀 수 있을 만큼 점과 선이 길게 이어진 연속문이 없어서 풀 수가 없었다.

암호 해독이란, 수도 없이 막다른 골목과 마주치는 데 두려움이 없는 사람들을 위한 과학이자 기술이다.

샬럿은 다음 마들렌을 깨작거리듯 먹으며 이 난제가 마들렌 여섯 개의 문제로 판명되지 않기만 바랐다. 왜냐하면 마지막 두 개는 늦은 밤 야식으로 남겨 두고 싶었기 때문이다. 그나저나 한 무더기의 0과 1로 달리 무엇을 할 수 있을까?

그 순간 마들렌을 씹던 샬럿이 그대로 멈췄다. 이진법에서 0과 1은 다른 숫자가 될 수 있었다. 그 계산은 약간 복잡했다. 서른한 자리 이진수를 변환하려면 2를 서른 번까지 거듭제곱해야 하는데, 그러면 상당히 큰 숫자가 될 것 같았다. 그래도 비즈네르 암호를 깨는 것보다 훨씬, 훨씬 더 쉬울 터였다.

그런데 그렇게까지 해서 나온 숫자는 무슨 목적이 있을까? 아무 책이나 신문에서 단락을 골라 L과 O에 밑줄을 친 후 그것들을 1과 0으로 바꾸면 이진법 숫자가 된다.

방을 죽 돌아보니 최근에 산 어떤 물건이 눈에 들어왔다. 아름다우면서도 몹시 쓸모 있게 잘 만든 물건이었다.

흠. 샬럿은 자신에게 숫자 '두 개'가 있다면 무엇을 해야 할지 알 것 같았다.

제8장

잉그램 애시버튼 경이 탄 이륜마차가 왓슨 부인의 집에 다다랐을 즈음, 잉그램 경은 유모차를 밀고 가는 중년의 유모에게 괜히 눈길이 갔다.

이 동네에서 유모가 집을 드나드는 풍경은 흔히 볼 수 있었다. 왓슨 부인의 집은 신록이 싱그러운 넓은 공원을 향해 있었다. 낮에는 언제든 자신이 보살피는 사람에게 신선한 공기를 마시게 하려고 나온 간호사와 유모, 가정 교사와 마주칠 수 있다. 문제는, 이틀 전 이 집 앞을 지나치면서도 끝내 벨을 누르지 않기로 결심했을 때, 저 유모는 담배와 부토니에르•를 팔던 행상인이었다는 점이다. 잉그램 경은 거의 확신했다.

그는 오늘도 벨을 누르지 않았다.

● **부토니에르** 남자의 양복 깃에 꽂는 꽃

그의 마차가 완전히 멈춰 서기도 전에 진홍색과 크림색 줄무늬 드레스를 입은 샬럿 홈스가 정문에서 나왔다. 장갑 낀 한 손은 크림색 양산을, 다른 손은 진홍색 핸드백을 들고 있었으며 이 앙상블의 마무리로 주홍색 깃털로 장식해 경쾌한 느낌을 주는 작은 모자를 쓰고 있었다.

다른 여성이었다면 너무 요란해 보였을 것이다. 그러나 그 여성이 홈스라면 이 정도는 소박한 편이었다. 잉그램 경은 끝도 없이 이어질 것 같은 레이스, 리본 그리고 주름 장식으로 몸을 휘감아 흡사 여성의 모습을 한 걸어 다니는 리본 걸이 같은 홈스가 친숙했다.

"목적지까지 태워 드릴까요, 아가씨?"

그가 말을 걸었다.

샬럿은 여기서 그를 마주칠 거라고 예상하지 못했을 수 있지만, 조금도 놀란 티를 내지 않는 차분한 태도를 유지했다. 잉그램 경이 매일 이 시간에 전세 마차를 제공하는 편의를 베풀기 위해 왓슨 부인의 집 앞에 잠시 마차를 세운다고 봐도 무방할 것이다.

"고맙습니다. 그렇게 해 주세요."

샬럿이 마부에게 행선지를 말했다.

"포트먼 광장으로 가 주세요."

잉그램 경이 한쪽 눈썹을 치켜올렸다. 포트먼 광장 근처에는 밴크로프트 형의 집이 있었다. 그 집에는 하인 몇 명 외에는 아무도 살지 않았고, 살림집이라기보다 만남의 장소로 더 많이 쓰였다. 예외가 있다면 정보 수집을 위해 암약하는 밴크로프트 형의 부대원들이 오후를 보낼 푹신한 의자나 밤을 보낼 침대가 필요할 때 간간이 은신처로 쓰이곤 했다.

"볼일이 있나, 홈스?"

샬럿이 옆자리에 앉자 잉그램 경이 물었다.

사교계의 규칙에 따라, 그와 홈스는 단둘은 고사하고 애초에 물리적으로 가깝게 붙어 있을 기회가 드물었다. 이륜마차의 경우 이론적으로는 꼬챙이처럼 마른 승객을 세 사람까지 태울 수 있다. 하지만 그녀는 지금껏 한 번도 꼬챙이처럼 마른 적이 없었기에, 넉넉하게 퍼지는 치마가 그의 바지를 슬쩍슬쩍 건드리자 도저히 오해할 수 없는 감각이 그의 신경 끄트머리를 오르락내리락하며 자극했다.

"내가 필요한 자료를 찾느냐에 따라 볼일이 있을 수도 있어. 아니면 별일 아닌 걸로 끝나겠지."

그가 창밖을 바라보았다. 유모차와 함께 있는 여자가 거리의 가장자리에 서 있는 전세 마차에 손짓을 하고 있었다. 그 마차가 방향을 돌려 지금은 15미터 뒤에서 둘이 탄 마차를 따라오는 중이었다.

홈스도 그가 무엇에 신경을 쓰는지 알아차렸을 테지만 아무것도 묻지 않았다. 한 번 힐끔 보는 것만으로도 스스로 결론을 내릴 수 있는데 굳이 왜 질문을 하겠는가. 심지어 그 결론은 누구보다 더 정확할 때가 많은데 말이다.

잉그램 경은 다른 사람 앞에서 이렇게 속이 훤히 들여다보이는 상태가 되면 얼마나 불편한지 한 번도 말하지 않았다. 게다가 그 다른 사람이 대체로 벽돌로 만든 벽처럼 속을 들여다볼 수 없다면, 더욱 그런 말을 꺼낼 수 없을 것이다.

왓슨 부인의 집에서 가장 가까운 교차로는 길게 늘인 X자 모양이었다. 이 교차로 근처의 도로들은 직각으로 반듯하게 만나지 않았다. 남쪽으로 방향을 돌려 포트먼 광장 방향으로 가려면 마차는 배의 뱃머리처럼 생긴 교차로 하나를 빙 돌아야 한다. 그러면 뒤따르는 마차의 시야에서 일 분가량 벗어날 수 있다.

잉그램 경은 마부에게 어퍼 베이커 스트리트에서 방향을 돌리지 말라고 지시했다. 그랬다가는 셜록 홈스의 집으로 너무 가까이가 미행자의 눈에 띌 염려가 있었다. 마부가 서쪽으로 조금 더 마차를 몰아 말을 왼쪽으로 몰았다. 다른 마차가 그들의 모습을 가린 순간 잉그램 경은 지팡이로 마차의 천장을 두드렸다.

"우리는 여기서 내리겠네."

그가 마부에게 동전을 던져 주었다.

"피카딜리 방향으로 가 주게."

두 거리가 뾰족한 각도를 이루듯 뻗어 있어서, 두 거리를 따라 늘어선 집들이 쐐기의 두 면처럼 만났다. 그리고 그 사이로 마차가 드나드는 좁은 길이 나 있었다. 두 사람이 그 마차 통행로로 미끄러지듯 들어가자 길을 바라보며 서 있는 집들이 두 사람을 가려 주었다.

잉그램 경은 그 전세 마차가 미끼가 된 마차를 따라가는 중이라는 사실을 확인한 후 홈스와 함께 모습을 드러냈다. 두 사람은 교차로까지 걸어가 다시 마차를 잡아 타고 포트먼 광장 근처의 집으로 향했다.

잉그램 경은 이왕이면 실내가 더 넓은 전세 마차를 잡을 수 있기를 바랐지만 이번에도 이륜마차였다. 홈스는 향수를 뿌리지 않았지만 바짝 붙어 있으니 시나몬과 버터 향기가 아주 희미하게 나는 것 같았다. 그 향은 매우 희미해서 그는 자신의 상상인지 아닌지 알 수 없었다.

"그 마차는 당신을 미행하는 게 아니었을 거야."

홈스는 레이스 손수건으로 자신의 이마를 톡톡 두드리며 말했다.

"당신이 미행자를 왓슨 부인의 현관까지 데려 왔을 리 없으니까. 그렇다면 그 집이 감시 대상인 걸까?"

잉그램 경은 사십팔 시간 전에는 분명 부토니에르와 담배 행상인이었지만 오늘은 유모가 된 여자에 대해 말해 주었다.

"내가 집에서 도망친 후로 수많은 사람이 내 행방에 관심을 가졌지."

홈스는 무심한 표정으로 중얼거리듯 말했다.

"예전에 가끔 밴크로프트가 부하들의 전반적인 경계 태세를 점검하려고 다른 부하에게 미행을 시킨다는 이야기를 하지 않았어?"

잉그램 경이 숨을 헉 들이쉬었다.

"공식적으로 밴크로프트의 부하가 된 거야?"

홈스가 창밖을 바라보았다. 행상인이 파는 딱딱한 사탕에 관심을 빼앗긴 듯했다.

"아직은 아니야. 하지만 내가 부하가 되어 주면 좋아할 거야. 알고 있겠지만, 그 사람에게 청혼을 받았어."

당연히 잉그램 경은 알고 있었다. 이렇게 불쑥 찾아온 이유도 그녀가 형수가 될 가능성을 가늠해 보고 싶어서일지도 몰랐다. 그 가능성을 떠올리는 것만으로도 오싹했지만, 스스로 자초한 일이기도 했다. 그는 아직도 자신이 처음부터 샬럿 홈스의 추문이 터지는 것을 막을 수 있었다고 믿었다. 물론 그가 당시 어떤 조치를 취할 수 있었는지는 여전히 의문으로 남아 있지만 말이다.

"그 청혼을 고려 중이군."

그는 홈스가 청혼을 받자마자 그대로 거절한 경우를 알지 못했다. 그녀는 청혼을 받으면 신중하게 따져 본 후 그만큼 신중하게 거절했다.

"밴크로프트가 나를 구슬리려고 준 것들을 연구하는 중이야. 그 중 하나가 비즈네르 암호야."

홈스가 핸드백에서 봉투를 찾았다.

'비즈네르 암호?' 홈스에게 비즈네르 암호를 보내는 것은 1입방 야드의 케이크를 선물하는 것과 비슷했다. 그녀가 하루에 한 조각을 맛있게 먹었다고 해서 며칠 동안 그것만 먹고 싶어 한다는 뜻은 아니었다.

달리 생각하면 밴크로프트가 그녀의 능력을 존중한다는 사실을 이보다 더 적절하게 표현할 수 없을 것이다.

홈스가 잉그램 경에게 종이 한 장을 건넸다. 습관적으로 그는 뒤를 슬쩍 보았다. 마부와 승객 사이에는 창이 없었고 마부는 이륜마차의 뒤쪽에 앉아 있었다. 비바람으로부터 승객을 보호하기 위해 꽁꽁 틀어막은 실내는 도청을 막기에 훨씬 효과적이었다. 하지만 지금은 한낮 도시의 소음이 그 문제를 말끔히 해결해 주었다.

"이 글 알아보겠어?"

그는 고고학에 관련된 것으로 보이는 그 글을 읽었다.

"처음 보는데."

"암호가 포함된 평문일 가능성이 있어."

홈스가 건넨 다른 종이에는 L과 O에 전부 밑줄이 그어져 있었다.

"그 철자들이 1과 0을 의미한다면, 이진법을 의미할 수도 있지."

잉그램 경은 그 종이가 아니라 그녀를 지그시 바라보았다. 가끔 그녀가 아무런 감정을 느끼지 않는다는 생각이 너무나 당연하게 느껴질 때가 있었다. 그녀의 흉곽 안에는 심장이 아니라 자동인형의 기계장치가 뛰고 있다고 말이다. 하지만 지금은 그런 순간이 아니었다. 오늘 홈스에게서는 사냥감에 은근한 흥분을 느끼며 그것을 추적하는 사냥꾼의 분위기가 확연하게 느껴졌다.

그녀는 손가락으로 종이를 톡톡 치며 응당 그의 관심이 향해야 할 곳으로 이끌었다.

"이 글을 가장 적당하게 문맥이 이어지도록 둘로 나누면 두 개의 이진수를 얻을 수 있어. 그 숫자를 다시 십진수로 바꾸면 이렇게 나와."

512818과 2122.

"이 숫자의 의미가 뭐지?"

"나라면 두 번째 숫자의 시작 부분에 0을 더해 보겠어."

두 번째 숫자의 '시작'에 0이라고? 하지만 주어진 숫자 앞에 0을 몇 개나 붙여 본들 변하는 것은 없…….

"이렇게 말이야?"

그가 펜을 꺼내 숫자를 다시 썼다.

51’ 28’ 18

0’ 21’ 22

위도와 경도.

홈스가 미소를 지었다. 그가 눈을 깜박거렸다. 그녀가 동행에게 미소를 지어 보이는 법을 깨우쳤을 때가 열여섯이나 열일곱 살이었는데, 그 후로도 샬럿은 한 번도 그에게 미소를 지어 주지 않았다.

행운의 아이템.

언젠가, 잉그램 경은 홈스가 런던에서 사교계를 여덟 번이나 거치는 동안 청혼을 꽤 많이 받았다고 지적한 적이 있었다. 그때 홈스는 반쯤 농담으로 다 자신의 가슴 덕분이라고 했다. 한편 그는 청혼한 신사들이 한껏 드러난 가슴을 진심으로 높이 평가하기는 했지만, 실제로는 다른 것에 반했다고 생각했다. 그들을 끌어당긴 매력은 그녀의 집중력이었다.

홈스는 상대에게 관심을 주기 시작하면 철저할 정도로 주었다. 마치 아무도 중요하지 않고, 아무도 ‘존재하지’ 않는다는 듯 말이다. 그 가련한 남성은 결국에는 자신의 비밀을 하나도 빠짐없이 들켰다는 사실을 깨달을 것이다. 하지만 너무 늦었다. 그녀의 크고 투명한 눈빛에 또 사로잡히면, 머릿속에서 지성이 요란하게 경고등을 울려도 그는 여전히 자신의 인생에서 그 어느 때보다 더 중요하고, 더 인정받고, 더 ‘관심을 받는’ 사람이 된 것 같은 기분에 빠져든다.

게다가 그 불쌍한 녀석들이 모두 그녀의 관찰력을 알아차리는 것도 아니었다.

잉그램 경은 다 떠올리기도 귀찮을 정도로, 그 관심의 수혜자가 되었던 남자들의 경탄과 희열의 감정이 번지는 표정을 목격하곤 했다. 바로 그때 그녀가 미소를 짓기라도 하면, 그들이 지금껏 알았던 부적절한 점들은 힘과 자신감, 정복욕을 땔감으로 한 활활 타오르는 거대한 모닥불에 다 쓸려 들어가고 말았다.

"아주 좋아."

그녀가 말했다.

"위도가 북위 51도라고 하면 이 장소는 런던 근처 어디일 거야. 경도가 자오선에 너무 가까워서 동경인지 서경인지는 크게 중요하지 않아."

잉그램 경은 그녀로부터 "아주 좋아."라는 말을 마지막으로 들은 때가 언제인지, 애초에 그런 말을 한 적이나 있는지 기억이 나지 않았다.

그녀가 말을 이었다.

"내가 이해하기로 포트먼 광장 근처에 있는 그 집. 그곳에 밴크로프트가 지도를 모아 두고 있는데 그중에 초 단위까지 경도와 위도를 표시한 매우 정밀한 런던 지도가 있어."

그녀의 크고 맑은 두 눈에 사로잡혀 있던 잉그램 경은 대답을 위해 잠시 시간을 벌어야 했다.

"맞아."

그녀가 다시 미소를 지었다.

"밴크로프트도 결국 쓸모가 있네."

잉그램 경은 자신이 막 피운 모닥불을 급히 끄느라 대답할 틈이 없었다.

북위 51도 28분 18초, 동경 0도 21분 22초가 가리키는 장소는 채드웰 세인트 매리 교구에 있는 탬스강의 어귀와 가까웠다. 북위 51도 28분 18초, 서경 0도 21분 22초는 하운즐로우의 중심지 근처의 어느 지점에 해당했다. 하운즐로우는 한때 런던에서 꽤 멀리 떨어진 작은 마을이었지만 지금은 게걸스럽게 확장해 가는 메트로폴리스에게 집어 삼켜져 런던의 일부가 되었다.

두 지점 근처에는 눈에 띄는 구역은 없었다.

"랜드마크라도 기대한 거야?"

잉그램 경이 물었다.

홈스는 치맛단이 사각사각 끌리는 소리를 내며 커다란 지도 테이블 주위를 천천히 돌았다.

"랜드마크를 기대하지 않았지만 '있으면 좋겠다'고 생각했어. 생각해 봐, 영어로 쓴 문단 두 개에서 L과 O만 충분히 있으면 이진수를 만들 수 있어. 이 이진수로 경도와 위도와 비슷한 십진수로 바꿀 수 있고."

그녀는 탁자의 비스듬한 가장자리를 손끝으로 따라가며 한 번 더 탁자 주위를 돌았다. 그녀는 그에게 두 번 입을 맞췄다. 그리고 두 번 다 기습적이었다. 그런데도 그는 여전히 그녀가 신체 접촉을 즐기는지 알 수 없었다. 대신 무생물의 질감에는 분명 흥미가 있는 것 같았다. 벨벳으로 싼 쿠션 더미와 들판에 서 있는 돌벽의 서늘한 표면, 갓 딴 포도송이에 달린 포도알 하나하나의 매끈한 껍질.

"이 두 곳에 직접 가 보는 게 좋겠어."

"틸버리까지 갔다가 네 시간 안에 돌아오는 건 거의 무리야."

잉그램 경이 지적했다.

"나는 그 전에 선약이 있어. 그러니까 우리, 하운즐로우에 있는 지점부터 먼저 확인해 보자."

그녀는 그가 사용한 '우리'라는 인칭 대명사를 흘려듣지 않았다.

"분명 당신은, 그곳에 다녀온 후에 나 혼자 틸버리에 가는 걸 좋아하지 않겠지."

"두말하면 잔소리지."

그녀가 아무런 대꾸도 하지 않자 그가 말을 덧붙였다.

"당신이 어딜 가든 나를 끼워 달라고 부탁하는 게 아니야. 하지만 이 일은 밴크로프트에서부터 비롯되었어. 당신이 짐작한 대로라면, 그래서 이 암호에 밴크로프트가 아는 것보다 더 많은 의미가 숨어 있다면 당신은 지도에도 없는 영토로 들어가는 셈이야. 그런 땅에 들어갈 때는 당연히 예방 조치를 해야겠지."

그녀가 우뚝 멈춰 섰다.

"맞는 말이야. 당신이 없으면 다른 위치는 조사하지 않겠다고 약속할게."

'약속'까지 한다고? 게다가 그 말을 하기 전에 미소를 두 번이나 짓고?

로저 슈루즈버리와의 불상사를 제외한다면, 샬럿 홈스는 대체로 분별력 있는 사람이라 봐도 무방했다. 그 분별력도 잉그램 경이 완전히 신뢰할 정도는 아니었다. 그러므로 그가 조심하라고 한 말을 홈스가 알아들었다는 사실 정도는 확인하고 넘어갈 작정이었다.

"요즘 어떻게 지내, 홈스?"

그녀가 그의 눈을 바라보았다.

"의뢰받은 사건들을 조사하고 내내 이 암호에 매달렸어. 이번 주에는 내 방을 거의 떠난 적이 없다는 사실을 왓슨 부인이 확인해 주실 거야."

한 세대에 한 번 나올까 말까 한 천하의 거짓말쟁이인 홈스를 상대할 때는 그녀가 언제나 진지하게 순진한 표정을 짓는다는 게 문제였다. 게다가 그녀의 표정은 한 점 거짓 없이 순진해 보였다.

"뭔가가 있어. 당신은 한 번도 내게 고분고분하게 굴었던 적이 없어. 내 계좌에서 몰래 빼낸 돈을 이용해 셜록 홈스의 이름으로 못된 장난을 벌이는 방법이라도 찾은 거야?"

"맞아."

사랑스럽기까지 한 차분한 대답. 그가 고개를 가로저었다.

"좋아. 깊이 파고들지 않을게. 어차피 내가 옳다는 걸 아니까."

"나도 그렇게 생각해."

홈스는 탁자 위에 펼쳐진 지도 위로 얼굴을 숙인 채 말했다.

"이제 하운즐로우로 가는 거지?"

그는 괜히 긁어 부스럼을 만드는 중이었다.

다른 남자였다면 샬럿 홈스의 미소에 희희낙락했을 것이다. 다른 남자였다면 그 입에서 약속이라는 단어를 끌어냈다며 행복에 겨워 할 것이다. 하지만 잉그램 경은 필요하지 않은 일을 해야 하면, 이유를 따져야 직성이 풀렸다. 둘 사이에 침묵이 내려앉았다.

가끔 클럽에서 누군가가 아내나 약혼녀가 잠시도 입을 닫지 않는다고 불평했다. 그러면 잉그램 경은 자신은 운이 좋은 남자라며 상대의 속을 뒤집거나, 나아가 사생활을 과하게 드러내는 말을 하지 않으려고 아예 입을 꾹 다물었다.

사람들은 별 뜻 없는 수다는 무시할 수 있다. 그러나 침묵은 무시하지 못한다.

그의 집은 애정 어린 대화가 워낙 없어서 고요할 때가 잦았다. 그는 그런 생활에 이미 익숙했지만, 고요함은 늘 자신이 저지른 실수를 상기시켜 주었고 지난날의 정원처럼 시들어 버린 희망과 꿈을 떠올리게 해 주었다.

홈스와 함께라면 달랐다. 홈스가 곁에 있으면 그 침묵은 '만약이라는 가정'으로 가득 찼다. 그는 그 희망과 꿈을 감히 탐닉하지 못했다. 심지어 마음속으로도 하지 못했다. 그는 유부남이니까. 그 사실은 결코 바뀌지 않을 현실이니까. 그리고 자신이 홈스를 완전히 잘못 읽었다는 사실을 확인하게 될까 두려우니까.

그는 스스로 설득할 수밖에 없었다. 두 사람 사이에 내려앉은 침묵의 서곡과 종결부, 아르페지오, 크레센도, 가끔 튀어나오는 불협화음에서 엿들은 '희망과 꿈'은 오직 그의 머릿속에서만 존재한다고. 두 번의 입맞춤은 그녀에게 실험이었을 뿐이었다고. 그리고 단지 현실적인 이유로만 그의 정부가 되겠다고 했으며, 그 제안은 그를 향한 욕망이 아니라 그에게 신세 지지 않으려는 욕망을 보여 줄 뿐이라고. 홈스는 주판으로 시를 짓는 것 이상의 고차원적인 감정은 이해할 수 없는 기계 심장을 가졌다고.

그 때문에 오늘의 이 침묵에 새로운 요소 즉, 평소의 긴장감과 별개로 안절부절못하는 느낌이 더해진 것인지 판단하기 어려웠다. 뉘앙스에 뉘앙스가 더해지는 일이 가능할까? 비즈네르 암호를 풀다가 그 안에 숨겨진 암호를 발견하는 것만큼 말도 안 되는 소리일까?

잉그램 경은 마침내 기차에서 내려 마차를 타게 되어 기뻤다. 기차 여행을 하는 꼬박 사십 분 동안 농밀한 침묵에 빠져 허우적댔기 때문은 아니었다. 그 침묵의 일부는 생산적이었다. 그들은 현재 위도에서 경도의 1초 값에 해당하는 거리를 대략 추정해 보려고 계산해 보았다.

계산을 단순하게 하려고 지구는 실제 형태인 타원형이 아니라 완벽한 원형으로 가정했다. 그 정도면 충분했다. 그들은 지도의 어느 지점을 기준으로 얼마나 멀리까지 조사를 해 봐야 하는지 확인하기만 하면 됐다. 다시 말해 이 일에 관련된 모든 사람 즉, 측량가와 지도 제작자, 암호 제작자, 끝으로 그들 자신이 저지를 수 있는 오류를 고려하기만 하면 됐다.

그들은 지나가는 거리에서 해독한 십진수로 찾아낸 지점을 조사하기 시작했다. 그 지점은 위치를 감추기 위해 정교한 암호를 만들었으리라 추정할 만한 특징이 전혀 없었다. 사실 하운즐로우의 전경은 황야를 제외하면 '평범하다'라는 단어의 예시로 쓰일 수 있을 정도였다.

게다가 그 암호가 언제 만들어졌는지 정보도 전혀 없었다. 밴크로프트가 한 세대 전의 금고에서 그것을 찾았다면 그 시절 이 지역은 지금과 풍경이 사뭇 달랐을 수도 있다. 기억이 맞는다면, 하운즐로우는 철도가 통과하게 된 후로 쇠락의 길로 접어들었다. 그러다가 다른 철로가 들어오면서 이 지역은 생기를 되찾았다.

홈스가 대단할 것이 없다는 듯 살짝 코웃음을 쳤다.

잉그램 경은 그의 주머니 지도를 살펴보았다. 그는 조사 지역의 경계를 표시한 후 마부에게 말했다.

"이 지역을 둘러싸고 있는 거리를 전부 다 돌아보게. 우리는 이 지역을 전부 다 돌아보고 싶으니까."

그들은 직접 보고 싶은 지역의 면적이 어느 정도일지 의견을 나누면서 계산할 때 나눴던 이야기를 다시 나누었다. 잉그램 경은 그녀의 유희 같은 모험을 몹시 진지하게 대했다. 다시 침묵으로 빠져드는 것보다 그 편이 훨씬 좋았다.

그들은 또 다른 거리를 지나갔다. 갈색 벽돌집들이며 좁은 문들, 울타리로 경계를 정해 놓았으며 원예 재능이 통 없어 보이는 우표만 한 앞뜰들.

그들이 다음 거리로 접어들자 홈스가 말했다.

"우리가 막 지난 거리의 어느 집에서 누군가 나왔어. 몇 가지 질문을 할 수 있을 것 같아."

현지 주민이, 암호를 몇 번이나 반복해야 비밀에 접근할 수 있다거나 그런 비밀은 없다는 사실을 확인해 줄 리 없어 보였지만, 잉그램 경은 마부에게 방향을 알려 주었다.

마차가 방향을 돌려 그 거리로 돌아가자 남자 세 명이 바깥에 나와 있었다. 등을 집 쪽에 둔 남자는 제복 차림이었다. 경관 말이다.

"흥미로워. 이런 일은 기대하지 않았는데."

홈스가 중얼거렸다.

두 사람은 마차에서 내렸다. 남자 세 명이 그들을 향해 돌아섰다. 이번에는 '잉그램 경'이 기대하지 않은 상황이 일어났다. 세 남자 중 두 명이 아는 사람이었다. 바로 런던경찰청 범죄수사부 소속의 트레들스 경사와 그의 동료인 맥도널드 경장이었다.

그는 홈스와 눈빛을 교환했다. 그녀는 언제나처럼 침착해 보였지만, 자신은 심장이 점점 빠르게 뛰는 것 같았다.

잉그램 경과 트레들스 경사는 몇 년 전부터 우정을 이어 왔다. 고고학을 향한 열정을 함께 공유한 덕분이었다. 경사는 홈스의 존재를 안 지는 꽤 되었지만 색빌 사건을 계기로 최근에야 실제로 만났다. 그 사건을 성공적으로 해결함으로써 홈스의 명성이 높아졌으며, 경사 또한 언론과 상관에게 좋은 인상을 줄 수 있었다.

그런 이유로 이런 예기치 않은 만남에 트레들스 경사는 놀라기도 하겠지만 반갑기도 할 터였다.

그런데 트레들스의 표정에 불쾌한 기색이 언뜻 비쳤다. 그 모습에 잉그램 경은 깜짝 놀랐다. 마치 공격을 준비하기라도 하듯 긴장으로 얼어붙은 모습은 거의 충격적이었다.

"경사, 경장, 여기서 만날 줄은 몰랐군."

이렇게 인사하는 잉그램 경의 태도는 평소보다 훨씬 경직된 것 같았다.

"여기에 무슨 문제라도 있나?"

"공무라 함부로 말씀드릴 수 없습니다."

그의 친구가 감정이 없는 목소리로 말했다.

마침 그 집에서 키가 크고 얼굴이 불그죽죽한 남자가 나오며 큰 소리로 말했다.

"아하, 트레들스 경사님. 오셨군요. 시신은 집 안에 있는데, 그리 보기 좋은 광경이 아니에요."

잉그램 경은 어째서 이 소식에 경사가 아연실색을 하는지 알 수 없었다. 트레들스 경사는 주로 살인 사건을 담당하지 않는가. 그런데도 그 소식에 경사는 아연실색했다.

잉그램 경은 혼란스러운 감정이 너무 드러나지 않기를 바라며 인사를 건넸다.

"더는 자네를 방해해서는 안 되겠군. 경사, 경장. 그럼 또 보세."

두 사람을 태운 마차는 가장 가까운 전화실로 향했다. 마침 번화가에 위치한 어느 가게에 전화실이 들어서 있었다. 전화기 자체는 장식장 같은 구조물 안에 있었는데, 그 구조물의 문에 커다란 유리판이 달린 모습이 마치 방음실 같았다.

샬럿은 흥미가 돋았다. 그녀는 전화기를 쓴 적이 없다. 부모님 집에도 왓슨 부인의 집에도 전화가 없었다. 하지만 잉그램 경과 함께 비좁게 그 안에 들어가는 것은 부도덕의 정점이라 할 만했다. 로저 슈루즈버리와는 그보다 더한 짓도 했지만 말이다. 그래서 그녀는 얼마간 거리를 두고 밖에서 기다렸다.

그는 유리문으로 등을 향한 채 서서 수화기를 꼭 갖다 댔다. 방음실이라고 해도 완전히 방음이 되지는 않았다. 때때로 그녀는 뜻이 이어지지 않는 음절 몇 가지를 알아들었다. 그는 아마도 암호로 대화를 나누는 것 같았다.

두 사람이 처음 알게 되었을 때만 해도 샬럿은 그가 정부의 비밀 요원이 될 줄은 꿈에도 몰랐다. 애초에 그때는 그런 기관이 있는 줄도 몰랐으니 이해할 수 있다. 하지만 그때에도 그가 평탄한 삶을 못 살 것 같다는 결론에 도달했다.

잉그램 경은 이미 체격이 훌륭하고 운동 신경도 뛰어났다. 한 마리 늑대처럼 당당하게 성큼성큼 발을 내딛는 젊은이였다. 그의 눈빛은 이미 전설이었다. 적어도 그를 아는 꼬맹이들 사이에서는 말이다. 게다가 그의 주위로 떠도는 소문들……. 그 소문에 따르면 잉그램 경은 지금껏 가장 영리하면서 어리석은 소년이며, 가장 충동적인 열정의 소유자이자 누구보다 차갑고 냉혹했다.

하지만 그때도 샬럿은 그를 자신의 눈으로 판단했다. 샬럿은 그가 애써 닦아 냈지만 여전히 남아 있는 진흙을 발견했다. 손끝이 빨갛게 될 정도로 박박 닦은 후에도 손톱의 옆 주름에 여전히 남아 있는 흙의 흔적도 보았다. 어느 누구도 그가 어디서 무슨 짓을 했는지 모르지만, 적어도 음란한 하녀들과 사랑을 나누지는 않았다.

샬럿은 그가 하녀들을 죽여 파묻었을 가능성을 배제하지 않았지만 물론 하녀가 실종되었다는 신고는 없었다. 마침내 샬럿은 그의 부츠에 남아 있는 진흙을 바탕으로 영지에 있는 오래된 채석장을 추적해 냈고, 그곳에서 그가 공을 들여 발굴 중인 로마 유적지와 뜻하지 않게 마주쳤다.

홀로 있는 그와 말이다.

샬럿은 잉그램 경의 어머니가 유대인 은행가와 바람을 피워 낳은 자식이라고 사람들이 소곤거린다는 사실을 알았다. 그녀는 그가 아직 그 사실을 모른다고 확신했다. 적어도 공식적으로 확인받지는 못했다고 믿었다. 그렇다고 해서 자신이 방에 들어갔을 때 소곤대는 말소리가 뚝 그친다거나 사람들이 힐끔거리는 사실까지 모른다는 것은 아니었다. 그는 사람들이 다른 루머에 대해 입방아를 찧는 중이라고 생각하는 척했을 뿐이다.

하지만 척하는 능력도 거의 바닥이었을 것이다. 그래서 죽은 자들의 삶을 읽으며 폐허가 된 고대의 빌라 유적지에 스스로 고립되지 않았을까.

그는 예민한 사람이었다. 그리고 자신의 출생에 드리워진 불명예의 책임이 자신에게도 있다고 믿었다.

이러한 믿음은 그 후로도 흔들리지 않았다. 다른 남자였다면 그의 애정이 이용당했다고 아내를 공격했을 것이며 그렇게 믿을 근거도 충분했다. 그런데도 그는 설령 두 사람의 사이가 점점 벌어져도 레이디 잉그램에 대해 어디까지나 정중하고 관대했다. 그것은 '누군가 져야 할 책임이 있다면 일부는 자신의 것'이라는 깊은 믿음에서 비롯된 행동이었다.

샬럿이 레이디 잉그램에 대해 알게 된 사실을 잉그램 경이 알면 그는 자신을 용서할 수 있을까? 그가 지금까지 샬럿을 위해 해 준 일들의 보답으로 샬럿도 그에게 호의를 베풀 수 있을까?

잉그램 경이 전화실에서 나왔다.

"산책 좀 할까?"

그녀가 눈을 깜박거렸다. 그는 산책을 하고 싶은지 한 번도 물어본 적이 없기 때문이다.

"황야로?"

하운즐로우의 황야는 한때 이 도시가 마차 도로의 주요한 거점이었다는 사실을 제외하면, 유일한 자랑거리였다.

"응. 날씨도 쾌청하니 우리 둘 다 좀 더 몸을 움직여도 되겠어."

그가 새삼 진지하게 말했다.

하지만 입꼬리에는 미소가 걸려 있었다.

"하."

그녀가 대꾸했다.

"하, 그렇겠지. 오늘 당신은 왓슨 부인과 산책을 했을 거야. 15분 산책이면 당신에게는 활동적인 하루겠군."

"그걸 건전한 철학이라고 하는 건가. 그런데 내 건강은 최고조야."

"그건 젊음이라고 하는 거야. 그렇게 앉아만 있는 생활 습관 때문에 당신은 조만간 값을 치를 거야. 하지만 나는 건강에 도움이 안 되는 친구니까……. 잠시 좀 앉을까? 저 길을 따라가면 데번셔 크림으로 유명한 집이 있는데."

"도움이 안 되는 친구들에게 신의 축복이 있기를. 데번셔 크림이라면 당연히 가야지."

그녀는 가게에서 나갈 때까지 기다렸다가 궁금했던 질문을 던졌다.

"밴크로프트는 이제 어떻게 할까?"

"여기저기 연줄을 당겨 보겠지. 형의 부하들이나 어쩌면 형이 직접 그 집을 조사할 거야. 말할 필요도 없이 오늘 중으로 누군가 틸버리의 그 지점을 확인하러 가겠지."

"그러면 나를 찻집으로 데려온 이유가 뭐야?"

"괜찮으면 근처에서 잠시 머물러 달래. 내 예감에 형이 구애 차원에서 그곳을 조사할 기회를 주려는 것 같아."

죽음은 어딜 가나 있었다. 그간 현대 의학이 눈부신 성과를 거두었지만, 유행성 감기부터 패혈증까지 온갖 질병의 방문을 받은 사람들이 속수무책으로 죽어 나가는 일을 여전히 막지는 못했다. 샬럿은 수많은 이웃과 친지의 시신을 목격했기 때문에 시신이 낯설지 않았다. 그래도 이런 경우는 처음이었다.

"그 사람이 내게 살해당한 남자를 살펴볼 기회를 준다는 뜻이야?"

밴크로프트는 그녀에게 두 번이나 청혼을 함으로써 자신이 평범한 남자가 아니라는 사실을 증명했다. 그렇지만 이 정도로 상식에서 벗어난 사람인 줄은 몰랐다. 두 사람이 과연 잘 어울리는 한 쌍이 될 수 있을까?

"밴크로프트에게 기사도 따위는 없다는 사실은 모두가 동의하는 바지."

그의 동생이 말했다.

"당신은 어때?"

"기사도란 스스로를 완벽하게 도울 수 있는 사람이 아니라 도움이 필요한 사람에게만 발휘해야 한다는 것이 당신이 내게 늘 하던 말 아니었나?"

"언제부터 내 말을 잘 듣게 된 거야?"

"나도 가끔 당신에게 귀를 기울여, 홈스. 그럴 때마다 떠들지 않을 뿐이지."

잉그램 경은 샬럿이 아는 사람들 가운데 가장 공명정대한 남자였다. 그 공명정대함은 다른 사람의 입장에서 생각하는 마음가짐에서 비롯되었다. 반면 샬럿은 모두를 똑같이 중립적으로 대했는데, 그 태도의 근본은 합리적인 거리감이었다.

가끔, 그 합리적인 거리감은 비논리적인 감정의 공격을 받았다. 샬럿은 셜록 홈스가 레이디 잉그램의 의뢰를 거절하면 잉그램 경에게도 전혀 도움이 되지 않는다는 논리로 왓슨 부인을 설득했다. 그 생각은 지금도 변함이 없다. 하지만 그가 이렇게 솔직하고 숨김없는 태도를 보여 줄 때면(이렇게 행동하는 게 그로서도 쉽지 않을 것이다.) 샬럿은 기분이 좋지 않았다.

"트레들스 경사와 마주친 일이 신경 쓰여?"

그녀가 물었다.

그가 곁눈으로 그녀를 바라보았다.

"'당신이' 기사도를 발휘하는 거야? 언제부터 내 기분을 신경 썼지?"

"실례. 내 말은 트레들스 경사의 태도에 당신이 흠칫하는 걸 봤다는 뜻이었어."

"그건 당신에 대한 반응 때문이었어. 그가 전에도 비슷한 태도를 보였나?"

"그분이 내게 불쾌감을 노골적으로 드러냈다고는 말하지 않겠지만, 속내는 빤히 보였어. 지난번에 내게 작별 인사를 하면서 속으로 다시는 나를 보지 않게 해 달라고 빌었을걸."

"왜? 그가 최근에 거둔 성과는 당신 덕이 컸잖아."

샬럿이 말없이 그를 빤히 바라보았다.

그가 고개를 흔들었다.

"경사가 그렇게 배은망덕할 리 없어, 안 그래? 그 사람은 여성을 존중해."

"그는 존중받을 만한 가치가 있다고 생각하는 여성만 존중해. 그 사람의 눈에 나는 그런 여자가 아니고. 그 사람은 존중할 수 없는 여자를 도왔고, 또 그 여자의 도움을 받았다는 사실이 마뜩하지 않은 거야. 당신에 대해서도 예전처럼 높이 평가하지 않겠지. 왜냐하면 나의 결격 사유를 당신은 전혀 신경 쓰지 않는 것 같으니까."

"당신이 사교계의 나머지 사람들에게 인정받지 못하는 순간에 내가 등을 돌린다면 어떻게 친구라고 할 수 있겠어? 내가 등을 돌리지 않았다고 해서 어째서 트레들스가 그렇게 생각하는 거지?"

샬럿이 어깨를 으쓱했다.

"이 세상에는 내 아버지 같은 남자들이 있어. 여자처럼 종속적인 처지가 되는 게 달갑지 않은 거야. 왜냐하면 이기적이고, 대체로 여성을 업신여기니까. 아니면 자신과 다른 사람은 전부 무시한다고 해야 할까. 그리고 트레들스 경사 같은 남자들이 있어. 이 사회의 거의 모든 기준에 비추어 볼 때 뛰어난 사람. 그런데 그는 이 상태로 존재하는 세상을 숭배하고, 세상이 이대로만 존재하도록 강제하는 규칙에 복종해. 그 사람에게는 그게 세상이 돌아가는 원칙이야. 그 규칙을 깨는 사람은 누구든 세상의 질서에 위협이 되니 처벌을 받아야 하지. 그 규칙이 정당한지는 묻지 않아. 그 규칙을 강제로라도 지키게 하는 것밖에 모르니까.

그러니까 나 같은 사람, 즉 그런 규칙을 노골적으로 깨고도 결과에 고통받지 않는 것 같은 사람 말이야. 나는 그가 소중하게 여기는 질서를 모욕하고 위협하는 존재야. 그래 봤자 그의 의견은 내게 중요하지 않고, 그가 무슨 짓을 해도 사실은 바뀌지 않아. 그래서 짜증이 나겠지. 그의 아내가 혹시라도 그가 중요하게 여기는 규칙을 깨트린다면 잘 버텨 내기를 바랄 뿐이야."

"하지만 그는 아내를 진심으로 사랑해!"

"그럴 거야. 하지만 그는 샬럿 홈스가 저지른 짓을 알기 전까지만 해도 셜록 홈스를 존경했다는 사실을 명심해."

고통스러운 표정을 짓고 있는 잉그램 경에게 샬럿이 덧붙였다.

"그가 자신이 아끼는 사람들보다 그 원칙을 더 중시하는 가혹하기 짝이 없는 사람이라는 말은 아니야. 다만 그런 사람은 큰 망치로 슬개골을 박살 내는 것보다 자신의 신념에 의문을 품는 행동을 더 고통스럽게 느낄 거라는 말이야. 자신이 마음 깊이 무엇을 믿고 있는지 생각조차 해 보지 않겠지."

잉그램 경은 무슨 대꾸를 하려다가 뭔가 아니, 누군가에 관심이 끌린 것처럼 보였다.

"저 사람은 언더우드야. 밴크로프트의 부하."

전반적으로 통통하고 덩치가 큰 언더우드 씨가 놀랍도록 민첩하게 다가왔다. 그가 두 사람의 테이블에 오더니 인사했다.

"홈스 양, 경께서 기다리고 계십니다."

언더우드는 잉그램 경에게 전할 메시지도 가지고 있었다. 그는 인상을 쓴 채 쪽지를 힐끔 보고는 샬럿에게 말했다.

"이만 실례하겠습니다, 홈스 양. 머지않아 다시 홈스 양의 길동무가 될 즐거움을 누리리라 믿습니다."

"안녕히 가세요. 저도 그렇게 되기를 바랍니다."

잉그램 경의 인사말은 평소와 같았지만 샬럿의 인사말은 몇 마디 더 길었다. 대체로 그녀는 '안녕히 가세요.'에서 끝냈다. 그랬기에 잉그램 경은 눈을 가늘게 뜨고 샬럿을 바라보다가 마침내 인사하고 그 자리를 떠났다.

샬럿은 언더우드를 따라 대기 중인 사륜마차로 갔다.

밴크로프트의 사람들이 빌려 놓은 집이 있는 거리의 분위기는 유쾌하지도 답답하지도 않았다. 그곳은 실용적인 면을 살려 건설한 거리의 중심지로, 창턱을 장식한 활짝 핀 팬지나 도시의 탁한 공기에 저항하듯 청명한 하늘색으로 칠했지만 머지않아 그 공기보다 더 칙칙한 색으로 변할 덧문 덕분에, 그래도 삭막함이 덜했다.

그 집 자체는 볼품이 없었다. 손바닥만 한 땅에 낮은 벽돌담을 쌓아 경계를 표시했고, 제대로 다듬지는 않고 대충 가지만 친 관목 두 그루가 서 있었다. 문을 열자 코트와 우산을 걸고 진흙 묻은 덧신을 벗어 두는 좁은 공간이 나왔다. 누가 진흙을 떨어트렸겠지만, 말끔히 치워져 있었다. 대기실로 들어가니 벽에 달린 고리에 걸어둔 지팡이 하나 외에는 아무것도 없었다.

언더우드가 그녀를 썰렁한 응접실로 안내했다. 뱅크로프트 경은 옆 테이블에 차와 먹음직한 빅토리아 샌드위치를 둔 채 앉아 있었다.

잉그램 경은 뭐든 주는 대로 먹었다. 그 음식이 진미인지 간신히 먹을 수 있는 상태인지 크게 개의치 않았다. 반면 뱅크로프트 경은 샬럿과 마찬가지로 저녁과 만찬에 마르지 않는 관심을 품었다. 그리고 아침과 점심, 차도 마찬가지였다.

게다가 그는 최대 허용 턱의 개수를 고민하지 않고 먹고 싶은 만큼 먹을 수 있는 행운아이기도 했다. 샬럿은 그가 먹으면 먹을수록 더 홀쭉해지는 건 아닌지 의심스러울 정도였다.

"아하, 홈스 양, 오셨군요. 내 동생과 함께한 시간은 즐거우셨습니까?"

그가 유쾌하게 인사를 건넸다.

다른 남자라면 그 말이 비열하게 들렸을지 모른다. 하지만 뱅크로프트 경은 그런 남자가 아니었다. 그는 샬럿에게 결혼해 달라고 했지 사랑을 달라고 하지 않았다. 그러므로 샬럿이 그의 동생이자 유부남인 남자와 시간을 보내건 말건 관심이 없었다.

뱅크로프트 경은 샬럿이 전부터 알던 것 이상으로 샬럿과 많이 비슷했다.

"흥미진진한 하루였어요. 그나저나 저를 미행하셨나요?"

그녀가 대답했다.

"친애하는 홈스 양."

밴크로프트 경은 한시도 망설이지 않고 대답했다.

"그런 질문에는 답해 드릴 수 없다는 걸 아실 텐데요. 차를 곁들인 샌드위치를 드시겠습니까?"

"그럼요, 감사합니다."

샬럿은 방금 찻집에서 데번셔 크림을 곁들여 스콘을 하나 먹었지만, 빅토리아 샌드위치를 맛보지 않는다면 평소 신조에 어긋나는 행동일 것이다. 시간이 촉박한 데다 집에 시신까지 누워 있는 상황에서 어떤 종류의 빵을 준비해 두는지를 보면, 그 남자에 대해 많은 것을 알 수 있다.

스펀지 빵은 신선하고 폭신폭신했으며, 층층이 바른 딸기 잼은 달콤하고 쌉싸름한 맛의 조화가 완벽했다. 환상적으로 우려낸 차까지 곁들이니 흠잡을 데 없는 근사한 맛이 완성되었다.

"누구든 제대로 먹지 않으면 제대로 일할 수 없죠."

샬럿은 아무리 맞장구를 쳐도 부족했다.

"이 정도면 확실히 제대로 먹은 거네요."

밴크로프트 경이 흡족한 표정을 지었다.

"일을 시작할 준비가 되셨다는 말씀으로 받아들이지요, 홈스 양."

"잉그램 경의 말씀에서 제가 시신을 살펴보기를 바라시는 경의 심중이 읽히더군요.”

샬럿이 에둘러 말했다.

그녀는 밴크로프트 경이 그런 계획은 직접 없다고 말해 주기를 기대했지만 그는 이렇게 말했다.

“당신은 사람을 보기만 해도 많은 정보를 알아낼 수 있지 않습니까. 그런 능력이 시체에도 통하리라 짐작합니다.”

피살자를 살펴보라는 말은 진심인 모양이었다. 게다가 섬세한 여성의 감성 같은 것은 입에 담지도 않았다.

“할 수는 있어요.”

샬럿은 자신의 목소리에서 배어 나오는 놀라움과 열의를 도저히 숨길 수 없었다.

“그건 그거고, 전반적인 맥락을 알고 보면 더 도움이 되겠죠. 피살자나 사건 정황에 대해서 알려 주실 만한 정보가 있나요?”

“이렇게 불쾌한 상황에 대해 먼저 사과부터 드려야겠군요. 당신이 여가를 즐겁게 보내시기를 바라며 드린 각종 수수께끼와 비즈네르 암호는 실은 이미 철저하게 수사를 끝냈고, 새삼스럽게 정부가 관심을 가질 일이 없는 사건의 기록을 모아 둔 기록 보관소에서 가져온 겁니다.

범죄처럼 보이는 일이 우연의 일치가 아니라 진짜 범죄라면, 그런 범죄가 제 코앞에서 벌어지고 있다는 상황 정도는 파악하고 있어야 마음이 편안하답니다. 그런 점에서 매우 감사드리는 바입니다. 하지만 구애의 선물이, 다른 무엇도 아닌 시체가 당신을 이끌었다는 사실이 솔직히 몹시 당황스럽고 화가 난다는 사실을 인정해야겠군요."

"저는 괜찮아요. 누군가가 십 년 전에 이미 해독한 암호를 푸는 것보다 제 노력으로 이 남자의 죽음의 비밀을 풀 실마리를 드릴 수 있다면 그 편이 저도 더 좋으니까요."

"애시도 당신이 그렇게 생각하실 거라고 하더군요. 그래도 당신의 입으로 직접 들어 마음이 놓입니다. 그럼 질문에 대답해 드리죠. 그 암호는 내가 근무하기 전인 약 십 년 전에 전보로 도착했습니다. 발신지는 카이로였지만, 카이로는 중계지로 사용되었으며 실제 전보는 카이로 근처의 소도시나 작은 마을에서 보냈을 가능성도 있습니다."

샬럿은 밴크로프트가 제국 전역의 전보 중계국에 자신의 요원들을 배치해 뒀다고 해도 놀라지 않을 것이다.

중계국의 교환원은 전신 음향기로 들은 내용을 딸깍하는 소리와 삐 소리로 구성된 모스 부호로 기록한 후 전보로 보낸다. 메시지가 중계되고 나면 교환원은 복사본을 가지고 있으므로, 그것을 넘겨 받기만 하면 된다.

"발신자는 백스터, 수신자는 벨그라비아의 작은 호텔에 체류 중인 C. F. 드 레이시였습니다. 서류철에 들어 있는 메모에 따르면, 당시 책임자는 이 전보가 과도하게 조심스러운 고고학자들이나 고고학자로 사칭하는 현대의 도굴범들 사이의 통신일 것이라고 판단했습니다."

"그래서 그 수신인을 확인하기 위해 어느 누구도 호텔에 파견되지 않았군요."

"우리도 자금에 한계가 있습니다. 그로 인해 인력에도 한계가 있죠. 실제로 자금을 더 끌어모으는 일이 제 업무의 대부분을 차지합니다. 그 암호를 해독한 운 나쁜 사람들은 외국의 기밀이나 왕위를 찬탈하려는 사악한 계략과 관련이 없는 내용으로 밝혀져 실망했을 겁니다. 그래도 그들은 대규모 고고학적 발견에 대한 전보에 주위를 기울이라는 충고를 잊지 않았죠. 그러나 내가 아는 한, 아무도 그 전보를 끝까지 추적할 생각을 하지 않았습니다."

샬럿은 밴크로프트 경이 자신의 동생을 절대적으로 신뢰할 수 있기에 곁에 두고 일을 맡긴다고 생각했다. 하지만 지금 보니 어쩌면 예산 부족이 이유일 수도 있겠다는 생각이 들었다. 잉그램 경은 신사이므로 어떤 수고에도 대가를 기대하지 않을 것이며 보상은 더더구나 바라지 않을 테니까.

"십 년이나 지난 탓에 새로운 사실을 밝혀내기가 쉽지 않습니다. 드 레이시가 머물렀던 호텔 말이죠. 그곳의 소유주가 팔 년 전에 사망했습니다. 호텔 건물은 매각되어 공동주택으로 바뀌었고요. 호텔 시절의 기록은 폐기되었으므로 드 레이시 씨를 추적할 방법이 없습니다. 설령 그것이 실명이라고 해도 말입니다. 메시지를 보낸 백스터에 대해서는 더 아는 것이 없습니다. 부하들이 그 두 사람의 기록이 우리에게 있는지 조사 중입니다만, 희망적이지 않아요."

"잉그램 경과 제가 현장에 도착해 보니 이미 경찰이 그곳을 통제하고 있었어요. 범죄수사부가 개입했더군요. 어쩌다 그렇게 된 거죠?"

그 집뿐 아니라 이웃집들만 봐도 평범하기 짝이 없어서 경관이 괜히 커튼 뒤를 들여다보고 싶은 마음이 들었을 것 같지는 않았다.

"어쩌다 그렇게 되었는지 묘한 뒷이야기가 있죠. 오늘 아침, 그 집에서 가장 가까운 경찰서에 범죄가 벌어지고 있다는 익명의 투서가 들어왔습니다. 죄 없고 갈 곳이 없는 아이들이 갇혀 있다는 고발장이었죠."

샬럿의 귀가 쫑긋했다. 극히 최근에 바로 그런 사건으로 런던이 떠들썩했기 때문이다.

"경관이 기겁했겠군요."

"그랬죠."

밴크로프트 경이 말을 이었다.

"그 집을 조사하기 위해 경찰 파견대가 급파되었습니다. 불러도 아무도 나오지 않자 경찰이 뒷문을 열고 진입했습니다. 하지만 아이는커녕 누가 사는 흔적조차 없었습니다. 그런 상황에서 시체라니 위로로 주는 상으로는 최악은 아니었지요."

범죄의 증거를 찾고 있었다면, 샬럿도 그리 생각했을 것이다.

"현지 경찰은 상황을 보고 이 사건을 범죄수사부에 넘기기로 했습니다. 트레들스 경사가 현장으로 서둘러 왔죠. 당신과 내 동생도 현장에 나타났고요. 나머지는 이미 아시겠죠."

"전혀 몰라요. 트레들스 경사에게 이 사건에서 손을 떼라고 하셨나요?"

"물론 아니죠. 트레들스 경사는 이 사건을 전적으로 맡을 겁니다. 그가 시신을 곧 검시관에게 보낼 거라고 알고 있습니다. 그렇게 할 거고요. 그 전에 먼저 시체를 봐 주셨으면 합니다, 홈스 양."
"알겠습니다. 하지만 시작하기 전에, 시몬스가 아직도 레이디 잉그램을 모시고 있는지 말씀해 주세요."
"내 어머니의 하녀 시몬스요? 네, 아직도 거기에 있습니다. 시몬스는 작년에 얼마간 돈이 들어왔죠. 우리는 은퇴 선물을 사 줄 적기라고 생각했지만, 그녀는 결국 남기로 결정했습니다. 은퇴하고 나면 뭘 해야 할지 모르겠다고 하더군요."
"알겠습니다."
밴크로프트 경이 고개를 갸웃했다.
"느닷없이 시몬스를 떠올린 이유가 뭐죠?"
샬럿이 고개를 저었다.
"아뇨, 아무 이유도 없어요."
그가 한쪽 눈썹을 추어올렸지만 이렇게만 말했다.
"그럼, 가실까요?"

샬럿이 다섯 살이었을 때 늘 유쾌하지만 슬픈 눈을 하고 있던 할아버지가 홈스가를 찾아왔다. 그는 아들 가족을 찾아왔을 때만 해도 입버릇처럼 관절염을 불평하기는 했지만 정정했다. 그런데 일주일 후 그는 식탁에 시신으로 누워야 할 처지가 되고 말았다.
그날 늦은 밤 샬럿은 식사가 끝날 때마다 오렌지 봉봉 캔디를 슬쩍 쥐여 주셨던 할아버지의 차갑고 뻣뻣한 시신을 살펴보기 위해 몰래 식당 방에 숨어들었다. 그때 가슴이 콱 조여드는 듯한 느낌이 더도 덜도 아닌 슬픔이라는 사실을 깨달은 것은 그로부터 몇 년 후였다. 하지만 펄럭거리는 양초 불빛으로 시신을 살펴보며 그 자리에서 바로 알아차린 사실도 있었다. 그녀는 시체가 두렵지 않았다.

먼지 방지 덮개 아래에 누워 있는 그 남자는 천수를 누린 후 폭신한 깃털 매트리스에 누운 채 가족에게 둘러싸여 죽을 행운과는 연이 없었다. 대신 그는 숨이 끊어지는 순간에도 자신이 이런 부당한 운명의 주인공이라는 사실이 믿기지 않는다는 듯 아직도 젊은 얼굴이 절망으로 뒤틀려 있었다. 그 남자는 교살당했다.

샬럿이 확대경을 꺼냈다.

"한번 봐도 될까요?"

밴크로프트 경이 물었다.

그녀가 확대경을 건넸다. 확대경의 렌즈 틀은 단단한 은으로, 나뭇잎과 소용돌이 문양이 새겨져 있었다. 그런데 자세히 살펴보면 소용돌이치는 잎사귀 사이사이에 작은 케이크와 머핀, 다양한 모양의 젤리가 새겨져 있었다.

"몇 해 전 동생이 탐사 과정을 기록한 공책에서 그런 확대경 스케치를 본 듯하군요. 동생에게 받았습니까?"

밴크로프트 경이 말했다.

"생일 선물이었어요."

밴크로프트 경은 확대경을 몇 번이나 요리조리 뒤집어 보았다.

"이건 뭐죠?"

그가 손잡이 끄트머리에 달린 평범한 담녹색 유리 조각을 가리

키며 물었다.

“모자이크에서 떨어져 나온 각석 같아요. 잉그램 경이 땅에서 파낸 거 아닐까요?”

“아주 오래된 물건일지도 모르겠군요. 동생이 예전에 로마 유적지를 발굴한 적이 있으니.”

밴크로프트는 이렇게 말하며 다시 그녀에게 확대경을 건넸다. 샬럿의 마음을 읽으려는 듯 그의 눈이 반짝거렸다.

“그 유적지에서 찾아냈을 가능성이 크겠죠. 물어본 적은 없지만요.”

샬럿은 철저하게 사실만 말하면서 완벽하게 사실을 피해 갔다.

그때, 그녀는 확대경에 장식하기 위해 광을 내고 연마한 이 흐릿한 유리 조각을 보자마자 고대 로마의 빌라 유적지에서 나왔다는 사실을 알아보았다. 그 유적지에는 아주 오래전에 아트리움을 장식했던 바닥 모자이크가 남아 있었다.

첫 키스의 장소.

확대경은 직접 만나서 주거나 인편이 아니라 우편으로 보내졌다. 동봉한 쪽지에는 늘 행복하기만 바란다는 인사말은 있었지만, 그 각석에 대해서는 아무 말도 없었다. 그녀의 답장도 똑같이 간략했으며, 똑같이 그 각석에 대해서는 침묵했다.

아마 그게 훗날 샬럿과 잉그램 경이 맺은 우정의 특징이 된 농밀한 침묵이 등장한 첫 번째 사건이었을 것이다.

그녀는 무릎을 꿇고 시신을 머리부터 발끝까지 자세히 살펴보며 특히 손과 신발 밑창을 유심히 관찰했다. 언더우드가 시신을 뒤집어 주었기에 등 쪽도 살펴볼 수 있었다.

"이 남자의 알몸을 보고 싶어요."

언더우드가 씩씩거리는 소리를 살짝 내며 밴크로프트 경을 슬쩍 보자, 그는 전혀 놀라거나 실망한 기색 없이 이렇게 말했다.

"홈스 양을 도와주겠나, 언더우드?"

"알겠습니다."

"양복에서 재단사의 라벨을 찾아봤지만 없었습니다."

언더우드가 시신의 옷을 벗기자 밴크로프트 경이 샬럿에게 말했다.

몇 분 후 샬럿이 일어서며 말했다.

"경께서 이미 알고 계시는 사실에 덧붙일 사항이 별로 많지 않을 것 같아요."

"그렇다면 내가 이미 뭘 알고 있는지 말씀해 보시겠습니까, 홈스 양?"

"이 남자는 이곳에서 살해되지 않았다는 사실을 아시겠죠. 적어도 이 집에서는 아니에요. 저항한 흔적이 있고요. 손톱 밑에 피와 피부 조각이 끼어 있어요. 구두 밑창에는 흙과 유리 조각이 박혀 있고요."

"그 정도는 나도 추리했습니다."

"고인이 입고 있는 옷은 고급 옷감도 아니고 재단 상태도 형편없는 데다가 이 사람의 체격에 비해서 너무 커요. 하지만 이런 옷차림이 사회적 지위를 보여 주는 증거가 아니라는 사실도 아실 거예요. 양손의 피부가 희고 부드러운 데다가 이렇게 허름한 옷에서 악취가 나지 않으니까요.

속옷을 보면 짐작대로라는 걸 알 수 있어요. 고인의 속옷은 메리노 울로 만들었어요. 깨끗하고, 편안하고, 겉옷이 풍기는 혹은 풍기려고 한 허름한 이미지와 전혀 들어맞지 않아요. 구두도 마찬가지예요. 맞춤용 구두는 아니지만, 만든 사람의 솜씨가 훌륭해요."

"그렇군요. 방금 당신은 내가 이미 아는 사실에 더할 사항이 별로 '많지' 않을 거라고 하셨죠. 그러면 내가 아직 모르는 사실은 뭐죠?"

"이 양복은 중고 가게에서 산 거예요. 아마 그에게 호의를 품지 않은 사람들로부터 몸을 숨기기 위해서였겠죠. 그리고 그 중고 가게는 몸종이 모시는 숙녀가 버리는 옷을 받았을 때 팔러 가곤 하는 켄싱턴의 헌 옷 가게는 아니에요. 세븐 다이얼스와 다른 구역에서 볼 수 있는 헌 옷 가게일 거예요."

샬럿은 돈이 떨어져서 비서 자리에 어울릴 만한 옷을 구하러 다닐 때 헌 옷 가게 몇 군데를 자주 들렀다. 그런 곳에서도 어느 정도 괜찮은 옷은 여전히 너무 비쌌고, 더 저렴한 옷은 행주 같다는 점이 문제였다.

"저도 이런 고급이 아닌…… 가게들로 옷가지를 둘러보러 다닌 적이 있어요. 이 양복은 중고 가게를 몇 번이나 거쳤어요. 왼쪽 소매 안쪽을 보면 갈색 실로 다섯 땀을 기운 자국이 있어요. 그런데 오른쪽 소매 안쪽을 보면 푸른색 실로 비슷하게 세 땀을 기운 흔적이 있죠. 가게마다 매수한 옷에 다른 색 실로 표시를 해요. 그렇게 해 두면 어떤 옷이 얼마나 인기가 있는지 확인하는 데 쓸모가 있거든요.

그렇다면 어째서 유난히 이 옷이 중고 가게를 여덟 번이나 거칠 정도로 인기가 많았을까요? 상태를 보면 여덟 번을 입기도 전에 솔기가 닳아서 터질 것 같잖아요.

그런데 어떤 특별한 상황에서 이 옷을 입으면 많이 닳거나 해지지 않을 거예요. 양복의 앞면은 서지 천•을 썼는데, 제가 본 중에 최고는 아니지만 봐줄 만하고 그럭저럭 튼튼해요. 뒤판은…… 바스러지고 올이 다 해질 정도로 형편없지 않았다면 그게 더 놀라웠을 거예요."

"오로지 앞쪽만 그럴듯한 정장. 혹시 가난한 사람들이 입는 장례식 예복이라는 겁니까?"

"제 결론은 그래요."

"그렇다면 우리 시체가 무덤을 털었다고요?"

"이 정장이 몇 번이나 유통된 걸 보면 그건 아닐 거예요. 고인의 유가족이 돈을 조금이라도 아끼기 위해서 벗겨서 가게에 다시 팔았을 거예요. 아니면 도굴꾼들이 팔았을 수도 있고요. 어느 쪽이건 고인은 그가 장례식 예복을 입었다는 사실은 꿈에도 몰랐을 거예요."

그건 선견지명이었다.

"또 내게 알려 주실 게 있습니까, 홈스 양?"

"그건 더 살펴봐야죠. 고인의 수첩과 시계는 어떻게 하셨나요?"

"이 사람은 지갑을 지니고 있지 않았습니다. 시계는 제가 보관

• 서지 천 튼튼한 모직물

하고 있고요."

고인의 시계는 파텍 필립 제품이었다. 무슈 파텍은 태엽 감개 없이 용두로 태엽을 감는 장치를 발명했다. 파텍 필립사는 삼십오 년 전 런던에서 개최된 시계 박람회에서 여왕이 자신과 앨버트 공의 시계 두 개를 산 후로 명성을 얻었다. 그 후로도 품질 향상을 위한 노력을 결코 게을리하지 않았다. 샬럿의 기억이 틀리지 않았다면, 이 회사의 시계는 최근에 제네바 천문대에서 열린 대회에서 특별상을 수상하기도 했다.

이 시계는 언뜻 봐도 새것이었으며 관리도 아주 잘되어 있었다. 샬럿은 확대경으로 자세히 살펴보고 나서야 일상적으로 사용하는 제품이라면 피할 수 없고 시간이 흐르다 보면 자연스럽게 생기는 흠집을 발견했다. 그녀가 시계의 뒷면을 열었다. 정교하고 복잡하게 배치되어 시계를 움직이는 자잘한 톱니와 스프링을 보호하는 내부 뚜껑인 큐벳을 살펴보았다. 시계의 뒷면과 큐벳 어디에도 각인은 보이지 않았다.

"이분은 고아였어요."

"그 시계가 그것까지 알려 줄 수 있습니까?"

"처음으로 고급 시계를 어떻게 갖게 되셨죠?"

"돌아가신 아버지가 선물로 주셨죠."

"안쪽에 글자를 새겨서 주셨겠죠?"

"본분에 충실한 삶을 살거라."

"이 시계의 가격은 80기니가 틀림없을 거예요. 우리 고인은 스물여덟 살 정도로밖에 보이지 않으니 이 시계가 제작되었을 때에는 성년이 아니었을 거예요. 그렇게 어린 나이에 이런 시계를 장만하는데 아무 각인도 없다? 그렇다면 연장자로부터 받은 선물이 아니라 이분이 직접 구입했다고 짐작할 수 있죠."

"고인이 직접 골랐다고 생각하면 이렇게 관리가 잘된 이유도 짐작이 가는군요. 이 시계는 성인이 되어 처음으로 산 귀중한 물건이었어요. 평생 몸에 지니자고 마음먹었겠죠."

밴크로프트 경이 중얼거리듯 말을 이었다.

"그런데 왜 자신의 머리글자를 새기지 않았을까요?"

"저도 그 점을 이상하다고 생각했어요. 이유는 저도 모르겠군요."

"그 시계에서 또 알아낸 사실이 있습니까?"

그녀가 고개를 가로저었다.

그는 살짝 실망한 듯 보였다.

"지금으로서는 그 시계가 알려 줄 수 있는 쓸모 있는 정보는 더 없어요. 하지만 고인이 자신의 운명에 대해 메시지를 남기려고 했다는 사실은 말씀드릴 수 '있어요'."

"어떻게요?"

"언더우드 씨, 혹시 상의의 안감을 뜯을 수 있는 도구를 가지고 계시나요?"

언더우드는 가지고 있었다. 빛을 받아 번쩍거리는 작고 예리한 가위였다. 싸구려 안감을 뜯어냈지만 특별한 건 없었다. 그런데 샬럿이 뒤판의 허름한 검은색 천을 손으로 훑듯이 만지더니 말했다.

"아하, 이게 뭔지 알 것 같아요. 이건 잉크에 푹 담가 두었던 쌀이에요. 그런 후에 쌀알을 하나씩 천에 붙였어요."

익힌 쌀은 어떤 물건이든 표면과 접촉하면 마르면서 엄청난 점성으로 달라붙는다. 그리고 익힌 후 말리면 조약돌처럼 단단해서 잘 부서지지도 않는다.

"이 재킷의 탁본을 뜰 수 있을까요? 점자를 읽어야 할 것 같아요."

샬럿이 물었다.

언더우드는 신속하면서도 섬세하게 그 일을 수행했다. 샬럿은 결과물이 찍힌 종이를 살펴보더니 메시지를 기록했다.

나를 죽인 자는 백스터의 명령을 받은 드 레이시이다.

애초에 샬럿을 이 집 근처로 불러들였던 암호 전보와 관련된 두 이름, 드 레이시와 백스터.

밴크로프트 경이 숨을 내쉬었다.

"홈스 양, 내게 할 일을 잔뜩 만들어 주셨군요."

그러고는 그녀를 바라보며 말했다.

"고맙습니다."

잉그램 경은 언제나 샬럿을 동등한 존재로 대우했다. 두 사람의 관계는 상황의 제약을 받고 지난 세월 수없이 겪은 의견 충돌로 여기저기 흉터가 진 복잡한 관계였다.

밴크로프트 경도 그녀를 동등한 존재로 대우했다. 그와 샬럿 사이에는 오래된 우정 같은 것은 없다. 그렇기에 과거의 짐에서도 자유로웠다.

이 점이…… 무엇보다 흥미로웠다.

샬럿이 밴크로프트 경에게 미소를 지었다.

"노고가 성과를 거두시기를 바랍니다. 그러면 이제 제가 기차역까지 타고 갈 마차를 마련해 주시겠어요? 왓슨 부인에게 차 마실 시간까지는 돌아간다고 했거든요."

제9장

"드디어 왔군요. 어디 갔었어요?"

샬럿이 오후 응접실로 들어가자 왓슨 부인이 의자에서 벌떡 일어서며 소리쳤다.

왓슨 부인은 이렇게 다짜고짜 캐물을 생각이 아니었다. 적어도 이런 어조로는 말이다. 홈스 양은 성인이고, 그녀의 아이도 고용인도 아니니 말이다.

하지만 오늘 아침 공원을 산책하던 중 느닷없이 집으로 훌쩍 돌아가더니 케이크와 샌드위치가 준비된 자리에 절대 늦는 법이 없었던 여성이 '외출함, 차를 마시는 시간까지 돌아오겠음.'이라고만 쓴 쪽지만 남겨 두고 어딘가로 사라졌다가, 약속한 시간에도 무려 사십오 분이나 늦었…….

"오 분만 더 기다렸다가 제일 가까운 전화실로 달려가 잉그램 경에게 당신이 실종됐다고 알리려던 참이었어요."

왓슨 부인은 홈스 양이 마차에 치였거나 강도에게 마차 삯을 빼앗겼을 수도 있다고 생각했다. 하지만 홈스가 가족에게 잡혀서 기차에 억지로 올라탄 후 시골 어딘가에 유폐된 끝에 다시는 소식을 듣지 못할지도 모른다고 생각하는 게 가장 무서웠다.

왓슨 부인이 젊었을 때만 해도 그런 납치 사건이 벌어지곤 했다. 물론 지금도 마찬가지이다. 가족이 판사이자 배심원이자 간수로 행동하는 시절이니 누가 무슨 일을 벌일지 어떻게 알겠는가?

샬럿은 가만히 서 있었다. 치마는 주름투성이였고 구불거리는 머리는 습기로 축 처져 있었다. 그녀는 왓슨 부인을 무표정하게 바라보았고, 그 모습을 본 왓슨 부인은 홈스 양의 표정을 전혀 읽을 수 없다는 사실을 깨달았다.

왓슨 부인은 안절부절못했다. 너무 소리를 질렀나? 말을 너무 심하게 했나? 우정의 경계를 함부로 넘어가 버렸나?

"죄송합니다, 부인. 이렇게 늦을 생각이 아니었어요."

샬럿이 살며시 사과했다.

그 순간 왓슨 부인은 안도감에 휩싸였다. 마음이 놓이는 만큼 자신의 불안을 제대로 억누르지 못했다는 생각에 민망했다.

"아니에요, 사과할 사람은 나죠. 걱정 많은 잔소리꾼처럼 굴어서 미안해요."

샬럿이 고개를 흔들었다.

"잠시 혼자 외출했어요. 그런 행동이 어떤 의미인지 잊지 않았어요. 요즘 저는 아주 편안하게 잘 지내고 있어요. 이건 다 부인 덕분이에요. 심려를 끼쳐 죄송해요. 하지만 저를 걱정해 주는 사람이 곁에 있다는 사실은 전혀 유감스러운 일이 아닌 것 같아요."

문득 왓슨 부인은 샬럿이 이 순간에 대해서만 말하는 것이 아니라는 사실을 깨달았다. 그녀는 왓슨 부인이 잉그램 경의 부탁으로 정체와 의도를 숨긴 채 먼저 다가가 도움을 제안한 사실에 대해서도 말하고 있었다.

그리고 그런 진상이 두 사람의 동업자 관계와 더 나아가 우정을 아끼는 마음에 영향을 끼치지 않으리라는 점을 왓슨 부인이 꼭 알아주기를 바라고 있었다.

"어머, 왔네요, 홈스 양! 오늘 어땠어요?"

페넬로페가 활보하듯 방으로 들어왔다.

세 사람은 자리에 앉았다. 거의 앉자마자 페넬로페는 오늘 드블루아 레이디들과 보낸 하루에 대해 들려주기 시작했다. 페넬로페가 자신들의 소소한 모험을 유쾌하게 들려주는 동안 샬럿은 주의 깊게 그 이야기를 들었다. 왓슨 부인은 이미 그 이야기를 들었기에 어느새 딴생각에 빠져들었다. 피 한 방울 섞이지 않은 타인이 순식간에 그녀에게 없어서는 안 될 부분이 되었다. 이제 두 사람이 만나기 전의 삶이 어땠는지 기억도 희미했다.

하녀인 폴리가 차를 준비해 왔다. 대개는 미어스 씨가 차 시중을 들었지만, 지금은 조카딸의 결혼식과 종손의 세례식에 참석하려고 글로체스터셔에 가서 화요일 늦게 돌아올 예정이었다.

"그럼 핀치 씨가 휴가에서 돌아왔는지 확인하려면 수요일까지 기다려야 해요?"

페넬로페가 모두에게 차를 따르며 물었다.

"이틀 더 기다린다고 크게 달라지는 건 없을 거예요."

샬럿이 말했다.

왓슨 부인은 자신이 이 의뢰에 거리감을 둘 수 있으면 좋겠다고 생각했다. 레이디 잉그램이 이 의뢰를 가지고 찾아온 후로 하루하루가 영원처럼 느껴졌다. 그리고 점점 더 초조해하며 어떻게 하면 더 빨리 더 많은 소식을 들을 수 있을지 고민했다. 그녀의 고용인 중에 남자가 한 명 더 있는데, 아쉽게도 마부인 로슨은 배우가 아니었다. 로지와 폴리에게 핀치 씨가 사는 동네에 아는 하녀나 하인이 없는지 물어보려 했지만, 설령 그런 사람들이 있더라도 요긴한 정보를 들을 가능성은 극히 희박해 보였다.

"제게 생각이 있어요."

페넬로페가 말했다.

샬럿이 그녀를 향해 샌드위치 접시를 들었다.

"들어 보죠."

"고맙습니다."

페넬로페는 핑거 샌드위치 세 개를 집으며 말했다.

"우리 학교에서 말이에요. 마드무아젤 드 블루아가 파리에서 병원에 가거나 약을 살 수 없는 사람들이 사는 지역을 찾아다니며 진료를 해요. 그런데 우리는 부유한 동네도 찾아가요. 그곳에서 하녀로 일하는 사람들을 만나려고요. 고용인들이 많은 큰 저택을 가면 제일 먼저 가정부를 불러서 일정을 잡아요. 하녀들이 더 적은 가정집의 경우, 우리가 갔을 때 고용인들이 많이 바쁘지 않으면 커피를 들면서 모두와 바로 이야기를 나눌 수 있어요."

"우리도 우즈 부인의 하녀들을 비슷한 명목으로 만나러 가자는 이야기인가요?"

샬럿이 물었다.

"감히 말하지만, 미어스 씨가 변호사인 척하고 한 번 더 찾아가는 것보다 더 믿을 만한 정보를 얻을 수 있을 거예요. 게다가 나는 거짓말을 할 필요도 없어요. 방학을 맞아 소소한 봉사 활동을 하고 싶은 의대생이라고 소개할 거예요. 그건 내 신분 그대로잖아요. 그 거리의 다른 집들을 봉사 핑계로 돌아다니면 우즈 부인이 자신의 집을 일부러 고른 것 같다고 의심할 일도 없어요."

왓슨 부인은 자신이 아끼고 사랑하는 아이를 가만히 바라보았다. 자신감에 차 생기발랄하고 장난기 넘치는 뻔뻔한 모습에 걱정이 앞섰다. 페넬로페는 레이디 잉그램의 상심과 잉그램 경을 생각하면 떠오르는 도덕적 딜레마에는 눈을 돌린 채 이 사건을 그저 재밋거리이자 게임이라고 여겼다. 왓슨 부인은 단순히 흥미롭게만 보였던 사건이 얼마나 순식간에 위험천만하게 바뀔 수 있는지 똑똑히 보았다.

그녀는 페넬로페가 탐정 사업에는 아예 얼씬도 하지 않기를 바랐다. 하지만 이미 이렇게 개입한 이상 페넬로페의 날개를 자르고 싶지 않았다. 홈스 양이 집을 비우는 시간이 길어질수록 그녀의 불안이 커진다 해도 그녀의 자유를 줄이고 싶지 않듯이 말이다.

"좋은 생각이야. 하지만 혼자는 안 돼. 나도 갈 거야."

왓슨 부인이 말했다.

세 사람은 차를 마저 마시면서 반만 거짓인 작전 계획을 구체적으로 논의했다. 마침내 샬럿도 함께 가되 변장을 하기로 했다.

"당신은 기회를 봐서 혼자 핀치 씨를 방문해야 할 일이 생길 수도 있어요."

왓슨 부인이 지적했다.

"당신이 하인용 문과 정문을 모두 드나드는 모습을 하인들이 보지 않는 편이 나아요. 그랬다가 의심을 살지도 모르니까요."

마침 우편물이 도착해 가 보니 페넬로페의 친구와 동급생 들이 보낸 편지가 단정하게 쌓여 있었다. 페넬로페는 반색을 하며 잔뜩 쌓인 편지를 읽겠다며 나갔다. 한편 샬럿은 실망한 기색이 역력했다.

"기다리는 편지가 있어요?"

"언니의 소식을 못 들은 지 꽤 됐어요. 언니를 화요일에 만났거든요. 그때 레이디 잉그램에 대해서 알려 달라고 부탁을 해 뒀어요. 그 정보를 다 모을 때까지 기다렸다가 편지를 보내는 건 언니답지 않아요."

샬럿은 입을 다물더니 아리송한 말을 중얼거렸다.

"가끔 저는 말을 너무 많이 해요. 특히나 굳이 꺼내지 않는 편이 좋은 주제에 대해서요."

왓슨 부인이 무슨 이야기인지 물어보려는데 샬럿이 한숨을 푹 쉬었다.

"아무튼 부인에게 말씀드릴 이야기가 있어요. 소피아 론즈데일에 관한 거예요."

왓슨 부인이 숨을 헉 들이쉬었다.

"그 사람을 다시는 그 이름으로 부르지 않기로 한 거 아니었어요?"

비록 한 세대 전에 일어난 일이었지만, 샬럿처럼 소피아 론즈데일도 무분별한 행동으로 사교계에서 추방당한 인물이었다. 해외에 체류했던 그녀는 영국으로 돌아왔고 셜록 홈스에게 사건을 의뢰했다. 그리고 '그 사건'은 아무도 예측하지 못했던 사건으로 이어졌다.

세상은 소피아 론즈데일이 오래전에 죽었다고 믿었다. 그런 그녀가 가명으로 샬럿을 찾아왔다. '색빌 사건'이 마무리되자 왓슨 부인과 샬럿은 그녀가 죽음을 가장할 만큼 중요하고 필사적인 이유가 있었으리라 결론을 내렸다. 그러므로 싫든 좋든 그녀의 실명을 함부로 거론해 그녀의 안전을 위험에 빠트리지 않기로 했다.

"그녀의 정체가 들통난 건 아닌지 신경 쓰여요. 행동 패턴은 말이나 필적만큼 알아보기 쉬워요. 자신의 정체를 드러내지 않고 목적을 달성하려는 여자가 있다고 쳐요. 혹시 그녀의 남편이 신문 기사를 보다가 핵심 관계자들 가운데 아내의 친한 친구가 있었다는 사실을 기억해 냈어요. 그래서 그녀가 그 사건에서 어떤 역할을 하지 않았나 추측을 했다면 어떨까요?"

샬럿이 말했다.

"그녀가 죽었다고 생각하는 남편 말인가요?"

"아내의 죽음이 꾸며 낸 계략이었다고 눈치를 채고 있었다면요?"

왓슨 부인이 일순 긴장했다.

"그 사람이 연락해 왔어요, 홈스 양? 문제가 생겼대요?"

"연락은 전혀 없어요. 하지만 잉그램 경은 이번 주 초부터 한 명

혹은 그 이상이 부인의 집을 감시 중이라고 생각하고 있어요. 그렇게 믿을 근거도 있고요."

셜록 홈스가 일반인에게 의뢰를 받아 보자고 제안한 사람은 왓슨 부인이었다. 그녀는 대단히 훌륭한 발상이라고 믿었다. 하지만 모든 훌륭한 발상에는 필연적으로 단점이 있었다. 대체로 매력적이고, 보람도 있는 일이지만 때로는 사소한 골칫거리 이상으로 일이 커지기도 했다.

"말씀드리지 않은 게 있어요."

샬럿이 말을 이었다.

"실은 색빌 사건이 끝난 후에 서머싯 하우스에 가서 그분의 혼인 신고서를 열람했어요. 자신이 죽은 것으로 꾸며야 했다면, 남편으로부터 도망치기 위해서라는 가정이 가장 타당하잖아요. 남편의 이름은 모리아티예요. 잉그램 경에게 그 남자에 대해서 알아봐 달라고 편지를 보냈어요.

잉그램 경은 다시 밴크로프트 경에게 문의를 했고요. 잉그램 경의 말로는 밴크로프트 경이 그 이름을 듣자마자 당황하면서 어떤 경우에도 모리아티와 관계된 일에는 엮이지 말라고 경고했대요."

"그래서 우리 집을 감시하도록 사람을 보낸 자가 모리아티라고 생각해요?"

"저는 그 가설이 가장 논리적이라고 봐요."

왓슨 부인은 샬럿이 말을 계속하기를 기다렸다. 그러나 오히려 샬럿이 '그녀'의 반응을 기다리고 있다는 사실을 깨달았다.

"나는 그 부인이 안전하게 잘 지내면 좋겠어요. 마블턴 부인 말이에요."

왓슨 부인은 소피아 론즈데일이 사용했던 가명으로 그녀를 불렀다.

샬럿이 왓슨 부인을 유심히 바라보았다.

"부인이 위험에 빠지실까 걱정되세요?"

왓슨 부인이 뭐라 대답하기도 전에 샬럿이 고개를 흔들며 말했다.

"당연하죠. 제가 무슨 생각을 하는 건지. 당연히 다른 사람들이 걱정되시겠죠."

"대단한 이타심 같은 건 아니에요. 하지만 다른 사람들이 걱정스러워요. 인생이 던져 준 난관을 잘 헤쳐 나갈지 모르겠어요. 나야……."

왓슨 부인이 어깨를 으쓱했다. 그녀의 조카는 이제 성인이고, 남편은 이미 죽었으며, 하인들의 처우는 유언장에 이미 넣어 두었다. 소피아 론즈데일의 남편이 한동안 그녀의 집을 감시하고 싶다고 한들 뭐가 그리 대수겠는가.

"당신이나 페넬로페에게 영향을 미치지 않는 한 상관없어요."

"레드메인 양이나 제게는 아무런 일도 일어나지 않을 거예요. 당연히 부인에게도요."

샬럿이 한동안 침묵을 지켰다. 타고난 습관처럼 보이는 평소의 침묵이 아니라 사색에 푹 빠진 침묵이었다.

"부인은 제게 없어서는 안 될 조언자세요. 그 점에 감사드려요."

예전에 왓슨 부인은 자신을 아주 조금 가엾게 여겼다. 남편과 사별하고 인생은 황혼기인 가을로 접어들었으며, 유일한 혈육은 거의 일 년 내내 멀리 떨어져 있었다. 그러던 어느 날 샬럿의 말에 왓슨 부인은 자신의 몸에서 온기가 발산되는 것 같았다. 흡사 태양의 불꽃 한 방울을 삼키자 몸속에서 환하게 빛이 나는 것처럼. 사실 그녀의 인생에서 모두의 사랑을 받는 단계는 종말을 고했다. 하지만 샬럿이 오면서 완전히 새로운 풍경이 열렸다. 남은 인생을 조심스럽게 몸을 사리며 살았던 사람에게 가을은 결핍이나 후회의 계절이 아니라 수확과 축하의 계절이 되었다.

그녀가 몸을 살짝 내밀고 말했다.

"내게 한 시간만 내줄 수 있어요, 홈스 양?"

샬럿은 호기심이 동했다. 왓슨 부인이 한 시간만 달라고 했을 뿐만 아니라 활동하기 편한 옷이 있는지 물어보았기 때문이다. 그녀는 런던에 오면서 실수로 테니스복을 챙겨 왔다. 테니스는 시골에서 하는 경기였다. 그래서 그 테니스복은 옷 가방에 담긴 채로 그녀와 함께 사교계에서 추방을 당했다. (샬럿의 옷장에는 옷에서 장신구까지, 유한 마담에게나 요긴한 것만 걸려 있으므로, 테니스복이든 야회복이든 뭘 챙겨 오든 중요하지 않았다. 가방에 많이 쑤셔 넣을수록 팔 수 있는 물건이 많아질 거라고 생각했을 뿐이다.)

왓슨 부인은 몸에 딱 붙는 블라우스와 무릎 부근 폭이 좁지 않은 스커트 차림으로 페넬로페가 어릴 때 쓰던 방에서 기다리고 있었다. 그 방에는 가구가 거의 없었다.

"시골에서 자랐으니까 총은 익숙하게 다루겠죠. 그런가요, 홈스 양?"

샬럿이 고개를 끄덕였다. 홈스가에는 사냥터가 없었지만, 가을

이 되면 부모님은 어떻게든 사냥 파티 초대장을 받아 왔다.

"엽총은 다뤄 봤어요. 소총도요. 표적을 놓고요. 예전에 아버지가 권총을 쏘게 해 주신 적도 있어요."

"훌륭해요. 그런데 현실적으로는 소총을 가지고 런던이든 어디든 활보할 수는 없잖아요. 하지만 숙녀는 양산을 늘 들고 다니니까 만약의 경우에 요긴하게 써먹을 수 있어요."

왓슨 부인이 샬럿에게 지팡이를 건넸다.

"이건 양산은 아니죠. 그런데 말이에요. 나는 내 양산들이 너무 좋아요. 당신도 그럴 거라 믿어요. 별로 위험하지도 않은데 무턱대고 양산을 휘두르면 괜히 양산만 괴롭히는 거잖아요. 반면 지팡이는 웬만한 타격 정도는 끄떡없는 든든한 물건이죠.

내 조부는 펜싱 사범이셨어요. 그분은 만년을 우리와 함께 지내셨는데 언니와 내게 지팡이 펜싱•을 가르치는 일로 시간을 보내셨어요. 나는 런던에 왔을 때 내 몸은 내가 지킬 수 있다는 확신이 있었어요. 그런데도 난생처음 누군가가 나를 뒤에서 낚아챘을 때 몸이 얼어 버렸죠. 내가 배우고 연습한 검술은 뭐랄까 폼이 중요한 거였어요. '앙 가르드, 프레, 알레'• 같은 거요. 하지만 실전에서는 아무도 당신이 적절한 방어 자세를 취하기까지 기다려 주지 않아요. 게다가 앞에서만 덤벼든다는 보장도 없죠.

그러니까 공포로 온몸이 마비된 순간을 최대한 빨리 극복하고, 팔꿈치로 적의 신장을 가격해 상대방의 몸에서 힘이 빠지는 순간

● **지팡이 펜싱** 16세기에 개발된, 검 대신 지팡이로 싸우는 검술
● **앙 가르드, 프레, 알레** 준비, 준비 됐습니까, 시작. 펜싱 경기에서 시작을 알리는 심판의 콜 사인

돌아서서 손목 힘이 아니라 온몸에 힘을 실어 타격을 주는 법을 알아 둬야 해요."

샬럿은 손에 든 지팡이의 균형을 가늠해 보았다. 지팡이는 말라카 나무로 만들어 단단하고도 가벼웠다.

"이건 모리아티 때문이 아니죠, 부인? 그의 부하들이 저를 길거리에서 납치할 리는 없어요."

"맞아요."

왓슨 부인이 인정했다.

"당신은 스스로 자유로운 여성으로 여기지만, 여전히 가족으로부터 도망치는 몸이기도 해요, 홈스 양."

"그렇다면 제 아버지를 있는 힘껏 후려치라고 조언하시는 거예요?"

"또는 그의 요원들도 있죠. 물론 여왕과 국가를 생각한다면요."

샬럿은 미소를 짓지 않을 수 없었다.

"부인을 두 번째로 뒤에서 낚아챈 남자가 불쌍해지는데요."

왓슨 부인이 윙크를 했다.

"첫 번째 남자도 불쌍하게 여겨야 해요. 그 자식 손가락을 분질러 버렸으니까."

왓슨 부인은 기본적인 자세부터 시작했다.

"제일 먼저 제대로 서 있는 방법부터 배워야 해요. 그래야 안정적이고 발을 땅에 잘 디딜 수 있거든요. 그렇게 서 있으면 누구라도 쉽사리 옆으로 밀치거나 뒤로 넘어뜨릴 수 없어요."

샬럿은 시키는 자세대로 서 있으려니 다리가 슬슬 아팠다. 무도회에서 빙글빙글 도는 것 이상으로 힘든 일은 할 필요가 없었던 팔다리이니 오죽할까.

"가장 중요한 규칙은 손에 쥐고 있는 무기를 절대 놓치지 않는 거예요."

왓슨 부인이 경고했다.

샬럿은 지팡이를 쥔 손에 더 힘을 주었다.

"자, 이걸 막아 봐요."

샬럿이 지팡이를 들어 왓슨 부인의 공격을 막았다. 왓슨 부인이 뭘 어떻게 했는지 모르겠지만 지팡이와 지팡이가 맞부딪힌 순간 샬럿의 지팡이가 방 저편으로 붕 날아가 요란한 소리를 내며 벽난로 선반으로 떨어졌다. 가구가 거의 없어서 천만다행이었다.

지팡이가 맞부딪힌 충격으로 손이 벌벌 떨리며 아팠다.

"아야!"

왓슨 부인이 혀를 찼다.

"무기를 꼭 잡고 있어야죠, 홈스 양."

샬럿이 지팡이를 다시 들었다.

"죽을 힘을 다해서 지팡이를 잡고 있었다고 맹세라도 할 수 있어요."

"장담하는데, 평범한 수준의 습격자는 상대를 무장 해제할 교묘한 수법을 잘 모를 수도 있어요. 하지만 남자라면 그런 수법을 몰라도 월등한 힘으로 당신의 지팡이를 날려 버릴 수 있죠. 그럴 때는 그 힘을 역으로 이용해야 해요. 그러니까 무기를 더 능숙하게 다루어야 한다는 말이에요, 홈스 양."

그리고 무기를 좀 더 능숙하게 다루기 위해 거쳐야 할 과정은 절대 즐겁지 않을 것이다.

"맙소사. 더는 못 할 것 같아요."

십오 분 후 샬럿은 벌써 숨을 헉헉거리고 있었다.

"힘내요, 홈스 양. 최대 허용 턱 개수를 조절하는 훈련이라고 생각해 봐요. 훈련을 끝내면 좀 더 편하게 맛있는 음식을 즐길 수 있어요."

샬럿이 헐떡이며 말했다.

"음, 그렇다면 의지력을 조금 더 발휘해야겠네요."

약속한 한 시간에서 십 분을 남긴 채 샬럿을 가엾게 여긴 왓슨 부인이 수업을 끝내자고 했다. 샬럿은 벽에 기대섰다. 팔이 쑤셨다. 도저히 지팡이도 못 들 정도였다. 다리도 쑤셨다. 온몸이 뻐근하고 아팠다.

"내일 아침에는 더 아플 거예요."

왓슨 부인이 환하게 웃었다.

샬럿이 앓는 소리를 냈다.

"그런데, 홈스 양."

샬럿을 부르는 왓슨 부인은 평소처럼 평온하게 숨을 쉬었다.

"우리 집을 감시하는 사람들이 있다는 이야기를 할 때 잉그램 경이 그걸 봤다고 했잖아요. 혹시 내가 없을 때 그분이 찾아왔어요?"

"아뇨, 두 번 다 들어오지는 않았어요. 오늘 아침에 정문으로 나갔을 때 제가 그분과 마주치기는 했지만요."

"어쨌든 두 번 다 우리 집에 오려고 했죠?"

샬럿이 우물쭈물했다.

"그렇게 추리하는 것이 합리적이죠."

왓슨 부인의 목소리가 점점 긴장되었다.

"아내가 셜록 홈스를 방문한 일을 알아냈기 때문이라는 생각은 안 들어요?"

샬럿이 손수건으로 목덜미를 톡톡 두드리더니 고개를 가로저었다.

"말씀드릴 이야기가 또 있어요. 밴크로포트 경에게 청혼을 받았어요."

왓슨 부인의 입이 떡 벌어졌다. 이내 그 입에서 기쁨에 찬 웃음이 터져 나왔다.

"'그런 일'은 상상도 못 했어요. 그러니까 그분이 많이 특이하잖아요. 하지만 낡은 관습에 저항할 정도로 이렇게 배짱이 두둑한 분이라고는 생각하지 않았어요. 어쨌든 이 일로 그분에 대한 내 평가가 올라갔군요. 배우자를 고르는 안목도 뛰어나고요. 그분의 청혼이 이번이 처음은 아니죠, 내 기억이 맞는다면?"

"네."

"그분이 점점 좋아지네요."

그러더니 부인의 얼굴이 진지해졌다.

"어머나, 그 청혼을 진지하게 고민 중이군요."

"그래야만 해요."

버나딘은 그 어느 때보다 멍하고 반응이 없었다. 언제나 예민하고 마음이 약했던 리비아조차 인생의 우여곡절에 더 잘 버틸 수 있도록 어쩔 수 없이 단련되어 갔다.

"저의 수치스러운 행동으로 제 가족의 삶이 더 힘들어졌어요. 특히 제 언니들요. 결혼은 언니들을 보살필 수 있을 정도의 '보상'이 될 거예요. 물론 밴크로프트 경이 제게 충분한 자유와 지적 자극을 보장해 주어야겠죠. 그분에게는 그럴 의사가 충분한 것 같으니 저도 잘 생각해 보려고요."

"잉그램 경은 뭐라고 하실까요?"

"묻지 않았어요."

샬럿이 투덜대듯 말했다.

"하지만 애초에 밴크로프트 경의 등을 떠민 사람이 그 사람이라고 해도 전혀 놀랍지 않아요."

트레들스 경사는 아내와 거의 동시에 집에 도착했다.

"어머, 지금 퇴근하는 거예요? 오늘도 고생 많았어요. 힘들었죠?"

문 앞에서 남편을 마주친 앨리스가 반갑게 맞았다.

그가 한숨을 푹 쉬었다.

"말도 말아요. 묘한 사건이 일어났어요. 살인 사건인데, 피살자가 누구인지 왜 그 사람을 죽였는지 전혀 모르겠어요. 맥도널드에게 실종 신고가 된 사람들 가운데 인상착의가 비슷한 사람이 없는지 찾아보라고 하기는 했는데, 시간이 걸릴 것 같아요."

"당신에게는 늘 믿음직한 부하가 있잖아요."

맞는 말이었다. 하지만 가끔 도움이 필요한 때도 있었다. 아까도 죽은 남자를 앞에 두고 묘한 상황에 압도된 나머지 셜록 홈스와 같은 관찰력이 있으면 좋겠다고 생각했다. 그도 뭐든 한 번만 보면 피해자에 관해 알아야 할 사항은 다 알아낼 수 있으면 좋겠다고 생각했다.

그는 앨리스의 볼에 입을 맞췄다. 그리고 자신감은 별로 없지만 이렇게 말했다.

"고마워요, 여보."

두 사람은 장인이 결혼 선물로 장만해 준 집으로 들어갔다. 그가 자신의 수입만으로 이런 고급스러운 집에서 살려면 일 년에 3백 파운드씩 주택 보조금이 나오는 총경으로 승진해야만 했다.

"어디 갔었어요?"

곧 저녁을 먹을 시간이었다. 경사는 앨리스가 이렇게 늦은 시간까지 집을 비우는 일에 익숙하지 않았다.

"오빠네에 다녀왔어요."

그녀가 한숨을 쉬며 말을 이었다.

"하지만 오빠는 잠깐밖에 못 봤어요. 모르핀을 맞았거든요. 새언니가 잔뜩 겁을 먹었어요. 오빠는 무슨 일인지 언니에게 통 말하지 않으려고 해요. 게다가 모틀리 박사님에게도 아무에게 말하지 말라고 단단히 일러 뒀고요."

"혹시……."

"'나'는 그렇게 생각하지 않아요. 하지만 새언니는 오빠의 병명이 바로 그거라고 확신하고 있어요. 오빠가 어디선가 그 병에 걸렸고 언니에게도 옮겼을 거라고요. 나는 새언니보다 오빠가 더 매독을 무서워한다고 한참을 달랬어요. 결국에는 아편팅크를 조금 먹여서 진정시키는 수밖에 없었죠. 간신히 그 집에서 나올 수 있었어요."

그녀가 고개를 가로저었다.

"오빠네에 다시 가 봐야 할 것 같아요. 적어도 새언니가 잘 지내는지 살펴봐야겠어요."

그때 트레들스는 어떤 생각이 퍼뜩 떠올랐다.

"바너비 형님은 곧 회복될 거예요. 그런데 혹시 잘못되기라도 하면 커즌스 매뉴팩처링은 어떻게 되죠?"

"어머, 오빠는 조만간 회복될 거예요."

앨리스가 인상을 썼다.

"아버지의 유언장을 읽은 지 오래되어서. 어쨌든 내 기억대로라면, 오빠가 아들 없이 죽으면 회사는 내가 상속받을 거예요."

로버트와 앨리스 부부처럼 바너비와 엘리노어 부부도 자식이 없었다.

어느 경우든 아기집과 바깥세상에서 살아남은 아이는 한 명도 없었다.

제10장

일요일

샬럿이 도망친 후 리비아는 사교계의 대표적인 호사가인 레이디 에이버리와 레이디 서머스비가 진행하는 신문에 끊임없이 시달리고 있었다. 두 사람 중 한 명 혹은 둘이 번갈아 가며 다가와 리비아의 어깨를 톡톡 치면서 추문을 일으킨 여동생으로부터 소식이 없는지 묻곤 했다.

하지만 리비아가 '그들'을 만나고 싶어진 순간 이번에는 그들이 사라졌다.

적어도 그렇게 느껴졌다.

리비아는 눈치없이 엄마에게 그 두 사람이 런던을 떠났는지 물어봤다가 멍청하다는 잔소리만 들었다.

"사교계 사람들이 아직 런던에 있는데, 그 사람들이 왜 떠나겠니? 게다가 어제도 그 사람들을 봤어."

그 말은 명백히 거짓말이었다. 레이디 홈스는 전날 두통이 심해서 아편틴크를 먹고 하루종일 침대에서 지냈기 때문이다.

하지만 리비아는 그 사실을 지적하지 않았다. 엄마와 다투는 것은 벽돌 벽과 싸우는 것과 매한가지였다. 아니 그보다 더 속이 터졌다. 벽돌 벽은 다투다가 지치면 발로 찰 수라도 있으니까.

"아유, 입방정 하고는."

레이디 홈스가 느닷없이 쏘아붙였다.

"그 사람들 이야기는 대체 왜 했니? 말을 하니까 나타났잖아."

리비아는 그 두 사람이 바로 눈에 들어오지 않았다. 엄마가 그 자리를 뜨자 비로소 라운드 폰드• 맞은편에 있는 두 사람이 눈에 들어왔다. 그 두 사람도 마침 리비아를 보고 얼른 그녀 쪽으로 발길을 옮겼다.

그들이 리비아가 앉은 곳에서 6미터 앞까지 왔을 즈음 기적이 일어났다. 그 남자, 그러니까 '그녀'의 남자가 느긋하게 걸어오더니 옆 벤치에 앉는 것이 아닌가.

이렇게 운이 좋을 리 없다. 난 리비아인데. 아니, 이럴 리가 없었다. 절대로 말이다. 누군가는 상을 탔다. 누군가는 애정 넘치는 부모가 있었다. 누군가는 비가 쏟아지기 전에 집에 도착해 다시 맑은 하늘이 나타날 때까지 아무 데도 갈 필요가 없었다. 그런데 리비아는 항상 길 위에서 비를 맞고, 빨래를 짤 때는 치맛자락이

• **라운드 폰드** 켄싱턴 궁전 앞 켄싱턴 가든에 있는 장식용 연못

상하고, 펀치를 마시려고 줄을 서면 바로 앞 사람이 마지막 한 국자를 퍼 가는 사람이었다.

그런데 옆 벤치에 주말 양복 차림의 그 남자가 있었다. 누구에게 뒤지지 않을 정도로 세련되었지만, 리비아의 의심을 살 정도로 요란하게 멋을 부리지는 않았다. 맙소사, 저 수염에 지금 붉은 기가 도는 건가? 머리에도? 리비아는 붉은 머리에 대해서 한 번도 생각해 본 적이 없었다. 하지만 붉은 머리가 다 저 남자처럼 생겼다면 리비아는 기꺼이 이 세상에 존재하는 붉은 머리들을 찬양할 것이다.

혹시 그가 리비아를 만나려고 공원을 찾았을 수도 있을까? 그런 일이 가능성의 영역에 들어 있기나 할까? 아마 두 사람이 처음 마주쳤던 지난 일요일처럼 어쩌다 보니 또 같은 장소에서 마주친 것에 불과할 것이다.

"홈스 양, 안 그래도 궁금했어요!"

오, 빌어먹을 레이디 에이버리와 레이디 서머스비. 지난 일요일 엄마가 보일락 말락 몸을 뒤척이자마자 그는 냉큼 자리를 떴다. 이번에도 두 여자에게 붙잡혀 있는 모습을 보면 그 남자는 슬그머니 자리를 피할 것이다.

그녀는 얼굴에 억지로 미소를 지으며 호사가들의 질문을 요리조리 피해 갔다. 두 번째 질문. 세 번째 질문. 다섯 번째 질문.

그는 여전히 자리를 지키고 있었다.

그녀는 살짝 안심이 되었다. 일곱 번째 질문에 대답할 때까지도 그가 여전히 남아 있자 리비아는 머릿속이 점점 아득해졌다.

바로 그때 리비아는 자신이 고분고분하게 또 신문이나 당하고 있을 때가 아니라는 사실이 떠올랐다. 그녀는 두 레이디에게 정보를 캐 오라는 임무를 샬럿에게 받았다. 하지만 어떻게 해야 자신의 속셈을 투명하게 드러내지 않고도 레이디 잉그램에 대해 이야기를 끌고 갈 수 있을지 좋은 수가 떠오르지 않았다.

작은 기적이 이미 일어났는데, 아직 일어날 기적이 더 있는 모양이었다. 저 멀리서 아이들을 데리고 공원을 찾은 레이디 잉그램이 보였다. 그녀는 살구색 외출복을 입고 그에 어울리는 양산을 들고 있었다.

"어머나, 레이디 잉그램이네요."

리비아가 불쑥 말했다.

"그렇네요."

레이디 서머스비가 말했다.

샬럿이 사교계의 최신 가십거리로 인기를 얻고 있다면, 잉그램 경 부부는 사교계에서 가장 흠모받는 젊은 부부에서 가장 사이가 소원해진 부부로 몇년째 온갖 추측을 불러일으키는 주제였다. 그렇게 아름답고, 부유하고, 권력까지 갖추었으며 적어도 처음에는 사랑하는 사이였던 두 사람 사이가 어쩌다 그 지경이 되었는지 모두 궁금해했다.

레이디 잉그램은 고개를 살짝 숙이고 인사를 건네기는 했지만, 꼿꼿한 등과 어깨는 혼자 있고 싶다고 확실히 말하고 있었다. 리비아와 레이디 에이버리, 레이디 서머스비도 인사를 한 후 레이디 잉그램이 아이들과 함께 시야에서 멀어지는 모습을 지켜보았다.

리비아는 그 기회를 놓치지 않았다.

"두 분, 제가 가끔 무슨 생각을 하는지 아세요? 잉그램 경을 만나기 전에 레이디 잉그램에게 다른 사람이 있지 않았을까요? 그러면 이 상황이 다 설명되잖아요, 아닌가요?"

"난 아니라고 봐요."

레이디 서머스비가 딱 잘라 말했다.

"그 사람이 폴로 경기하는 모습을 봤어요? 내가 레이디 잉그램이라면, 그 전에 누구를 좋아했든 폴로 말을 타고 있는 잉그램 경을 본 순간 싹 다 잊어버렸을 거예요."

"어머나, 이 엉큼한 여편네."

그녀의 자매인 레이디 에이버리가 말했다.

"칭찬, 고마워."

레이디 서머스비가 기분 좋게 웃었다.

"말이 나와서 말인데, 당신 짐작이 맞을 거예요, 홈스 양. 예전에 레이디 잉그램이 사교계에 데뷔하기 전에 어울리지 않은 청년과 결혼하고 싶어 했다는 이야기를 우리가 '들었어요'. 품성이 아니라 출생 때문이라고 하더군요."

"나는 놀랐죠."

레이디 에이버리가 말을 이었다.

"레이디 잉그램이 그랬을 줄은 의심도 안 했으니까요. 레이디 잉그램은 항상 낮은 곳이 아니라 더 높은 곳을 바라보는 사람이라는 인상이었거든요. 무슨 뜻인지 아시겠지요."

리비아는 그 남자가 아직도 있는지 다시 확인하고 싶었다. 그러나 그녀와 두 레이디는 멀어지는 레이디 잉그램을 눈으로 좇느라 몸을 돌리고 있었고, 그는 그 등 뒤에 위치해 있었다. 아직 그 자리에 있다면 말이다.

리비아는 슬슬 도망갈 계획을 짜기 시작했다. 그런데 오늘은 그녀에게 기적이 그치지 않는 날이 틀림없었다. 두 레이디가 이야기를 나누고 싶은 사람을 발견하고는 허둥지둥 가 버리는 것이 아닌가.

그녀는 자리에서 일어나서 두 사람이 시야에서 사라질 때까지 초조하게 기다렸다. 샬럿의 추문이 가라앉지도 않았는데, 리비아까지 남자의 꽁무니를 따라다니는 모습을 들키고 싶지 않았다.

그 호사가들이 확실히 사라진 순간, 그녀가 몸을 돌릴 새도 없이 그의 목소리가 몇 걸음 떨어진 왼쪽에서 났다.

"거기에 눌러앉는 줄 알았습니다."

리비아는 뒤통수에서 피가 벌떡벌떡 뛰는 것 같더니 심장이 바르르 떨리는 것 같았다. 그녀가 간신히 말했다.

"저도요."

그러나 이제 그가 말을 걸기 전에는 떠날 생각이 없었다는 사실을 알게 되었으니 이 상황도 오해가 아니라는 사실을 확신할 수 있었다. 런던은 사백만 명이 사는 도시이다. 짧은 기간 동안 낯선 사람과 세 번이나 우연히 마주친다고? 두 번째 만남까지는 우연으로 치부할 수 있다. 하지만 이번까지? 아니다. 이 만남은 그가 의도한 우연이었다.

레이디 홈스는 낯선 남자들 중에서도 특히 옷을 잘 차려입고 말솜씨도 뛰어난 데다 신사처럼 보이는 남자들을 가장 심각한 위험

요소로 간주했다. '하나같이 재산을 노리는 악당들이야.' 엄마의 입버릇이었다. 리비아는 엄마가 그런 걱정을 할 때면 남몰래 코웃음을 쳤다. 홈스가의 재산은 쥐꼬리만 한데, 그걸 노리고 홈스가의 딸들에게 접근하다니 얼마나 형편없는 작자란 말인가.

리비아는 이 남자가 재산을 노리는 사기꾼 같지는 않았다. 하지만 이 시점에서 그가 원하는 것이 무엇인지 의문을 품지 않는다면 멍청한 짓일 것이다.

"저와 함께 산책하시겠습니까. 이야기도 잠시 나누고요."

그가 물었다.

위험한 제안이었다. 두 사람은 자기소개도 하지 않았다. 하물며 그와 산책이라니……. 샬럿이 추문을 일으키기 전에도 레이디 홈스는 리비아가 규칙을 어기면 방에 가둬 놓고 저녁도 주지 않았다.

하지만 리비아는 지금 이 순간부터 시작해 앞으로 그와 만날 기회를 물리칠 마음의 준비가 되지 않았다. 샬럿도 없고 모트 같은 협력자조차 없이 시골에서 팔 개월을 보내야 하는 지금은 더더욱 그러고 싶지 않았다. 그를 거절할 수 없다면 그에게 자세한 질문을 던지는 것이 차선일 것이다.

그리고 그의 대답이 얼마나 진실하고 타당한지 정확하게 판단할 능력이 자신에게도 있기를 기도하는 수밖에.

"좋아요."

리비아가 그를 돌아보며 대답했다. 그의 따스한 눈빛과 환한 미소를 본 순간 저도 모르게 가슴이 두근거렸다.

"산책과 약간의 대화 모두 좋아요."

월요일

묘하게도 샬럿이 왓슨 부인에게 집을 감시하는 자들이 있다고 경고한 이후, 감시자들이 감쪽같이 사라졌다. 두 사람은 주의 깊게 지켜봤지만, 왓슨 부인의 집도, 어퍼 베이커 스트리트 18번지도, 출입문 근처를 빈번하게 어슬렁거리는 사람들은 보이지 않았다.

하지만 월요일에도 샬럿은 미행을 당하지 않는지 평소보다 더 주의를 기울여 드 블루아 레이디들이 묵고 있는 호텔로 들어가 다른 거리로 난 직원용 문으로 호텔을 빠져나갔다.

세 여자는 페넬로페의 조언대로 두 집을 먼저 방문한 후 우즈 부인의 집 직원용 문을 두드렸다.

"안녕하세요."

페넬로페가 친근하게 말했다.

"저는 허드슨 양이고, 이분은 제 이모인 허드슨 부인입니다. 저는 런던 대학에서 의학을 공부하고 있어요. 교육 과정의 일부로 이렇게 직접 방문하면서 특히 의사를 만나기 힘든 분들을 대상으로 의학 지식을 널리 알리고, 그런 분들 사이에 퍼져 있는 잘못된 정보를 바로잡으려고 해요. 괜찮으시다면 잠시 댁에서 고용인들과 이야기를 나눠 봐도 될까요?"

문을 열어 준 하녀가 잘 모르겠다는 듯 뒤를 돌아보았다.

"일단 힌들 부인에게 말씀해 볼게요."

문이 닫혔다. 그리고 잠시 후 뼈대가 굵고 성격이 시원시원해 보이는 사십 대 여자가 문을 열고 나왔다.

페넬로페가 손을 내밀었다.

"힌들 부인이시죠?"

"맞습니다. 그런데 누구시죠?"

페넬로페가 자신과 왓슨 부인을 소개한 후 찾아온 목적을 다시 말했다.

"여의사라고요? 어머나."

"미래의 여의사예요. 아직 의대에 다니고 있어요. 좀 들어가도 될까요? 건강에 대해서 궁금하신 점이 있으면 기꺼이 대답해 드릴게요. 약도 나눠 드려요. 물론 무료랍니다. 교육 과정의 일부라서요."

힌들 부인은 무료라는 말에 확실히 마음이 끌리는 것 같았다. 그래도 그녀는 여전히 망설였다. 그녀가 샬럿을 가리키며 물었다.

"그러면 이분은 누구시죠? 이분도 여의사이신가요?"

갈색 가발에 안경까지 쓴 샬럿이 얼굴을 옆으로 돌렸다.

"이 사람은 제 언니인 엘로이자 허드슨 양이에요."

페넬로페가 미안한 듯 말을 이었다.

"언니는 의대생이 아니에요, 안타깝게도. 보시다시피, 언니는 보살핌이 필요해요. 오늘은 하필 집에 아무도 없어서 이렇게 같이 다니고 있어요. 옆에서 지켜보는 사람이 있으면 절대 말썽을 일으키지 않아요."

샬럿은 버나딘처럼 행동하기로 했다. 사람들은 대개 버나딘을 보면 처음에는 깜짝 놀라지만 어느새 곁에 있다는 사실도 금방 잊어버렸다.

마지막 순간 페넬로페의 상냥하고 유능한 태도에 힌들 부인의 마음이 움직였다. 왓슨 부인이 자애로운 자태로 믿음직한 분위기를 만들어 준 덕분일지도 몰랐다. 아니면 그들이 입고 있는 고급스러운 옷 덕분일 수도 있었다. 샬럿의 아버지는 하층 계급의 남자들을 늘 의심의 눈초리로 바라보지만, 정작 그에게서 돈을 강탈해 간 남자들은 교육을 잘 받고 옷도 잘 입은 사업가 두 명뿐이었다. 그들을 받아들인 이유는 모르겠지만 힌들 부인이 헛기침하며 말했다.

"음, 그럼 들어오시죠."

우즈 부인은 하숙집을 정말 잘 꾸려 나가고 있었다. 지하실 통로는 메이페어•의 여느 응접실만큼 티 한 점 없었다. 통로를 지나니 하인 구역이 나왔는데, 천장 근처에 나 있는 사각형 창문 두 개에서 햇빛이 쏟아져 들어왔다. 샬럿이 보니 하녀들의 유니폼도 흠잡을 데 없이 세련된 디자인이었다.

"이 댁에서는 위생의 중요성을 자세히 설명하느라 시간을 낭비할 필요가 없을 것 같아요."

페넬로페가 말을 이었다.

"이미 잘 알고 계신 것 같으니까요. 혹시 궁금한 건 없으세요? 발진이나 장의 문제, 여성 질환? 뭐든요."

아무도 그런 증세나 질환으로 고생하는 것 같지 않았다. 하지만 여자들은 어느새 탈모에 관한 토론에 푹 빠져들고 말았다. 무뚝

• 메이페어 런던의 고급 주택지

뚝해 보이는 힌들 부인은 요즘 눈에 띄게 줄고 가늘어지는 모발로 고민이 많은 것 같았고, 더 젊은 여자들도 같은 문제를 겪고 있는 여성 친척들을 이야기하며 맞장구를 쳤다. 그러자 페넬로페가 모낭과 성장 주기에 대해 과학적으로 설명을 하기 시작했다.

샬럿은 기회를 봐서 하인 구역을 슬며시 빠져나와 하인용 계단을 올라갔다. 1층은 그대로 지나쳤다. 휴게실이나 우즈 부인의 거처에는 관심이 없었다. 그녀는 2층도 그냥 지나쳤다. 그곳은 핀치 씨의 형편으로 감당할 수 없는 크고 더 좋은 방들이 있을 것 같았다.

다음 층에서 비로소 복도로 들어가니 방마다 겉에 작은 명판이 달려 있었는데, 거주자의 이름이 정성스럽게 적혀 있었다. '루카스 씨. 켄위크 씨. 블랙 씨. 도노반 씨. 던햄 씨. 엘윈 씨'.

샬럿은 혹시 빠트리고 건너뛴 방이 없는지 문을 다시 확인했다. 하지만 역시 없었다. 핀치 씨의 명판은 보이지 않았다.

이제 내려가는 수밖에 없었다. 2층은 천장이 더 높고 복도의 길이에 맞춰서 더 고급스러운 카펫이 깔려 있었다. 물론 문과 문 사이의 거리가 더 먼 것을 보니 2층은 방이 여럿인 더 큰 스위트룸이 있는 층이라는 사실을 알 수 있었다. '비커리 박사. 휴런 씨'. 아하, '핀치 씨'.

복도는 바깥 거리에서 들려오는 희미한 소음을 제외하면 고요했다. 그녀는 살금살금 문으로 다가갔다. 부츠의 굽 소리는 푹신한 카펫에 흡수되었다. 문을 잠깐 살펴보니 핀치 씨가 술에 취해 예일 자물쇠 구멍에 마구잡이로 열쇠를 쑤셔 넣어 긁힌 자국을 만드는 사람이 아니라는 것 외에는 그가 어떤 사람인지 아무런 힌트도 얻을 수 없었다.

그녀는 문에 귀를 가져다 댔다. 조용하다. 아주 조심스럽게 손잡이를 돌려 보았다. 역시 잠겨 있었다.

손잡이를 놓는 순간 안에서 말소리가 들렸다.

"저 소리 들었어?"

여자의 목소리.

샬럿은 하인용 계단으로 냅다 달렸다. 평생 이렇게 재빠르게 움직인 적이 없을 정도였다. 그녀가 문 뒤로 몸을 숨기자마자 핀치 씨의 방이 열리는 소리가 들렸다. 그러더니 다시 닫혔다.

샬럿은 계단 벽에 몸을 꼭 붙이고 쿵쾅거리는 심장이 안정될 때까지 기다렸다. 이윽고 계단을 내려가 하인 구역으로 돌아갔다. 아무도 그녀가 없어진 사실을 알아차리지 못했다. 당연히 그녀가 문에서 가장 가까운 의자에 다시 앉아도 아무도 신경 쓰지 않았다.

여자들은 그들이 일했던 하숙집에서 본 하숙인들과 그 남자들의 묘한 습관, 더 기묘한 버릇, 때로 이해가 안 되는 요청들에 대해 한창 이야기꽃을 피우는 중이었다. 모두 인정하다시피, 우즈 부인은 사람 보는 눈이 탁월했다. 덕분에 이곳의 하숙인들은 특이한 사람일 수는 있어도 엉덩이를 꼬집거나 그보다 더 고약한 짓을 즐겼던 다른 하숙집 남자들과 달리 신사라는 호칭에 적합한 사람들이었다.

"그리고 우즈 부인은 신사분들이 주신 팁도 우리에게 주시죠."

힌들 부인이 만족스럽게 말했다.

"어떤 집주인들은 크리스마스에 우리에게 남긴 팁을 자신이 꿀

꺽해 버리지만 우즈 부인은 그런 사람들과는 다르세요."

"그리고 이곳 신사분들이 전부 다 늙은 분인 것도 아니죠."

왓슨 부인이 엉큼한 미소를 지으며 부추기듯 말했다.

"분명히 젊고 잘생긴 신사도 계실 거예요."

"핀치 씨는 젊어요. 하지만 얼굴은 던햄 씨가 더 잘생겼죠."

하녀 한 명이 말했다.

"하지만 핀치 씨가 던햄 씨보다 상냥해."

다른 하녀가 말했다.

"던햄 씨가 고약한 분은 아니지만, 어딘지 대하기 불편하고 혼자 있고 싶어 하시거든요. 그런데 핀치 씨는 꽤 미남이신 데다 늘 웃는 얼굴로 인사도 해 주세요. 우즈 부인은 우리가 신사분들과 이야기를 하면 좋아하지 않으세요. 하지만 그분들이 말을 걸면 대답은 해야 해요. 가령, 블랙 씨 같은 분은 정중하기는 해요. 하지만 이곳에서 사신 지 오 년이나 되었고, 그동안 내가 백 번은 '좋은 아침입니다.'라고 인사했지만 벽에 박힌 못과 나를 구분하지 못하실 거예요. 반면 핀치 씨는 내 이름은 물론 엄마의 치통까지 기억하세요. 지난번에 휴가를 받아서 사촌을 만나려고 브라이튼에 갔었거든요. 그때가 핀치 씨가 여기 온 지 고작 삼 개월 정도 되셨을까?"

"기껏해야 사 개월이었지."

힌들 부인이 말했다.

"그런데 벌써 우즈 부인이 가장 아끼는 하숙인 중 한 명이 되었어요. 휴가를 다녀오시면서 고급 체더치즈 쿠키를 사 오셨어요. 오늘 아침에 청소를 하려고 부인 방에 들어갔는데, 부인이 그 쿠키 통을 오래된 대형 다이아몬드라도 되듯이 광을 내고 계시지 뭐예요."

그 하녀는 킥킥거리더니 다시 진지하게 말을 이었다.

"핀치 씨는 마음 씀씀이가 고우신 거예요. 하숙인들은 대부분 자신의 집주인을 우리처럼 하찮은 하녀 정도로 생각해요."

"숙녀들의 왕자님인가요?"

페넬로페가 윙크하는 시늉을 했다.

"어머, 아니에요. 그런 건 절대 아니에요. 점잖으세요. 하지만 대하기 편한 분이에요. 잠시 잡담을 나눈 후에도 유쾌한 기분이 여전히 가시지 않는 분요."

그때 힌들 부인이 시계를 힐끔 보았다. 페넬로페는 그 신호를 놓치지 않았다. 모두 각자 맡은 일로 돌아갈 때였다.

"여러분, 제게 방문을 허락해 주셔서 감사합니다. 알려 드린 치료법 중에 도움이 될 만한 것이 있기를 바랍니다. 언젠가 다시 뵐 수 있을 거예요."

유쾌한 인사가 오고 가자 힌들 부인은 언제 또 오라고 초대를 했다.

샬럿이 왓슨 부인과 페넬로페의 소매를 잡아끌었다.

"체더. 체더 먹을래. 체더 더 줘."

하녀들이 샬럿을 보며 서로 눈빛을 교환했다. 왓슨 부인이 얼른 대답했다.

"집에 가자마자 치즈 줄게, 얘야."

왓슨 부인은 샬럿이 의도대로 하녀들에게 돌아섰다.

"체더 이야기가 나왔으니 말인데, 핀치 씨가 혹시 체더의 마을인 서머싯에 가셨나요? 그 지역 풍경이 아름답다는 말을 늘 들었거든요."

"네, 맞아요."

가장 수다스러운 하녀가 대답했다.

"그곳의 협곡과 동굴에 대해서 들려주셨어요."

"고맙습니다. 숙녀분들, 덕분에 유익하고 즐거운 시간을 보냈어요."

왓슨 부인이 고개를 까닥했다.

"그 사람 방에 여자가요?"

왓슨 부인과 페넬로페가 동시에 소리쳤다.

그들 세 사람은 전부 페넬로페의 옛 방에 있었다. 페넬로페는 샬럿을 위한 왓슨 부인의 두 번째 호신술 강의에 와서는 아이 방이 아니라 연무장이라는 이름을 농담처럼 지어 주었다.

페넬로페는 예전부터 훈련을 해 왔기에 몸놀림이 표범처럼 우아했다. 샬럿의 지팡이는 수업 내내 사방으로 날아갔다. 그래도 수업이 끝날 즈음 딱 한 번 페넬로페의 지팡이를 날리는 데 성공했다.

"그렇게 충격적인 일은 아니에요."

샬럿이 벽에 기댄 채 연신 헉헉대며 지적했다.

"그가 레이디 잉그램을 향한 유년 시절의 열정에서 벗어났다고 모든 신호가 말하고 있어요. 내가 이상하게 여기는 건 타이밍이에요. 한낮에 그 방에 여자가 있었다는 사실요."

"여자를 몰래 들이기는 쉽지 않을 거예요. 대낮이기도 하고요."

페넬로페가 말했다.

"어쩌면 지난밤에 와서 돌아가지 않았을 수도 있지."

왓슨 부인이 말했다.

"지금은 직장에 있어야 할 시간 아닌가요? 아까 그 여자가 다른 사람에게 이야기하는 것처럼 들렸다고 했죠?"

"핀치 씨가 어떤 여성 혹은 복수의 여성과 정을 통하는 사이인지는 우리가 알아내야 할 일이 아니에요."

샬럿이 말을 이었다.

"레이디 잉그램은 '그 사람이 예기치 않게 죽음을 맞이했는지, 결혼으로 관계를 더 이어 나가고 싶지 않은지, 감옥에 수감되거나 외국으로 떠났는지'를 알고 싶어 했어요. 이제는 그분의 궁금증을 다 풀어 드릴 수 있어요. 핀치 씨는 죽지 않았고, 수감되지도 않았고, 해외로 나간 것도 아니에요. 그는 아직 미혼이죠. 하지만 그의 행동으로 미루어 볼 때 더는 그 관계를 지속하려는 뜻이 없다는 점만큼은 확실해요."

"그러면 레이디 잉그램에게 알려야 할까요?"

페넬로페가 물었다.

아무도 대답하지 않았다.

그 문제는 세 사람이 우체국에 가 셜록 홈스의 개인 사서함을 확인하는 순간 해결되었다.

그곳에는 레이디 잉그램의 편지가 도착해 있었다. 그날 저녁 여섯 시에 만나고 싶다는 내용이었다.

왓슨 부인은 위아래가 반전된 레이디 잉그램의 이미지를 다시 살펴보면서 그녀의 고통이 점점 커져 간다는 사실을 알아차렸다.

"이런 소식을 듣고 싶지 않으셨을 겁니다."

페넬로페가 보고를 끝맺으며 덧붙였다.

"하지만 우리가 알아낸 사실은 이렇습니다, 핀치 부인."

왓슨 부인은 레이디 잉그램이 사칭한 이름을 듣는 순간 흠칫했다. 이제야 상황의 중요성이 이해되었기 때문이다. 샬럿조차 입매가 가늘어진 것 같았다.

레이디 잉그램은 한참 동안 아무 말도 하지 않았다. 카메라 옵스큐라에 비친 이미지로는 정확히 말하기 어려웠지만, 왓슨 부인의 눈에는 그녀가 충격을 받은 것 같았다. 이윽고 레이디 잉그램이 말문을 열었다.

"아뇨, 조사가 잘못된 것 같아요. 엉뚱한 핀치 씨를 찾으신 게 분명해요."

"런던만큼 큰 대도시라도 사생아이면서 회계사로 일하는 마이런 핀치 씨가 여러 명일 리는 없습니다."

"하지만 직접 보신 건 아니잖아요. 설명대로라면 그 사람이 사는 하숙집의 집주인과 하녀들과 이야기를 나누셨잖아요. 그 사람을 직접 본 적은 없죠."

"우리는 핀치 씨와 면식이 없습니다."

페넬로페가 지적했다.

"부인께서도 사진이나 초상화를 주지 않으셨고요. 하지만 그분을 직접 만났다고 해도 조사 결과는 달라지지 않았을 거예요."

"하지만 '나'는 그 사람이 어떻게 생겼는지 알아요. 그의 주소를 알려 주시면 직접 약속을 만들어서 이 남자를 만나 볼게요. 분명히 착오가 있었을 거예요."

"의뢰 내용에 그런 부분은 없었습니다, 부인. 그분이 죽었는지, 외국에 계신지, 부인에게 소식을 전할 수 없는 방식으로 어딘가에 구금되어 있는지 알아봐 달라고만 하셨죠."

레이디 잉그램의 턱에 힘이 들어갔다.

"그 정도만 알면 괜찮을 줄 알았어요. 어느 쪽이든 확인이 되는 걸로 충분하다고 생각했죠. 하지만 그 사람이 사고를 당한 것도 아니고 잘 지내고 있다는 사실을 알고 나니, 지금까지 미친 듯이 걱정했던 일이 다 쓸데없는 일이었다고 밝혀지니, 나는, 나는 이대로 포기가 안 돼요. 우리는 사랑했어요. 나는 지금도 그를 사랑하고, 영원히 사랑할 거예요."

그녀의 눈에 차오른 눈물이 어른거렸다. 그녀가 고개를 들어 페넬로페를 보았다.

"제발요, 홈스 양. 나는 그 사람과 직접 만나 이야기를 해 봐야 해요. 우리가 다시는 만나지 않으리라는 말을 그의 입으로 직접 들어야 한다고요. 꼭 그래야만 해요. 그 사람은 내게 그 정도는 해 줘야 해요."

"핀치 부인, 신중하게 생각하세요."

페넬로페가 날카로운 어조로 말했다.

"부인은 기혼녀예요. 남편 되시는 분은 부인을 진심과 애정으로 대해 주시죠. 그런데 부인은 다른 여자에게 마음이 떠난 남자를 애타게 그리워하시는군요. 이 길을 가 봐야 부인을 기다리는 것은 상심과 환멸뿐이에요.

댁으로 돌아가세요. 다시 생각해 보세요. 더는 손이 닿지 않는 과거를 잡으려는 노력을 거두세요."

레이디 잉그램이 자리에서 벌떡 일어났다.

"당신은 우리 사이에 무슨 일이 있었는지 아무것도 모르잖아요."

"하지만 부인이 그분을 만나고, 앞으로도 몇 차례 밀회를 하고, 혼인 서약을 저버리고 그의 연인이 된다고 해도 다시는 그 시절로 돌아갈 수 없다는 건 잘 알아요. 부인은 그때와 다른 사람이에요. 그분도 예전과 다른 사람이 되었고요. 부인이 손에 넣을 건 기껏해야 빛바래고 썩어 가는 유년의 메아리일 뿐이에요. 결코 부인에게 위안이 되지 않을 신기루라고요."

절대 핀치 부인이 될 수 없는 그 여자는 주먹을 꽉 쥔 채 소금 기둥이 된 것처럼 가만히 서 있었다.

페넬로페가 봉투를 내밀었다.

"이건 부인이 지불하신 의뢰비입니다. 이 의뢰에 대해서는 비용을 청구하지 않겠습니다."

제11장

"이모는 내가 레이디 잉그램에게 핀치 씨를 만날 기회를 차단한 게 옳은 일이라고 하세요."

페넬로페가 부드러운 목소리로 말을 이었다.

"정작 나는 잘 모르겠어요."

그들은 집으로 돌아왔다. 왓슨 부인은 저녁을 위해 옷을 갈아입는 중이었고, 샬럿은 신문 뒷면에 실린 자잘한 광고를 훑어보는 중이었으며, 페넬로페는 오후 응접실을 서성거리며 손끝으로 테이블 모서리며 거울 틀, 화분에서 자라는 커다란 고사리의 풍성한 잎사귀를 건드렸다.

샬럿이 그녀를 바라보았다.

"모르겠다고요?"

페넬로페가 피아노에 등을 기댄 채 피아노 의자에 앉았다.

"그 결정이 원칙에 따른 것인지 아니면 복수하고 싶다는 내 마음에서 비롯된 것인지 모르겠어요. 좋은 친구를 불행하게 만든 사람을 벌주고 싶은 본능 말이에요."

페넬로페가 샬럿을 보았다.

"당신이라면 핀치 씨의 주소를 알려 줬을까요?"

샬럿이 잠시 생각했다.

"아마도요."

"그렇지만 차이가 있어요. 당신은 레이디 잉그램이 고통받기를 바라지 않아요. 하지만 나는 바라죠. 적어도 그런 마음이 어느 정도 있어요. 그리고 나는 그런 마음을 품는 제가 싫은 거고요."

샬럿은 고통에 빠진 레이디 잉그램을 보는 데에는 관심이 없었다. 하지만 성품이 특별히 고결해서는 아니었다. 레이디 잉그램이 고통을 받고 있고 그 고통이 얼마나 극심한지는 이 상황과 관련된 사람들에게 영향을 미치지 않는다고 보기 때문이었다.

"나라면 주소를 알려 주되 바로 알려 주지는 않을 거예요. 일흔두 시간을 기다렸다가 그래도 마음이 바뀌지 않는다면 그때 다시 오라고 했을 거예요."

샬럿이 말했다.

"그분이 마음을 바꿀 정도로 현명하게 행동할 거라고 생각해요? 그 사람 꽁무니를 좇아 봐야 부질없다는 사실을 깨달을 거라고요?"

샬럿이 고개를 저었다. 레이디 잉그램이 이성의 설득에 넘어가지 않으리라는 사실을 깨닫는 데 추리력까지 필요하지는 않았다. 적어도 당분간은 그랬다.

페넬로페가 고개를 들어 피아노 반대편에 걸린 그림을 보았다.

푸른 하늘과 푸른 바다, 하얀 대리석, 나른한 자태의 크고 아름다운 갈색 눈의 여자들. 현대 화가는 못 말릴 정도로 고전적인 그리스를 낭만적으로 바라보는 경향이 있다.

"그분이 사교계에 데뷔하던 해에 열린 이튼 대 해로 경기에서 그분을 처음 본 기억이 나요. 정말 아름다웠어요. 환상을 보는 듯했죠. 하지만 그때도 우리는, 이모와 저 말이에요. 그분이 잉그램 경을 사랑하는 것보다 잉그램 경이 더 많이 사랑한다는 점이 살짝 걱정되었어요."

그녀의 시선이 다시 샬럿에게 돌아왔다.

"그분이 일흔두 시간이 가기도 전에 어퍼 베이커 스트리트 18번지로 쳐들어와서 핀치 씨의 주소를 알려 달라고 한다는 데 5퀴드를 걸겠어요."

샬럿도 마지막 페니까지 그쪽에 걸 것이다. 해가 뜨고 런던에 스모그가 끼는 것만큼 확실한 내기일 테니 말이다.

샬럿은 신문을 가지런하게 접은 후 일어섰다.

"내가 핀치 씨와 직접 만나 이야기를 해야 할 시간이 된 것 같군요."

샬럿은 한창 '티 댄스'•가 열리고 있는 집을 지나치다 잠시 발걸음을 멈췄다. 바이올린과 첼로에서 언제까지고 활력이 용솟음칠 것 같은 스트라우스의 비엔나 멜로디가 흘러나오는 중이었다. 화사하게 입은 사람들이 샴페인 잔을 들고 열린 창문 앞으로 지나갔

• **티 댄스** 오후의 다과회 겸 무도회

다. 웃음과 활기찬 대화 소리가 음악에 박자를 맞추듯 이어지는 가운데, 그 자리에 모인 사람들이 다 들을 수 있도록 재치 있는 농담을 던지는 남자의 목소리가 음악 소리를 뚫고 불쑥불쑥 들렸다.

샬럿은 티 댄스에 자주 참석하지 않았다. 요즘은 이런 모임이 유행하지 않기 때문이다. 하지만 이렇게 정교하고 양식화된 떠들썩한 풍경 그 자체는 여덟 번의 여름 동안 그녀의 인생에 또렷하게 새겨졌다. 지금 그녀는 이 모든 아름다움과 부자연스러움을 지켜보는 구경꾼이자 관찰자일 뿐이었다.

그녀는 귀족 계급, 즉 삶이 끝없이 이어지는 여흥을 중심으로 돌아가는 사람들에게 향하는 천박하고 방탕하다는 비난을 이해할 수 있었다. 동시에 그런 삶이 사교계 내부의 사람들이 유일하게 배운 삶의 방식이라는 사실도 안다.

결국 자신이 배운 삶의 방식을 뿌리부터 거부할 수 있는 사람은 거의 없다.

그녀는 다시 발걸음을 옮겼다. 벌써 저녁 여덟 시가 다 되었다. 우즈 부인은 일곱 시에 소박한 저녁을 들었다. 그러니 그녀의 하숙인들은 지금쯤 저녁을 먹고 있을 것이다. 핀치 씨가 집에 있을 가능성은 있었다. 그 여자도 함께 있을지 모르지만 그런 이유로 여동생을 피하지는 않을 것이다.

샬럿은 우즈 부인이 사는 거리가 가까워질수록 자신의 발걸음이 느려진다는 사실을 깨달았다. 핀치 씨를 만난다는 사실이 긴장되지는 않았지만, 그 만남이 기대되지도 않았다. 리비아가 그녀 입장이라면 핀치 씨가 사생아라는 점 때문에 주저할 것이다. 샬럿은 혈통을 둘러싼 유난을 조금도 이해할 수 없었다. 자신이 태어나지도 않은 옛날에 조상이 무엇을 했는지는 누구의 공도 탓도 아니지 않은가. 그녀가 망설이는 이유는 혈통이란 없던 일로 할 수 없는 성질의 것이라는 사실이었다. 일단 핏줄이라고 인정해 버리면 더는 없는 사람으로 취급할 수 없을 것이다. 게다가 자신의 인생에 타인을 영구적으로 들인다는 생각이 영 마음에 들지 않았다.

그녀는 방향을 틀었다. 이제 그 거리를 반쯤 걸어왔다. 세 집만 더 가면 우즈 부인의 집을 두드리고 핀치 씨의 배다른 여동생이 찾아왔다고 밝혀야 했다. 두 집 더. 한 집 더.

그때 젊은 여성이 우즈 부인의 하인용 문에서 나와 계단을 통통 튀듯 내려왔다. 샬럿은 그 하녀가 기억났다. 아까 하인 구역에서 가장 수다스러웠기 때문이다. 지금은 가발도 안경도 쓰지 않아서 하녀가 샬럿의 얼굴을 알아볼 일은 없겠지만 그래도 얼른 얼굴을 돌리고 가로등에 붙어 있는 연극 광고문을 읽는 척했다.

문이 다시 열리더니 힌들 부인의 목소리가 들렸다.

"브리짓, 이 바구니를 찻집에 돌려줄 수 있겠니?"

그 하녀가 돌아갔다.

"네, 부인."

"고마워. 핀치 씨가 돌아오면 네가 대신 돌려줬다고 말해. 바구니 안에 네 몫으로 동전이 있을 거야."

'핀치 씨가 돌아오면? 어디에서?'

"어머, 고마우셔라. 제가 가는 방향이 아니었거든요."

브리짓이 야무지게 말했다.

샬럿은 그녀를 따라가기 시작했다. 몇 걸음 못 가서 들킬 줄 알았는데, 브리짓은 뒤에서 걸어오는 여자에게는 관심도 없었다.

찻집 뒤편에 있는 직원용 문에 도착하자 브리짓이 노크했다. 기다란 앞치마를 입은 웨이트리스가 문을 열었다.

"핀치 씨의 바구니를 가져왔어. 그분은 한동안 돌아오지 않을 거야. 맨체스터에 출장을 갔다나 뭐라나."

"어머, 그분이 보고 싶겠구나, 그렇지, 브리짓?"

웨이트리스가 놀렸다.

브리짓이 깔깔 웃었다.

"맞아. 거짓말은 안 해. 너무 다정한 분인걸. 게다가 '안녕한지 아닌지 치마 속에 손을 넣어봐야 할 텐데' 같은 헛소리도 안 하시고."

두 사람이 작별 인사를 주고받자 샬럿은 얼른 그 자리를 떴다.

그녀는 회계사의 생활에 대해서는 잘 몰랐다. 변호사는 가끔 출장을 간다. 그러므로 회계사가 업무와 관련해 다른 도시로 파견되었다고 해도 터무니없는 일로 여겨지지 않았다. 그렇지만 지난 열흘 동안 핀치 씨는 어딘지 어떤 계산에 따라 움직이는 것처럼 보였다. 그는 레이디 잉그램이 신문에 광고를 올린 직후에 휴가라며 런던을 떠났다. 휴가에서 돌아오자마자 이번에는 출장이라며 또 런던을 떠났다.

누가 봐도 그가 레이디 잉그램을 만나고 싶어 하지 않는다는 결론에 도달할 것이다.

샬럿은 차를 마셨다. 우즈 부인이 최고의 다즐링 차를 자신이 가진 최고의 크라운 더비 찻잔에 내온 것이 틀림없었다. 그러더니 콧방귀를 뀌었다.

"정말이에요? 맨체스터요? 무슨 일로요?"

그녀는 헨리에타의 코맹맹이 소리를 제대로 따라 하지는 못했지만, 콧방귀 소리는 똑같았다.

"글쎄, 저도 잘 모르겠어요, 컴버랜드 부인."

우즈 부인이 핀치 씨가 그의 출장 일정을 구체적으로 알려 주지 않은 것이 그녀의 잘못이라도 된다는 듯 양손을 맞잡고 비틀어 대며 대답했다.

컴버랜드 부인이 된 샬럿이 작게 한숨을 쉬었다. 관대함과 짜증을 반씩 잘 섞어서 훅 불어 내는 한숨이었다. 한숨을 쉰 후에는 친츠 천 일색인 우즈 부인의 응접실을 휙 둘러보며 측은하게 여기는 표정을 짓는 것도 잊지 않았다.

"물론 모든 것을 다 아실 수는 없겠죠. 하지만 이런 상황은 성가시군요."

"그러실 거예요."

우즈 부인은 히죽거리듯 웃음을 지었다. 처음에는 그렇게 히죽거리며 웃는 사람으로 보이지 않았는데 말이다.

샬럿의 맏언니이자 자매 중 유일하게 남편을 구한 헨리에타 컴버랜드는 흥미로운 능력으로 주위 여자들을 고분고분하게 만들었다. 레이디 잉그램들은 난공불락의 고귀함으로 바다를 갈랐다. 보통 사교계를 주름잡는 여자들은 모두가 부러워할 손님 명단에서 누군가를 제외하거나, 그 명단으로 사교계 행사를 개최하는 능력으로 영향력을 발휘하곤 했다. 헨리에타는 우아함을 갖추지도, 화려한 인맥을 자랑하지도 않았다. 하지만 이제껏 만찬의 역사에서 가장 저렴한 테이블에 앉아 있으면서도 그곳의 분위기를 주도했다.

헨리에타는 거의 모든 대화를 이끌고 나가는 기묘한 능력이 있었는데, 그 능력이란 상대를 당황하게 만드는 수동적 공격성이었다. 그래서 사람들은 괜히 불쾌한 상황을 자초하느니 뜻대로 해주고 비위나 맞춰 주자고 생각해 버리는 것이다.

"그러면 핀치 씨가 맨체스터에서 어디에 묵을지 아시나요?"

"잘 모르겠습니다."

"돌아올 날짜는요?"

우즈 부인의 목소리가 점점 작아지더니 쥐꼬리만 해졌다.

"모릅니다, 부인."

샬럿은 이제 불쾌한 표정을 숨기지 않으며 한숨을 쉬었다.

"그분이 근무하는 회사 주소도 모르실 것 같군요."

"오, 그건 알아요. 입주 신청서에 적혀 있어요. 신청서는 제 사무실에 있고요. 잠시만 기다려 주세요, 컴버랜드 부인."

우즈 부인이 황급히 나갔다. 샬럿은 헨리에타의 주특기인, '내가 불쾌함을 간신히 억누르고 있다.'라는 표정을 풀었다. 헨리에타는 자신이 가질 수 없다는 사실을 잘 아는 것을 요구할 때, 사면초가에 몰린 상대방이 자신에게 지식이나 능력, 권위를 입증할 기회가 있어서 다행이라고 생각할 때까지, 매번 점점 더 불만스러운 표정을 지으며 이 기술을 유용하게 써먹었다.

우즈 부인이 서류 두 장을 들고 돌아왔다.

"이건 그분이 제출한 추천서 목록이에요. 고용주의 주소를 적어 뒀습니다, 컴버랜드 부인."

샬럿이 서류를 받아들었다.

"그 추천서 좀 볼게요."

"그러세요, 부인."

샬럿은 목록에 올라와 있는 항목 세 개를 얼른 확인했다. 런던 소재 회사 외에 옥스퍼드셔의 집주인과 같은 마을에 사는 사무 변호사의 추천장이었다.

"고마워요. 그럼 가 볼게요."

그녀는 이렇게 말하며 그 추천서를 돌려주었다.

"부인이 핀치 씨를 찾기 전에 핀치 씨가 먼저 돌아오면 찾아갈 수 있도록 주소를 남겨 두시겠어요, 부인?"

"아뇨."

샬럿은 헨리에타처럼 아주 당당하게 대답했다.

"내 주소는 남기지 않을 거예요. 핀치 씨가 혈육이라고 해도 내 집에서 만날 수는 없으니까요. 그럼 안녕히 계세요, 우즈 부인."

"레이디 잉그램이 고민거리를 가지고 우리를 찾아온 지 고작 여드레가 지났는데 당신은 이미 훌륭한 사기꾼이 되었네요."

페넬로페가 미소를 지으며 말했다.

"진실을 추구하려면 희생할 것이 많은 법이죠."

샬럿이 겸손하게 대답했다.

그녀는 페넬로페 레드메인 양이 이 계획을 재미있게 여길 거라고 생각했다. 대체로 레드메인 양은 아직도 셜록 홈스 탐정업에 발을 들인 일을 유희 정도로 생각하니 말이다. 한편 왓슨 부인은 처음부터 레이디 잉그램과 핀치 씨의 일에 대해 마음 깊이 불안을 느꼈다. 그리고 그 불안은 날이 갈수록 커졌다. 샬럿이 우즈 부인에게 다녀온 일을 들려주자 왓슨 부인은 조마조마해하며 침묵을 지키다가 가끔 작게 헉 소리를 냈다.

"잊을 뻔했네. 늦은 우편으로 화학 분석 결과가 도착했어요."

왓슨 부인이 말했다.

"제 언니에게서는 아무것도 없었나요?"

샬럿이 큰 기대 없이 물었다. 리비아의 편지가 도착했다면 왓슨 부인이 벌써 말했을 것이기 때문이다.

역시 왓슨 부인은 안쓰러운 눈빛으로 고개를 저었다.

"아뇨, 화학 분석 결과만 왔어요. 그곳에서 할 수 있는 검사는 다 했지만 모리스 부인의 비스킷에서는 어떤 독극물도 나오지 않았대요."

샬럿은 놀라지 않았다. 가정부인 번스 부인이 그렇지 않아도 그녀를 미심쩍게 여기는 모리스 부인에게 그렇게 뻔한 짓을 할 것 같지 않았기 때문이다. 그렇지만 모리스 부인이 모두 지어낸 이야기라는 생각도 들지 않았다. 모리스 부인은 자신의 건강한 체질을 설명하며 살짝 쑥스러워했지만, 속으로는 최상인 건강을 자랑스러워하고 행운을 안고 태어난 증표로 여길 것이라 추측했다.

"내가 무슨 생각을 하는지 알아요, 홈스 양? 있죠, 여기 계신 미래의 레드메인 박사님과 달리 나는 의학 교육을 받은 적은 없어요."

왓슨 부인이 말했다.

페넬로페가 앉은 자리에서 허리를 숙여 절했다.

"하지만 나는 일류 의사와 결혼했고, 덕분에 어느 정도 의학을 접할 수 있었어요."

왓슨 부인이 말을 이었다.

"내가 보기에 모리스 부인이 설명한 증상은 심각한 알레르기 증상 같아요. 그 이상도, 그 이하도 아니에요."

"부인 말씀이 옳을지도 몰라요. 잘 기억해 두겠습니다."

샬럿이 말했다.

모리스 부인이 가져온 비스킷을 전부 다 화학 분석용 증거로 보내지는 않았다. 샬럿은 제 방으로 돌아가 양철통에 넣어 둔 비스킷을 꺼내 작게 부순 후 입에 넣었다. 상당한 양의 버터에 평범한 밀가루와 설탕, 달걀을 넣어 만든 디저트 비스킷이었다. 샬럿은 생강 가루와 시나몬 가루를 넣고 그때그때 건포도나 설탕에 졸인 과일 껍질, 잘게 썬 코코넛을 더해 만든 디저트 비스킷에 익숙했다. 번스 부인의 디저트 비스킷은 훨씬 더 소박해서 향신료도 설탕에 절인 과일도 없고 오로지 레몬의 풍미가 은은하게 났다.

샬럿은 비스킷 부스러기를 조금 더 먹었다. 텁텁했지만 먹을 수는 있었다. 그녀는 진정한 미식가는 아니었다. 어쨌든 아직은 아니었다. 하지만 미각은 충분히 섬세해서 그녀가 처음에 내린 판단이 옳았다는 사실을 확인해 주었다. 이 비스킷의 재료는 밀가루와 버터, 설탕, 달걀로, 더 정확히 말하자면 노른자만 썼다. 그리고 레몬 껍질을 갈아서 조금 넣었다.

그녀는 비스킷을 마저 먹으면서 셜록 홈스 앞으로 온 우편물을 마저 확인했다. 중요한 편지는 한 통도 없었다. 그녀는 화장대에 앉아서 브러시로 빗질을 백번하며 기다렸다. 아무 증상도 나타나지 않았다. 그녀는《독약 : 효과와 발견 — 분석 화학자와 전문가용 매뉴얼》에서 안티모니에 대한 부분을 읽었다. 역시 평소 이 시간대와 몸 상태는 아무 차이도 없었다.

결국, 비스킷에 독극물 같은 건 없었다. 샬럿은 이 비스킷에 들어간 재료 중에 모리스 부인이 알레르기 반응을 일으키는 물질이 있을 수 있다고 추측했다. 하지만 재료가 워낙 평범했다. 모리스 부인은 어퍼 베이커 스트리트 18번지에 방문해 '튈'을 먹었을 때 문제의 재료 다섯 개 중 네 개를 먹었다. 하지만 아무 문제도 없었다.

혹시 레몬에 알레르기가 있나?

샬럿이 급히 편지를 썼다.

친애하는 모리스 부인,

화학 분석 보고서를 동봉합니다. 거두절미하고, 그 비스킷에서는 어떤 오염물의 흔적도 발견되지 않았습니다.

하지만 이 결과가 부인의 가정이 무조건 틀렸다는 뜻도 아닙니다.

괜찮으시다면 제 여동생을 보내 아버님 댁의 주방 공간을 살펴보고 싶습니다. 되도록 하인들이 집을 비우는 반휴일이면 더 좋겠습니다.

홈스

책상 위의 편지지는 텅 비어 있었다. 필기감이 벨벳처럼 부드러워 리비아가 가장 좋아하는 펜이 잉크병에 하릴없이 꽂혀 있었다. 리비아는 책상에 앉아 다리를 의자로 끌어 올리고 양팔로 무릎을 감싼 채 차라리 죽고 싶다고 생각하며 몸을 앞뒤로 흔들고 있었다.

그녀는 일요일에 공원에서 집으로 돌아오자마자 샬럿에게 편지를 써야만 했다. 하지만 그럴 수 없었다. 그날 하루 중 어느 때를 떠올려도 구석에 처박혀 울고만 싶었다.

맙소사, 어떻게 이런 끔찍한 일이.

그녀는 너무나 멍청했다. 너무 멍청했다. 이 아둔하고 어리석은 머리는 언제쯤 깨우칠까? 그녀 인생에서 좋은 일은 절대 일어나지 않는다는 사실을 언제쯤 제대로 깨우칠까?

이런 끔찍한 일이.

이렇게 지독히도 끔찍한 일이 또 있을까.

제12장

화요일

깜짝 놀란 문지기가 트레들스 경사와 맥도널드 경장을 안으로 들여 위층 휴게실로 안내한 후, 자신은 집 안쪽으로 더 들어가 문을 두드렸다. 몇 분 후 서른다섯 살가량의 옷도 머리도 말쑥한 남자가 휴게실로 들어왔다.

"에인슬리 씨?"

트레들스가 물었다.

"저는 템플이라고 합니다. 에인슬리 씨를 모시고 있습니다."

그렇다면 시종이었다. 트레들스는 자신과 맥도널드를 소개했다.

"에인슬리 씨가 댁에 계신가?"

"계십니다. 하지만 런던에서 밤을 보내고 막 돌아오신 게 아니라면 이 시간에는 절대 일어나지 않으십니다. 차를 드시겠습니까?"

차라는 소리에 구미가 당겼다. 트레들스는 맥도널드가 아침부터 찾아와 잔뜩 흥분해 문을 두드리는 바람에 아침 식사도 내버려두고 나왔다. 그도 그럴 것이 맥도널드가 전날 들어온 실종 신고서를 찾아냈는데, 그들의 피살자와 실종자의 인상착의가 정확히 일치했기 때문이었다.

"고맙네, 그래 주면 좋겠군."

두 사람은 시종을 따라 아프리카코끼리 그림이 분위기를 압도하는 작은 응접실로 들어갔다. 템플은 차뿐만 아니라 버터 바른 토스트와 머핀, 마멀레이드, 딸기와 포도가 담긴 그릇까지 내온 후 주인을 다시 깨우려고 급히 나갔다.

"누가 저를 '시중'들어 주는 것도 괜찮겠는데요."

맥도널드가 머핀을 하나 먹으며 말했다.

트레들스는 불평할 수 없었다. 그는 시종은 없지만 결혼을 한 후 식사는 어떻게 준비되는지, 옷을 빨아야 할 때가 지났는지 한 번도 걱정해야 할 필요가 없었다.

집 앞쪽에서 웅얼거리는 듯한 템플의 목소리가 들렸다.

"에인슬리 씨, 제가 다시 오면 일어나실 거라고 하셨잖습니까. 이제 일어나셔야 합니다. 경사님을 기다리게 하실 수는 없습니다. 여기 찾아온 용무가 뭐냐고요? 말씀드렸잖습니까. 헤이워드 씨 일이라고요."

"헤이워드?"

잠이 덜 깬 목소리가 들렸다.

"잠깐! 헤이워드 이야기는 안 했잖나?"

"말씀드렸습니다."

"아니, 안 했어. 오, 젠장, 커튼 열지 마. 환해서 눈이 아프잖아. 옷 좀 입혀 주게. 커피도 한 잔 타오고, 알겠나?"

"커피는 이미 퍼컬레이터에 있습니다. 면도해 드릴까요?"

"짭새들을 기다리게 하면 안 될 것 같은데."

"그렇지만 이런 꼴로 손님을 맞을 수는 없습니다!"

"괜찮아. 이런 꼴을 본 사람이 한두 명이 아니라네. 이래도 대영 제국의 해는 절대 지지 않아."

잠시 후 눈은 붉게 충혈되고, 모래빛 턱수염이 까칠하게 났고, 배가 슬슬 나오기 시작한 젊은 남자가 과하게 자수를 놓은 검은색 가운을 입고 나타났다. 그는 두 경찰과 대충 악수하고 맞은편에 앉았다.

"무슨 일로 오셨습니까, 두 분? 오, 고맙네, 템플. 자네는 천사야."

"지난밤에 실종 신고를 하셨죠, 리처드 헤이워드 씨 말입니다. 신고서를 보면 그분의 주소가 에인슬리 씨와 동일하더군요."

트레들스가 말문을 열었다.

에인슬리가 마신 커피 첫 모금이 그의 정신을 확 깨웠다. 그는 아까보다 정신도 맑아지고 발음도 또렷해졌다.

"네. 헤이워드는 이 복도 끄트머리에 있는 방을 씁니다. 경찰이 이렇게 유능한 줄 몰랐네요. 그 친구를 금방 찾을까요? 하다못해 돌아와서 기니피그를 데려가야 할 텐데."

"기니피그라고요?"

"네, 한 마리 키우는데, 방치된 채 거의 죽을 뻔했죠."

"네?"

"그렇다니까요, 귀여운 녀석. 이름이 삼손이에요. 우리끼리 하는 말이지만 데릴라가 될 수도 있었어요. 아무튼 헤이워드와 나는 지난 목요일에 새로 문을 연 레스토랑에서 저녁을 먹을 계획이었죠. 헤이워드는 먼저 집에 들러서 한잔한 후에 함께 나갈 작정이었습니다. 그래서 기다렸는데 아무리 기다려도 안 오더군요. 그의 방을 두드려 봤지만 대답도 없고요. 그 친구가 약속을 잊고 다른 친구들과 즐기는 중이라고 생각하고 혼자 저녁을 먹으러 나갔습니다.

돌아와서 문을 두드렸는데 여전히 대답이 없는 거예요. 어떻게 돼먹은 자식이냐고 쓴 쪽지를 문틈으로 밀어 넣었죠. 집에 오면 사과하러 올 줄 알았거든요. 적어도 해명이라도 할 줄 알았어요. 그런데 나를 찾아오지도 않는 거예요. 그렇게까지 나오는데 뭘 어쩌겠어요? 원래 그렇게 생겨 먹은 사람들이 있는 법이죠.

그런데 토요일에 집주인이 와서 헤이워드를 못 봤느냐는 거예요. 이번 주 집세를 받아야 하는데 그 친구가 오지 않았다는 겁니다. 그래서 생각해 보니 목요일 이후로 그를 본 적이 없더라고요. 슬슬 걱정되더군요. 집주인이 그의 방문을 열었습니다. 어떤 광경이었는지 짐작도 못 하실 거예요. 그의 방을 누가 마구잡이로 뒤졌지 뭡니까. 템플은 해머 부인을 위해 스멜링 솔트를 가져와야 했죠. 다 같이 그 방을 나서다가 내가 우리에 든 삼손을 봤어요. 그 가여운 녀석이 굶어 죽기 직전이더군요. 그날 내내 템플이 돌봐 줘서 간신히 기운을 차리게 했어요. 끝내주는 간호사죠, 템플

말입니다. 솜씨가 일품이죠.”

“해머 부인은 경찰에 이 일을 신고하지 않았던데요.”

에인슬리가 고개를 가로젓더니, 경솔했다고 생각했는지 대신 어깨를 으쓱했다.

“신고해야 한다고 부인에게 말했습니다. 하지만 집을 뒤집어 놓은 사람이 헤이워드가 아니라는 증거도 없다고 하시더군요. 짐작되시죠. 혹시라도 이 집에 불상사가 생겼다고 사람들이 생각할까 몸을 사리는 겁니다. 강요할 수는 없었습니다. 하지만 그 후로도 사십팔 시간 동안 그 친구가 나타날 기미도 보이지 않자 뭐라도 해야겠다는 생각이 들더군요. 우연히 경찰서를 지나가다가 의무를 다하자는 생각을 했죠.”

“그 방을 볼 수 있을까요?”

“그럼요. 그런데 제가 템플에게 정리를 해 두라고 했습니다. 헤이워드의 일주일 치 방세도 지불했고요. 그가 아편굴에서 뒹굴고 있을지 모르니까요. 집에 왔더니 누가 짐을 다 치워 버리고 다른 사람이 살고 있으면 황당하지 않겠어요, 그렇죠?”

트레들스가 인상을 썼다.

“헤이워드 씨가 아편을 하십니까?”

“제가 아는 한 그런 습관은 없습니다. 하지만 일주일 내내 여기저기 쏘다니며 허랑방탕하게 놀아 보지 않은 사람이 어디 있겠어요?”

에인슬리는 일주일 내내 여기저기 쏘다니며 ‘허랑방탕하게 살았던 사람이라 그런 쪽으로는 꿰뚫고 있다’라는 듯한 분위기를 풍기며 말했다.

트레들스는 그가 토스트 한 장을 다 먹을 때까지 기다렸다가 말했다.

"맥도널드 경장과 내가 오늘 이곳을 방문한 이유는 실종 사건 수사 담당이라서가 아닙니다. 에인슬리 씨가 신고한 헤이워드 씨의 인상착의가 신원 미상의 피살자와 일치하기 때문입니다."

에인슬리는 커피를 마시다가 목에 걸렸다.

"뭐라고요?"

"함께 가셔서 신원을 확인해 주시기 바랍니다."

에인슬리가 트레들스를 본 뒤 맥도널드를 보다가 다시 트레들스를 보았다.

"젠장. 아, 죄송합니다, 그런데, 그런데 농담이시죠?"

두 사람은 죽어도 농담이 아니라고 확실히 말했다.

"그 사람이 맞는다면 이런 꼴로 보러 갈 수는 없지요, 그럼요."

넋이 나간 에인슬리는 이런 말을 주절거린 후 면도를 하고 옷을 입으러 갔다. 트레들스와 맥도널드는 에인슬리가 가지고 있던 헤이워드의 방 열쇠를 받았다.

"해머 부인이 제게 열쇠를 맡겼습니다. 삼손은 제집에 있어야 한다고요. 그곳을 제일 편안하게 느낄 거라고."

템플이 최선을 다해 정리한 덕에 그곳은 다시 봐 줄 만한 상태가 되어 있었다. 하지만 그런 그도 가구 수리 솜씨는 없었는지 작은 방에 부서진 의자들을 쌓아 두기만 했다. 헤이워드에게 시종이 있었다면 그 시종이 썼을 만한 방으로 가구라고는 선반과 작은 침대밖에 없었다.

누군가가 귀중품을 찾아 집을 뒤진 것이 분명했다. 그리고 그 귀중품이란 속이 빈 의자 다리에 집어넣을 수 있을 정도로 작은 것임이 틀림없었다. 헤이워드가 아무 문제 없이 튼튼한 의자 다리를 어쩌다 톱으로 썬 것이 아니라면 말이다.

맥도널드는 창가로 가 기니피그의 우리 안으로 손가락을 넣어 귀 사이를 긁어 주었다.

"네가 말만 할 수 있었어도, 삼손."

두 사람은 그로부터 십 분 정도 방을 더 수색했다. 그리고 깨끗하게 면도를 하고 점잖게 차려입은 에인슬리를 데리고 시체 안치소로 출발했다.

왓슨 부인은 아침마다 어퍼 베이커 스트리트 18번지로 온 우편물을 확인하는 습관이 생겼다. 맨 처음에 온 편지 두 통은 우편물 투입구로 들어와 있었던 바람에 그녀와 샬럿이 의뢰인과 잡은 약속에 맞춰 방문했다가, 그만 밟아 버렸다. 여전히 광고물이나 팸플릿이 더 많이 왔지만 최근 들어 의뢰인이 보낸 감사 카드와 선물 꾸러미도 점점 늘어났다.

이틀 전 두 사람은 오페라 표를 두 장 받았다. 그 표는 다시 드블루아 레이디들에게 선물했다. 그보다 사흘 전에는 고급 위스키 한 병이 도착했다. 홈스 양에게 자두 케이크를 선물할 생각을 떠올린 사람은 아직 없었지만, 그것도 시간문제일 것이다.

그런데 오늘 아침 어퍼 베이커 스트리트에 도착한 우편물을 본 왓슨 부인은 기분이 썩 좋지 않았다. 집으로 돌아와 아침 식탁 위로 그 우편물을 내팽개치지 않기 위해 자제심을 발휘해야 할 정도였다.

외출하려고 옷을 갈아입은 샬럿은 편지 봉투에 타자로 친 주소를 보고는 한숨을 쉬었다. 그녀는 접시에 올린 수란을 다 먹고 손가락을 냅킨으로 닦은 후 편지로 손을 뻗었다.

왓슨 부인은 내용을 알고 있었다.

친애하는 홈스 양,

당신이 말씀하신 고귀한 도덕적 명분, 다 옳아요. 내게 관심을 잃은 남자의 행방을 찾는 일이 내 지성에 대한 모욕이며, 유부녀로서의 행실에 오명이 되리라는 비난도 인정해요.

그럼에도 불구하고 나는 모든 것을 더는 신경 쓰지 않기로 했어요.

나는 핀치 씨와 만나서 이야기를 해야 해요. 그거면 돼요.

제발, 이렇게 간청하니 그 사람의 주소를 알려 주세요.

핀치 부인

샬럿이 일어섰다.

"이 자리를 뜨기 전에 머핀을 하나 더 먹고 싶었어요. 그런데 다시 생각해 보니 머핀을 몇 개 먹더라도 여전히 더 먹고 싶을 것 같아요."

두 사람은 응접실에 자리를 잡았다. 그곳에서 왓슨 부인은 샬럿이 불러 주는 대로 짧은 편지를 썼다.

친애하는 핀치 부인,

핀치 씨는 두 주 예정으로 런던을 비웠습니다. 그분이 돌아오는 대로 부인을 대신해 조사를 진행하겠습니다.

홈스

왓슨 부인이 편지를 봉했다.
"이 주 동안 런던에 없는 건 확실한 거죠?"
"어제 우즈 부인이 핀치 씨가 이 주 치 집세를 미리 냈다고 했어요. 그러니 그동안 런던에 없다고 해도 아무 문제가 없을 거예요."
샬럿이 시계를 보았다.
"이제 하루를 시작해 볼까요?"

적어도 그 시체는 이름을 찾았다. 런던에 사는 리처드 헤이워드.
불행히도 에인슬리는 죽은 친구에 대해 아는 것이 전혀 없었다. 그는 헤이워드가 언제부터 그 방에 살기 시작했는지도 기억하지 못했다.
"넉 달 전. 아니 반년인가? 어쨌든 올해였어요."
그는 헤이워드가 그전에 살던 곳도 몰랐다.

"아마 노포크일 거예요. 아니다, 서포크였나?"

트레들스가 고인의 직업을 묻자 그는 반쯤은 겁에 질린 반응을 보였다.

"나는 절대 그런 질문을 하지 않아요. 그러면 애초에 상대방을 먹고살려고 고생스럽게 일하는 사람으로 봤다는 뜻이잖습니까."

트레들스는 자신의 일에 헌신하는 사람이라 인구의 일정 부분에 해당하는 사람들은 생계를 직접 책임지는 일을 불명예의 증표로 생각한다는 사실을 곧잘 잊곤 했다. 일에 진지한 관심을 가지고 소명이라 여기는 사람도 있을 것이다. 하지만 정직한 노동으로 대가를 받는 행위는 하층 계급의 몫이었다.

"그 사람이 일 이야기를 한 적은 없는 것 같아요. 아침에 일찍 일어나야 한다고 투덜대는 소리는 못 들었거든요. 하지만 까놓고 말해서 그가 신사였는지 확신은 못 하겠어요. 신사 계급 말이에요. 물론 그가 전적으로 신뢰할 수 없는 인물이었다는 뜻은 아니고요."

트레들스는 이해했다. 에인슬리의 말은 헤이워드가 그와 같은 계급 출신이 아니라는 뜻이었다.

트레들스는 헤이워드가 집주인에게 제출했던 추천서를 확인하려고 헤이워드의 생전 거처로 돌아갔다. 그러나 해머 부인은 석 달 치 방세를 미리 내는 사람에게는 추천서를 요구하지 않는다는 사실만 확인해 줬다.

트레들스는 대신 시종인 템플과 이야기하고 싶다고 했다. 템플은 자신의 일을 하는 작은 방에 있었다. 그는 에인슬리 씨의 부츠에 광을 내고 셔츠를 다림질하는 사이사이에 트레들스의 질문에 대답했다.

템플의 대답에 따르면, 헤이워드 씨는 사월 첫 주에 이사를 왔다. 그리고 이 증언은 해머 부인의 기록과도 일치했다. 템플은 해머 부인으로터 새 세입자에 대한 이야기를 들었을 때, 에인슬리 씨의 새 여름 재킷을 재단사에게서 찾아오는 길이었에 상세히 기억하고 있었다. 왜냐하면 그는 항상 사월 첫째 주에 주인의 여름옷을 받아 오기 때문이다.

삼 주 후 에인슬리가 저녁을 같이 먹자며 헤이워드를 자신의 방으로 초대했다. 템플은 자신의 다이어리에 장을 볼 목록을 기록해 두었기 때문에 그 날짜를 기억하고 있었다. 그는 기꺼이 자신의 기록을 트레들스에게 보여 주었다. 구입 품목은 보르도산 적포도주 한 병, 샴페인 한 병, 생수 세 병, 송아지 커틀렛, 양고기 등심, 딸기 타르트, 해로즈 백화점의 롤 케이크였다.

“소박한 빵을 내도 상관은 없겠지만, 화려한 케이크를 샀답니다.”

템플이 변명하듯 말했다.

“나는 여동생의 생일 선물로 머랭 케이크를 사려고 돈을 모으고 있어요. 동생이 전부터 먹어 보고 싶어 해서.”

맥도널드가 말했다.

“오, 그 케이크는 너무 예뻐서 먹기가 아까울 정도죠.”

트레들스가 목청을 가다듬었다.

“템플, 헤이워드 씨가 해머 부인의 세입자가 되기 전에 어디에 살았는지 아나?”

“묻지 않았습니다. 그분은 에인슬리 씨의 친구지 제 친구는 아니니까요."

"에인슬리 씨는 그 사람이 신사 계급은 아닐 거라고 하던데. 자네 짐작도 그런가?"

"그렇습니다. 헤이워드 씨는 적절한 교육을 받으신 것 같습니다. 지방 억양이 아니었거든요. 무슨 뜻인지 짐작하시겠죠. 하지만 재산이 넉넉한 집안은 아니었을 겁니다. 아예 빈털터리 집안이었을 수도 있고요."

"그걸 어떻게 아나?"

템플은 얼굴을 반쯤 찡그렸다.

"말씀드리기는 어렵습니다. 그냥 아는 거죠. 가령, 여기서 저녁을 드신 날, 헤이워드 씨는 주인님에게 훌륭한 코냑 한 병을 사오셨습니다. 저녁 식사는 유쾌한 분위기로 잘 끝났죠. 그런데 돌아가시면서 제게 팁을 주시는 겁니다."

템플이 고개를 가로젓는 모습만 보면, 헤이워드가 팁 대신 현관에서 물구나무서기라도 한 것 같았다.

"그러니까 그 관대한 마음씨에는 감사드립니다. 하지만 그날은 그저 저녁 식사였습니다. 그분이 며칠을 머무르셨고 제가 시중을 들었다면 그때는 당연히 팁을 주셔야겠죠. 하지만 그날은 저녁 식사가 다였습니다. 그런데 팁을 아주 듬뿍 주시더군요. 그건 주머니 사정이 넉넉해진 건 아주 최근이라는 뜻이죠. 신흥 부자도 아니었습니다. 그런 부자라면 아버지 대에서 재산을 일궜겠지요, 그리고 선대가 부유했다면 시종을 어떻게 대하는지 아셨을 겁니다. 제 의견을 말씀드리자면, 고작 몇 년 전에 생각지도 못한 유산을 받았을 겁니다."

트레들스는 누군가의 출신을 이렇게 간단하게 추측하는 모습을 볼 때마다 매번 놀라웠다. 어떤 점에서는 소름이 끼치기도 했다. 고인과 고작 세 문장 정도를 주고받았을 뿐인데 재산을 손에 넣은 시기를 날카롭게 꿰뚫어 보는 통찰력이라니.

템플이 헤이워드의 내밀한 삶에 대해서 많은 이야기를 들려줄 수 있을지는 몰라도, 그의 혈통이나 혹은 내세울 만한 혈통이 아니라는 사실은 이 사건을 해결하는 데는 아무런 쓸모가 없었다. 트레들스는 템플에게 감사를 표한 후 헤이워드의 방을 다시 보고 싶은데 열쇠가 있는지 물었다. 그리고 나가면서 무심코 이렇게 물었다

"혹시 헤이워드 씨에게 앙심을 품고 있을 만한 사람을 아나?"

템플이 잠시 생각에 잠겼다.

"그런 건 모릅니다. 그런데 생각해 보니 헤이워드 씨는 아셨을지도 모르겠군요."

"그게 무슨 뜻인가?"

"제 일과는 일정합니다. 에인슬리 씨도 마찬가지고요. 비록 다른 사람들보다 세 시간 늦게 시작하기는 하지만요. 그래서 저는 주인님의 시중을 들기 위해 필요한 것을 가지러 매일 거의 같은 시간에 이곳을 드나듭니다. 가끔은 주인님이 평소와 다른 걸 원하실 때가 있죠. 아니면 제가 다른 건 다 샀는데 깜박하고 베이컨을 빠트린 게 뒤늦게 기억나기도 하고요. 그럴 때면 한 번 더 나갔다 와야 합니다. 그런데 희한하게도, 제가 예정에 없던 외출을 하고 여기로 돌아오면, 헤이워드 씨의 문이 삐걱 열리는 소리가 들렸습

니다. 고개를 돌려 그쪽을 보면 그분은 이미 문을 닫아 버린 후였죠. 매번 그랬습니다.

그때는 그 일을 깊이 생각하지 않았습니다. 잘 놀라는 사람들이 있으니까요. 하지만 그분에게 그런 변고가 일어난 것을 보니 어쩌면 '그분'은 자신의 신변에 끔찍한 일이 일어나지 않을까 노심초사하셨던 것 같습니다. 복도에 사람이 없을 시간에 인기척이 들릴 때마다 신경이 곤두섰을 겁니다. 인기척의 정체가 그분을 해치러 온 사람이 아니라 베이컨이나 에인슬리 씨의 면도 파우더를 가지고 돌아온 저였는지 확인해야 했던 거겠죠."

템플은 잠시 생각해 보더니 고개를 끄덕였다.

"그렇습니다, 저는 그분이 겁에 질려 계셨던 것 같습니다."

"음, 그것참 빨랐네요."

왓슨 부인은 '공인 회계사 노튼 앤드 픽슬리' 사무실을 나오며 말했다.

두 사람은 핀치가 그곳에서 일한 지 육 주 만에 사표를 냈다는 사실을 확인했다. 그 말은 지난 두 달 동안 일을 하지 않았다는 뜻이었다. 적어도 노튼 앤드 픽슬리의 직원은 아니었다.

왓슨 부인은 핀치가 샬럿의 형제이므로 굳이 말하고 싶지 않았지만, 아무래도 레이디 잉그램이 그 사람의 성격을 완전히 착각하고 있다는 생각이 자꾸 들었다. 그가 하숙집에서는 모두에게 호감을 샀는지 몰라도 이 시점에서는 그를 '신뢰할 수 있는 사람'이라고는 말할 수 없었다.

"해로즈 백화점으로 가 주세요."

왓슨 부인의 마차에 오르자 샬럿은 마부인 로슨에게 지시했다.

"해로즈 백화점? 백화점에서 사야 할 물건이 있어요?"

"지금 미행을 당하고 있어요."

샬럿이 자리에 앉으며 말했다.

"해로즈 백화점이면 우리 허락도 없이 따라다니는 불청객을 떼어 낼 수 있을 거예요. 치즈 코너에 가 본 지도 한참 되었고요."

왓슨 부인은 가슴이 두근거리기 시작했다. 물론 얼마 전까지도 그녀의 집을 감시했던 자들이 어느 순간 재개할 가능성을 염두에 두고 있었지만, 모리아티와 연관됐을지도 모를 말썽이 영원히 사라졌기를 간절히 바랐기 때문이다.

마차는 뒤편에 창문이 없었다. 그래도 왓슨 부인은 속이 울렁거릴 듯한 불안을 이기지 못하고 연신 뒤를 돌아보며 진홍색 양단을 씌운 뒷면을 바라보았다.

"걱정하지 마세요. 조만간 미행자들을 따돌릴 거예요."

샬럿이 차분하게 말했다.

"그래 봤자 다시 집으로 되돌아가서 우리를 미행할 다음 기회를 기다릴 거예요."

왓슨 부인의 말에 샬럿은 아무 말도 하지 않았다.

두 사람은 해로즈 백화점으로 들어가서도 여전히 입을 다문 채 다양한 판매대를 지나쳐 치즈 코너에 잠시 들렀다. 참새가 방앗간을 못 지나가듯 그들이 직원용 출입구로 백화점을 나설 때 샬럿은 막 구입한 비스킷 한 통을 품에 안고 있었다.

두 사람을 태운 마차가 달리기 시작하자 왓슨 부인이 물었다.

"핀치 씨가 우즈 부인에게 사 줬다는 체더치즈의 정체가 이거였군요?"

샬럿이 고개를 끄덕였다.

"아주 훌륭한 추리예요, 부인. 치즈 코너에 잠시 들른 덕분에 서머싯까지 가지 않아도, 상을 받은 체더치즈를 길모퉁이 우체국을 가는 것만큼 간단하게 손에 넣을 수 있다는 사실을 확인했어요."

두 사람의 다음 목적지는 모리스 부인의 아버지인 스완슨 박사의 집이었다. 그곳에 도착하자 샬럿은 미행당하지 않았다고 말했지만 안도의 한숨을 쉰 것도 잠시, 왓슨 부인은 곧 불안해졌다.

모리스 부인은 매우 반갑게 두 사람을 맞았다. 그날은 하인들의 반휴일은 아니었지만, 가정부인 번스 부인은 두 시간 정도 무료 급식소에 봉사 활동을 가고 없었다. 마침 하녀들도 다 데려간 덕분에 모리스 부인은 왓슨 부인과 샬럿에게 부엌과 식품 저장실, 창고를 보여 주었다.

"건강하게 잘 지내시는 것 같군요, 모리스 부인?"

샬럿이 물었다.

"네, 천만다행으로요. 하지만 번스 부인의 식품 저장실에서 나온 건 절대 먹지 않았어요."

모리스 부인이 쾌활하게 말했다.

식품 저장실은 완벽하게 정리되어 있었다. 라벨을 깨끗하게 떼고 잼과 젤리, 저장 과일, 채소를 넣어 둔 병들이 개가식 선반에 알파벳 순으로 놓여 있었다. 설탕에 절인 생강과 파인애플, 과일 껍질이 들어 있는 병들도 있었다.

샬럿은 모든 병을 주의 깊게 살펴보았다. 특히 설탕에 졸인 과일 껍질을 좀 더 자세히 보았다.

"맛있는 과일 케이크를 만들 수 있겠어요."

왓슨 부인은 샬럿이 어떻게 의뢰인의 문제에 집중할 수 있는지 알 수 없었다. 모리스 부인은 알레르기가 있을 뿐이다. 하지만 샬럿은 아내가 죽음을 가장해 몸을 숨길 정도로 무시무시한 남자의 관심을 받고 있지 않은가.

뱅크로프트 애시버튼 경마저 흠칫 놀랄 정도로 사악한 남자 말이다.

모리스 부인이 인상을 썼다.

"나는 말린 과일을 좋아하지 않아요. 건포도를 가장 싫어하지만 다른 것들도 마찬가지죠."

그 말을 듣고 나니 번스 부인의 식품 저장실에 말린 과일이 많이 남아 있는 이유를 알 것 같았다.

"그런데 여기 파인애플이 있어서 놀랐어요. 우리 집에는 열대 과일을 좋아하는 사람이 없거든요."

모리스 부인이 말했다.

"그래요?"

샬럿이 감겨 있는 노끈 뭉치들을 손으로 훑으며 되물었다.

왓슨 부인도 머릿속의 잡념을 몰아내기 위해 샬럿처럼 노끈을 만졌다. 대부분 삼베를 꼬아 만든 끈이었지만 마지막 뭉치는 촉감이 조금 달랐다. 좀 더 뻣뻣하고 거칠었다. 코이어•인가?

"나는 인도에서 태어났어요. 아빠는 우리 가족이 인도와 맞지 않았다고 하셨어요. 엄마는 말라리아에 걸리셨고, 아빠는 뎅기열에 걸리신 적이 있죠. 나는 지독한 땀띠로 고생했고요. 우리 가족은 망고든 잭푸르트든 뭐든 열대 과일은 좋아하지 않아요."

왓슨 부인은 가정부 번스 부인이 개인적으로 설탕에 졸인 파인애플을 좋아할 수도 있다는 말은 굳이 하지 않기로 했다. 그녀는 번스 부인이 안됐다는 생각이 슬슬 들기 시작했다. 그녀는 맡은 일을 무척 훌륭하게 해내는 것 같았다. 그런데도 그녀는 지금 이 자리에서 은밀한 조사의 대상이 되어 어쩌면 추천장 한 장 없이 내쫓길 위기에 처한 신세였다.

이런 상황에서도 모리스 부인의 태도만큼은 칭찬할 만했다. 그저 자신의 말을 진지하게 들어줘서 고마워하는 듯했다. 우쭐해하거나 자신은 불운한 피해자라는 입장에 푹 빠져 있는 기미도 없었다. 설령 그런 기미가 있다고 해도, 왓슨 부인은 모리스 부인이 이런 일이 일어나기를 바라지 않았다는 인상을 받았다.

샬럿이 커피 분쇄기 옆에 있는 얕은 냄비를 가리켰다.

"번스 부인은 커피를 직접 볶으시나요?"

"네. 번스 부인의 커피 볶는 솜씨는 정말 훌륭해요. 나는 원래 커피를 마시지 않지만 여기 오면 종종 마셔요."

"그분이 갈아 놓은 원두를 쓰시나요?"

• 코이어 코코넛 겉껍질로 만든 섬유. 깔개나 밧줄을 만들 때 쓴다.

"아뇨. 번스 부인은 커피를 추출한 후 우유를 넣어서 아빠의 모닝 커피로 내가요. 파리에서 파는 카페 라테만큼이나 훌륭하답니다. 그 외에는 매일 하루치 원두를 볶고 갈아 둬요. 대체로 점심 전에요."

"정말 호사스럽네요."

샬럿이 감탄한 듯 말했다.

"정말 그래요."

모리스 부인이 끙 소리를 냈다.

"그것만으로도 번스 부인을 해고하기 힘들어요. 아빠는 커피를 끔찍이도 좋아하시고 커피에 대단히 까다로우시거든요. 아빠는 집안일은 전혀 못 하세요. 꼭 필요한 일이 아니라면요. 그런데도 때때로 직접 드실 커피 원두를 갈아서 설명서대로 정확하게 퍼컬레이터로 커피를 내리시죠. 물론 이제는 안 하세요. 번스 부인의 솜씨가 너무 훌륭하니까요."

샬럿이 검지로 자신의 턱을 두 번 두드렸다.

"주방과 관련해서 제가 봐야 할 부분은 다 봤습니다. 번스 부인이 계실 때 저희를 초대해서 차나 커피를 대접해 주시겠어요? 오라버니가 그분이 일하는 모습을 궁금해했어요."

"그럼요. 하지만 당장은 힘들어요. 아빠와 함께 짧게 휴가를 다녀오려고 하거든요."

모리스 부인이 갑자기 활기를 되찾으며 말했다.

"있죠, 아빠는 아직도 제가 런던과 맞지 않아서 공기가 덜 오염된 곳으로 가면 좋아질 거라고 생각하세요. 그래서 내일 바닷가로 여행을 가기로 했어요."

"정말 즐거운 여행이 되실 거예요."

"네, 예전 같을 거예요. 그나저나 이렇게 오셨으니 차를 드시고 가세요. 포트넘 앤드 메이슨에서 정말 맛있는 비스킷을 사 왔거든요."

"혹시 저희 것도 받아 주신다면요. 우연히 좀 전에 해로즈 백화점에서 비스킷을 샀거든요. 이 비스킷과 포트넘 앤드 메이슨의 비스킷을 비교해 봐도 좋겠어요."

샬럿이 말했다.

모리스 부인은 잠깐 당황한 것 같았다. 손님이 자신의 비스킷으로 주인을 대접하겠다고 하는 날은 흔치 않으니 말이다. 하지만 그녀는 흔쾌히 수락했다.

"그럴까요? 좋아요."

스완슨 박사의 응접실은 최근에 실내 장식을 다시 한 듯했다. 그곳은 감탄이 나올 정도로 단순함을 강조한 곳이었다. 모든 무늬는 유행하는 꽃과 동물이었으며, 가재도구는 소박하기 이를 데 없었다. 무엇보다 그곳에는 잡다한 살림 도구들이 전혀 없어서 왓슨 부인은 휑하게 느껴질 정도였다. 옛날 느낌이 나는 잡다한 살림살이를 좋아하는 왓슨 부인은 자고로 집이란 사람 사는 냄새가 나야 한다고 생각하는 사람이었기 때문이다.

"정말 현대적인 방이네요."

샬럿이 레몬 비스킷 통을 열어 모리스 부인 쪽으로 내밀며 말했다.

"다들 그러시더군요."

모리스 부인의 입술이 살짝 비뚤어졌다. 그녀는 샬럿이 내민 통에서 비스킷을 하나 집었다.

"나는 예전 분위기가 더 좋아요. 물론 엄마가 사 모으셨던 장식품을 죄다 꺼내 놓을 필요는 없다고 생각해요. 하지만 그 물건들을 몽땅 팔아 버리다니, 엄마를 떠올리면 섭섭한 마음을 지울 수가 없어요. 이게 다 번스 부인의 영향일 거예요."

"그런가요?"

샬럿이 평소처럼 차분하게 대꾸했다.

"아빠는 번스 부인의 취향이 훌륭하다고 생각하세요. 음, 그런데 이 비스킷 정말 맛있네요. 어디까지 이야기했죠? 아, 그래요. 아빠가 다른 여자 이야기를 하는 걸 들어 본 적이 없어요. 그 사람이 아빠를 완전히 휘어잡은 것 같아요, 홈스 양."

그들이 그녀의 아버지를 마법으로 불러내기라도 한 듯 현관문이 열리는 소리가 났다. 잠시 후 남자가 응접실로 머리를 들이밀었다.

"거기 있었구나, 클라리사. 눈치 없이 불쑥 나타난 건 아닌지 모르겠구나."

드디어 스완슨 박사를 만났다. 그는 키가 크고 몸이 꼿꼿한 데다 걸음걸이는 경쾌하고 희끗희끗한 머리는 풍성했다. 왓슨 부인은 어째서 그가 연로한 노인일 거라 단정했는지 알 수가 없었다. 모리스 부인의 말로는 그의 아버지는 예순세 살이니 왓슨 부인보다 열 살이 많았다. 정작 그녀도 자신이 고작 십 년 만에 폭삭 늙을 거라고 생각한 적은 없지 않은가. 그녀는 결국 젊지 않은 사람들에게도 노년은 생경한 섬이고, 그곳의 주민들은 동정과 의혹의 눈초리를 받는다는 사실을 새삼 되새겼다.

모리스 부인은 두 사람을 자선 편물 모임에서 만난 새 친구들이라고 소개했다. 왓슨 부인은 속으로 깔깔 웃었다. 그녀는 바느질 솜씨가 훌륭해서 다른 사람들의 무대 의상을 맵시 있게 잘 만들었지만, 뜨개질로는 먹고살 수가 없었다. 흠, 홈스 양은 어떨까. 왓슨 부인은 나중에 홈스 양에게 여성스러운 기술을 익혀 본 적이 있는지 물어봐야겠다고 생각했다.

스완슨 박사가 두 사람에게 손을 내밀어 악수를 청했다. 손아귀 힘은 강했지만, 과할 정도로 힘을 주지는 않았다.

"클라리사에게 손님이 오실 줄 알았다면 커피를 내려 뒀을 텐데."

"어머나, 아쉬워라. 저는 커피를 정말 좋아해요."

샬럿이 말했다.

"우리 가정부가 커피 내리는 솜씨가 탁월하죠. 하지만 아쉽게도 오늘은 무료 급식소에 봉사 활동을 갔답니다."

샬럿이 과장되게 한숨을 쉬었다.

"우리 가정부도 커피 내리는 솜씨를 키우면 좋을 텐데. 내리는 커피마다 너무 써요."

"우리는 번스 부인이 있으니 정말 다행이죠. 이전 가정부가 있을 때도 아무 불만이 없었어요. 몹시 양심적인 사람이었죠. 하지만 그 사람이 내린 커피는 손님에게 대접할 수준이 아니었어요."

모리스 부인은 번스 부인에 대한 칭찬을 질리도록 들었는지 아버지의 소매에 손을 올렸다.

"이 숙녀분들에게 곧 떠날 휴가를 이야기하던 중이었어요."

그 후로 그들은 화기애애한 분위기에서 여행에 대해 이야기꽃을 피웠다. 샬럿과 왓슨 부인이 마침내 자리에서 일어나자 모리스 부인이 말했다.

"어머, 가져오신 비스킷요, 홈스 양. 잊고 가실 뻔했어요."

"그냥 드세요. 저보다 더 맛있게 드실 것 같아요."

샬럿이 말했다.

샬럿과 왓슨 부인은 남은 오후를 핀치가 옥스퍼드셔에서 받은 추천장 두 장의 진위를 확인하느라 다 보냈다. 결국 두 장 다 전혀 믿을 수 없다는 결론에 도달했다.

그가 예전에 살았다고, 기록한 주소는 실제로 독신 남성 전용 하숙집이었지만 그곳의 집주인은 마이런 핀치에게 추천장을 써 준 것은 고사하고 그런 사람을 하숙인으로 받은 기억도 없었다.

나머지 추천장을 쓴 변호사는 반년 전에 은퇴해서 유럽 대륙과 레반트•를 일주하는 여행을 떠나고 없었다. 그는 최소 일 년 반 후에나 돌아올 예정이었다.

두 사람은 허기가 지고 여기저기 다니느라 쑤시는 몸을 안고 집으로 돌아왔다. 더 정확히 말해서 샬럿은 배가 고팠고, 왓슨 부인은 늙어 가는 허리에 대해 불평을 늘어놓았다. 왓슨 부인은 페넬로페에게 마사지를 받았고, 샬럿은 마담 가스코뉴의 비밀 조리법으로 만든 파테를 바른 샌드위치를 먹었다.

잠시 후 두 사람은 응접실에 모여서 이제 좀 살 것 같다는 말을

● **레반트** 지중해 동쪽 연안 지역

나누었다.

“언젠가는 나도 그 파테 샌드위치보다 더 쓸모 있다는 사실을 증명하는 날이 와야 할 텐데. 정말이지 파테 샌드위치가 영웅적인 공헌을 했어요.”

페넬로페가 웃으며 말했다.

“당신은 젊은 데다 야심까지 대단하시네요, 레드메인 양. 나는 파테 샌드위치보다 가치 있는 존재가 될 수 없다는 사실을 일찌감치 깨달았거든요.”

샬럿이 말했다.

“그렇다면 새로운 목표를 세워야겠어요. 아하, 정했어요. 내 목표는 핀치 씨 같은 골칫덩이가 되지 않는 거예요.”

“평소 같은 상황이라면 내 조카에게 말이 너무 심하다고 잔소리를 했을 거예요. 하지만 오늘 저녁은 나도 같은 생각이에요. 홈스 양, 당신이 도움이 필요한 처지가 되었을 때 오빠를 찾아가지 않아 얼마나 다행인지 모르겠어요.”

왓슨 부인에게 이 정도 수위의 말은 강력한 비난이었다.

샬럿은 의뢰를 처음 받았을 때 느꼈던 찜찜한 느낌을 떠올렸다. 이 사건은 어딘지 수상쩍은 구석이 있다는 느낌 말이다. 그 느낌의 정체를 알면 얼마나 속이 후련할까.

“핀치 씨를 변호할 생각은 없어요.”

샬럿은 외출했던 동안 도착한 편지를 살펴보며 말했다. 리비아가 소식을 전할 생각이 있는지, 그렇다면 대체 언제 연락할 건지 궁금해하며 불쑥 말했다.

"하지만 제 오빠인 건 변함이 없어요. 그리고 이 상황에서는 아주 수상쩍은 냄새가 나요."

"이제 어떻게 할 거예요?"

페넬로페가 물었다.

"오빠 방에 들어가 봐야겠어요. 그러면 오빠가 어떤 사람인지 더 잘 알 수 있겠죠. 두 분 중에 자물쇠 전문가를 아시는 분이 있나요?"

"정말 재미있는 질문을 하네요."

샬럿의 말에 왓슨 부인이 말했다.

"당신이 이 집에서 일하는 사람들을 처음 만났을 때, 로슨 씨가 교도소에서 복역했을 거라고 내게 말했잖아요. 죄목이 뭐였는지 궁금해요?"

샬럿은 이미 그 말이 거의 들리지 않았다. '언니가 보낸 편지다!'

"잠시 괜찮으시다면."

그녀가 편지를 개봉하며 말했다.

"언니가 레이디 잉그램에 대한 정보를 보낸 것 같아요."

말은 그렇게 해도 그 순간 그녀는 레이디 잉그램에게 조금도 관심이 없었다. 리비아가 마침내 쓴 편지는 이런 내용이었다.

사랑하는 샬럿,

더 일찍 펜을 들지 못한 나를 용서해 줘.

지난 일요일 라운드 폰드 근처에서 레이디 에이버리와 레이디 서머스비를 우연히 만났어. 그런데 마침 약속이라도 한 듯이 레이디 잉그램이 아이들과 함께 근처를 지나가는 거야. 그렇게 나타나 준 덕분에 그녀에 대해서 자연스럽게 질문할 수 있었어. 두 레이디는 레이디 잉그램이 사교계 데뷔 전에 신분이 맞지 않는 젊은 남자와 결혼하려고 한 적이 있다고 확인해 줬어.

그 두 사람을 생각하니 왠지 울적해지더라.

지금부터는 네가 상상도 하지 못할 소식을 알려 줄게. 레이디 잉그램이 그곳을 떠난 후에 그 호사가들도 더 흥미로운 가십거리를 발견하고는 얼른 그곳으로 갔는데, 어떤 신사가 다가와서 잠시 이야기를 할 수 있는지 물었어. 그 사람이 자기를 마이런 핀치라고 소개했어. 우리의 배다른 오빠 말이야.

이틀이 지났지만 내가 얼마나 놀랐는지 설명할 말을 못 찾겠어. 누가 나를 만나 보라고 오빠를 불렀을 리 없어. 그렇다고 오빠가 나서서 나를 찾아올 입장도 아니고.

그러니 그렇게 평범하지 않은 방법으로 내게 접근했다고 오빠를 나무라지는 못하겠어. 들어 보니 아빠의 변호사 한 분이 며칠 전에 핀치 씨를 찾아갔나 봐. 그때 마침 핀치 씨는 휴가를 가서 런던에 없었대. 집주인 말로는, 그 변호사가 사생활과 관련한 미묘한 문제로 찾아왔기 때문에 메시지를 남기지 않겠다고 했나 봐.

"이해합니다."

핀치 씨가 말했어.

"샬럿 양 때문에 나를 찾아왔겠죠. 혹시 집을 나온 후 내게 도움을 청했을지 모르니까요."

"그 애에 대해서 아세요?"
나는 그만 큰 소리를 내고 말았어.
"알죠. 안타깝게도 나도 아무런 소식을 못 들었어요. 잘 지내면 좋으련만."
"우리 다 그러기를 바라요."
내가 그 사람에게 말했어.
"혹시 샬럿 양에게 소식을 전할 수 있다면 언제든지 나를 찾아오라고 전해 주세요. 내가 도울 수 있는 일이라면 어떤 일이건 기꺼이 도와줄 생각이니까요."
그 말을 끝으로 그 사람은 인사를 건네고 가 버렸어. 그 만남으로 나는 충격을 받았어. 지금도 충격이 가시질 않아. 하지만 적어도 지금은 네가 도움을 받을 길이 하나 더 생겨서 다행이야.

사랑을 담아,
리비아

추신. 핀치 씨는 파운틴 레인에 있는 우즈 부인의 남성 전용 하숙집에서 지내고 있어.
추추신. 몽로즈 부인의 무도회가 오늘 밤에 열려. 그 무도회가 끝나면 우리가 런던을 떠나기 전에 참석할 무도회는 잉그램 경과 레이디 잉그램이 주최하는 파티뿐이야. 이번 시즌은 이제 지긋지긋할 정도로 충분히 즐겼어. 앞으로 너 없이 팔 개월을 어떻게 버틸지 모르겠구나.

리비아는 다른 월 플라워•들과 함께 앉아 있었다. 그 자리에서조차 겉돌며 오늘 저녁의 모든 것을 증오했다.

자신의 인생 모든 것을 증오했다.

어떻게든 샬럿에게 쓰기로 한 편지를 썼다. 그 끔찍한 날에 있었던 일들을 기록하자 그녀의 피부는 수치심에 휩싸이고, 뱃속은 욕지기와 혐오감으로 뒤틀렸다. 숫제 연옥에 있는 것 같았다.

친오빠라니! 그녀는 '친오빠'에게 반한 것이었다. 그런데 그보다 더 끔찍한 일은 따로 있었다. 지금도 그를 떠올리면, 경악의 감정이 집채 같은 파도가 되어 그녀를 덮치기 직전에 그 틈을 타고 처음 그를 만났을 때 느낀 희망과 흥분이 마음속에서 피어오른다는 사실이었다.

그 사실이 이 모든 상황을 더욱 혐오스럽게 만들었다.

"홈스 양이세요? 올리비아 홈스 양?"

사랑스럽게 생긴 젊은 여성이 리비아 앞에 서 있었다.

"그, 그런데요?"

리비아가 얼떨결에 대답했다.

"당연히 맞으시겠죠. 다시 만나서 정말 반가워요! 우리 좀 더 조용하게 이야기를 나눌 만한 곳으로 갈까요. 여기서는 목소리를 높여야 하잖아요."

그 여성은 리비아의 대답을 듣지도 않고 손을 잡아 일으켜 세웠다. 리비아는 황당했지만, 소란을 피우고 싶지 않아서 그녀가 팔

• **월 플라워** 무도회나 파티에서 인기가 없는 사람을 지칭하는 말

짱을 끼며 월 플라워들이 없는 곳으로 이끄는데도 고분고분하게 따라갔다.

그녀가 몸을 가까이 숙이며 말했다.

"샬럿 양이 보내서 왔어요. 샬럿 양이 올리비아 양을 꼭 만나야 할 일이 있어요. 저와 함께 잠시 밖으로 나가시겠어요?"

불안이 리비아를 관통했다.

"그 애는 괜찮아요?"

"그럼요, 잘 있어요. 올리비아 양의 편지를 받고 몇 가지 물어볼 것이 생겨서 이런 일을 꾸몄어요. 저는 페넬로페 레드메인이에요. 왓슨 부인의 조카죠."

"아, 그러시군요. 정신이 하나도 없네요."

오 맙소사! 리비아는 친오빠를 짝사랑하게 된 자신의 속마음이 그 편지에 뻔히 드러났기 때문이 아니기만을 빌고 또 빌었다. 가끔 샬럿 같은 동생이 있다는 건 무시무시한 일이었다.

몽로즈 부인의 집에서 나오자 거리는 마차로 붐비고 있었다. 두 사람은 잠시 거리를 걸어 샬럿이 타고 있는 마차에 도착했다.

"금방이면 돼. 언니가 없어졌다는 사실을 엄마가 알아차리시기 전에 보내 줄게."

리비아가 앉자마자 샬럿이 말했다.

레이디 홈스는 변덕스러운 샤프롱이었다. 어떤 때는 자신이 즐기는 데만 정신이 팔려서 딸들에 대한 감시를 소홀히 했다. 또 어떤 때는 속죄라도 하려는 것처럼 딸들을 매처럼 매섭게 감시했다. 오늘 밤 그녀는 충분히 멀쩡한 정신으로 보였으므로 어떤 샤프롱이 될지는 아직 알 수 없었다.

"언니가 켄싱턴 가든의 라운드 폰드 근처에서 레이디 에이버리와 레이디 서머스비를 만났다고 했잖아. 라운드 폰드를 기준으로 정확히 어디에 있었어?"

그게 무슨 상관이 있다는 걸까?

"동쪽."

"그 연못이 풀로 뒤덮인 길과 만나는 곳?"

"그래."

그 길은 켄싱턴 가든과 하이드 파크에 반반씩 걸쳐 있는 인공 호수인 롱 워터까지 이어졌다.

"어디를 향해서 있었어?"

"물론 물을 향해서였지."

"그러면 레이디 잉그램은 어느 쪽에서 왔어?"

"우리가 있는 곳에서 남쪽. 아이들의 가정 교사가 장난감 배를 들고 있었어. 그래서 아이들이 연못에서 그 배를 가지고 놀았나 싶었어."

"그 사람들은 어느 방향으로 갔어?"

"대로 쪽으로, 아마 집으로 갔을 거야."

"핀치 씨가 호사가들이 떠난 후에 언니에게 다가왔다고 편지에 썼잖아. 레이디 잉그램이 그곳을 완전히 떠난 후였어?"

"그래."

"그러면 그 사람은 레이디 잉그램을 못 봤겠네?"

리비아는 샬럿이 왜 이런 질문을 하는지 갈피를 잡을 수 없었지만, 동생의 질문에 대답해 주었다.

"핀치 씨는 레이디 에이버리와 레이디 서머스비가 내 쪽으로 올 때 근처에 있는 벤치에 앉아 있었어. 내게 말을 걸 작정이었으니 당연히 그 사람들을 봤을 거야. 핀치 씨가 레이디 잉그램을 봤는지는 잘 모르겠지만, 남자들은 근처에 아름다운 여자가 있으면 못 보고 지나치는 법이 없잖니."

샬럿이 잠시 입을 다물었다.

"레드메인 양, 주머니 등을 켜 줄래요?"

성냥을 긁는 소리가 났다. 매캐한 유황 냄새가 리비아의 코를 톡 쏘았다. 불을 밝힌 주머니 등을 움직이자 샬럿의 무릎 위에 펼쳐 놓은 공책이 환히 드러났다.

그녀는 라운드 폰드의 실제 모양인 타원을 그렸다.

"자, 언니는 여기 동쪽 끄트머리에 있어. 핀치 씨는 어느 벤치에 앉았어?"

리비아가 대략적인 지점을 손가락으로 짚었다.

"열 걸음 떨어진 곳."

"연못의 북쪽에 있고 남쪽을 바라보고 있는?"

"그래."

"확실해?"

리비아가 고개를 끄덕였다. 안타깝게도 그가 어디에 앉았는지 그녀는 너무나 정확하게 기억했다.

"그리고 레이디 잉그램과 그녀의 아이들, 아이들의 가정 교사가 남쪽'에서' 왔다는 거지?"

"맞아."

페넬로페가 갑자기 숨을 훅 들이쉬는 듯한 소리를 작게 냈다.

"그건 그렇고 레이디 잉그램을 봤을 때 어떻게 보였어?"

리비아가 어깨를 으쓱했다.

"평소 모습 그대로지 뭐. 아름답고 약간은 냉담하고."

"혹시 피곤하거나, 불행하거나…… 놀란 것 같지 않았어?"

"특별히 그런 모습은 아니었는데."

"레이디 잉그램이 언니를 봤어?"

"우리를 보고 인사했어. 아주 당당하게."

"언니가 있던 곳에서 얼마나 떨어진 곳이었어?"

"5, 6미터 정도."

샬럿이 공책을 덮었다. 잠시 아무도 선뜻 입을 열지 않았다. 마침내 샬럿이 주머니 등의 불을 후 불어 끄고 웅얼거리듯 말했다.

"지난 이틀 동안 많이 힘들었지?"

샬럿의 상냥한 목소리……. 리비아는 그 소리를 듣자마자 펑펑 울고 싶었다. '말도 마!'

리비아는 핀치 씨와의 만남을 최대한 간략하게 적었다. 실은 그날 그는 자신의 정체부터 대뜸 밝힌 것이 아니었다. 리비아도 심각한 질문으로 둘의 대화를 시작하고 싶지 않았다. 그 대신 두 사람은 꼬박 이십오 분 동안 굉장히 활기차게 대화를 나누며 걸핏하면 하하호호 웃음을 터트렸다. 그때 리비아는 발이 땅에서 10센티미터는 둥둥 떠 있는 기분이었다.

아니 10킬로미터였을 것이다. 땅으로 추락한 후 모든 것이 산산

조각이 났으니까.

"충격적이었어. 그게 다야."

리비아는 간신히 그렇게 답했다. 작은 등의 자그마한 불빛이 꺼진 후 찾아온 어둠이 고마울 뿐이었다.

리비아가 문을 향해 손을 뻗었다. 샬럿이 그녀의 팔에 손을 올렸지만 아무 말도 하지 않았다.

잠시 후 그녀는 그 자리를 떠났다.

제13장

수요일

샬럿이 켄싱턴 가든에 도착할 즈음 어느새 비가 내리고 있었다. 하늘은 무겁게 내려앉았고 차가운 돌풍이 불었다. 영국 여름날의 또 다른 얼굴. 왓슨 부인의 최고급 우비를 입고 고무장화를 신은 샬럿은 물을 다 튀겨 내는 오리가 된 기분으로, 이 초마다 방향을 바꾸는 바람에 맞서 우산이 뒤집히지 않게 고군분투 중인 사람들을 지나 씩씩하게 나아갔다.

마침내 라운드 폰드에 도착해 보니, 그녀처럼 우비를 입고 장화를 신은 유모와 집에 처박혀 있는 날을 신의 형벌 정도로 여길 법한 사내아이를 제외하면 아무도 없었다.

가까이 다가가자 라운드 폰드는 화려한 틀에 끼워진 타원형 거울 같았다. 동쪽 끄트머리에서 직선으로 뻗은 가장자리 부분은 연못의 전체 폭의 대략 삼 분의 일 정도인데, 이 부분이 풀이 덮인 넓은 길과 만났다. 이 길은 400미터가량 떨어진 곳에 있는 롱 워터로 뻗어 있었다. 벤치는 이 직선으로 뻗은 가장자리의 끄트머리에 있었다. 이 부분에서 다시 연못은 곡선을 이루었다.

샬럿은 북쪽으로 난 벤치 뒤에 섰다. 바로 그 벤치에 핀치 씨가 앉아 있었다. 좀 떨어진 곳에 나무가 몇 그루 서 있지만 연못은 전경을 전혀 해치지 않도록 깨끗하게 손질한 풀밭 한가운데에 있었다.

리비아가 알려 준 거리를 고려하면 레이디 잉그램과 핀치 씨가 절대 서로를 미처 못 보고 지나칠 거리가 아니었다. 핀치 씨는 남쪽을 향해 리비아를 보고 있었고, 레이디 잉그램은 북동쪽을 향해 가고 있었으며……. 혹시 두 사람의 시선을 리비아와 레이디 에이버리, 레이디 서머스비, 세 사람의 양산이 막았다면?

가능성은 낮지만, 완전히 불가능한 이야기도 아니다. 그리고 핀치 씨는 리비아에게 무례하거나 잠재적으로 위험한 사람으로 보이고 싶지 않았기 때문에 아예 리비아 쪽으로 시선을 돌리지 않았을 수도 있다.

불가능하지는 않지만, 어느 순간 이 시나리오의 개연성은 거의 없기 때문에 고려할 가치가 없었다.

그들은 서로 '보았다'.

그래서? 그들은 공공장소에 있었다. 레이디 잉그램 곁에는 아이들과 가정 교사가 있었다. 설령 가정 교사에게 아이들을 데리고 집으로 먼저 가라고 할 수 있었다 쳐도 그때 그 자리에서 핀치 씨에게 다가갈 수는 없었을 것이다. 근처에 사교계 최악의 수다쟁이가 둘이나 있었으니까.

이런 일이 있었기 때문에 그의 주소를 알려 달라고 간청하는 것이나 다름없는 편지를 보냈을까? 그와 우연히 마주친 순간, 그를 제대로 만나지 않으면 절대 멈추지 않을 파괴적인 감정과 광적인 열망을 더는 억누르지 못하게 된 걸까?

그렇다면 핀치 씨, 그는 어떤 반응을 보였을까? 레이디 잉그램과 마주친 사실이 리비아와의 만남에 영향을 미친 것 같지는 않았다. 하지만 이튿날 저녁 그는 느닷없이 런던을 떠났다. 혹시 레이디 잉그램과 마주친 여파일까? 결국에는 양심의 가책을 느껴서?

잉그램 경은 어떨까? '그'는 그때 어디에 있었을까? 일요일 오후면 그는 대개 아이들을 데리고 작은 소풍을 갔다. 아내가 내내 사랑했던 남자와 우연히 마주치는 순간에도 그는 여왕과 국가를 위해 목숨을 걸고 임무를 수행하는 중이었을까?

샬럿은 여러 가설을 떠올리는 자리에 잉그램 경을 그만 끌어들이자고 생각했다. 그녀의 추론은 여전히 타당했다. 그가 알았다고 한들 무엇을 할 수 있을까? 레이디 잉그램과 오랫동안 우정을 맺어 온 사람이 점잖게 눈빛만 교환하는 행위를 금지하기라도 할 건가?

'그는 너를 경멸할지도 몰라.' 그녀의 머릿속에서 간간이 인간의 감정을 고려하는 쪽이 그렇게 지적했다.

그랬다. 기본적으로 그것이 그녀의 문제였다.

라운드 폰드를 떠난 후 샬럿은 신문사에 들렀다. 신문에 싣고 싶은 광고가 있었다. 적어도 부모님이 구독하는 신문에는 실어야 했다.

CDAQKHUHAAQDYNTVDKKJSGHMJNEYNT

이것은 그녀와 리비아가 어릴 때 같이 만든 간단한 암호로, 철자 B를 철자 X로 바꾸고 다른 단어는 알파벳 배열에서 한 자리씩 뒤로 밀어 해독했다. 두 사람은 이 암호를 '디어 리비아(Dear Livia)'라는 뜻의 암호인 '크다크 크후하(Cdaq Khuha)'라고 이름 지었다.

DEARLIVIAAREYOUWELLITHINKOFYOU
(사랑하는 리비아, 괜찮아. 언니 생각을 하고 있어.)

리비아는 지난 저녁이 전혀 괜찮지 않았다. 히스테리를 일으키기 직전까지 내몰려 관절이 하얘질 정도로 주먹을 꽉 쥐고 간신히 평정을 유지했다. 무도회 같은 자리는 그녀를 지치게 했다. 지금과 같은 상황에서는 훨씬 버티기 힘들었다. 하지만 아무런 재미도 못 느끼는 무도회에 있다는 사실만으로는 그녀의 정신을 갈가리 찢어 버리는 듯한 고통을 다 설명할 수 없었다.

홈스 자매의 배다른 오빠와 만난 사실조차 그녀를 이 정도로 흔들어 놓지는 않았다.

“다 되었습니다, 아가씨. 그 광고는 내일 신문에 올라갈 겁니다.”
직원이 영수증을 건넸다.
“고맙습니다. 그런데 직접 오지 않고 신문에 광고를 실으려면 어떻게 해야 하죠?”
샬럿이 인사를 하며 물었다.
“싣고 싶은 내용과 게재 날짜를 편지나 전보로 보내시면 됩니다. 요금은 정확하게 맞춰서 우편환으로 보내 주시고요. 간단합니다.”
“매일 다른 글을 싣고 싶으면 매일 편지를 보내야 하나요?”
“그건 추천하지 않습니다. 그렇게 하면 매번 새로 금액이 다른 우편환을 지불하셔야 하잖아요, 그렇죠? 싣고 싶은 글을 모두 한 번에 보내는 편이 낫습니다.”
“그렇지만 무슨 말을 실어야 할지 미리 알 수 없다면요?”
직원이 의아한 눈빛으로 샬럿을 바라보았다.
“그럴 때는 그때 상황에 맞춰서 하셔야겠죠.”
“혹시 그렇게 글을 게재하는 사람이 있나요? 매일 다른 내용의 글을 올리는 사람요.”
“아뇨.”
그가 단호하게 고개를 가로저었다.
샬럿은 레이디 잉그램의 경우 신문에 실을 광고를 여러 개 모아서 한 번에 보냈으리라 짐작했다. 레이디 잉그램 정도 되는 사람이 추가로 요금을 몇 푼 더 낸다고 아쉬울 리는 없겠지만 매일이 아니라 일주일에 한두 번밖에 올 수 없다면 글을 여러 개 모아서 신문사에 보내는 편이 더 수월할 것이다.

샬럿이 주머니에서 시계를 꺼냈다. 남성용 시계다. 여성용 시계가 더 예쁘기는 하지만 시간이 정확하지 않은 경우가 잦았다. 아홉 시 십오 분 전. 숙녀라면 오후가 되어야 남의 집을 방문하거나 방문객을 받을 것이다. 그런데 사교계 시즌 중에는 오후 일과를 예정대로 정확하게 맞추기 힘들다. 집에서 열리는 티 파티에 뱃놀이 파티, 공원으로 나가는 드라이브처럼 참석해야 할 모임이 많기 때문이다.

대신 레이디 잉그램은 오전에는 여유가 있었다.

가장 최근에 레이디 잉그램이 실은 광고 두 건은 배달원이 전달한 것이 아니라 채링크로스 우체국에서 보낸 것이었다. 이곳은 그녀가 메시지를 전달하기에 합리적인 장소였다. 만약 그때 레이디 잉그램이 핀치 씨를 봤는데도 보는 눈이 너무 많아 다가가 말을 걸 수 없었다면, 셜록 홈스가 핀치 씨의 주소를 끝내 알려 주지 않기로 할 경우, 기회가 생길 때마다 우체국에 오려고 하지 않을까?

천만다행으로 우체국 맞은편 대각선으로 찻집이 있었다. 샬럿은 창가 쪽에 앉았다. 우체국 입구는 하필 비를 맞으며 그 앞을 오락가락하면서 포마드 기름을 광고하는 운 없는 샌드위치맨•이 자꾸 가렸다. 그래도 우체국이 잘 보이는 위치이므로, 비에 젖은 거리에 서 있거나 괜히 우체국으로 들어가서 서성거릴 필요는 없

• **샌드위치맨** 광고판을 몸 앞뒤로 걸고 길에서 광고하는 사람

었다.

감시는 지겨운 일이다. 게다가 레이디 잉그램이 실제로 핀치 씨를 전혀 모른다는 위험한 가설이 맞는다면, 그녀가 나타나기를 기다리는 건 말이 안 되는 짓이었다. 그러나 샬럿은 아무리 터무니없어 보여도 모든 사실에 부합한다면 무엇이든지 인정하고 받아들일 각오가 확실했다.

그런데 레이디 잉그램이 핀치 씨를 모른다면 대체 왜 그렇게까지 그의 행방을 알아내려 한 걸까? 그 점에 대해서 샬럿은 빈틈없는 논리로 무장한 가설은 고사하고 어느 정도 말이 되는 짐작조차 할 수 없었다. 그러므로 일단은 레이디 잉그램이 셜록 홈스의 대리인들이 앞에 없어도 그렇게까지 평정을 잃는지 직접 확인할 필요가 있다.

그녀는 새로 내린 차 한 잔을 주문한 후 크럼핏•을 천천히 한 입 더 먹었다. 식욕만은 늘 왕성한 샬럿이지만, 앉은 자리에서 소화할 수 있는 양은 정해져 있다. 그 한계가 코앞이었다. 의자가 꽤 불편한 것은 말할 것도 없었다. 슬슬 화장실도 가고 싶었다.

샬럿이 눈을 깜박거렸다. 그때 창문 앞을 지나가는 어떤 사람을 알아보았기 때문이다. 레이디 잉그램이 아니라 잉그램 경과 하운즐로우에서 살인 사건과 맞닥뜨렸던 날 그가 왓슨 부인의 집을 감시한다고 지목했던 여자였다.

저 여자의 뒤를 밟아야 할까? 샬럿은 미행 경험이 거의 없었다.

• **크럼핏** 표면에 작은 구멍이 난 빵

지난번 '색빌 사건'을 수사하는 과정에서 클라리지 호텔에 체류 중인 마블턴 가족을 감시하겠다고 나섰을 때와 달리 이번에는 신분을 숨겨 줄 미망인 베일도 없었다.

망설이는 사이 그 여자는 우체국으로 들어갔다.

다행히 왓슨 부인의 비옷이 있었다. 우체국에서 굳이 비옷을 벗지 않아도 될 것이다. 비옷에 달린 모자를 쓰게 되더라도 문제가 없도록 오늘은 장식이 없는 것이나 다름없는 자그마한 모자를 쓰고 있었다.

금상첨화로 지금 핸드백에는 리비아에게 보낼 편지도 있었다.

그녀는 숨을 훅 내쉬고 테이블에 돈을 올려놓은 후 서둘러 나갔다. 거리를 건너는 데 생각보다 시간이 더 걸렸지만 다행히 목표물은 여전히 우체국에 있었다. 그 여자는 문에서 등을 돌린 채 창구 앞에 서 있었다. 샬럿은 고객의 편의를 위해 전보용지를 놓아둔 전보 작성대로 가서 전보를 작성하는 시늉을 했다.

창구 직원이 분류실에서 돌아와 그 여자에게 편지 한 통을 건넸다. 그 여자는 창구를 떠나 샬럿의 반대편에 있는 전보 작성대로 갔다. 샬럿은 계속 전보를 쓰는 척했다.

그 여자는 뭔가를 다 쓴 후 비어 있는 옆 창구로 갔다. 샬럿은 그녀의 말소리는 못 들었지만, 창구 직원이 1실링 2페니를 청구하는 소리는 들었다. 전보에 쓸 단어 비용이었다. 전보 비용은 지난해에 인하되었다. 요즘은 첫 여섯 단어는 6펜스이며, 단어가 두 개씩 추가될 때마다 요금은 1페니씩 늘어난다. 그 여자는 최대 스물네 단어의 값을 치렀다.

전보치고는 길지만 특별한 일은 아니었다.

샬럿은 그 여자가 우체국을 나설 때까지 기다렸다가 전보 작성대로 얼른 달려갔다. 나무로 된 작성대의 표면은 그렇게 말끔한 상태가 아니었다. 표면 여기저기 패이고 홈이 나 있었다. 그 여자는 전보를 작성하다가 연필이 종이를 뚫을까 다른 작성지 위에 올려놓고 전보를 썼을 것이다.

아하, 역시 있었다. 전보용지 아래에 대고 쓴 용지.

하지만, 그 종이에 남아 있는 흔적이 또렷하지 않아서 알아보기 쉽지 않았다. 샬럿은 더 환한 밖으로 나왔다. 그래도 두 단어밖에 알아볼 수 없었다. '주님(the Lord)'.

샬럿은 서둘러서 그 여자가 전보를 보낸 창구로 가 줄을 섰다. 그녀의 차례가 되자 불안한 기색으로 말문을 열었다.

"정말 죄송합니다. 제 숙모가 방금 보낸 전보에 실수를 하신 것 같다고 하세요. 전보를 〈일러스트레이티드 런던 뉴스〉로 보내셨다는데, 원래는 〈타임스〉에 보내시려던 거예요."

"혹시 1실링 2페니어치 전보를 보내신 여성분을 말씀하시는 거라면, 걱정하지 않으셔도 됩니다, 아가씨. 그분은 〈타임스〉에 보내셨으니까요."

"어머나, 다행이네요. 맙소사, 숙모가 얼마나 놀라셨는지 상상도 못 하실 거예요. 너무 당황해서 직접 확인하러 오시지도 못했다니까요."

"이제 아무 문제 없겠군요, 아가씨."

"확실히 해 두고 싶은데, 성경 구절을 보낸 전보를 말씀하시는 거 맞죠?"

"네, 아가씨."

"고맙습니다. 정말 큰 도움을 주셨어요."

그렇게 말하고 돌아선 샬럿은 또 아는 얼굴을 보았다. 리비아와 샬럿이 편지를 주고받는 데 지대한 도움을 주고 있는 홈스가의 마부 모트였다. 그가 근시일 것이라고 한 샬럿의 짐작이 옳았다. 그는 철테 안경을 쓰고 있었다.

이날은 샬럿이 생각지도 못한 장소에서 생각지도 못한 사람을 만나는 날인가 보았다. 모트도 샬럿을 보고 그녀만큼 놀란 것 같았지만 그녀가 뭐라 하기도 전에 전보 작성대에서 다시 만나자는 손짓을 했다.

"내게 줄 언니 편지가 있어?"

"아뇨, 홈스 양. 홈스 양이 언니분에게 보낼 메시지가 없는지 보려고 온 겁니다."

"있어. 아직 우편으로 보내지 않았어. 우표는 언니가 쓰면 되겠다."

그녀는 핸드백에서 편지를 꺼내 그에게 주었다.

"전해 드리겠습니다."

"언니는 좀 어때?"

"그분은…… 그럭저럭 지내고 계십니다."

모트는 에둘러서 대답했다.

"버나딘 양은?"

"그분은 모르겠습니다. 그분 이야기를 들을 일이 별로 없으니까요. 하인 구역에 가게 되면 대신 여쭤봐 드릴 수 있습니다."

"그래 주겠어? 고마워."

그녀는 모트에게 약간의 수고비를 챙겨 준 후 우체국을 나와 찻집으로 돌아갔다.

그녀는 잠시 후 우비를 입고 몸을 웅크린 채 우체국을 나오는 모트를 보았다. 하지만 그때는 물론이고 찻집에서 우체국을 뚫어지게 바라보며 앉아 있는 동안 레이디 잉그램은 끝내 보지 못했다.

샬럿은 오후 한 시 직후에 왓슨 부인의 집으로 돌아왔다. 태어나서 처음으로 점심 생각도, 차 생각도 나지 않았다.

그녀는 방으로 올라가 문을 닫고 책상에 털썩 앉았다. 처음부터 그녀는 레이디 잉그램과 핀치 씨의 관계에 어딘지 수상쩍은 부분이 있다고 확신했다. 그런데 이제 '모든 면'에서 아귀가 들어맞지 않는다는 생각이 들었다.

그녀의 머릿속에서 순전히 논리로만 움직이는 부분은 레이디 잉그램과 핀치 씨를 똑같이 조사하라고 했다. 하지만 현실적으로는 핀치 씨에 집중할 수밖에 없었다. 그는 정체를 알 수 없는 인물이자, 그녀를 끊임없이 피해 다니는 자이자, 부조리 가득한 이 상황을 명쾌하게 이해하게 해 줄 열쇠이기도 했다.

전날 저녁 레드메인 양이 앞으로의 계획을 물었을 때 그녀는 핀치 씨의 방을 보고 싶다고 했다. 이제 그녀는 핀치 씨의 방을 살펴볼 '필요'가 생겼다. 무슨 일이 벌어지고 있는지 정확하게 이해하기 위해 '필요'했다.

어쩌면 레이디 잉그램의 히스테리가 그녀에게도 어느 정도 전염되었을지도 모른다. 아니면 충격에서 헤어 나오지 못한 리비아 탓일지도 모른다. 논리적인 근거는 전혀 없건만 그녀의 마음은 점점 다급해졌다. 동시에 점점 더 심각하고 그 어느 때보다 불길하게 느껴졌다.

왓슨 부인이 오후 응접실에서 신문을 읽고 있었다.

"부인, 지난밤에 로슨 씨가 왕년에 자물쇠 따기 전문가였다고 말씀하려고 하셨죠?"

왓슨 부인이 양손에 신문을 쥔 채 일어섰다.

"설마, 홈스 양, 그걸 하려는……."

"맞아요."

샬럿이 조용하게 대답했다.

"핀치 씨에 대해서 새로운 사실을 알아낼 때마다 상황이 점점 오리무중으로 빠져들어요. 이제 단편적으로만 상황을 파악하는 건 질렸어요. 진실을 알아내야 할 때가 되었어요."

왓슨 부인의 아름다운 두 눈이 두려움으로 물들었다. 턱에는 힘이 들어갔다. 신문을 쥐고 있는 손에도 힘이 들어가 신문지가 그대로 구겨졌다. 마침내 그녀가 어깨를 곧게 펴며 말했다.

"그런 계획을 충고하거나 그 계획을 실행에 옮기기를 바란 적은 더더욱 없어요. 그렇지만 실은 나도 불안해지던 중이었어요. 내 장이 너무 꽉 조여진 용수철 같아요. 그 일을 안전하게 할 자신이 있다면……."

"그 일이 어떻게, 얼마나 위험할지 지금은 아무 말씀도 못 드려요. 그런 일에 대해서는 아무것도 모르니까요. 제가 아는 건, 핀치 씨의 방에 몰래 들어가지 않을 경우 이후에 알게 될 사실보다 지금 방을 따고 들어가는 것이 훨씬 덜 무섭다는 사실뿐이에요."

왓슨 부인이 다 들리도록 숨을 내쉬더니 꾸깃꾸깃 구겨진 신문을 옆으로 던졌다.

"그렇다면 시간 낭비하지 말죠."

왓슨 부인은 샬럿을 데리고 가 책임지고 로슨 씨에게 상황을 설명했다. 말과 마차를 돌보는 이 남자는 다시 감옥에 갈까 잔뜩 겁을 먹었다. 하지만 왓슨 부인이, 위험을 감수해 주면 넉넉한 보상을 하겠다고 약속하자 눈을 휘둥그레 뜨더니 마침내 결심을 굳혔다. 그는 따야 할 자물쇠의 종류가 정확하게 무엇인지 묻더니 그날 내내 준비했다.

"몇 년 동안 불법적인 일은 한 번도 하지 않았습니다. 내기도 한 번 안 했어요, 마님."

샬럿은 오후 내내 입고 갈 옷을 준비했다. 어두운 청회색에 움직임이 편한 옷을 골랐다. 무릎 부분에서 폭이 좁아지는 유행하는 옷차림은 피했다.

해가 질 무렵 비가 그쳤다. 대신 농무가 서서히 퍼지면서 런던은 수증기의 바다가 되었다. 샬럿은 이것을 상서로운 징조로 받아들였다. 짙은 안개는 행인과 마차를 모두 길거리에서 내몰아 일찌감치 잠자리에 들게 했다.

자정이 되자 샬럿과 로슨은 미어스가 모는 마차를 타고 왓슨 부인의 집을 나섰다. 이렇게 안개가 자욱한 상황에서는 굳이 망을 보아야 할 필요는 없지만 만약을 대비해 망을 보기로 했다. 우즈 부인의 집에 도착하자 샬럿은 로슨을 하인용 문으로 안내했다. 십오 분 후 문이 열렸다.

지하는 컴컴하고 고요했다. 하인용 계단도 마찬가지였다. 샬럿은 아무런 두려움도 느껴지지 않았다. 왓슨 부인에게 핀치 씨의 방문을 따는 일이 두렵지 않다고 한 말은 거짓이 아니었다. 분명히 범죄 요소가 다분했지만, 행위 자체로만 보면 아버지가 외출했을 때 서재로 몰래 숨어드는 일과 다르지 않았다.

일단 핀치 씨의 방으로 들어가기만 하면 알아야 할 것들을 전부 찾아낼 것이다.

그녀는 2층으로 올라가는 길을 안내했다. 어둠 속에서 아마인유와 밀랍 냄새가 났다. 그 냄새를 맡으니 집에 온 것처럼 마음이 편안해졌다. 통로에 깔린 카펫이 발소리를 흡수했다. 통로의 반대쪽 끝에 난 높은 창문으로 어둠과 거의 구분이 안 될 정도로 흐릿한 빛이 들어왔다. 짙은 안개를 힘겹게 헤치고 들어온 가로등 불빛이었다.

두 사람은 핀치의 이름이 적힌 명판 옆에 서서 사방에 귀를 기울였다. 로슨은 문에 귀를 바짝 댔다. 그가 이제 됐다고 하자 샬럿은 들고 있던 주머니 등의 불빛이 퍼지게 했다. 로슨은 돌돌 말아 놓은 연장 꾸러미를 풀어놓고 작업을 시작했다.

한 층 위에서 누군가가 천천히 타자기를 치는 소리가 들렸다. 한밤의 서늘함 속에서 나무가 쪼그라들며 집이 간간이 삐거덕거리는 소리를 냈다. 저 멀리 지나가는 기차의 경적 소리도 두 번

울렸다.

그런 소음을 제외하면 집 안은 주머니 등의 작은 불꽃이 휙 움직일 때마다 모닥불처럼 지직거리는 소리가 들릴 만큼 조용했다. 로슨은 세 번째 아기 돼지의 집을 후 부는 늑대가 떠오를 정도로 살짝 막힌 코로 숨을 헉헉 내쉬었다. 처음에 그의 도구들이 내는 소리는 조용하고 부드러웠는데, 어느새 샬럿의 지팡이가 왓슨 부인의 지팡이에 요란하게 부딪히는 소리처럼 커졌다.

로슨이 갑자기 벌떡 일어서는 바람에 샬럿은 그와 부딪힐 뻔했다. 주머니 등이 밝힌 흐릿한 불빛에 드러난 그의 얼굴은 잔뜩 굳어 있었다.

'무슨 일이죠?' 그녀가 입 모양으로 물었다.

그가 문에 귀를 댔다. 샬럿도 똑같이 귀를 대었다. 손끝이 따끔거리고 심장이 미친 듯이 뛰었다.

침묵, 깊고 넓은 침묵. '타닥, 타닥, 타닥'. 하지만 이 소리는 아직도 누군가 사용 중인 타자기 소리였다. 잠깐만, 저 소리는 발소리인가? 같은 소리가 또 들렸다. 점점 가까워진다.

곧이어 들린 딸각 소리. 틀림없이 권총의 공이치기를 잡아당기는 소리였다.

샬럿과 로슨은 얼굴을 마주 본 순간 냅다 달리기 시작했다.

제14장

목요일

"이 일은 용납할 수가 없어요. 절대 용납할 수 없다고요."

샬럿이 강조를 위해 다시 콧방귀를 뀌며 말했다.

그녀는 다시 우즈 부인의 하숙집을 찾아왔다. 응접실에서 버티고 있는 샬럿은 이번에는 황금색과 진홍색이 섞인 외출용 드레스 차림이었다. 고전 그리스 감성을 더 좋아하는 리비아가 봤다면, '끔찍하다느니', '지독하다느니', '이루 말할 수 없이 천박하다'고 할 것이 분명했다. 샬럿은 그 드레스가 드러낼 수 있는 '그 밖의 것'에 대해서는 별로 관심이 없었다. 샬럿이 노린 점은 리비아가 '이루 말할 수 없이 천박하다'라고 생각할 바로 그 부분이었다. 역시 예상한 대로, 그러한 요소들의 앙상블인 이 드레스는 이 세상의 모든 우즈 부인들을 겁박하는 무기로 완벽했다. 그런 여자들에게 과시적인 요소는 지위와 권위로 읽혔기 때문이다.

천년이 지나도 '컴버랜드 부인'을 다시 볼 일이 없기만 바랐을 것이 분명한 집주인은 그저 양손만 비틀고 있을 뿐이었다.

"죄송합니다만, 부인. 정확히 무엇을 용납할 수 없으신 거죠?"

"얼마든지 있죠, 우즈 부인. 얼마든지요. 물론 전부 다 부인 탓이라고는 할 수 없겠죠. 어쨌든 내 오빠는 성인이니까요. 그래도 도저히 실망하지 않을 수가 없네요. 이곳이 이보다는 더 나을 줄 알았더니."

"부인, 부디 무슨 일인지 제게 말을……."

"오, 그래요. 기꺼이 알려 드리죠. 그저께 내 오빠가 근무하는 곳을 찾아갔어요. 오빠는 두 달 전에 이미 사직서를 냈더군요. 그곳에서는 오빠가 어디에 있는지 전혀 몰랐어요. 그 일이 부인의 탓은 아니죠. 다음으로 부인이 알려 주신 추천장에 적힌 곳을 두 군데 다 찾아가 봤어요. 옥스퍼드셔의 집주인은 그런 사람은 들은 적도 없다지 뭐예요. 그리고 그 변호사는 반년 전에 은퇴했고요. 추천장을 받은 후 두 군데 모두 확인을 안 하셨죠?"

우즈 부인의 입이 떡 벌어졌다 다시 닫히더니 다시 벌어졌다가 닫혔다. 하숙인을 받을 때 그리 철저하게 확인하지 않는다는 사실이 들통나 몹시 당황한 것이 분명했다. 게다가 핀치 씨의 떳떳하지 않은 행동에 대한 비난까지 받자 당혹스러워하기까지 했다.

헨리에타는 이런 식으로 주도권을 잡곤 했다. 그녀에게 이런저런 흠을 잡힌 사람들은 대체로 너무 겁을 먹어 자기변호를 하지 못했다. 또는 너무 정중해서 헨리에타가 부당한 비난을 하고 있다고 차마 지적하지 못했다.

"저는…… 어…… 핀치 씨가 방을 얻으려고 오셨을 무렵에 아마 몹시 바빴나 봐요. 그런데 이 점은 이해해 주세요, 컴버랜드 부인. 그분은 정말 호감이 가는 젊은이랍니다. 그런 일은 상상조차……."

"그래서 추천장이 필요한 거 아닌가요, 우즈 부인. 추천장이 있어야 우리가 그릇된 인상에 쉽게 넘어가지 않을 테니까요. 그리고 이 하숙집에 대해 알아보다가 더 심란해졌지 뭐예요. 누구 말을 들어 보니, 이곳에서는 여성 방문객이 밤을 보낼 수 있다면서요. 어떻게 이렇게 느슨할 수 있나요? 이곳에서는 지켜야 하는 규칙도 없나요? 이러니 내 오빠가 제대로 일을 해야 할 시간에 일은 하지 않고 방에서 여자들과 노닥거리며 허송세월하잖아요?"

우즈 부인은 완전히 공포에 질렸다.

"절대 아니에요! 그건 아무 근거도 없는 헛소문이에요. 저는 기독교인으로서 그 어느 곳보다 존경받는 기독교인 남성 전용 하숙집을 운영하고 있습니다."

"그럼 오빠 방을 보여 주세요."

샬럿이 꾸며 낼 필요도 없이 엄하게 말했다.

"그곳에 평판 나쁜 여성이 드나드는 건 아닌지 내 눈으로 직접 봐야겠어요."

우즈 부인은 경주견이 달리는 속도로 계단을 뛰어 올라갔다. 샬럿은 그 뒤를 따라가며 처음부터 이렇게 하면 좋았을 거라는 후회에 마음이 무거워졌다. 못된 말 몇 마디면 끝날 일을 왜 불법적인 짓으로 해결하려고 했을까.

천만다행으로 전날 밤에는 아무 일도 일어나지 않았다. 그녀와 로슨은 순식간에 지하로 내려가 하인용 문으로 튀어 나가 대기 중인 마차로 뛰어들었다. 도망쳐 나오는 두 사람을 본 미어스에게 어서 출발하라고 재촉할 필요도 없었다. 로슨이 하인용 문의 자물쇠를 딸 때 그들을 숨겨 주었던 런던의 안개가 이번에도 잠재적인 추적자들로부터 그들의 모습을 감추어 주었다.

하지만 로슨은 완전히 겁에 질려 버렸다. 샬럿은 자신이 원인을 제공했다는 사실에 몹시 미안했다. 덕분에 오늘 아침 샬럿은 다시 그곳으로 가야 한다고 왓슨 부인을 설득하는데 몹시 애를 먹었다.

우즈 부인이 핀치 씨의 방문 앞에 도착하자 노크를 했다.

"오빠는 런던에 없다고 하셨잖아요."

"오, 맞아요. 이건 제 습관이랍니다, 부인. 항상 노크하거든요. 미리 알리지도 않고 신사분의 방에 불쑥 들어가고 싶지 않아요. 그분들은 저보다 더 그걸 바라지 않을 테고요."

문이 열리자 조지 4세가 섭정 황태자였던 동안 한창 인기를 끌었던 동양풍으로 꾸며진 꽤 넓은 응접실이 나왔다. 응접실보다 더 작은 방은 서재로 쓰는 것 같았는데, 책상 위에는 아무것도 쓰지 않은 공책이 펼쳐져 있었다.

우즈 부인이 과장된 몸짓으로 침실 문을 활짝 열었다.

"보세요, 여자라고는 없잖아요."

그녀는 좀처럼 긴장을 풀지 못하고 방에 딸린 개인 욕실을 보여 주었다. 샬럿은 '아주 좋아, 하지만 아직도 의심스러워.'라고 말하려는 듯 입술을 한쪽으로 쑥 내밀었다.

그녀는 어떻게든 그곳에 놓인 사진만큼은 직접 보고 싶었다. 마침내 우즈 부인이 평판이 나쁜 여자가 숨어 있을 만한 공간은 모두 보여 주었다. 물론 그런 여자는 없었다. 샬럿은 몹시 헨리에타스럽게 턱을 쳐들고 곧장 벽난로 선반으로 향했다.

사진이 쪼르르 놓여 있었는데, 크기는 가로와 세로가 각각 4센티미터와 5센티미터 정도로 크지 않았다. 모두 풍경이 주를 이루거나 아예 풍경만 찍혀 있었다.

샬럿이 유심히 바라보았다.

"컴버랜드 부인, 핀치 씨의 사진에는 아무 문제가 없을 텐데요."

그렇다. 샬럿이 이 사진들을 전에 본 적이 있다는 사실만 제외하면 말이다.

그것도 최근에.

그녀가 클라리지 호텔에 묵고 있는 마블턴 부인의 방으로 몰래 들어갔을 때. 결혼 전 이름은 소피아 론즈데일이자 모리아티 부인이 가명으로 내세운 바로 그 마블턴 부인 말이다.

그녀의 자녀로 기록되어 있던 프랜시스와 스티븐 마블턴이라는 두 젊은이는 사진작가 행세를 하며 전국을 돌아다녔다. 그들은 여행을 하면서 수없이 많은 풍경 사진을 찍었다. 그래서 그 사진들을 제대로 구별하기는 불가능했다. 하지만 '구별할 수 없다'고 해서 샬럿이 그 사진 속 풍경들을 잊었다는 뜻은 아니었다.

그녀는 액자를 벗겼다.

"컴버랜드 부인."

"조용."

그녀는 헨리에타보다 더 고약한 인간이 될 수도 있었다. 그 '가차 없는 인간상'이 효과가 있었다. 우즈 부인은 고분고분하게 입을 다물었다.

샬럿은 액자에서 사진을 다 빼낸 후에야 찾고 있던 것을 찾았다. 전시된 사진의 뒷면에는 또 다른 사진이 있었다. 그리고 이 뒷면의 사진에는 사람이 찍혀 있었다. 남자 두 명이었다. 한 명은 카메라를 등지고 서 있고 다른 한 명은 카메라 렌즈를 바라보았다.

샬럿은 카메라를 바라보는 사람을 금방 알아보았다. 풍성한 턱수염에 뉴마켓 재킷과 바지를 입고, 지팡이까지 짚었지만 여자였다. 프랜시스 마블턴.

그녀는 우즈 부인에게 그 사진을 보여 주었다.

"핀치 씨는 요즘 이런 모습인가요?"

"아뇨, 그분은 핀치 씨가 아니에요. 하지만 전에 본 적이 있어요. 핀치 씨의 친구분인 캐러웨이 씨예요."

그렇다면 이 방에서 여자 목소리가 들린 이유가 설명된다. 샬럿은 사람들의 목소리를 아주 잘 기억했다. 하지만 프랜시스 마블턴의 목소리는 딱 한 번 들었으며, 그때는 런던 토박이 말투가 심했고 콧소리까지 더해졌다. 지난밤 문 뒤에서 권총의 공이치기를 당긴 사람은 바로 그녀였을 것이다.

"핀치 씨는 중키에 몸매가 호리호리하고 갈색 눈인가요? 머리에는 붉은 기가 살짝 들어가 있고요?"

"맞아요. 이곳에서 지내시는 동안 턱수염을 길렀어요. 하지만 생김새는 대체로 그렇게 설명할 수 있어요."

샬럿이 사진을 내려놓았다.

스티븐 마블턴과 마이런 핀치가 동일 인물이라고? 그녀는 그럴 수도 있겠다는 생각이 들었다. 마블턴 씨가 이번 여름 초 그녀의 삶에 잠시 나타난 시기를 제외하면, 그의 삶에 대해서는 아무것도 몰랐다. 그는 헨리 홈스 경의 사생아인 마이런 핀치로 레이디 잉그램이 알렉산드라 그레빌 양이었던 시절 그녀를 만나 사랑을 손에 넣지 못한 구혼자로 살다가 마블턴 부인을 만나 그녀의 조력자가 되었을 수도 있다.

하지만 이 추측이 맞을 가능성은 마이런 핀치가 '아닐' 가능성에 비하면 아주 미미했다.

두 사람이 동일인이 아니라면 많은 것이 설명된다. 그렇지 않은가? 스티븐 마블턴은 레이디 잉그램과 만나지 않았다. 왜냐하면 그는 레이디 잉그램과 그가 신분을 도용한 사람이 과거에 맺은 비밀 약속에 대해 전혀 모르기 때문이다. 같은 이유로 레이디 잉그램이 매일같이 조금씩 분별력을 상실해 가는 동안에도 아무것도 모른 채 희희낙락할 수 있었다. 그리고 당연하게도 라운드 폰드에서 서로의 얼굴을 똑바로 보았지만 상대의 얼굴에서 아무런 의미도 읽지 못했다.

마블턴은 왜 마이런 핀치 행세를 하는 걸까?

진짜 마이런 핀치는 어디에 있을까?

오빠는 어디에 있을까?

샬럿은 손을 꽉 쥐었다. 이제야 왜 이 사건이 그렇게 불안했는지 깨달았다. 이제야 지난밤 모든 경각심을 벗어던질 정도로 서둘렀던 이유를 깨달았다. 실패한 범죄 현장으로 최대한 빨리 돌아와 무례한 짓을 해서라도 기어이 이 방을 살펴보기로 마음먹은 결정은 논리적이었다는 결론에 도달했다.

하지만 너무 늦은 건 아닐까? 스티븐 마블턴은 진짜 마이런 핀치가 불쑥 나타나 사기극에 종지부를 찍을 일이 없다는 사실을 자신하지 않고서야 감히 마이런 핀치인 척할 수 있었을까?

스티븐 마블턴이 우즈 부인에게 말한 것처럼 정말 런던을 떠났다고 가정해 보자. 프랜시스 마블턴이 이 방이 안전하다고 생각해 몸을 숨긴 채 지내고 있었는데, 한밤중에 문을 따고 들어오려는 듯한 소리를 들었다고 하자. 샬럿이 프랜시스의 입장이라면 어떤 식으로 이곳을 떠났을까? 그녀라면 제일 먼저 범죄와 관련된 것을 싹 다 정리했을 것이다. 아마 한동안 은밀하게 움직이느라 정리할 물건은 그리 많지 않을 것이다. 그런 후 공범에게 메시지를 남기지 않을까?

메시지를 남겼다고 치자. 그런데 이곳에 흥미가 있는 사람이 있고, 이곳이 언제든 수색당할 수 있다는 사실을 안다. 그러므로 사람들이 보고도 쉽게 지나칠 만한 방법으로 메시지를 남길 것이다.

샬럿은 작은 방에서 본 빈 공책을 떠올렸다. 그 방으로 돌아가 좀 더 자세히 살펴봤지만 역시 빈 공책이었다. 하지만 공책의 옆면을 자세히 살펴보니 가운데 부근의 어느 페이지가 나머지 페이지보다 살짝 두꺼운 것 같았다. 그 페이지를 펼치니 핀으로 콕콕 찍어 놓은 흔적이 보였다.

그녀는 잠깐 눈을 감았다가 공책을 핸드백에 집어넣었다.

"핀치 씨에게 우리가 그분에게 너무나 실망했다고 전해 주세요, 우즈 부인. 설명할 일이 아주 많을 거라고요."

샬럿은 모스 부호라고 생각했다. 그런데 핀 자국이 있는 페이지를 펼쳐서 가까이 보니 그 자국은 브라유 점자였다.

'브라유'

만약 고작 며칠 전에 죽은 남자의 재킷에서 브라유 점자를 찾아내지 않았다면 그 메시지를 브라유 점자로 남겼다는 사실 자체는 그리 흥미롭지 않았을 것이다.

샬럿은 천천히 공책을 내려놓고 덮는데 관 뚜껑을 내려놓는 느낌이 들었다. 그녀는 자신이 늘 최악의 상황에 대비하는 사람이라고 여겼다. 그러나 뭔가 끔찍한 일이 벌어졌을지 모른다고 짐작하는 것과 그 일이 확실하게 일어났다는 사실을 대면하는 것은 달랐다. 마치 자두 케이크에 차를 곁들여 마시면서 '지팡이 펜싱'에 대한 책을 읽는 것과 상완골이 충격을 받고 다리가 후들거리고 숨이 가쁜 것이 완전히 다르듯 말이다.

샬럿은 잠시 마음을 가라앉힌 후 전세 마차의 천장을 두드렸다.

"여기서 내릴게요!"

그녀는 세인트 제임스에서 왓슨 부인의 집으로 가는 길이었지만, 듀크 스트리트와 옥스퍼드 스트리트가 만나는 교차로는 마차에서 내리기에 안성맞춤인 장소였다.

지금 당장 포트먼 광장으로 가야 하기 때문이다.

제15장

트레들스 경사가 관계자와의 면담이 되도록 이루어지지 '않기'를 바라는 경우는 좀처럼 없었다. 하지만 자그마한 체구에 머리가 희끗희끗하며 무시무시할 정도로 유능한 미망인인 에그버트 부인과의 면담은 계획대로 성사되고 말았다.

트레들스와 맥도널드 경장을 서재에서 맞이한 에그버트 부인은 즉시 서류 한 무더기를 내놓았다. '두 분이 이 서류를 다 보시면 차를 내오라고 하지요.'

그녀와 작고한 남편은 런던 교외에 육십 채에 달하는 주택을 소유했다. 에그버트 씨는 육 년 전에 사망했는데, 장성한 아들을 여럿 두고도 재산을 모두 아내에게 남겼다.

"남편은 우리 아들들에게 사업적 재능이 없다는 사실을 너무나 잘 알았어요. 좋은 아이들이지만 단 한 녀석도 우리 부부가 일군 것을 제대로 보살필 능력은 없죠."

순간 트레들스의 눈에 보인 사람은 으리으리한 책상에 앉아 있는 에그버트 부인이 아니라 앨리스였다. 그의 아내가 어찌나 냉담하고 능률적인지 차와 사교적인 인사말조차 번거롭게 여기는 사람으로 변해 있었다.

그는 처음으로 아내의 오빠가 건강하게 오래오래 살기를 빌었다.

"당신들이 주목하는 그 집은 1869년에 지었어요."

에그버트 부인이 말했다.

"처음 몇 년 동안 젊은 가족이 세를 살았어요. 그런데 1872년 겨울에 독감으로 남편과 아이들이 모두 죽고 말았죠. 홀로 남은 아내는 여름에 이사를 갔어요. 우리는 그 집을 다시 세주려고 신문에 광고를 실었고요. 대개 임대할 빈집을 알아보는 사람들은 먼저 편지로 집을 구경하러 갈 날을 잡아요. 그런데 드 레이시 씨는 우편환으로 일 년 치 집세를 미리 내도 되는지 물어보더군요.

일 년 치 집세를 미리 내겠다는데 마다할 이유가 없죠. 우리는 우편환을 받은 후 그 사람이 말한 대로 중앙 우체국에서 받을 수 있도록 집 열쇠를 그쪽으로 보냈어요. 우리 직원이 일 년에 최소한 번은 집 상태를 확인하러 방문한다는 조항도 잘 이해해 주더군요. 집에 골치 아픈 일이 생기는 경우가 적지 않거든요. 그 사람은 우리 조건에 쉽게 동의해 줬어요."

에그버트 부인은 두 사람에게 지금까지 드 레이시가 보낸 편지와 그에게 보낸 편지의 사본, 취소된 우편환들, 그 집의 집세로 받은 돈과 관리에 들어간 비용이 전부 기록된 장부의 숫자들까지 모두 보여 주었다.

"드 레이시 씨와 처음 연락하면서 주고받은 서류며 서신이 이 정도예요. 그 후로는 매번 우편환으로 집세를 냈어요. 전해에 계약한 기간이 끝나기 한 달 전에 말이죠. 매년 우리가 그 사람에게 편지로 우리 직원이 집을 검사하러 갈 날을 잡았어요. 그 사람은 항상 우리가 제안한 시간에 맞춰 줬고요. 자신은 그때 런던에 없을 테니 직원이 가지고 있는 열쇠로 편하게 들어와서 둘러보라고 했어요.

여기 검사 결과 보고서도 다 있어요. 그 집에서 뭔가 끔찍한 일이 일어났다는 사실을 알고 보니, 드 레이시 씨가 비현실적으로 이상적인 세입자였다는 생각이 드네요. 하지만 내 집에 세 들어 사는 사람들은 몇백 명이나 돼요. 그들 가운데 일부는 진절머리가 나는 사람들이죠. 그래서 큰 문제를 일으키지 않고 집세를 선불로 내기만 하면 세입자에게 미심쩍은 구석이 있다고 해도 기꺼이 넘어갔어요."

트레들스는 꼼꼼하게 기록된 장부를 한 페이지씩 넘기면서 에그버트 부인이 차라리 조금은 비밀스럽게 굴면 좋겠다 싶었다. 그녀가 뭔가를 감추고 있다는 사실을 감지한다면 수사를 진행할 발판이 될 것이다. 하지만 그녀의 일 처리는 너무나 투명해서 그가 애초에 두려워했던 결론을 내릴 수밖에 없었다. 이 방향도 막다른 골목에 다다랐다.

그는 제출한 서류를 전부 살펴보는 척하고 나중에는 질문도 몇 가지 했다. 하지만 끝내 빈손으로 에그버트 부인의 집을 떠났다. 완전히 빈손은 아니었으니, 사건의 표면을 긁지도 못했다는 자괴

감만 자꾸 커져 마음이 답답했다.

그 표면은 다른 곳에 있었고, 그는 그곳에서 백 킬로미터는 떨어진 채 상자에서 나오려고 버둥대는 것만 같았다.

"내가 제대로 이해했는지 정리해 봅시다, 홈스 양."

밴크로프트 경이 말했다.

"당신은, 첫째, 핀치가 하운즐로우에서 죽은 남자의 이름이다. 둘째, 그는 당신의 배다른 오빠이다. 셋째, 현재 스티븐 마블턴이 그 사람 행세를 하고 있다고 판단하신다는 거죠."

그와 샬럿이 만난 곳은 눈을 어디 둬야 할지 모를 응접실이었다. 이 집은 밴크로프트 경이 샬럿에게 첫 번째 청혼을 하기 전 성공을 확신하고 자신이 어림짐작한 샬럿의 취향에 맞춰 실내를 꾸민 후 함께 살고자 했던 바로 그 집이었다. 샬럿은 집이 이 지경이 되기까지의 전모를 잉그램 경으로부터 다 듣지는 못했지만, 밴크로프트 경이 퇴짜를 맞은 후 이곳을 공무에 쓰기로 마음을 바꿨다고 보는 게 타당할 듯했다. 물론 그 공무란 첩보 활동이었다.

샬럿은 이 집에서 보내는 시간이 즐거웠다. 그녀가 어떤 스타일의 실내 장식을 좋아하는지에 대한 밴크로프트 경의 추정은 딱 삼 퍼센트 빗나갔다. 하지만 오늘 그녀의 눈에는 하운즐로우에서 죽은 남자밖에 보이지 않았다. 고통과 충격으로 뒤틀린 그 얼굴 말이다.

그 모습이 처음이자 마지막으로 본 오빠의 모습이라면 어쩌지?

"정확해요."

샬럿이 말을 이었다.

"만약 핀치 씨의 전 애인이 그에게 불상사가 일어났다고 확신해 도움을 청하러 오지 않았다면 아무도 그가 실종되었다는 사실을 몰랐을 테고, 경찰은 단순히 신원 미상의 시체가 한 구 더 늘었다고 생각했을 거예요."

"그 의견이 이 사건에 다 들어맞는다고는 볼 수 없군요. 피살자는 친구가 리처드 헤이워드라고 확인해 줬거든요."

샬럿은 처음 듣는 소식이었다.

"잠시만요. 헤이워드 씨는 런던이 처음이었거나 적어도 그 친구는 갓 사귄 사람이었어요. 그 사람은 헤이워드의 출신에 대해 아무것도 몰라요. 경찰도 아무것도 알아내지 못했고요."

"그건…… 맞아요."

"그렇다면 피살자의 이름이 뭐로 확인되건 의미가 없잖아요."

"피살자의 이름은 잠시 옆으로 밀어 둡시다. 나는 왜 스티븐 마블턴이 리비아 양에게 자신을 핀치라고 소개했는지 이해가 안 되는군요. 리비아 양과 접촉하면 당연히 당신의 관심을 끌겠죠. 당신이 그를 보는 순간 위장한 신분은 들통날 거고요. 이미 그렇게 된 셈이죠. 마블턴 가족이 리비아 홈스와 셜록 홈스의 관계를 전혀 모른다고 말씀하실 작정입니까?"

훌륭하다. 그는 샬럿이 세운 가설을 그냥 내치지 않았다. 오히려 논리적인 근거를 바탕으로 그 가설을 공격한 후 그녀에게 주장을 입증해 보라고 맞받아치기까지 했다.

그녀의 의견을 진지하게 받아들이는 마음 자세는 지금 샬럿에게 큰 점수를 땄다. 하지만 세간에는 그런 태도가 전혀 주목받지 못한다는 사실을 생각하면, 지금 상황은 인류의 상태에 대한 서글픈 주석 같았다.

"색빌 사건이 종결될 즈음에 마블턴 부인이 제게 보낸 편지에서, 그분은 구체적으로 제게 셜록 홈스로서 성공하기 바란다고 했어요. 그 일가의 정보력을 생각해 보면 내가 다름 아닌 불명예스러운 샬럿 홈스이자 헨리 홈스 경의 딸이라는 사실을 그들이 몰랐을 리 없어요. 몰랐다고 짐작한다면 경솔한 판단이죠. 마블턴 씨가 리비아 언니에게 접근한 이유에 대해서는 꼭 그래야 할 이유가 있었다는 생각밖에 들지 않아요.

핀치 씨는 어떤 이유로 제거되었어요. 마블턴 씨는 어떤 이유로 그의 행세를 하고 있고요. 마블턴 씨는 핀치 씨의 혈육이 뭔가, 아주 중요한 뭔가를 안다고 믿는 건 아닐까요?"

"하지만 당신은 방금 가족 중에 핀치 씨와 개인적으로 연락하는 사람은 아무도 없다고 직접 말씀하셨잖습니까."

밴크로프트 경이 지적했다.

"당신의 아버지는 오로지 변호사를 통해 연락을 합니다. 당신의 언니들은 혼외자인 오빠와 연락하는 사이가 된다는 생각만으로도 거부감을 느끼고요. 만난 적도 없는 남자에 대해 그들이 뭘 알겠습니까?"

"가끔 사람들은 자신이 뭘 아는지도 모른 채 뭔가를 알고 있기도 해요. 저는 핀치 씨를 만난 적도 없지만, 며칠 동안 그가 사망한 사실을 알고 있었다고 말할 수 있죠. 제가 직접 그의 시신을 검사했으니까요. 하지만 더 많은 정보가 모여 사실을 비추기 전에는 제가 무엇을 아는지 몰랐어요. 아마 마블턴 씨는 단 하나의 사라진 조각을 찾고 있을 거예요. 우리 가족 중 누군가가 그 조각이 뭔지도 모른 채 가지고 있다고 확신했고요."

밴크로프트 경이 눈썹을 모았다. 그도 그렇게 못생긴 얼굴은 아니었다.

"나는 당신의 가설을 전적으로 인정하지는 않습니다, 홈스 양. 하지만 이 사건을 핀치 씨와 연결해서 살펴보겠습니다."

그가 또 일 점을 땄다. 그는 그녀의 말에 귀를 기울일 뿐만 아니라 행동에 나서겠다고 했다. 그 행동이 부하에게 내리는 단순한 명령 하나라 할지라도 말이다.

"진짜 핀치 씨요? 아니면 가짜?"

"둘 다."

그녀의 가설은 여기서 끝이 아니었다. 그녀는 다음 가설에 대해 그가 어떻게 생각할지 진심으로 궁금했다.

"색빌 사건이 끝난 후에 저는 서머싯 하우스에 가서 소피아 론즈데일의 혼인 신고서를 찾아봤어요. 그녀가 모리아티라는 남자와 결혼했다는 사실을 확인하고 잉그램 경에게 그 이름을 아는지 물어봤죠. 그분은 다시 경을 찾아갔고, 경은 그 남자와 엮이지 말라고 경고하셨죠."

"그랬죠."

"공식적으로, 소피아 론즈데일은 오래전에 사망했어요. 제가 알아낸 바에 따르면 스키 사고로 신고되었어요. 모리아티가 하찮게 볼 남자가 아니라는 사실을 알게 된 후 저는 그녀가 모리아티와의 삶을 견딜 수 없어서 도망치기 위해 자신의 죽음을 위장했다고 짐작했어요. 그런데 지금은 그 가설에 자신이 없어요.

혹시 그 계획이 일방이 아니라 양방향으로 계획해서 실행한 계략이라면 어떨까요? 어쩌면 그들은 소피아 론즈데일이 모리아티에게 잠재적으로 약점이 되리라는 사실을 깨달았어요. 그의 적들이 소피아 론즈데일을 목표물 삼아서 그에게 타격을 줄 수 있다고요. 하지만 그 적들이 그녀가 죽었다고 믿는다면, 심각한 약점 하나가 사라진 게 되겠죠."

밴크로프트 경은 몸을 살짝 내밀었다.

"지금 모리아티가 이 사건에 관련되어 있다고 암시하시는 건가요?"

"암시 이상이에요. 저는 그러기를 희망해요."

샬럿이 말을 이었다.

"솔직하게 말씀드리죠. 그 비즈네르 암호는 아무리 봐도 너무 과해요. 죽은 남자의 옷에 남긴 브라유 점자라니 헛웃음이 날 정도로 복잡했죠. 그런데 마블턴 부인이 처음으로 나를 찾아왔을 때 보여 준 암호가 기억났어요. 그 암호는 훨씬 단순했어요. 그러면서도 비슷한 식으로 복잡한 느낌이 났어요.

어쩌면 모리아티의 사람들은 암호를 통한 연락이 외출할 때 모자를 쓰는 것만큼 반드시 필요한 일이라고 생각할지 몰라요. 제가 푼 비즈네르 암호는 중요한 정보를 전달하는 용이 아니라 테스트라고 생각해요. 암호의 수신자가 하운즐로우의 집까지 찾아올 수 있는지 알아보기 위한 암호요. 여기서 제 주장을 더 발전시켜 보면, 죽은 남자는 그런 브라유 점자 암호를 남겨서 런던의 형사가 아니라 조직의 동료에게 신호를 주려고 했어요. 사방에서, 특히 예상치 못한 곳에서 그런 실마리를 찾아내는 데 익숙한 누군가에게 말이죠."

"당신의 주장에 따르면 핀치 씨인 그 피살자가 그들의 일원이었다는 말씀이신가요?"

"네."

"그렇다면 그 조직에 내분이 발생해 동료를 죽이고 말았다는 뜻이 되겠군요."

"네."

밴크로프트 경은 잠시 생각에 잠겼다.

"당신의 말이 사실이면 좋겠군요. 그쪽의 내분은 제게는 희소식이니까요."

"하지만 오래가지 않을 거예요. 일단 알력을 제거하고 나면 그들은 더 유능하고 무자비한 조직이 될 수도 있어요."

"아니면 조직 전체가 엄청난 격동과 복수에 휘말릴 수도 있고요."

밴크로프트 경이 샬럿을 보았다.

"저는 기회주의자입니다, 홈스 양. 어떤 기회든 대비를 해야만 하죠."

예를 들면 그의 청혼을 이미 거절한 적이 있는 여자가 더는 퇴짜를 놓을 수 없는 처지가 된 기회?

"당연하죠."

그녀가 대답했다.

"기회주의자로서 당신을 점심 식사에 초대할 기회를 꼭 잡아야겠군요."

샬럿이 시간을 확인했다. 정말 점심시간이었다. 그 혹은 그녀의 위장을 무시하지 않다니 그의 점수가 또 올라갔다.

"고맙습니다. 기꺼이 그 초대를 받아들이죠."

친오빠를 시체로 먼저 만났을지 모른다는 사실을 알아낸 날이지만 일단 먹어야 한다.

점심은 여러 식사 사이에서 곁가지 같은 위치에 있다. 아침은 꼭 먹어야 하고, 저녁은 풍성함을 뽐내고, 티타임은 모두에게 사랑을 받는다. 하지만 점심은 대체로 전날 남은 음식이라 흥이 나지 않는다. 빵과 덤으로 치즈 정도가 나오니 말이다.

그러나 밴크로프트 경의 점심에는 얇고 바삭바삭한 치킨커틀릿과 환상적인 빌 앤드 햄 파이•, 그보다 더 훌륭한 차가운 자두 푸딩이 나왔다. 게다가 샬럿이 한 번도 경험한 적 없는 조리법으로 즐길 수 있는 여름 산딸기 종류 열매들이 작은 연유 그릇에 듬뿍 담겨 나왔다.

샬럿은 미국에서는 연유가 남북전쟁 중 병사들의 식량으로 사용된 덕분에 매우 대중적이라는 사실을 알았다. 하지만 영국에서는 그리 대중적이지 않았다. 그런데도 샬럿은 달콤한 연유에 살짝 찍은 딸기가 너무 맛있다는 사실에 이의를 제기할 수 없었다.

• **빌 앤드 햄 파이** 소고기와 햄을 넣은 파이

"모유를 먹지 못하는 아기들의 대용으로 쓰는 것 외에도 연유를 활용할 방법이 있는 줄 몰랐어요."

"내 요리사는 연유를 훨씬 더 유용하게 활용하는 방법을 알고 있죠."

밴크로프트 경이 말했다. 그는 완전히 긴장을 푼 것처럼 편안해 보였다. 식당 방은 응접실만큼 천박한 분위기였는데, 샬럿이 욕망이 넘치는 매음굴 같을 것이라고 상상한 수준보다 한 단계 더하거나 덜한지 알 길이 없었다.

"연유를 몇 시간 뭉근하게 중탕하면 일종의 우유 잼이 되죠. 그 풍미가 아주 부드러운 캐러멜과 상당히 비슷해요."

"어머나."

"내 반응도 꼭 그랬답니다."

밴크로프트 경이 샬럿을 유심히 바라보았다.

"이런 정보들이 내 청혼에 대한 당신의 결정에 긍정적인 영향을 미치기를 바랍니다."

"그럴 거예요."

샬럿도 인정할 수밖에 없었다.

샬럿은 낭만적인 사랑은 쉽게 상하는 식품과 같아서, 한정된 시간 동안에는 가장 신선하고 맛있지만, 그 기간이 지나면 눈에 띄게 부패하지는 않더라도 퀴퀴한 냄새가 난다고 믿었다. 사랑이 그 무엇보다 소중하다는 주장을 조금도 신뢰하지 않으므로, 그녀는 이 청혼을 긍정적으로 받아들여야 마땅했다.

그런데 애석하게도 이 지점에서 자그마한 취향의 문제가 끼어

들었다. 그녀는 밴크로프트 경의 아내가 되는 것보다 혼자인 편이 비교할 수 없을 정도로 좋았다. 유일한 문제는, 지금 같은 상황에서 자신의 확고한 취향을 어디까지 존중해야 하느냐였다.

"다행이군요. 혹시 가까운 시일 내에 왓슨 부인과 레드메인 양과 함께 내 집에서 저녁을 드시지 않겠습니까? 세 분을 모신다면 영광이겠습니다."

샬럿은 그가 일전에 왓슨 부인과 계속 교제를 이어 나간다고 해도 반대하지 않겠다고 한 말을, 마치 불법적인 모임처럼 집을 살짝 빠져나가 만나는 정도는 눈감아 주겠다는 뜻으로 받아들였다. 왓슨 부인이나 레드메인 양을 자신의 집에서 손님으로 만나는 것까지 개의치 않는 줄은 꿈에도 몰랐다.

"경의 초대를 기꺼이 전해 드릴게요."

셜록 홈스의 신분으로 의뢰인을 받는 문제는 마음을 바꿨는지 물어보고 싶었지만, 입이 떨어지지 않았다.

밴크로프트 경이 고개를 갸웃했다.

"언니분들은 잘 계시지요?"

아하, 그는 어디를 공략해야 자신에게 이득인지 너무나 잘 알고 있다. 인정할 만했다. 두 사람은 결국 협상 비슷한 뭔가를 하는 성인들이었다. 그는 자신의 손에 있는 수단을 모두 활용해 그녀가 협상할 처지가 아니라는 사실을 계속해서 상기시키는 중이었다.

그녀가 대답하려는데 하인이 들어와 알렸다.

"잉그램 경께서 오셨습니다."

잉그램 경이 들어왔다. 재단이 엉성하고 원단도 그리 좋지 않은

회색 정장 차림이었다. 그를 모르는 사람이 본다면 자전거를 탄 전령으로 착각할 만한 옷차림이었다. 그의 부츠와 바짓자락에 튀긴 흙탕물을 보니 알 만했다. 요즘 런던은 포장도로와 실용적인 하수 처리 시스템을 갖추고 있으므로 그건 런던에서 묻은 흙은 아니다.

그렇다면 시골 진흙탕일 것이다. 그리고 두 시간 이내 거리였다.

신문을 보면 런던에서 기차로 두 시간 안에 갈 수 있는 곳들 중 저런 진흙탕에 어울리는 날씨였던 곳을 알아낼 수 있을 것이다. 그가 밴크로프트 경에게 암호 전보를 보내는 대신 서둘러 런던으로 돌아와 직접 만나려고 하는 이유를 짐작할 만한 실마리도 신문에서 찾을 수 있으리라.

리비아와 달리 샬럿은 신문이야말로 환상적으로 쓸모가 많다고 생각했다. 다만 어디를 봐야 하는지 알아야 한다. 도움이 될 만한 정보는 신문 일 면을 장식하지 못하는 기사에 있는 경우가 적지 않기 때문이다. 종종 첫 페이지의 우아함과 관련 없는 부분이나 스무 단락 이후 문장들이 사건의 진짜 의미를 비추는 경우가 많았다.

잉그램 경은 샬럿이 형의 식탁에 앉아 있다는 사실에 그녀의 예상대로 반응했다. 처음에는 놀랐다. 아니, 저것은 두려움일까? 하지만 뭐가 되었건 그런 기색은 순식간에 사라지고 감정은 철저하게 지워졌다.

"홈스 양, 안녕하십니까? 밴크로프트, 잠시 할 이야기가 있는데."

밴크로프트 경이 양해를 구했다. 형제가 방을 나갔다. 몇 분 후 잉그램 경이 혼자 돌아와 식탁에 앉았다.

"뱅크로프트가 유감이라고 전해 달래, 홈스. 급한 일이 어쩌고 저쩌고."

그가 '홈스'라고 부르는 소리에 마음이 편안해지면 안 되는데, 실제로는 편안해졌다. '홈스'라는 호칭은 두 사람이 좋은 관계에 있다는 뜻이었다. 적어도 일반적인 관계 정도는 되었다.

"물론이죠. 어떻게 지내셨나요, 경?"

두 사람이 하운즐로우에 있는 그 집의 중요성을 알아낸 후로 처음 만나는 자리였다. 그동안 그의 머리는 더 짧아졌다. 하지만 가장 큰 변화는 뼈대가 한층 도드라져 보이는 얼굴이었다.

"나야 잘 지냈지. 당신은?"

그녀는 먼지 방지 덮개를 떠올렸다. 별다른 감정 없이 그 덮개를 끌어 내려 시신을 드러냈던 자신을 떠올렸다.

"나도 잘 지냈어. 토요일에 나를 그곳에 내버리고 간 후로 무슨 일을 하고 다녔는지 물어봐서는 안 될 것 같네."

"물어볼 수는 있지만 대답해 줄 수는 없어. 용서해. 그런데 당신, 여기서 뭐 하는 거야?"

그의 아내가 보낸 광적인 열망에 찬 편지와 함께 그녀의 눈에 서렸던 필사적인 희망이 떠올랐다. '아뇨, 조사가 잘못된 것 같아요. 엉뚱한 핀치 씨를 찾으신 게 분명해요.'

그 말은 사실이었다.

"흥미롭게도 나도 대답해 줄 수 없어. 당신이 부디 나를 용서해 주기 바라."

잉그램 경은 샬럿을 날카로운 눈빛으로 지그시 바라보았다. 그의 지성이 작동하는 방식은 그녀와 완전히 달랐다. 그녀의 지성이 논리와 사실을 냉정하고 신속하게 따진다면, 그는 정교하게 다듬은 본능에 훨씬 더 의지했다. 훌륭한 본능은 대뇌가 아니라 내장이 처리하는 논리와 사실이라는 것이 샬럿의 관점이었다. 그는 분석의 단계를 하나하나 나열하며 설명할 수는 없지만, 그렇다고 해서 그가 내린 결론이 논리적으로 부실하다고는 할 수 없었다.

"뭔가를 저질렀군. 당신은 나처럼 아무렇게나 사과하는 사람이 아니야. 당신은 '나'에게 구체적으로 '당신'을 용서해 달라고 했어."

그가 말했다.

그녀는 라즈베리 하나를 연유에 푹 담갔다. 그리고 빼지 않았다.

"맞아."

그가 의자에 등을 기댔다.

"내가 들을 대답은 그것뿐인가?"

그의 시선이 아직도 라즈베리에게 연유 목욕을 시키는 그녀의 손가락으로 향했다. 그가 옆에 놓은 의자의 등받이에 한쪽 팔을 걸쳤다. 느긋하게 긴장을 풀고 앉아 있는 그의 몸에서 언제 튀어나올지 모를 힘이 느껴졌다. 소박한 갈색 조끼와 또 소박한 하얀 셔츠 아래에서 그의 가슴은 고르게 그리고 쉼 없이 오르락내리락했다. 그는 기다리고 있었다.

샬럿은 기운 없는 달팽이처럼 천천히 라즈베리를 먹으며 그를 좀 더 기다리게 했다. 아무런 맛도 느낄 수 없었다.

그가 한쪽 눈썹을 들어 올렸다.

그녀는 속으로 한숨을 쉬었다.

"엄격하게 말하자면 나는 아무런 잘못도 하지 않았어. 하지만 상황이 복잡해. 아마도 나는 친구로서의 충심보다 조사원으로서의 신뢰를 우위에 둔 결정 때문에 비난받을 거야."

"평소 당신은 더 명료하고 직설적으로 말하지."

잉그램 경은 시선을 들어 그녀의 얼굴을 보았다.

"그런 장황한 대답에서 내가 이해한 바로는, '내'가 불충하다고 받아들일 만한 짓을 저질렀어."

그녀는 고개를 끄덕이며 옆에 놓인 의자의 장식 가로대를 천천히 어루만지는 그의 엄지손가락에 잠시 정신을 빼앗겼다.

"셜록 홈스의 신분으로 조사를 하는 과정에서?"

그녀는 여전히 장식 많은 의자의 홈이며 소용돌이 문양을 따라 움직이는 그의 손가락에 정신을 빼앗긴 채 다시 고개를 끄덕였다.

"좀 더 구체적으로 말해 봐."

살짝 후회하며 그녀는 그의 손에서 시선을 돌렸다.

"못 해. 내가 이미 말한 것 이상은 아무것도 말 못 해."

"내가 당신에게 화를 낼까 봐?"

고개를 끄덕여서 남아도는 턱을 줄일 수 있다면 샬럿의 턱은 1.2턱이 될 때까지 줄었을 것이다.

"하지만 그 사실을 모른다고 해서 당신에게 피해가 가지는 않을 거야."

두 사람의 눈이 마주쳤다. 서늘하고 짙은 그의 눈동자.

"당신을 믿어 달라고 부탁하는 거야?"

"당신이 알면 좋아하지 않을 어떤 일에 휘말려 있다고 알려 주는 거야."

그의 눈매가 가늘어졌다.

"내가 싫어하는 일은 셀 수도 없이 많지. 하지만 예를 들어 폴로 경기에서 지는 것과 내 집이 불에 모두 타 버리는 일은 결코 같지 않아."

그녀는 자신의 말을 되풀이하는 수밖에 없었다.

"이미 말한 것 이상은 말할 수 없어."

그는 아무 대꾸도 하지 않았다.

"미안해."

그녀는 자신도 모르게 이렇게 웅얼거렸다.

장식 가로대에 올려놓은 그의 손가락들이 하나씩 순서대로 그곳을 소리 없이 탁탁 두드렸다.

"오래전 당신이 내게 어떤 말을 했어. 그 말을 정확하게 기억하지는 못하지만, 대략 이런 뜻이었어. 남자들은 다른 분야에서 분별력 있게 행동하는 사람조차 완벽한 여자를 찾을 수 있다는 환상에 빠진다. 그런 환상의 문제는 완벽함을 추구하는 행위가 아니라 완벽함의 정의에 있다. 여기서 완벽한 여자란 남자라는 존재의 모든 측면을 빛내 주기 위해서, 남자의 수준과 똑같은 지성과 재치와 관심거리를 지닌 채 그 남자의 삶에 감쪽같이 녹아들 수 있는 아름다운 외모를 지닌 여성이다."

그녀는 그 대화를 기억했다. 미래의 레이디 잉그램이라는 주제를 놓고 두 사람이 가장 격렬하게 맞서 나눈 대화이기 때문이다.

"당신은 내게 그런 환상을 믿지 말라고 경고했지. 나는 그 경고를 불쾌하게 받아들였고. 그때 말하지 않았지만, 그날 당신과 헤어지면서 당신은 절대 완벽한 여자라는 오해를 받지 않을 거라고 생각했어. 당신이 어떤 남자의 삶에도 맞출 생각이 없다는 건 불을 보듯 뻔했거든. 어느 누가 당신 삶의 목적이 당신답게 사는 것이 아니라고 생각하겠어.

그때, 나는 당신의 말을 야박하다고 생각했어. 내내 그 말들이 머리 주위를 날아다니면서 경멸감과 앙심을 자아냈지. 어쨌든 당신에 대한 내 의견은 지금도 그대로야. 하지만 나는 많이 체념하고 그보다 더 많이 감탄하면서 당신과 같은 생각을 해."

두 사람의 눈이 다시 마주쳤다. 그의 눈동자는 여전히 속을 알 수 없는 검은색이었지만 아까와 달리 따뜻했다. 그의 말대로 많이 체념하고 그보다 더 많이 감탄하는 기색이 더해진 애정 어린 깊은 눈빛이었다.

"당신이 무슨 짓을 했는지 알게 되면 나는 버럭 화를 내고 당신에게 배신당했다고 비난할 거야. 하지만 내가 상대하는 사람이 누구인지 몰랐다는 말은 하지 못하겠지. 우리는 항상 의견이 충돌해. 그것이 우리 우정의 본모습이야."

그가 손을 뻗어 과일과 연유 그릇을 가져갔다.

"하지만 당신은 죗값을 치러야 해. 배는 내가 더 고프니까 이건 압수하도록 하지."

샬럿은 그가 먹는 모습을 지켜보았다. 이것보다 저것을 더 선호하는 마음은 어떻게 생길까? 이목구비의 배열이나 목소리의 차이 때문일까? 밴크로프트 경이 잉그램 경에 비해 지략이 떨어진다거나 육체적인 힘이 밀린다는 말은 절대 할 수 없다. 그런데 형은 샬럿에게서 무미건조하고 데면데면한 반응을 끌어내는데, 어째서 동생은…….

"잘 모르나 본데, 그건 금단의 열매야."

그녀가 말했다.

"그 열매를 먹었으니 나도 대가로 뭔가를 받아 내야겠어."

"허."

그가 대꾸했다.

"이 집에 암실이 있을 거야. 그리고 당신은 시간이 되면 밴크로프트를 위해서 사진을 현상해 줄 테고. 갖고 싶은 사진이 있어."

"어떤 사진?"

"하운즐로우의 집에서 발견된, 피살자의 얼굴이 선명하게 나온 사진."

그가 포크를 내려놓았다.

"그건 왜?"

샬럿은 레이디 잉그램의 이름과 전반적인 배경은 쏙 뺀 채 대충 설명했다. 그는 믿을 수 없다는 표정으로 이야기를 들었다.

"그 남자가 당신의 배다른 오빠일 리 없다는 건 알겠지."

"나도 그건 알아. 하지만 그렇지 않다는 사실이 입증되지 않는 한 그렇게 생각할 수밖에 없어. 나는 사진이 필요해. 그래야 그 사람을 진짜 아는 사람에게 보여 줄 수 있으니까. 그러면 어느 쪽인지 확실히 알 수 있겠지."

"이 사건에 더 깊이 들어가서는 안 돼. 당신이 말한 상황이 맞고, 모리아티나 그의 수하들이 관련된 거라면……."

"그 사람이 내 오빠인지 알고 싶을 뿐이야."

"만약 짐작이 맞는다면 어떻게 할 건데?"

"밴크로프트에게 한시바삐 사건의 진상을 확실히 규명해 달라고 할 거야. 뛰쳐나가서 살인자를 내 손으로 잡을 생각은 없어. 당신이 걱정하는 게 그거라면 말이야."

"그건 약속인가?"

"그래."

"요즘은 약속을 너무 많이 하는군."

그가 뻔히 의심하는 눈빛으로 그녀를 바라보며 말했다.

"여기서 기다려."

그가 몇 분 후 봉투를 가지고 돌아왔다.

"내 믿음을 악용하지마."

"그럴 일 없어."

그녀가 봉투로 손을 뻗었지만, 그는 봉투를 내주지 않았다.

"아까 당신이 사과한 건과 관계없지, 그렇지?"

"없어."

"내 눈을 똑바로 못 쳐다보는데."

그녀가 그의 눈을 바라보았다.

이번에는 그가 시선을 피했다. 어째서인지 그녀의 눈을 똑바로 볼 수 없었다.

그녀가 봉투를 받아 들었다.

"고맙습니다, 경. 그럼 이만 가 보겠습니다."

왓슨 부인은 그레이트 윈드밀 스트리트에 있는 무료 급식소를 오래전부터 후원했다. 후원자로서 그곳을 견학한 적도 있었다. 이런 눈곱만한 안면을 바탕으로 그녀는 번스 부인이 그곳에 다시 나오는 날이 언제인지 알아내는 임무를 맡았다. 처음에는 편지로 알아보려다가 직접 가기로 했다. 그래야 번스 부인을 만났을 때 자원봉사자의 경험에 대해 할 이야기가 있을 테니 말이다.

전적으로 확신하지는 못했지만, 주위에 미행하는 사람은 없는 것 같았다. 그것만으로도 마음이 푹 놓였다. 행운은 무료 급식소에서도 이어졌다. 스태프를 담당해 어쩔 줄 몰라 하던 여자가 왓슨 부인을 보더니 말했다.

"오늘 번스 부인이 와서 정말 다행이에요. 그분이 무슨 일을 해야 할지 알려 주실 거예요."

넓은 주방을 반쯤 가로지르던 왓슨 부인은 벌써 땀을 흘리기 시작했다. 주방이 지독하게 더운 곳이라는 사실을 알기에 일부러 옷을 가볍게 입었다. 그런데도 그곳의 열기와 습기가 거대한 벽돌 벽처럼 가슴을 짓눌러 헉헉거리며 숨을 쉬어야 했다.

"번스 부인."

안내하던 여자가 주방에 딸린 방으로 머리를 집어넣었다.

"여기 자원봉사를 하러 오신 후원자가 계세요. 무슨 일을 해야 하는지 알려 주시겠어요?"

그녀의 목소리는 애원하는 듯했다. 순무 더미 뒤에 있던 번스 부인은 그 부탁을 딱히 영광스러워하는 것 같지 않았다. 하지만 의자에서 일어서서 그 여자로부터 왓슨 부인을 소개받은 후 인사를 건넸다. 그 여자가 서둘러 그곳을 나가자, 번스 부인은 칼로 다치지 않고 순무 껍질을 깎을 수 있는지 물었다.

왓슨 부인은 잠시 망설였다. 어릴 때는 자주 부엌일을 도왔다. 하지만 완연한 중년이 된 지금은 육체노동을 하지 않은 지 꽤 되었다.

"채소 껍질을 못 벗기겠으면 다듬고 씻는 일을 맡겨야겠군요. 그런데 그 일이 더 힘들어요."

"감자와 순무 껍질은 수도 없이 깎아 봤어요. 요즘에 한 게 아니라 그렇지. 몇 개만 시범적으로 깎으면서 옛 실력이 남아 있는지 볼까요?"

그런 오래된 기술은 감사하게도 금방 되돌아왔다. 한때 사과 껍질을 한 번도 끊지 않고 사과를 깎던 실력이 어디 가겠는가. 번스 부인은 굳이 놀라움을 감추지 않았지만 일부러 칭찬해 주지도 않았다.

"잘됐어요. 우리는 할 일이 많거든요."

왓슨 부인은 번스 부인이 아름답다고 생각하지는 않았다. 하지만 어느새 이 가정부의 나긋나긋한 몸매와 섬세한 이목구비에 자꾸 눈이 갔다. 번스 부인은 기도를 드리거나 전투를 위해 아껴 둔 진지함을 순무의 껍질을 깎는 데 다 쏟는 듯했다.

왓슨 부인도 열심히 순무에 집중했다. 어느새 두 사람은 그 더미의 삼 분의 이를 해치웠다. 껍질을 다 깎은 순무를 담은 바구니를 가지러 오자 번스 부인과 왓슨 부인은 무거운 바구니를 함께 들고 주방의 조리대로 옮겼다. 그러자 그곳을 담당하는 봉사자들이 순무를 잘게 다져 커다란 냄비에 넣었다.

두 사람이 껍질을 깎는 구역의 의자로 돌아오자, 왓슨 부인은 대화를 나누기 좋은 기회라고 생각했다.

"여기서 일하시나요, 번스 부인?"

번스 부인이 고개를 저었다.

"저는 자원봉사자예요."

"하지만 일솜씨가 능숙하시네요. 자주 오시는군요?"

"일주일에 한 번 와요."

"정말 열심이시네요."

번스 부인이 어깨를 으쓱했다. 그녀의 몸짓은 품위가 있었다. 제대로 된 드레스를 입히면 스완슨 박사의 동료들의 아내들에게 결코 밀리지 않는 숙녀로 보일 것이다. 전부터 그녀는 모리스 부인이 의심이 과하다고 생각했다. 아직도 모리스 부인이 의뢰 중인 상황에서, 무엇이 옳은지 판단을 내릴 만큼 잘 알지는 못했지만 말이다. 하지만 번스 부인을 직접 만나고 스완슨 박사의 칭찬까지 들은 지금은 한 가지 사실만큼은 명확해졌다. 번스 부인이 다음 스완슨 부인의 자리를 원한다면 뜻을 이룰 가능성이 몹시 높았다.

"어디 고용되어 있으신가요, 번스 부인?"

이 말에 번스 부인이 살짝 경계하는 눈빛을 보냈다.

"네."

"반휴일을 희생해서 여기에 오신 거군요."

"오늘은 아니에요. 고용주가 휴가를 가신 덕분에 자유 시간이에요."

"그럼 여행이라도 잠시 다녀오지 그러셨어요."

"하녀들이 있거든요. 누군가는 그 사람들을 지켜봐야 해요. 그리고 휴가를 가면 돈이 많이 들잖아요."

번스 부인이 안타까운 기색을 숨기지 않으며 말을 이었다.

"지금 많이 아낄수록 더 빨리 일을 그만둘 수 있어요."

번스 부인이 고용주와 결혼해서 가정부 신세를 벗어날 계획이라면 이렇게까지 절약을 할까?

"부인은 아직도 한창 때인걸요. 은퇴는 아주 먼 일일 거예요."

처음으로 번스 부인의 눈에 불빛이 반짝 일었다.

"아하, 하지만 제 계산에 따르면 말이죠. 아주 보수적으로 계산해도 앞으로 삼 년 후면 은퇴할 수 있어요."

"정말요?"

왓슨 부인은 깜짝 놀랐다. 가정부처럼 집에 고용된 사람들은 식비나 집세로 월급이 나갈 필요가 없으므로 돈을 모으려 한다면 꽤 많이 모을 수 있다는 건 왓슨 부인도 알고 있었다. 하지만 그런 일을 하는 사람들은 대체로 최소 금액으로 생활비를 유지할 만큼 절제하며 살지 못했다. 특히 일이 단조롭기 때문에 즐거움을 추구하고 그것에 열중하는 건 인간으로서 어쩔 수 없는 일이었다.

"나는 예전에 어느 레이디의 몸종이었어요. 머리를 매만지는 솜씨가 좋았죠. 다른 레이디들이 제 주인에게 저를 빌려 달라고 할 정도였으니까요. 런던에 좀 더 살면서 머리를 매만지는 기술을 아가씨들에게 가르칠 수도 있을 거예요. 하지만 그런 일을 하지 않아도 될 정도로 이미 충분히 돈을 모아 뒀어요."

왓슨 부인이 고개를 흔들었다.

"정말 대단하세요."

"알아요. 이제 삼 년 남았어요. 하지만 때로 하루하루가 너무 길게 느껴져요."

"주인 내외가 너무 까다롭게 구나요?"

"주인님은 괜찮아요. 주인마님은 안 계시고요. 홀아비거든요. 따님이 아버지와 함께 지내러 왔는데, 처음부터 나를 싫어하더군요."

번스 부인이 입술을 쑥 내밀었다.

"그 따님이 나를 못살게 군다거나 그러지는 않아요. 하지만 누가 나를 보고 '저 사람 좀 사라져 주면 좋겠다'라고 생각하는 건 그냥 알 수 있잖아요. 그 따님의 남편이 지금 바다에 나가 있어요. 남편이 어서 돌아와서 함께 돌아가면 좋겠어요. 앞으로 딱 삼 년 남았는데, 굳이 다른 집을 찾아 옮기고 싶지 않거든요."

그녀는 껍질을 다 깎은 순무를 바구니에 던져 넣었다.

"하지만 가야 한다면 가야죠."

제16장

"오빠가 죽었다고 생각해요?"

왓슨 부인과 페넬로페가 동시에 소리쳤다.

샬럿은 차를 마시며 오늘 우즈 부인의 집에서 알게 된 사실을 두 사람에게 다시 말했다. 게다가 한 주 전에 밴크로프트 경이 구애를 한답시고 가져다준 비즈네르 암호를 재미로 풀다가 알아낸 사실도 들려주었다.

"밴크로프트 경은 내 말을 다 믿지는 않아요. 그분 탓은 아니죠. 직접적인 증거가 없으니까요. 핀치 씨가 왜 그를 죽인 사람들에 대한 경고가 은밀하게 들어 있는 재킷을 입고 목이 졸린 채 빈 집에 버려져 있어야 했는지에 대한 이유도 밝혀진 게 없어요. 그래서 먼저 이 사람의 신원을 확실히 하고 싶어요."

왓슨 부인은 그녀의 등줄기에 누군가 얼음장 같은 손을 내려놓은 듯한 기분이 들었다.

"어떻게요?"

"레이디 잉그램에게 오늘 저녁에 우리를 찾아와 달라고 편지를 썼어요."

샬럿이 핸드백에서 봉투를 꺼냈다.

"이 봉투에 죽은 남자의 사진이 들어 있어요. 이 사진을 그녀에게 보여 주려고요."

레이디 잉그램의 손이 벌벌 떨렸다.

페넬로페는 숨도 쉴 수 없었다. 시신을 보는 일은 불편하지 않았다. 지금까지 수도 없이 해부 수업을 들었기 때문이다. 하물며 죽은 사람의 사진은 더 아무렇지도 않았다. 하지만 오늘 저녁만큼은 의대생의 의연함을 도저히 발휘할 수가 없었다. 오늘 저녁 그녀는 죽음이라는 폭력과 죽음이 망자를 사랑했던 이에게 가할 수 있는 폭력에 완전히 노출돼 있었다.

레이디 잉그램이 봉투를 열었다. 하지만 내용물을 꺼내지 않은 채 그대로 떨어트렸다. 그리고 다시 들었지만, 다시 허벅지 위로 떨어트리고 말았다.

"실례합니다만, 지금 들은 말을 제대로 이해했는지 모르겠어요."

그녀의 목소리가 떨렸다. 정교한 드레스의 치마 부분에 달린 수정 구슬들이 부딪치며 찰랑찰랑 소리가 났다. 부들거리는 그녀의 무릎이 지휘하는 단조의 교향곡 같았다. 매우 늦은 시간이었다. 레이디 잉그램은 아까 보낸 메시지에서 자신이 참석한 무도회에서 자정 무렵에나 잠시 빠져나올 수 있으니 그때쯤 어퍼 베이커 스트리트에 들르겠다고 알렸다. 방 안을 밝힌 등불은 백지장처럼 하얀 그녀의 얼굴에 가차 없이 빛을 비추는 것처럼 보였다.

"지난번 우리가 만났을 때 당신은 핀치 씨가 잘 지내고 있다고 했잖아요. 휴가를 떠났고 집주인에게 좋은 인상도 줬다고 했고요. 그런데 갑자기 경찰은 왜 찾아가신 거죠?"

페넬로페는 범죄수사부 내의 인맥을 통해 사진을 입수했다고 설명했다. 엄밀히 말해 새빨간 거짓말은 아니었다.

"부인께서 우리가 엉뚱한 핀치 씨를 찾아냈다고 하셨기 때문이에요. 그래서 우리는 부인의 판단을 신중하게 고려하기로 했어요. 우리가 엉뚱한 사람을 찾아냈다면? 진짜 핀치 씨에게 불상사가 일어났으면? 그런 걱정이 들더군요. 그분이 변고를 당했다면 조만간 경찰이 그 사실을 알게 되겠죠. 핀치 씨가 사망했다는 기록은 없었어요. 그래서 경찰에 인계되었지만 아직 신원을 확인하지 못한 시신을 확인해 보려고 손을 썼어요.

이 신사분은 젊고, 변고를 당하기 전에는 괜찮은 환경에서 지내신 것 같아요. 아무런 연고도 없이 실종된 사람으로는 전혀 보이지 않았어요."

"그 사람이 어디에서 발견되었죠?"

"저희도 그것까지는 알 수가 없어요. 이 사진을 입수하는 것만으로도 상당히 힘들었거든요. 하지만 부인께서 런던경찰청에 직접 가시는 것보다 여기서 사진을 보시는 편이 더 수월하리라 판단했어요."

페넬로페가 잠시 입을 다물었다.

"분명 부인께서도 이런 가능성을 생각해 보셨겠죠."

레이디 잉그램이 시선을 피했다.

"물론 그랬어요. 지난번 그 사람이 요즘 속 편하게 잘 지내고 있다는 말을 들은 후로, 차라리 그 사람이 죽었으면 좋겠다고 몇 번이나 생각했어요. 그런데 지금 생각해 보니 내가 그 사람을 저주한 셈이 되었네요."

레이디 잉그램으로부터 흘러나오는 절망감에 휩쓸려, 페넬로페는 차오르는 눈물에 눈이 따끔거렸다.

"이렇게 고통을 드려 정말 죄송합니다, 부인. 사진 속 인물이 핀치 씨가 아닐 수도 있다는 사실을 명심하세요. 우리는 그런 가능성을 배제하고 싶을 뿐이에요."

레이디 잉그램의 입술이 비틀렸다. 물론 웃어서가 아니었다.

"그러니까 내 앞에는 그가 죽었거나 아니면 그가 내가 없는 삶을 사는 두 가지 세상이 있는 셈이군요."

"죄송합니다."

"사과하실 일이 아니에요. 당신들이 어떤 소식을 알려 줘도 희소식은 아닐 거라는 걸 이제는 이해해요. 그걸 알면서도 나는 여전히 천 분의 일의 가능성이라도 있을지 모른다는 희망을 놓을 수가 없어요……."

그녀가 주먹을 쥐었다. 그러더니 봉투를 집어서 사진을 확 꺼냈다. 그녀의 표정은 말로 표현할 수가 없었다. 경악과 희열의 중간이라고 할까.

"이 사람은, 이 사람은 핀치 씨가 아니에요."

페넬로페가 침을 꿀꺽 삼켰다.

"정말요? 정말 다행이에요."

레이디 잉그램이 사진과 봉투를 옆으로 던졌다. 그녀는 한껏 숨을 들이쉬며 눈을 꼭 감았다.

"그 사람이 차라리 나를 잊어버렸으면 좋겠다고 바라는 날이 올 줄은 몰랐어요. 하지만 그렇게 되었네요."

떨어져 있는 사진을 줍던 페넬로페는 기괴하게 뒤틀린 망자의 얼굴을 보며 몸서리를 치고는 얼른 봉투에 집어넣었다.

놀랍게도 레이디 잉그램은 그녀에게서 봉투를 다시 가져갔다. 그녀는 사진을 꺼내 얼굴이 똑바른 방향이 되도록 돌린 후 가만히 보았다. 잠시 후 그녀가 다시 숨을 헐떡였다.

"미안해요. 순간 의심에 사로잡혔어요. 내가 주의 깊게 보지 않았다면 어쩌나? 그가 살아 있기를 바라는 마음에 착각한 거라면 어쩌나 싶어서요."

그녀가 봉투를 페넬로페에게 건넸다.

"하지만 아니에요. 이 사람은 핀치 씨가 아니에요."

페넬로페는 레이디 잉그램에게 너무 가혹한 요청을 한 것은 아닐까 걱정스러웠다. 지금이야 이렇게 마음고생을 하고 있지만 시련이라고 할 만한 험한 일을 겪어 본 적이 없는 안온한 삶을 사는 사람이니 말이다. 그녀는 무슨 말을 해야 할지 생각이 나지 않았다. 그래서 애꿎은 차만 저으며 레이디 잉그램이 스스로 감정을 다독이도록 내버려 두었다.

잠시 후 레이디 잉그램이 일어섰다. 느닷없이 일어나는 바람에 허리가 아팠는지 얼굴을 찡그렸다.

"이제 가야겠어요. 더 있으면 누군가 내가 사라진 사실을 알아차릴 거예요."

"그러세요."

그녀는 아주 무거운 한숨을 쉬었다.

"지난번에 여기 왔을 때 당신이 나를 따끔하게 혼냈죠. 이제야 당신의 마음을 알겠어요, 홈스 양. 핀치 씨를 계속 찾는다고 해도 결국은 다 부질없을 거예요.

핀치 씨가 살아 있어서 기뻐요. 그리고 당신이 알려 준 대로 잘 지내기를 바라요. 나는 내년에도 앨버트 기념비에서 내 약속을 지킬 거예요. 앞으로도 매년요. 언젠가는 그를 다시 볼 날이 있겠죠. 못 볼지도 모르고요. 하지만 다시는 당신을 귀찮게 하지 않을 거예요."

"그러니까 그 사람은 살아 있는 거네요, 핀치 씨 말이에요."

왓슨 부인은 마음은 너무 놓인 나머지 여전히 기운을 못 차린 채 말했다.

"적어도 하운즐로우에서 살해당한 사람은 그가 아니었어요."

레이디 잉그램이 떠났다. 어퍼 베이커 스트리트 18번지의 세 숙녀는 응접실에 모여 차와 비스킷을 들었다. 아니, 더 정확히 말하자면, 샬럿은 차와 비스킷을 들었고 나머지 두 사람은 위스키로 마음을 진정시키는 중이었다. 괘종시계가 자정을 알린 지 한참 지났지만 아무도 집으로 돌아갈 생각이 나지 않는 것 같았다.

샬럿이 마들렌을 말끔히 먹어 치웠다.

"밴크로프트 경에게 저의 빛나는 가설은 확인된 사실로 완전히 무너졌다고 알려야겠어요."

그녀는 그 어느 때보다 아무 감정도 드러내지 않았다. 하지만 아까 레이디 잉그램이 사진 속 남자를 모르는 사람이라고 했을 때 샬럿은 주위에 다 들리도록 숨을 훅 내쉬었다. 그 모습을 본 왓슨 부인은 샬럿이 가설이 틀려서 생각보다 훨씬 안도했다는 사실을 알아차렸다.

"그러면 이제 핀치 씨는 어떻게 해야 하죠?"

왓슨 부인이 말했다. 레이디 잉그램은 이제야 분별력을 되찾은 것 같지만, 그들이 찾아낸 유일한 핀치 씨가 가짜로 드러났으니 말이다.

"길레스피 씨 기억하세요? 미어스 씨가 신분을 위장했던 그 변호사 말이에요."

홈스 양이 차를 한 잔 더 따르며 물었다.

"오늘 오후에 집으로 오는 길에 그분 사무실에 들러서 내일 만나기로 약속을 잡았어요. 내가 이 사건에 개입하고 있다는 사실을 아버지에게 들키지 않고 그분에게서 최대한 정보를 알아내려면 뭐라고 둘러대야 할지 아직 생각 중이지만요."

"내게 생각이 있어요."

페넬로페가 말을 이었다.

"제가 레이디 잉그램 역할을 하면 돼요. 물론 다른 이름이어야겠죠. 그러니까 그분의 사연에서 뼈대는 써먹을 수 있다는 말이에요. 길레스피 씨에게 핀치 씨가 행방불명이니까 아는 게 있으면 말해 달라고 하자는 말이에요."

"그 계획 마음에 들어요."

샬럿이 단호하게 말했다. 그리고 왓슨 부인을 돌아보며 물었다.

"부인, 아까 여쭤볼 기회가 없었어요. 오늘 무료 급식소에 가신 일은 성과가 있으셨나요?"

왓슨 부인은 번스 부인과 나눈 이야기를 두 사람에게 들려주었다.

"그 사람은 고용주에게 전혀 관심이 없어 보였어요. 물론 약삭빠르고 조심성이 많아서 생판 남에게조차 속내를 무심결에 털어놓지 않았다고 말할 수도 있겠죠. 하지만 퉁명스럽기는 해도 거짓말을 할 사람으로 보이지는 않아요."

샬럿은 고개를 끄덕이더니 왓슨 부인의 판단에 토를 달지 않았다. 그들은 즉시 계획을 짜기 시작했다. 왓슨 부인은 토요일에 무료 급식소에 다시 나가기로 했다. 번스 부인이 그날 다시 나올 계획이라고 말했기 때문이다. 페넬로페는 길레스피 씨를 만나러 갈 수 있도록 드 블루아 레이디들과 함께 가기로 한 바스 여행에서 빠지기로 했다.

"저도 레드메인 양과 같이 갈게요. 친구가 있으면 레드메인 양의 주장이 좀 더 설득력 있게 들릴 거예요."

샬럿이 말했다.

"하지만 아버님과 매우 가까운 사람과 만나는 게 현명한 일일까요?"

왓슨 부인은 그 변호사가 홈스 양을 알아보는 순간 일어날 불미스러운 결과가 자꾸 머릿속에 떠올랐다.

"길레스피 씨와 저는 만난 적이 없어요. 하지만 그분이 제 얼굴을 아신다고 해도 지금으로서는 제가 감수해야 할 위험이에요."

샬럿이 말했다.

세 사람은 잠시 말이 없었다. 그러나 왓슨 부인은 이내 샬럿이 얼굴을 감추기 위해 변장을 어떻게 해야 할지 분주하게 계획을 짜기 시작했다.

페넬로페가 목청을 가다듬었다.

"홈스 양, 밴크로프트 경이 청혼했다는 사실을 내가 전해 들었다고 해도 너무 충격 받으시지 않길 바라요."

왓슨 부인은 자신이 소문을 옮기는 사람이 된 것 같아 민망해서 괜히 헛기침을 했다. 하지만 페넬로페의 걱정 아닌 걱정에도 샬럿은 조금도 충격을 받지 않은 것 같았다.

샬럿은 페넬로페의 다음 말을 기다렸다.

"오늘 밴크로프트 경과 만났잖아요. 아니, 벌써 어제네요. 자정이 지났으니까. 궁금해서 그러는데, 답을 빨리 달라고 하시던가요?"

"그랬어요. 대놓고 말로 압박을 하시지는 않았지만요."

샬럿이 차를 마시고 접시에 남은 마들렌을 체면을 차려야 한다는 복잡한 심경이 담긴 눈빛으로 바라보았다.

"밴크로프트 경은 제가 그분에게 완벽한 여자라고 생각하시는 것 같아요."

"그런 생각을 별로 탐탁지 않게 생각하는 것처럼 들리네요."

페넬로페가 지적했다.

"남자에게 완벽한 여성이 무엇인지 생각해 보면 그건 여자에게는 찬사가 아니에요. 오히려 남자가 자기 자신을 보는 관점 그리고 그에게 무엇이 필요한지 알려 주는 기준이라고 해야겠죠."

샬럿이 한숨을 쉬었다.

"우리가 결혼한다면, 나는 그분의 환상을 지켜 주느라 지쳐 나가떨어지거나 그분이 자신의 선택에 크게 실망하거나 둘 중 하나예요. 어쩌면 둘 다겠죠."

왓슨 부인이 참지 못하고 불쑥 말했다.

"잉그램 경은 당신을 어떻게 생각해요?"

"잉그램 경요?"

샬럿의 입술이 살짝 움직이는 모습은 미소로도 후회로도 읽힐 수 있었다.

"그분은 제가 이 세상에서 완벽과 가장 거리가 먼 여자 중 한 명이라는 사실을 잘 알고 있어요. 천만다행이죠."

제17장

금요일

리비아는 황홀한 기분에 사로잡혀 공책을 빤히 바라보았다.

그녀는 셜록 홈스의 이야기를 글로 옮기는 중이었다. 교수형을 목전에 둔 사형수가 된 심정으로 미친 듯이 썼다.

두 가지 결정을 내리자 글이 술술 흘러나왔다. 먼저, 리비아는 먼 과거에 벌어진 최초의 사건으로 소설을 시작하지 않기로 했다. 결국 핵심은 셜록 홈스였다. 다음으로, 셜록 홈스를 화자로 썼다가 실패한 후 왓슨 부인을 대신하는 가상의 남성 등장인물을 내세워 화자의 역할을 맡기기로 했다.

그 결정은 완벽했다. 왓슨이라는 인물은, 일찍이 샬럿을 경이로움과 불편함에 휩싸여 바라봤던 사람과 샬럿이 공을 들여 세세하게 추리 과정을 설명해 주면 '나도 그 정도는 추리할 수 있었는데.'

라고 말했던 모든 사람을 하나로 합쳐 글로 되살린 인물이었다.

소설 속 그들은 범죄 현장을 다녀왔다. 그들은 그 현장에 있던 술 취한 부랑자가 진짜 살인범이며, 그가 범죄 현장에 떨어뜨린 소중한 물건을 되찾으러 왔다는 사실을 전혀 몰랐던 경관을 찾아가 만났다. (리비아는 범인이 흘리고 간 물건으로 무엇이 적당할지 아직 정하지 못했다. 카메오 브로치? 사진이 담긴 로켓? 뭐든 상관없다. 그런 건 나중에 다시 정하면 되니까.) 셜록 홈스는 그 물건에 대한 광고를 신문에 실었다. 물론 살인범을 그의 거처로 유인하기 위해서였다.

살인범이 정말 그를 찾아올까?

리비아는 하품이 나왔다. 글을 쓰느라 새벽 네 시 반에 일어났다. 글을 쓰다 보니 어느새 아침 일곱 시가 다 되었다. 아침은 먹고 싶지 않았지만 차는 마시고 싶었다.

그녀는 아침 응접실로 내려가 차를 한 잔 따른 후 신문을 가지고 앉았다. 뒷면을 펼치자마자 새로 올라온 크다크 크후하 암호가 눈에 들어왔다.

CDAQKHUHAGDHRMNSNTQXQNSGDQXTSXDVAQD

DEARLIVAHEISNOTOURBROTHERBUTBEWARE

(사랑하는 리비아. 그 사람은 우리 오빠가 아니야. 그렇지만 조심해.)

그녀는 양손으로 입을 막았다. 그 사람이 오빠가 아니라고? 그 사람은 오빠가 '아니야!'

실로 오랜만에 그녀를 찾아온 희소식이었다.

그녀는 단숨에 2층으로 올라가 침대에 쓰러져 안도감에 말도 못 한 채 헉헉거리며 누워 있었다. 하느님 감사합니다. 여전히 그 남자와의 만남은 처음부터 끝까지 수상쩍었다. 그렇지만 자신이 친오빠에게 반한 것이 아니라는 사실만으로도 리비아는 신에게 감사드리고 싶었다.

그렇게 꼬박 오 분 동안 감정을 가라앉힌 후에야 리비아는 인상을 쓰며 침대에서 일어나 앉았다. 물론 조심하고말고. 그런데 오빠가 아니라면 그의 정체가 뭘까?

리처드 헤이워드를 살해한 혐의를 받고 있는 드 레이시는 물에 퉁퉁 불지 않았어도 덩치가 큰 사람이었다.

템스강에서 건져 낸 후라 그가 생전에 강인하고 덩치가 컸는지 아니면 살이 쪄 물렁한 몸이었는지 알아보기 어려웠다.

아마 그 사이 어디쯤이었을 것이다. 그래도 트레들스 경사가 이렇게 어두침침한 뒷골목에서 만나고 싶지 않은 사람임에는 분명했다. 무서워서 꽁무니를 빼지는 않을지라도 말이다.

"스카프가 눈에 띄네요."

맥도널드 경장이 한마디 했다.

죽은 자는 흰색과 주홍색 줄무늬의 여름용 스카프를 목에 감고 있다는 점을 제외하면 옷차림에 특이한 사항은 없었다. 그 스카프의 색깔이 어찌나 선명한지 진흙이 잔뜩 묻어 있는데도 줄무늬만큼은 못 보고 지나칠 수가 없었다.

트레들스 경사는 손가락으로 스카프를 만져 보았다. 의심의 여지없이 실크로, 가벼우면서도 질겼다.

"맥도널드, 자네 예비 보고서 읽었지. 이거 그 병리학자가 피살자를 교살할 때 썼다고 했던 그 스카프겠지?"

"그 사람 가설은 그랬죠. 목 주위에 남은 멍 자국들을 보면 교살이라고요. 하지만 일단 부검을 해서 폐를 검사해 봐야 익사인지 아닌지 확실히 알 수 있을 겁니다."

트레들스는 죽은 남자가 놓여 있었던 돌판 주위를 한 번 더 빙 돌았다.

"목격자들과 이야기해 보세."

샬럿은 얼굴을 지저분하고 최소 십오 년은 나이 들어 보이게 분장하자는 왓슨 부인의 의견을 물리쳤다.

"저는 그분이 있는 곳에서 1미터 떨어진 곳에 앉을 거예요, 부인."

그녀가 왓슨 부인에게 말했다.

"심한 분장을 하면 오히려 제가 눈길을 끌 수도 있어요. 그 반대가 아니라."

하지만 지금 길레스피 씨에게서 1미터 떨어진 곳에 앉아 있으니 '심한 분장을 하고' 오는 편이 나았을지도 모르겠다는 생각이 슬그머니 들었다. 길레스피 씨는 샬럿을 빤히 바라보지는 않았지만, 그들이 사무실에 들어오자 몇 번 빠르게 눈을 깜박거렸다. 그는 페넬로페의 연기에 관심을 기울이는 듯하면서도 질투심이 과한 비서라도 되듯 책상 위에 놓인 물건을 계속 정리했다.

"제 말 듣고 계세요, 길레스피 씨?"

결국 페넬로페가 이렇게 묻기에 이르렀다.

변호사가 희미하게 미소를 지었다.

"물론입니다, 아가씨. 계속하시죠."

하지만 페넬로페가 직감했듯이 길레스피 씨는 그녀에게 조금도 주의를 기울이지 않는 것 같았다. 그 자리에 앉아 있어야 하니 어쩔 수 없이 눈을 휘둥그레 떴다가 걸핏하면 껌벅거리고, 연신 인상을 쓰며 머리도 몇 번이나 절레절레 흔들기는 했지만, 그녀의 이야기에 맞장구를 치는 몸짓이 아니었다. 기묘한 상황에서 이것이 현실이 틀림없다는 사실을 확인하기 위해 부산을 떠는 듯한 몸짓이었다.

적어도 예쁘장한 아가씨가 눈물을 글썽이며 토로하는 이야기에 나이 지긋한 남자가 공감하면서 보일 반응은 아니었다.

마침내 페넬로페가 빈번한 한탄을 섞어 들려준 이야기를 끝맺자, 그가 그녀를 유심히 바라보았다.

"이거 농담이죠, 그렇죠. 어, 성함이……."

"기본스 양이에요."

페넬로페가 얼른 가르쳐 주었다.

"그래요, 기본스 양. 지금 들려주신 이야기는 무슨 장난 같은 거 아닙니까?"

"어떻게 그런 말씀을 하실 수 있죠?"

페넬로페가 절망을 실감 나게 연기했다.

"왜냐하면 사무실로 나를 찾아와 핀치 씨에 대해 그런 이야기를 들려준 사람이 아가씨가 처음이 아니기 때문입니다."

"뭐라고요!"

페넬로페의 목소리가 찢어질 듯 울렸다. 다음 순간 그녀는 샬럿의 허벅지에 털썩 쓰러지고 말았다.

"어머나, 이를 어째. 이를 어째!"

샬럿은 양손을 비트는 짓까지 하지는 않았지만 공포에 찬 목소리로 소리를 질렀다.

"저, 저 의사를 불러야 할까요?"

길레스피 씨가 웃어야 할지 술을 진탕 마셔야 할지 모르겠다는 표정으로 말했다.

샬럿은 그 변호사에게 자신의 정체를 아는지 솔직하게 물어보고 싶은 마음이 슬쩍 들었지만, 이 연극을 계속 진행하기로 마음먹었다.

"그랬다가 가련한 제 친구가 얼마나 민망하겠어요. 정신이 드는지 잠시 지켜보도록 해요."

두 사람은 페넬로페를 지켜보았다. 샬럿은 손가락으로 그녀의 볼을 톡톡 쳐 보았다. 레드메인 양이 '되살아날' 기색이 보이지 않자, 샬럿은 직접 이야기를 이어 나가라는 뜻으로 받아들였다.

"제가 기본스 양에게 경고하려고 했어요, 길레스피 씨. 저도 노력했답니다. 기본스 양에게서 일부러 모습을 감춘 남자를 찾으려고 하다니 너무 무모하다고 말려도 봤죠. 하지만 젊은 사람들에게 무슨 말을 하겠어요, 그렇죠?"

"그럼요, 할 수가 없어요. 요즘에만 그랬던 것도 아니고요."

그의 표정을 보니 어느 정도 냉정을 되찾은 것 같았다. 그렇다면 그도 샬럿처럼 이 익살극을 계속하기로 결정한 걸까?

"혹시 변호사님을 찾아왔다는 아가씨가 키가 크고 몸매는 호리호리한 데다 아름다운 갈색 머리와 검은 눈동자에 나이는 스물여섯 정도이고 입가에 애교점이 있지 않았나요?"

"오, 맞습니다."

샬럿이 보디스의 단추를 꽉 쥐었다.

"이 망할 계집! 언젠가 핀치 씨가 그 여자와 함께 있는 모습을 우리가 봤거든요. 스토크스에서 온 자신의 사촌이 틀림없다고 딱 잡아떼더라고요."

"핀치 씨가 그렇게 믿을 수 없는 젊은이라는 사실을 알게 되어 제 마음도 결코 편치 않습니다. 하지만 사생아 아닙니까. 그런 사람을 높이 평가한 것은 여러분의 실수였습니다."

샬럿이 과장되게 한숨을 쉬었다.

"네, 기본스 양은 너무 어려요. 이번 일이 귀중한 교훈이 되기를 바라요."

그때 문을 두드리는 소리가 들렸다. 길레스피 씨의 비서가 머리를 들이밀었다.

"변호사님, 말콤 씨가 오셨습니다. 지금 당장 변호사님을 뵈어야 한답니다."

페넬로페가 이 소리를 듣고 천천히 일어나 앉았다.

"어머나. 기분이 너무 이상해요. 무슨 일이 있었죠?"

그녀는 애매하게 말했다.

"나중에 이야기해 줄게요."

"잠깐만요. 핀치 씨가 마지막으로 살았던 주소를 아시나요? 그 주소를 꼭 알아야겠어요."

페넬로페가 길레스피 씨에게 말했다.

그는 잠시 망설이는 듯 보였다.

페넬로페가 벌떡 일어나더니 발을 쿵쿵 굴렀다.

"꼭 알려 주셔야 해요. 알려 주실 때까지 여기서 꿈쩍도 하지 않을 거예요."

"아, 네, 물론이죠. 기꺼이 알려 드리겠습니다."

하지만 샬럿은 그가 절대 알려 주지 않으리라는 사실을 알았다. 두 사람이 마침내 길레스피 씨의 사무실에서 나오자, 그녀는 페넬로페에게 변호사가 준 쪽지를 다음 쓰레기통에 버려도 된다고 했다.

페넬로페가 깜짝 놀랐다.

"틀린 주소를 준 거예요?"

"네. 우리에게 주소를 적어 주는 척했지만, 그 사람이 꺼낸 서류에서 그 주소를 봤어요."

샬럿이 대답했다.

"그래도 우리 앞에서 직접 썼잖아요."

그야 그렇지만 샬럿은 거꾸로 된 주소를 한 번 힐끔 보는 것만으로도 완벽하게 기억할 수 있었다.

"그런 건 중요하지 않아요. 그래도 우리가 아주 잘 해낸 것 같아요."

샬럿이 말했다.

그 선술집은 독주를 파는 곳으로, 싸구려 에일과 그저 그런 음식 냄새가 났다. 하지만 기대하는 수준보다 훨씬 깨끗하고 잘 꾸며져 있었다. 여주인은 한 번도 예뻤던 적은 없지만, 정밀하게 조립된 스위스 시계처럼 이목구비를 배치한 냉혹한 인상의 마네킹 같았고, 그곳 역시 그런 느낌이었다.

트레들스는 이유는 알 수 없었지만, 이 여사장이 과거에 매춘부였다는 확신이 들었다.

완곡하게 표현하자면, 그는 매춘부에게 질문하는 걸 즐기지 않았다.

"뱀버 부인, 그 죽은 남자는 이 선술집의 뒤편에서 그리 멀지 않은 강가로 밀려왔습니다. 지나가던 행인들이 모여들자 부인의 고객 한 명이 이틀 밤 전에 이곳에서 그 남자를 봤고, 한 시간은 족히 그와 이야기를 나누었다고 주장했죠. 그런데 부인은 그의 증언을 부정하면서 죽은 남자가 이곳에 한 번도 온 적이 없다고 했습니다."

"네, 그랬어요."

"사실대로 말했다가 골치 아픈 일이 일어날까 몸을 사리는 겁니까?"

"나는 사실대로 말했을 뿐이에요. 나는 우리 집을 찾는 단골을 다 알아요. 어쩌다 들른 뜨내기손님들도 다 알고요. 그 사람들이 싸움을 시작하거나 술값을 달아 놓을 경우를 대비해서 더 유심히 지켜보거든요. 이틀 밤 전에 어떤 남자가 영 보이드와 잠시 이야기를 했어요. 하지만 그 사람이 죽은 남자라고요? 그 사람이 아니었어요."

"당신의 과거를 생각해 보면 내가 그 말을 믿을 수는 없을 것 같은데요?"

그 여자는 일순 굳어 버리더니 트레들스를 경멸의 눈빛으로 쏘아보았다.

"내 말을 믿을 생각이 없으시다면 내 시간을 낭비하지 마세요, 경사님. 저기 영 보이드가 있네요. 저 사람에게 가서 증언을 받으세요. 그리고 이야기를 하실 때 오늘의 헤드라인을 읽어 보라고 해 보세요."

트레들스는 왜 '그녀'가 '그'를 경멸하는지 도무지 이해가 되지 않았다. 그런데도 그녀의 표정을 보니 자신이…… 저열한 짓을 했다는 생각이 들었다. 그는 퉁명스럽게 감사 인사를 한 후 정오도 되지 않았는데 맥주를 마시고 있는 영 보이드에게 갔다.

"보이드 씨, 당신이 이틀 밤 전에 그 남자를 만났다는 증언을 다시 들었으면 합니다."

영 보이드는 사람 좋은 주정뱅이라는 설명에 딱 들어맞아 보였다. 아니면 적어도 남에게 해를 끼치지는 않을 사람 같았다. 그는 덜덜 떨리는 손으로 트레들스에게 악수를 권하더니 함박웃음을 지으며 열렬하게 응했다. 공짜 맥주를 바라는 것이 분명했다. 트레들스는 내키지 않았지만 몸짓으로 한 잔을 주문했다.

"좋은 사람이었어요. 덩치 좋고 성격도 시원했죠. 내게 술을 몇 잔이나 샀거든요. 한창 흥이 오르는데 그 사람이 비밀을 지킬 수 있느냐는 거예요."

트레들스가 만난 사람 중에 가장 비밀을 못 지킬 것 같은 영 보이드가 말했다.

"당연히 지킬 수 있다고 했죠! 런던탑에서 고문을 받는 한이 있어도 한 마디도 안 할 거라고요. 그랬더니 그 사람이 자기 직업이 청부 살인 업자라는 거예요. 자신을 고용한 사람을 위해서 사람을 죽이는데 돈벌이는 되지만 떳떳한 일은 아니라고 했어요. 그런데 문제가 생겨서 이제 도망칠 거라고 하더군요.

그래서 경찰이 무서운지 물어봤죠. 그 사람이 웃으면서 형편없는 놈이나 경찰을 무서워한댔어요. 자신을 고용한 사람들이 훨씬 두렵다더군요. 일을 깔끔하고 조용하게 처리하라는 지시를 받았는데 어찌 된 영문인지 경찰이 하운즐로우에서 그의 꼬리를 잡았다는 거예요. 그래서 그를 고용한 사람들이 그를 없애려고 한다더군요. 경찰이 '그 사람들'을 찾아내지 못하게요."

"그 사람들이 누군지 물어봤습니까?"

"범죄자들이라던데요. 하지만 소매치기 같은 건 아니라고 했어요. 그 사람 같은 청부 살인 업자도 아니고요. 그 사람들은 범죄의 왕이고, 자신들 손은 거의 더럽히지 않는대요. 그가 죽인 남자는 그 사람들을 배신하려고 했어요. 그래서 그 사람을 추적해 처리했죠. 이 친구는 자신의 이름이 드 레이시라고 했어요. 살날이 얼마 안 남았다고 했어요. 그 말이 틀렸다면 좋았으련만."

트레들스는 줄곧 영 보이드가 신문에서 읽은 내용으로 엉터리 이야기를 지어낸 것이 아닌지 반신반의하며 지켜보던 중이었다. 그런데 그의 입에서 드 레이시의 이름이 나오자 생각이 바뀌었다. 그가 막 기억해 냈다시피, 드 레이시라는 이름은 일반에 공개되지 '않았기' 때문이다.

"그 사람이 당신에게 이름을 밝혔다고요?"

"그 사람들이 그렇게 부르는 거고 본명은 따로 있답니다. 게다가 그 이름으로 불린 사람이 그가 처음도 아니었대요."

"그래서 어떻게 되었습니까?"

"여기를 나갔어요. 다시는 못 만나겠다 싶었죠. 용케 도망쳐서 어딘가에 안전하게 숨을 줄 알았는데. 그런데 오늘 아침에 그 사람이 퉁퉁 불어 터진 시체로 나타났지 뭡니까."

트레들스는 정보를 좀 더 얻어 내고 싶었다. 하지만 영 보이드는 같은 이야기를 반복하기 시작했다. 트레들스가 맥주 한 잔을 더 가져 오라고 손짓했다. 그랬더니 영 보이드는 자신이 방금 한 말에 살을 좀 더 붙여서 떠들어 댈 뿐이었다.

이 증인에게 더 알아낼 것이 없다고 생각한 트레들스가 그에게 감사 인사를 한 후 자리에서 일어섰다.

"아 참, 보이드 씨. 이 헤드라인을 우리에게 읽어 주겠습니까? 글은 읽을 수 있겠죠?"

맥도널드가 말했다.

"그럼요, 읽고말고요."

영 보이드가 커다란 대문자로 적힌 글자를 향해 눈을 가늘게 떴다. 좀 더 눈을 가늘게 뜨고 바라보더니 툴툴거리며 주머니에서 구부러진 안경을 꺼냈다.

"밸모럴 성•으로 향하는 여왕."

• **밸모럴 성** 스코틀랜드에 있는 영국 왕실의 궁

트레들스가 속으로 욕을 했다.

"드 레이시를 만난 밤에도 안경을 쓰고 있었습니까?"

"그럴 리가요. 글자를 읽을 때가 아니면 안경은 안 써요. 그리고 나는 글을 별로 안 읽거든요. 하지만 여기까지 오는 길은 아주 잘 찾습니다. 그 사람이 목에 두르고 있던 스카프도 똑똑히 봤고요."

"레이디 잉그램이 우리에게 숨긴 게 있었다는 사실이 그렇게 놀랄 일인지 모르겠어요."

왓슨 부인은 레이디 잉그램이 길레스피 씨의 사무실을 찾아갔다는 사실을 들은 후로 그녀의 머릿속에서 마구 넘쳐흐르던 생각을 마침내 털어놓았다.

"되돌아보면, 레이디 잉그램은 우리에게 말할 필요가 없는 내용에 대해서는 입을 꽉 다물었을 거예요. 누가 봐도 그녀의 행동은 사회 통념에 어긋나니까요.

게다가 자문 탐정을 찾아가기 전에 먼저 변호사를 찾아가는 것도 말이 되잖아요. 생각할 수 있는 수는 다 써 본 후에야 비로소 셜록 홈스를 찾아봐야겠다는 생각이 떠올랐겠죠. 하지만 이렇게 생각하면 결국 길레스피 씨가 알려 준 주소가 엉터리였다는 말이 돼요."

그녀는 모자 끈을 필요 이상으로 세게 묶었다.

"아무튼 다 알고 있는 내용을 떠드는 내 말은 신경 쓰지 말아요, 홈스 양."

두 사람은 옥스퍼드셔를 다시 찾았다. 길레스피 씨가 핀치의 가장 최근 주소라고 알려 준 주소는 그림처럼 아름다운 마을로 그들을 안내했다. 왓슨 부인은 오랫동안 런던에서 살았지만 녹음이 싱그러운 들판과 소박한 석조 교회 주위로 들어선 작은 마을을 품은, 진정한 영국식 아름다움이 펼쳐진 풍경을 사랑했다. 그녀는 십 대를 이런 마을에서 보냈다. 그러나 마을 사람들이 그곳을 겉도는 이들에게 보여 주는 선입견을 도저히 극복할 수 없었다. 그 선입견은 특히 마을을 떠날 생각을 품고 있는 사람들에게 더 심했다. 하지만 한 곳에서 불쾌한 경험을 했더라도 다른 마을까지 싸잡아 싫어하는 건 그녀의 천성에 맞지 않았다. 그냥 주변 풍경이 아름다운 만큼 주민들도 선하고 친절하리라 믿는 편이 훨씬 좋았다. 평화롭고 고요한 마을의 삶에는 호기심과 관대함이 공존한다고 말이다.

마을 선술집에서 그녀는 소시지와 으깬 감자 한 접시를 주문했다. 한편 샬럿은 콩팥 파이를 시켰다. 평범하지만 양이 풍성한 요리를 선술집에서 직접 양조한 가볍고 신선한 에일과 함께 먹었다. 선술집 안주인이 테이블로 와서 더 필요한 것이 없는지 묻자, 여름이 다 끝나 가니 서머 트라이플이 좋을지, 아니면 두 사람이 한동안 못 먹은 뜨거운 커스터드를 곁들인 롤 케이크가 좋을지 열띤 토론이 벌어졌다.

두 사람은 각각 하나씩 시키기로 했다. 안주인이 디저트를 가지고 돌아왔을 무렵, 왓슨 부인은 계획을 실행에 옮길 마음의 준비를 끝냈다.

"글로솝 부인, 바쁘지 않으시다면, 한동안 이 근처에서 살았을

지도 모르는 젊은 남자에 대해 물어볼 수 있을까요?"

글로솝 부인의 눈이 휘둥그레졌다.

"혹시 마이런 핀치 씨를 물어보시려는 건가요?"

이번에는 왓슨 부인도 놀라지 않았다. 핀치 씨의 주소를 손에 쥔 레이디 잉그램이 그를 찾으러 오지 않았을까?

"네. 맞아요. 우리는 셜록 홈스 씨의 의뢰인을 대신해서 조사하고 있어요. 그 의뢰인이 핀치 씨를 찾고 있거든요."

셜록 홈스라는 이름은 글로솝 부인에게 아무런 영향을 미치지 않았다. 하지만 그녀는 손님으로 온 두 여자를 호기심과 경계심이 뒤섞인 표정으로 가만히 바라보았다.

"두 분은 개인 조사원들이신가요?"

"제 오라버니가 자문 탐정이에요. 허드슨 부인과 저는 오라버니의 일을 돕고 있어요. 요즘 오라버니의 건강이 예전 같지 않아요. 그래서 이렇게 여행을 해야 하는 일은 우리가 맡아서 처리해요."

샬럿이 말했다.

"두 분은 정말 용감하시군요."

"여행을 너무 많이 가야 하는 의뢰는 되도록 받지 않는답니다."

왓슨 부인이 겸손한 태도로 말을 이었다.

"그런데 얼마 전에 어떤 숙녀분이 핀치 씨라는 분이 사라져서 걱정이 된다고 의뢰하셨어요. 런던에서 핀치 씨의 행방을 못 찾았기 때문에 그 전에 살던 곳에 가면 무슨 소식이라도 얻을 수 있지 않을까 해서 이렇게 와 본 거예요."

글로솝 부인이 고개를 가로저었다.

"도와 드리고 싶어도 아는 게 거의 없어요. 그래도 여기서 뭐라도 아는 사람이 있다면 바로 저 아니겠어요, 그렇죠? 한 달 전에 한 남자가 이곳에 와서 핀치 씨에 관해 이것저것 물어본 후로 궁금증이 일더라고요. 그래서 남편에게 물었죠. 전에 남편의 큰아버지인 글로솝 씨가 이곳을 운영했거든요. 그리고 이십 년 전에 과부인 핀치와 결혼했어요.

핀치 부인은 이곳 출신이 아니었어요. 글로솝 씨와 결혼하기 전에 십 년 동안 스위트브라이어 레인에 있는 낡은 집에서 아들과 둘만 살았어요. 여기 사람들은 핀치 부인에 대해서 아는 게 거의 없어요. 선술집 안주인이 된 후로도 마을 사람들과 통 교류가 없었거든요. 게다가 핀치 부인의 아들에 대해서는 더 아는 게 없어요. 아이를 일찌감치 다른 마을에 있는 학교로 보냈거든요. 글로솝 씨 부부는 아이가 학교에서 크리켓 팀에서 활약한다고 했지만, 명절에 집에 와도 동네 아이들과 어울려서 크리켓을 하며 논 적이 없어요. 그 아이는 글로솝 씨의 말들을 돌보고 책을 읽었죠.

이곳에서 그 아들을 마지막으로 본 건 십 년도 더 전이에요. 글로솝 씨 부부의 장례식에서였죠. 두 사람은 이틀 차이로 차례로 숨을 거뒀어요. 폐렴이 기승을 부린 지독한 겨울이었죠. 남편과 나는 당시 글로솝 씨에 대해서 잘 몰라요. 실은 돌아가신 줄도 몰랐어요. 그분이 선술집을 우리에게 남겼다는 편지를 변호사에게 받고 얼마나 놀랐는지 몰라요. 남편은 그들의 아이인 핀치 씨가 이 선술집 일부라도 물려받지 못했다며 미안해했어요. 그래서 핀치 씨에게 언제든지 와서 우리와 함께 지내도 된다고 편지를 썼죠."

"그 편지를 어느 주소로 보내셨나요?"

샬럿이 물었다.

"오, 핀치 씨가 다니던 학교로요. 옥스퍼드 근처 남학교에 다녔거든요. 핀치 씨는 매우 정중한 답장을 보냈는데, 마음은 너무나 고맙지만, 한동안은 돌아갈 일이 없을 것 같다고 했어요. 그로부터 일이 년 후에 남편이 또 편지를 보냈지만, 그때도 핀치 씨는 똑같은 내용을 적어 보냈어요. 그때 이후로 다시는 소식을 듣지 못했어요."

샬럿이 다시 질문을 했다.

"두 번째 편지를 보내셨을 때도 핀치 씨는 여전히 학생이었나요?"

"학교 주소로 편지를 썼지만, 그곳에서 다른 주소로 다시 보냈을 거예요. 핀치 씨가 답장에 쓴 주소는 학교 주소가 아니었거든요. 옥스퍼드에 있는 한 건물 주소였어요. 한 달 전 그 남자가 핀치 씨에 대해서 물어봐서 그 주소를 가르쳐 줬어요. 그 후에 남편과 같이 옥스퍼드에 갈 일이 있을 때 그 주소를 찾아가 봤어요. 핀치 씨를 찾는 사람들이 너무 많아서……."

"잠깐만요."

왓슨 부인이 말을 끊었다.

"핀치 씨에 대해 물어본 사람이 더 있었나요?"

"오, 아직 그 부분은 이야기하지 않았죠? 맞아요, 그 남자가 다녀간 후에 나는 마을 사람들에게 핀치 씨에 대해 물어보고 다녔어요. 마을 사람들은 아는 게 전혀 없더라고요. 정작 남편에게는 물어볼 생각도 들지 않았어요. 그 사람도 내가 아는 것 이상으로 알리가 없다고 생각했거든요. 나중에 가서야 남편이 우연히 그 이야기를 꺼내지 뭐예요. 지난 사월에 남자 두 명이 찾아와서 핀치 씨에 대해 물어봤다고 하더군요. 그날 나는 감기에 걸려서 누워 있었어요. 그래서 손님 응대는 남편이 다 해야 했죠. 그 후로 며칠은 계속 바빴어요. 그래서 남편은 까맣게 잊고 있다가 내가 이곳에 찾아왔던 다른 남자 이야기를 꺼내자 그제야 기억이 난 거예요."

"사월에 이곳을 찾아온 두 남자 중 한 명이 이 사람인지 혹시 남편분은 알 수 있으실까요?"

샬럿이 작은 사진을 내밀었다.

"내가 물어볼게요."

글로솝 부인은 이 분 후에 잔뜩 흥분한 얼굴로 돌아왔다.

"전적으로 확신은 못하겠지만, 맞는 것 같대요."

왓슨 부인이 손을 내밀어 그 사진을 받았다. 샬럿이 우즈 부인의 집에서 가져온 젊은 마블턴 중 한 명이었다. 카메라를 보고 있는 프랜시스 마블턴 말이다.

"핀치 씨를 찾는 사람이 또 있었나요? 혹시 여자는 없었나요?"

"없었어요. 우리가 아는 한은 없어요. 그리고 두 분을 제외하면 숙녀분들도 없었어요."

"한 달 전에 혼자 왔다는 남자 말인데요. 인상착의를 설명해 주실 수 있나요?"

"그 사람은 사십 대로 보였어요. 키는 중간쯤이었고요. 호리호리했어요. 손수건으로 머리 윗부분을 두드리곤 했죠. 반쯤 대머리였거든요. 얼굴은 기억이 잘 안나요. 어디서나 보는 평범한 얼굴이었거든요."

샬럿이 고개를 끄덕였다.

"글로솝 부인, 괜찮으시다면 그보다 조금 더 전으로 돌아가도 될까요? 지난번에 남편분과 옥스퍼드에 다녀오셨다고 하셨잖아요."

"맞아요. 핀치 씨가 우리에게 알려 준 주소를 찾아가 보고 싶었거든요. 그런데 그런 곳은 없었어요. 그러니까 건물은 있지만, 더는 기숙 학교가 아니었어요. 그곳에는 양장점이 들어와 있었어요. 1층이 가게이고 위층에서 여자 사장과 재봉사가 살고 있었어요."

글로솝 부인이 얼굴을 환히 빛내며 말했다.

"최근에 사업이 잘되는 것 같았어요. 그 가게에서 남편이 예쁘장한 티펫•을 사줬죠."

선술집을 나온 후 왓슨 부인과 샬럿은 마을 교회와 묘지를 찾아갔다. 교회 등기소에서 과부인 핀치 씨와 글로솝 씨가 결혼한 날짜를 확인했고, 묘지에서는 그 부부가 죽음을 맞이한 시기를 확인했다. 노쇠해 보이지만 친절한 교회 목사는 이곳에서 십육 년을 살았으면서도 마이런 핀치에 대해 전혀 몰랐다. 핀치 씨를 잘 아는 사람이 없다는 글로솝 부인의 증언은 믿어도 될 것 같았다.

"홈스 양, 핀치 씨는 성격이 냉담한 사람이라는 생각이 들지 않아요?"

왓슨 부인이 말을 이었다.

• **티펫** 망토나 목도리처럼 어깨에 두르는 옷

"사생아라는 사실이 친구를 사귀는 데 장애가 되었을 수 있다는 점은 나도 이해해요. 하지만 이 마을에서 어린 시절을 보내면서 '어느 누구'와도 기억에 남을 관계를 만들지 못했잖아요."

그녀는 부모님이 돌아가신 후, 살았던 그 마을을 전혀 좋아할 수가 없었다. 하지만 더 넓은 세상으로 도망친 후에도 그녀에게 친절하게 대해 주었던 젊은 여성과 서신을 계속 교환했다. 그 우정은 그 여성이 출산 중에 목숨을 잃을 때까지 계속 이어졌다.

"한편으로는 한 사람을 뜨겁게 사랑하면서 동시에 함께 자란 사람을 무시하는 것도 가능한 일 같아요."

왓슨 부인은 자문자답하듯 말했다.

옥스퍼드로 가는 길에 두 사람은 레이디 잉그램의 고향에 잠시 들렀다. 작은 영지는 말끔하게 잘 관리되어 있었다. 잉그램 경의 재력 덕분이었다.

인근에 마이런 핀치를 아는 사람은 아무도 없었다. 과거 그레빌 양이 관련된 연애 사건을 아는 사람도 없었다. 하지만 그레빌 가문이 남프랑스와 이탈리아로 여행을 떠난다고 해 놓고 실제로는 옥스퍼드에 있는 다 허물어져 가는 저택에서 지낸다는 소문이 돈 적이 있다고 확인해 주었다.

"그곳에서 두 사람이 만났겠군요."

왓슨 부인이 추측했다.

샬럿은 자신의 의견을 말하지 않았다.

왓슨 부인은 그 사실이 살짝 기쁘면서도 약간 울적했다. 샬럿은 그녀의 집에서 처음 지내게 되었을 때만 해도 말을 많이 하려고 나름대로 노력했다. 하지만 그 침묵이 샬럿의 천성이라는 사실을 알게 된 지금, 왓슨 부인은 샬럿이 억지로 말을 해야 한다는 압박감 없이 침묵을 지킬 정도로 왓슨 부인을 편안하게 느낀다는 사실에 마음이 놓였다. 게다가 샬럿은 이렇게 입을 꾹 닫고 있다가도 막상 말을 시작하면 대체로 매력적인 말동무가 되었다. 가끔 사람을 당황스럽게 만들 때도 있지만 말이다.

두 사람은 글로솝 부인이 준 주소를 찾아가 그곳이 예전에 금융계에서 일할 젊은 전문가를 양성하는 기숙 학교였다는 사실을 확인했다. 점심을 먹고 몇 시간이 지났기에 왓슨 부인은 샬럿이 매력적인 찻집을 찾아 주위를 살필 거라고 짐작했다. 그런데 샬럿은 이렇게 물었다.

"부인, 혹시 옥스퍼드 대학에 가 보셨어요?"

"아니요."

"잠깐만 둘러봐도 될까요? 저도 못 가 봤거든요."

샬럿은 교육을 받고 싶어 했다. 그렇다면 이 나라의 최고 명문대학에서 만들어 놓은 여자 전문대학에 관심이 있는 게 당연했다.

"그럼요, 물론이죠."

두 사람은 여러 칼리지 사이로 펼쳐진 푸른 풀밭을 걸으며 아름다운 건물의 전면과 잔잔한 처웰강을 흐르는 펀트배•를 구경하며 오후를 즐겁게 보냈다.

왓슨 부인이 그 생각을 불쑥 떠올린 건 런던으로 돌아가는 기차

• **펀트배** 긴 장대로 강바닥을 밀어서 움직이는 배

안이었다.
“그 남자는 누구일 것 같아요? 한 달 전에 핀치 씨에 대해 물어보러 왔다는 사람 말이에요. 레이디 잉그램이 우리를 찾아오기 전에 다른 사람을 고용했을까요?”
“그 남자는 누구인지 전혀 모르겠어요.”
샬럿이 잠시 입을 다물었다.
“그래도 잉그램 경은 아닌 것 같아서 다행이에요.”
왓슨 부인이 그녀를 빤히 바라보았다.
“설마 잉그램 경이, ‘그분’이 이 일에 관련되었을 수 있다고 생각해요?”
“지금 제가 유일하게 아는 건 우리가 아는 게 거의 없다는 사실이에요. 레이디 잉그램은 모든 사실을 다 털어놓지는 않았어요. 그렇다면 잉그램 경이 지금 벌어지고 있는 일에 대해 아무것도 모르거나 이 일에 아무 관련이 없다고 자신할 수 있을까요?”
샬럿이 천천히 숨을 내쉬었다.
“하지만 말씀드린 것처럼 그 남자가 잉그램 경이 아닌 것 같아서 다행이에요.”

트레들스 경사는 런던경찰청에서 퇴근하기 직전에 병리학자의 공식 보고서를 받았다. 죽은 남자의 폐에는 물이 전혀 없었다. 즉, 그는 목이 졸려 죽었다.
그는 손가락으로 보고서를 탁탁 두드렸다. 보고서에는 그가 예상하지 못한 사실이 전혀 없었다. 솔직히 말해서 ‘드 레이시’가 익사했다고 해도 달라지는 것은 없을 것이다.

그가 반나절 동안 머릿속에서 생각한 대로 보고서를 작성한다면 말이다.

유복한 젊은이인 리처드 헤이워드는 가명으로 런던에서 지냈다. 그는 부정한 수단으로 재산을 손에 넣었다. 그 부정한 수단에 발목이 잡혔을 때, 드 레이시로 알려진 살인 청부업자의 손에 살해되었다. 경찰에 꼬리가 밟히게 된 '드 레이시'는 헤이워드를 죽이라고 한 범죄 집단의 보복에 직면하게 되었다. 술에 취한 상태에서 드 레이시는 램버스에 사는 루카스 보이드에게 자신의 이야기를 털어놓았다. 보이드의 증언을 여기 첨부한다.

진짜 정예 범죄 집단이라면 런던경찰청보다 여왕 폐하에게 볼일이 있을 것이다. 그가 위와 같은 내용으로 작성한 보고서를 제출하면, 상관은 매우 흡족해할 것이다.

'잘했네, 트레들스. 이런 식으로 사건을 받아들일 수 있다면 아무 문제 없을 걸세. 이 파일은 보관해 놓고 방금 들어온 새 사건을 한번 보게나.'

이렇게 사건을 종결하면 노골적인 기만은 아니지만, 아무리 좋게 봐줘도 허상이라는 사실을 트레들스는 도무지 무시할 수가 없었다. 멍청하고 반쯤 장님이나 다름없는 영 보이드가 경찰에게 이런 이야기를 증언하도록 누군가 공을 들인 게 분명했다. 바로 그 자가 사람을 죽였거나 적어도 시체가 발견되게 손을 썼을 것이다. 영 보이드가 딱 맞는 상황에서 눈에 잘 띄는 그 여름 스카프를 알아보게 만든 것도 그 사람일 테고 말이다.

그것이 모두 기만이라는 사실을 알면서도 그런 보고서를 제출할지 말지 마음을 정할 수가 없었다.

트레들스는 자신의 근사한 집으로 들어가 문을 닫았다. 텅 빈 집에 문을 닫는 소리가 울렸다. 아내는 여자들의 모임에 나갔을 것이다. 아내는 반년 전부터 그들과 만나기 시작했다. 평소에는 아내가 집에 없으면 당연히 보고 싶었다. 하지만 오늘 저녁은 아내가 외출하고 없어서 다행이었다.

상관 앞에서 누구보다 유능하고 뛰어난 경찰로 보이고 싶은 욕망을 실현하기 위해 몸부림치다가 결국 그 욕망에 지고 말 것이 분명한 모습을 아내에게 보이지 않아도 되니 말이다.

이 욕망을 부추긴 사람은 앨리스가 아니라 셜록 홈스였다. 그는 경찰보다 일을 더 잘하는 여자를 견딜 수가 없었다. 하지만 앨리스마저……. 그녀가 한때, 아니 지금까지도 자신의 가정과 아무 관계도 없는 야망을 키웠다는 사실을 알게 된 후로 그는 다시는 예전과 같은 사람으로 돌아갈 수 없었다.

트레들스는 자신이 엄청난 성공을 거두어 아내가 두 번 다시 커즌스 매뉴팩처링의 경영에 대해 꿈도 꾸지 못하게 만들고 싶었다. 아내에게 아이를 주렁주렁 낳게 해 다시는 그런 것에 신경 쓸 시간이 없게 만들고 싶었다. 하지만 신은 아내에게 아이들을 선물하고 싶지 않은 것 같다. 그렇다면 그는 어떨까. 다음 승진으로 한 발자국 더 다가갈 수 있도록 허위로 가득 찬 보고서를 과연 작성할 수 있을까?

모르겠다.

그리고 잘 모르겠다는 사실이 무엇보다 그를 두렵게 했다.

열한 시를 넘긴 시각. 샬럿은 기분이 가라앉아 있었다. 이런 감정 상태는 자주 찾아오지 않았지만 막상 까닭 없이 마음이 어수선하고 불안할 때면 샬럿은 감정을 제대로 다스리지 못했다. 이런 감정 상태는 논리적으로 차근차근 생각한들 사라지지 않았고, 케이크를 아무리 먹어도 사라지지 않았다.

그녀는 잠시 방 안을 서성거렸다. 그러다 옷을 갈아입고 집을 살짝 빠져나왔다. 차라리 《로마 유적지에서 보낸 여름》이나 다시 읽는 게 나을 것 같았다. 하필 그 책은 지금 셜록 홈스의 서가를 장식 중이었다.

어퍼 베이커 스트리트 18번지는 컴컴했다. 샬럿은 손을 뻗어 불을 켰다. 가스등 불빛이 펄럭거리며 계단을 밝혔다.

위에서 작은 소리가 들렸다. 야간에 집의 온도가 내려가서 나무가 수축하는 소리인가? 다락에 쥐가 돌아다니나? 샬럿은 계단을 올라가 응접실로 들어갔다.

"안녕하세요, 홈스 양."

계단 벽에 달린 등불이 호박색 원반처럼 방 안을 비추자 빛이 닿지 않는 곳에는 시커먼 그림자가 내려앉았다. 그 그림자에서 누군가 인사를 건넸다.

그녀는 소리가 들린 쪽으로 몸을 돌렸다.

"마블턴 씨?"

부드러운 웃음소리가 났다.

"셜록 홈스가 천재라더니, 그 말이 진짜였군요."

"천재 같은 건 필요하지 않아요. 아주 잠깐이었지만 우리는 이야기를 나눈 적이 있어요. 나는 목소리를 잊지 않거든요."

그녀는 문 근처에 달린 등에 불을 밝혔다. 마블턴이 권총을 든 채 괘종시계 옆에 서 있었다.

"차를 드시겠어요? 그리고 마블턴 양은 어떤 상태죠? 의사를 불러야 하나요?"

"어떻게……."

"공기 중에 피 냄새가 나요. 마블턴 씨가 부상을 입은 것 같지는 않으니까요."

스티븐 마블턴이 숨을 내쉬었다.

"마블턴 양은 괜찮습니다. 총알이 어깨를 스쳤을 뿐이에요. 당신의 고급 위스키로 상처를 소독하고 붕산 연고를 발라 붕대를 감아 뒀습니다."

샬럿이 고개를 끄덕였다. 의사가 온다고 해도 그 이상 할 일은 없을 것이다. 침실로 들어가니 마블턴 양이 잠들어 있었다.

"셜록의 훌륭한 아편틴크도 마시게 하셨군요?"

왓슨 부인은 요양 중인 환자의 침대 옆을 장식할 틴크제와 판매약을 제대로 갖추어 놓았다.

"그랬습니다. 고맙습니다."

그녀는 누워 있는 마블턴 양의 이마를 손으로 짚었다. 열은 없었다. 하지만 상처는 아주 최근에 생긴 것이었다. 이렇게 두면 언제 감염이 될지 몰랐다. 그녀는 마블턴 양을 자게 내버려 둔 후 알코올램프에 불을 켜고 주전자를 올렸다. 그리고 마들렌을 접시에 냈다.

"두 분, 저녁은 드셨나요?"

"먹었습니다. 하지만 마들렌은 언제라도 환영합니다. 제게도 좀 나눠 주시겠습니까?"

영국에서 나고 자란 사람들은 조개처럼 생긴 길쭉하고 자그마한 케이크를 보자마자 바로 이름을 말하지 못한다. 스티븐 마블턴이 '마들렌'을 발음할 때 아주 살짝 외국 억양이 느껴졌다. 두 가지를 종합해 보면, 그는 외국에서 태어나지는 않았더라도 지금까지 인생의 상당 부분을 외국에서 보냈다고 짐작할 수 있었다.

"이건 제가 먹을 거예요. 그러니 드시려면 망설이지 말고 재빠르게 기회를 노려야 할 거예요."

그가 미소를 지었다. 그녀는 마주 미소를 짓지 않았다. 그는 젊었다. 그녀보다 연하인 듯했다. 왼손잡이가 확실했다. 얼마 전까지 더운 지역에서 지냈다. 소설을 즐겨 읽었다. 옷차림에 허영을 부리는 기색이 살짝 있었지만 멋을 부리더라도 실용성을 해칠 정도는 아니었다.

"경찰에 하운즐로우에 시체가 있다고 신고하셨죠?"

경찰은 그 집에서 불미스러운 일이 벌어지고 있다는 제보를 전보로 받았기 때문에 그 집으로 출동했다.

그는 고개를 살짝 내저었지만 부인하기 위해서는 아니었다.

"역시 셜록 홈스는 다 아는군요."

시계는 한 시 반을 알린 후로도 여전히 재깍재깍 제 길을 갔다.

"우리를 여기 계속 머무르게 해 주셔서 감사합니다."

그가 말했다.

"왜 핀치 씨 행세를 하고 다니는지 말씀해 주세요."

그녀가 그와 동시에 말했다.

그가 한숨을 쉬며 그녀 앞에 앉더니 마들렌에 손을 뻗었다.

"핀치 씨는 우리가 원하는 것을 가지고 있어요."

"'우리'가 누구죠?"

"내 가족이죠. 부모님과 우리 남매."

"어머니가 마블턴 부인인가요?"

"네."

"아버지는요?"

"당연히 마블턴 씨죠."

"그럼 마블턴 씨는 누구인가요, 모리아티 씨와 관련해서요."

"두 사람은 동일 인물이 아닙니다. 혹시 그게 궁금하신 거라면요."

샬럿이 마들렛을 한입 물었다.

"그렇다면 당신들이 현재 리처드 헤이워드로 알려진 남자의 죽음에 책임이 없다는 뜻으로 받아들이겠어요. 그렇다고 해서 그 사람의 죽음을 우연히 알게 된 건 아니죠."

"우리는 그 집을 감시 중이었습니다. 그곳은 특별히 중요한 곳은 아니었어요. 적어도 한동안은 그랬죠. 그 집에 살던 남자는 돈을 받고 좋지 않은 일을 처리해 줬습니다. 한동안 모리아티 밑에서 일했지만 자신에게 맡긴 일을 왜 해야 하는지 아무것도 모르는 편이 행복한 그런 수하였죠. 어쨌든 그자는 우리에게 몇 안 되는 단서의 하나였습니다."

"어머님께서는 모리아티의 조직에 대해서 더 모르시나요?"

"어머니는 수십 년 전에 그곳을 떠나셨어요."

"그러면 서로 득이 되는 방식으로 그와 협력하지 않으시는군요?"

"제가 아는 한은요."

샬럿이 그를 바라보았다.

"그다지 믿음직한 대답은 아니군요."

"나는 어머니의 삶에 대해 많은 사실을 알고 있습니다. 우리는 십오 년 가까이 모리아티의 추적을 받고 있어요. 이런 상황에서 서로에게 뭔가를 숨기고 있을 수는 없어요. 어떤 사실을 모르고 있거나 상황을 오판하도록 이끄는 발판 하나면 우리 가족 모두를 파멸로 몰 수 있거든요. 이 이상 믿음을 드릴 만한 대답은 생각나지 않네요."

강력한 항변. 이 정도로 마음을 완전히 놓을 수는 없지만 그가 제시한 근거는 확실히 구체적이었다. 그녀는 알코올램프에서 주전자를 내려 찻잔에 뜨거운 물을 부었다.

"핀치 씨는 어쩌다가 당신들에게 귀중한 것을 손에 넣게 되었죠? 그 사람도 모리아티를 위해 일했나요?"

"그렇습니다."

샬럿은 핀치 씨가 기어이 살아 있다고 밝혀지기를 바라는 만큼 그가 모리아티와 아무런 관계가 없기를 바랐다. 물론 헛된 희망이라는 것쯤은 알고 있었다. 그렇다고 희망을 버릴 수도 없었다.

"언제부터죠? 핀치 씨는 어떻게 모리아티를 알게 되었나요. 아니면 반대인가요?"

"그 사람이 언제부터 모리아티를 위해 일했는지는 모릅니다. 모리아티는 서출이라는 멍에가 있는 사람들을 좋아하는 경향이 있다고 해요. 그런 자들은 성공에 굶주려 있고 세상에서 가혹한 취급을 받았기 때문에 자신도 가혹하게 행동하는 경향이 있거든요. 그들이 자취를 감춘다고 해도 기다리거나 보고 싶어 할 사람도 없죠. 사생아로 태어나 성공의 열망을 품고 있는 젊은이는 얼마든지 있고요."

"아까 핀치 씨가 여러분이 원하는 것을 가지고 있다고 하셨는데, 그 물건은 모리아티의 것이라는 뜻인가요?"

"정확합니다."

"그게 뭐죠?"

"우리도 정확히는 모릅니다. 내년에 실행할 어떤 계획이 기록되어 있는 서류라는 것밖에 모릅니다. 그 계획은 핀치 씨와 리처드 헤이워드라고 알려진 젠킨스 씨와 동시에 사라졌죠. 모리아티는 그 계획서의 실종과 부하의 배신으로 극도로 심기가 불편한 상태입니다."

"그걸 다 어떻게 아시죠?"

그렇게 젊은 사람이 짓기에는 너무 씁쓸한 미소가 그의 얼굴로 퍼졌다.

"모르면 모를수록 좋습니다."

"알았어요. 그 젠킨스 씨라는 분, 그분도 사생아였나요?"

"아마 그럴 겁니다. 그 사람과 핀치 씨는 같은 학교에 다녔죠. 같은 기숙사에서 지냈고요."

젠킨스가 고아일 것이라고 했던 그녀의 짐작은 어느 정도는 옳았다. 그녀의 오빠나 젠킨스 같은 젊은이들은, 정이라고는 없는 좋은 집안 출신의 아버지에게 자식이 아니라 아무렇게나 버려진 자루 취급을 받았을 때 어떤 심정이 들었을까? 그렇기에 모리아티 같은 사람이 적어도 처음에는 그들의 신뢰와 충성을 쉽사리 얻는데도 전혀 놀라운 일이 아닐 것이다.

"핀치 씨와 젠킨스 씨는 어째서 그 계획서를 가지고 종적을 감췄을까요?"

그녀가 물었다.

"그 점에 대해서는 믿을 만한 정보가 없어서 짐작만 할 뿐입니다."

"그렇다면 어떻게 짐작하시나요?"

"그 계획서에 협박거리로 써먹을 수 있을 만한 정보가 있을 겁니다. 모리아티가 돈을 챙겨 주기는 하지만, 큰 재산을 일굴 꿈을 꿀 정도는 아니거든요."

"그렇지만, 그런 꿈도 모리아티를 거역한다는 두려움에 빛을 잃을 텐데요."

"그래서 제 추측을 전적으로 확신할 수 없다는 겁니다. 또 다른 가능성도 있는데, 두 사람이 조직에서 빠져나오려고 했을 수도 있어요. 그 계획서를 가지고 있으면 자신들의 안전을 보장할 수 있으리라 믿었고요."

"그렇다면 여러분은 왜 이 일에 끼어드신 거죠? 모리아티에게서 최대한 멀리 떨어지는 것이 목적이라고 하셨잖아요?"

"지난 십오 년 동안 우리는 한 곳에서 삼 개월 이상 머무르지 않았습니다. 그렇게 어느 곳에 머무를 때였죠. 안전하게 몸을 숨겼다고 생각했어요……."

그가 숨을 들이쉬며 말을 이었다.

"모리아티에 맞설 수 있는 무기 같은 것을 갖고 싶어졌습니다. 거꾸로 그자가 '우리'를 걱정해야 할 무언가를요. 우리를 자꾸 귀찮게 했다가는 그가 파멸할 수도 있으므로 우리를 내버려 두게 할 무언가."

"핀치 씨 행세로 어떻게 그걸 손에 넣으려는 거죠?"

"우리는 핀치 씨를 찾을 수가 없었습니다. 차라리 그가 우리를 찾아오기를 바라야 했죠."

"그 사람의 가족에 접근해서요?"

"우리가 당신의 가족과 노골적으로 접촉하려 들면 당신의 아버지가 변호사를 통해 강력한 비난을 전하겠죠. 그러면 핀치 씨가 누군가 그를 사칭하고 다닌다는 사실을 깨달을 줄 알았어요."

"그래서 그다음은요?"

"우리는 당신 아버지에게 세 번이나 편지를 썼고 그때마다 우리 주소를 밝혔어요. 핀치 씨가 헨리 경으로부터 소식을 전해 들으면 우리를 찾아오기를 바랐죠. 그러면 우리가 그에게 거래를 제안할 작정이었습니다. 그의 안전을 보장하는 대신 서류를 달라고요."

"그의 안전을 어떻게 보장하실 거죠? 자신의 안전도 보장할 수 없는데."

"모리아티에게 그 오랜 세월 추적을 당하고 있지만 우리는 여전히 살아 있어요. 팔다리도 다 붙어 있고요. 그 사람이 어떻게든 살아 있도록 도와줄 사람 중에 우리보다 더 나은 사람이 있을까요?"

그것만큼은 사실일 것이다. 헤이워드라고 주장한 젠킨스 씨는 모리아티의 조직을 그만둔 후로 오래 목숨을 부지하지 못했다.

"어떻게든 살아 있다고 하시니 말인데…… 마블턴 양에게는 무슨 일이 있었나요?"

"오늘 밤 우리는 우즈 부인의 집에 있는 제 방으로 돌아가려고 했어요. 당신이 자정에 찾아오셨을 때 프랜시스는 처음에는 핀치 씨라고 생각했어요. 그래서 다음 날 제게 전보를 보냈죠. 그 집으로 다시 몰래 들어가려는데, 이번에는 당신이 우즈 부인과 이야기하는 모습을 봤어요. 당신이었기 때문에 우리는 그곳으로 다시 돌아가도 '그렇게' 위험하지 않을 거라고 생각했어요. 사실 우리의 주된 관심사는 우즈 부인의 눈을 피하는 것이었으니까요.

매복은 꿈에도 생각하지 못했어요. 비커리 박사님이 저녁 외출에서 돌아와 방으로 가시는 바람에 복도가 텅 빌 때까지, 하인용 계단에서 잠시 기다려서 겨우 살았지요. 그때 우리 방의 문이 살짝 열려 있다가 얼른 닫히는 모습을 봤거든요.

그때까지도 우리는 방 안에 있는 인물이 당신이나 핀치 씨일 거라고 생각했어요. 그래도 우리는 경계심을 늦추지 않았고……. 간단히 말하자면 우리는 끝내 추적을 뿌리쳤습니다."

"확신하시나요?"

"그게 우리 전문이니까요."

그녀도 그렇기를 바랐다. 그들이 이미 왓슨 부인의 집도 감시한 적이 있기 때문이다.

"그런데 왜 이곳으로 왔죠?"

"전에 어머니가 당신에게 쓰신 편지를 봤습니다. 색빌 사건이 끝나 갈 즈음이었죠. 어머니는 사람을 보는 눈이 무척 뛰어나십니다. 어머니가 당신을 믿으신다면 나도 당신을 믿을 수 있어요."

"이곳이 감시당하고 있다는 걱정은 안 드시던가요?"

"오늘 밤 모리아티의 부하들은 기차역을 감시 중입니다. 우리가 기차로 도주할 거라고 생각하니까요."

"그 말씀은 기차역에 갔더니 이미 감시 중이었다는 뜻이겠군요."

"정확합니다. 그나저나 저도 질문이 있어요."

"해 보세요."

"'당신'은 왜 핀치 씨를 찾고 계시죠?"

"의뢰인의 의뢰로 찾고 있어요. 핀치 씨의 옛 친구인데 예전에 어떤 약속을 하셨죠."

마블턴이 한쪽 눈썹을 올렸다.

"그 의뢰인이 누구죠?"

"그건 함부로 말씀드릴 수 없어요."

"그러면 그 의뢰인은 당신이 그 사람의 혈육이라는 사실을 모르나요?"

"백 퍼센트 확신은 못하겠어요. 마블턴 부인은 저를 만나러 오셨을 때 셜록 홈스가 마이런 핀치와 혈연관계에 있다는 사실을 아셨나요?"
"어머님은 완전히 다른 문제로 당신을 찾아가셨습니다."
"그건 내 질문에 대한 대답이 아니군요."
"아뇨, 우리는 몰랐습니다. 하지만 그 후에, 그 관계를 알고 나서는 당신이 그를 숨기지 않았다고 확신했습니다. 적어도 이곳은 아니었죠. 우리가 철저하게 이 집을 조사했으니까요. 이곳에 빈 집이 있는데 일부러 왓슨 부인의 집에 숨길 리도 없고요."
샬럿은 고개를 끄덕이더니 찻주전자를 확인하고는 그의 잔에 따랐다.
"질문이 하나 더 있으시겠죠?"
그가 샬럿을 일 분 동안 바라보았다.
"그렇습니다. 언니분은 잘 지내시나요?"
"언니를 몇 번이나 만났죠?"
그가 차에 설탕을 넣었다.
"세 번."
"필요 이상이군요."
그의 얼굴이 살짝 붉어진 건가?
"아마도요. 잘 지내십니까?"
"리비아 언니의 인생은 평탄하지 않아요. 한 번도 그런 적이 없었죠. 언니는 자신의 지성과 통찰력이 아무런 가치도 없다고 믿고 있는 지적이고 통찰력이 뛰어난 여자예요."
"당신도 그렇게 믿어야만 한다는 압박감을 받으셨겠죠."
"전혀요. 나는 그러한 압박이 존재한다는 사실을 이해하기까지가 몹시 힘이 들었어요. 일단 저는 타인의 의견을 개의치 않으니까요. 개인이든 집단이든. 하지만 리비아는 달라요. 언니는 사람들이 언니에게 무엇을 기대하며 그것이 언니의 본모습과 얼마나 다른지 뼈에 사무칠 정도로 잘 알아요. 언니는 자신의 단점을 단 한 순간도 잊지 않아요."

스티븐 마블턴이 차를 한 모금 마셨다. 그는 추위를 타는 듯 양손으로 잔을 들어 올렸다.

"제게 왜 이런 이야기를 하시죠?"

"언니는 마음이 약하다는 사실을 명심하시라고요. 아직 알아차리지 못하셨다면. 작은 추파 정도로 무너지지는 않겠지만, 많이 아파할 거예요."

"그분 곁에서 물러나라고 경고하시는 건가요?"

"아뇨, 하지만 일어날 법한 결과는 확실히 말해야 마땅해요. 그러니 계속하겠다면 그 결과에 대해서 미리 알고 계시라고요."

그녀가 일어섰다.

"피곤하시겠죠. 배웅해 주시지 않아도 괜찮아요."

제18장

토요일

다음 날 샬럿은 일찌감치 일어나 주방에서 음식 바구니를 챙겨 어퍼 베이커 스트리트 18번지로 향했다. 불청객들이 이미 떠났다는 사실은 전혀 놀랍지 않았지만, 그곳이 그들이 온 적도 없는 것처럼 말끔히 정리된 모습에는 감탄이 나왔다.

그리고 셜록의 베개 아래에 쪽지가 끼워져 있었다.

환대에 감사드립니다. 좀 더 즐거운 분위기에서 다시 만나기를 바랍니다.

샬럿이 왓슨 부인의 정문을 감시하던 여자가 전보로 신문에 성경 구절을 싣게 했다는 사실을 알아낸 날, 샬럿은 〈타임스〉지의 문서 보관소의 자료 열람을 신청했다. 그 신청이 마침내 허가가 떨어졌다.

그녀는 그곳이 너무 시끄러워 귀가 먹먹할 줄 알았다. 하지만 인쇄기는 멈춰 있었고, 여러 사무실은 어수선하기는 해도 디너파티가 열린 가정집 응접실에 비하면 훨씬 조용했다.

넓고 조명을 환히 밝힌 편집실은 모든 과정을 관장했다. 중앙에 자리 잡은 거대한 떡갈나무 탁자를 중심으로 더 작은 책상들이 벽을 따라 배치되어 있었으며, 그 책상마다 등받이 없는 의자와 글을 쓰는 데 필요한 도구들이 구비되어 있었다. 길을 안내해 준 사환의 말에 따르면, 편집실 옆은 편집자들의 식당 방이었다.

그 식당 방에서 통로를 따라가면 나오는 문서 보관소에는 〈타임스〉지의 창간 후 발행된 모든 신문이 보관되어 있었다. 샬럿은 간단한 지시 사항을 들은 후 혼자 남아 신문을 열람하기 시작했다.

그녀는 그 성경 구절이 매주 실렸으리라 짐작했다. 그런데 예상과 달리 한 달에 세 번, 늘 같은 날짜에 실려 있었다. 그녀는 삼 년 전부터 나온 신문을 모두 확인했지만 성경 구절은 보이지 않았다. 다시 더 꼼꼼하게 찾아보니 로마 숫자와 아라비아 숫자가 번갈아 나오는 암호가 매주 실려 있었다. 'Ⅷ, 260, Ⅺ, 81, ⅩⅣ, 447' 같은 식이었다.

그것들은 성경과 관계가 없어 보였다. 샬럿은 일어나서 옆방으로 갔다. 열 명 남짓의 교정자가 수백 권의 사전과 백과사전에 둘러싸여 작업을 하고 있었다. 그녀는 《브리태니커 백과사전》을 찾아 8권 260쪽을 펼쳤다. 표제어는 '잉글랜드(England)'였다.

다른 암호도 모두 표제어였다. 만약 그것이 그 암호가 의미하는 것이라면 말이다.

하지만 이 표제어들에 무슨 의미가 있을까?

그녀는 잠시 생각해 보다가 그곳을 나와 포트먼 광장의 그 집으로 가서 밴크로프트에게 메시지를 남겼다.

경께서 제게 주신 그 비즈네르 암호를 전보로 보낸 정확한 날짜가 언제인가요? 알려 주시면 감사하겠습니다.

번스 부인은 자신의 말대로 무료 급식소에 나와 당근의 껍질을 깎고 있었다. 왓슨 부인은 앞치마를 질끈 동여매고 한 무더기 쌓인 페포호박으로 달려들었다.

“가끔 평소 오지 않던 숙녀분들이 손을 보태러 오시죠. 하지만 그런 분들은 너무 까탈스러워요. 너무 더럽거나, 무겁거나, 땀이 나는 일은 하려고 하지 않죠. 부인은 그렇지 않으시네요, 왓슨 부인.”

번스 부인은 한 시간이 거의 다 지나갈 즈음 이렇게 말문을 열었다.

왓슨 부인이 웃음을 터트렸다.

“그건 내가 레이디가 아니기 때문일 거예요, 번스 부인. 나는 음악 극장의 배우였어요. 공작과 결혼했지만 진짜 레이디들은 나를 보면 경멸했죠.”

번스 부인이 하던 일을 멈추었다.

“나를 놀리시는 거죠, 그렇죠?”

“당신을 놀리고 싶었다면, 이런 이야기가 아니라 오히려 모두가 나를 얼마나 떠받들었는지 이야기했을 거예요."

"정말 무대에 올라가서 춤을 추고 노래를 불렀다는 거예요?"

"당신 말대로요."

"극장 뒷문에서는 신사들이 무릎을 꿇고 부인의 사랑을 구걸했고요?"

왓슨 부인이 다시 웃음을 터트렸다.

"무릎을 꿇지는 않았어요. 하지만 자신을 소개하면서 이런저런 걸 하고 싶어 했던 신사들은 좀 있었어요."

"이런저런 거요?"

"오, 알잖아요."

번스 부인이 한쪽 눈썹을 들어 올렸지만, 질렸다기보다 유쾌하게 받아들이는 눈치였다.

"그들 가운데 최고를 골라잡았기를 바라요."

"그런 쪽으로는 나름 잘 해냈어요."

왓슨 부인이 겸손하게 말했다.

번스 부인은 고개를 저으며 껍질 까는 작업을 다시 시작했다.

"무료 급식소에서 여배우를 만날 줄은 생각도 못 했네."

"서점이나 기차역에서 옛 지인과 마주친 적이 있어요. 한 번은 페나인 산맥•에서 아는 사람을 만난 적도 있죠. 우리 같은 사람들은 그리 드물지 않아요. 특히 런던에서는요."

번스 부인이 다시 머리를 살짝 흔들었다. 그러더니 왓슨 부인을

• **페나인 산맥** 북부 잉글랜드에 걸쳐 있는 낮은 산줄기

보며 말문을 열었다.

"나는 전부터 극장에 관심이 있었어요. 무대에 오르는 쪽은 아니고요. 모르는 사람이 나를 보는 건 싫어요. 하지만 그곳은…… 모두가 자유로울 수 있는 곳이잖아요, 그렇죠. 이걸 어떻게 말해야 무례하지 않을지 모르겠어요. 그러니까……."

"엄밀히 말해서 아무도 존경할 만한 사람이 없는 곳."

왓슨 부인이 미소를 지으며 말을 끝맺었다.

"그러므로 존경을 자신의 힘으로 얻어 내야 하죠. 모두가 같은 선에서 시작하니까요."

"평등을 누릴 직업을 찾으신다면, 극장이 당신의 해답이 될 것 같지는 않아요. 더 나은 지위로 올라가려면 한창 시즌의 사교계에서만큼 치열하게 노력해야 하거든요. 하지만 나는 그곳이 좋았어요. 무대 공연은 마치 마법 같아요. 추악한 광기가 흘러넘치기도 하지만 숭고한 동지애를 얻을 수도 있어요."

삶 그 자체라고 할까.

번스 부인은 아무 대꾸도 하지 않았다. 주방에서는 칼이 도마를 두드리는 소리와 냄비에서 증기가 쉭쉭 새어 나오는 소리밖에 들리지 않았다.

번스 부인의 호기심이 바닥이 났구나 싶을 즈음, 그녀가 말문을 열었다.

"내가 간간이 극장을 생각하는 이유는 예전에 알았던 누군가 때문이기도 해요. 말하자면 특별한 신념이 있는 사람이었죠."

"말하자면 여자에게 연애 감정이 없는 남자?"

"네, 그런 종류요. 그 사람은 반쯤 극장에 투신하려 했어요. 그런 곳에서는 그런 사람들을 배척하지 않을 거라고 생각했으니까요."

"완전히 틀린 생각은 아니에요. 전체 인구보다 극장에 그런 사람들이 더 많을 테니까요. 그분은 덜 외로우셨을 거예요. 그리고 덜 위험하고요. 그렇다고 해서 모든 사람에게 취향을 인정받을 수 있다는 말은 아니에요. 무대 담당자들이 고약한 별명으로 부를 수도 있고, 무대 의상을 입고 지나갈 때 누군가가 모욕적인 몸짓을 할 수도 있어요."

"어딜 가도 유토피아는 없어요, 그렇죠?"

"그런 것 같아요. 이게 우리가 사는 세상이죠."

왓슨 부인이 잠시 쉬었다가 말했다.

"그러면 번스 부인 당신은요. 주제넘을지 모르겠지만, 당신은 아름답잖아요. 일을 하면서 난처했던 적은 없었나요?"

번스 부인이 어깨를 으쓱했다.

"솔직히 이런 문제에서는 여자가 얼굴이 반반한지 아닌지는 중요하지 않다고 생각해요. 남자는 아름다운 여자가 눈앞에 나타나면 그제야 느닷없이 치마 속에 손을 집어넣는 것이 자신의 의무라고 생각하는 게 아니에요. 남자가 그런 부류라면, 눈앞의 여자가 예쁘면 당연히 치마 속에 손을 집어넣을 거예요. 여자가 예쁘지 않아도 자신의 재미를 위해 그렇게 할 거고요."

훌륭한 대답이지만, 왓슨 부인이 기대한 대답은 아니었다.

"지금 주인과는 그런 문제가 없죠?"

"네, 그분은 괜찮아요, 스완슨 박사님요. 필요 이상으로 말을 많이 하시는 경향이 있지만, 그분 정도면 괜찮죠."

"그분이 당신을 사랑하게 되어서 청혼하면 어떻게 하실 거예요?"

번스 부인이 깔깔거리며 웃었다.

"오, 그런 생각을 하시다니. 그분이 그러시면 나는 공짜가 아니라 돈을 받고 그분을 보살피는 편이 더 좋다고 말할 거예요."

"하지만 유명한 의사의 아내가 되면 다른 이점도 있잖아요. 우선 그분의 짜증스러운 따님을 찍소리 못하게 할 수 있어요."

"혹하기는 하지만 그 정도는 아니에요. 아예 그분의 얼굴을 안 보면 되니까요. 게다가 나는 만나는 사람이 있어요."

번스 부인이 몸을 살짝 기울였다.

"그 사람 이름은 가브리엘이에요. 그녀는 백작 부인이 되고 싶은 딸 셋을 둔 부유한 미망인의 집에서 일해요. 언젠가 은퇴하면 우리는 남프랑스로 가서 함께 살 거예요."

"어머나. 그렇다면 그 가여운 의사 선생님은 절대 기회가 없겠군요."

왓슨 부인이 말했다.

번스 부인이 다시 깔깔거리며 웃었다.

"물론 그분이 공작이라면 나도 좀 고민이 되었을 거예요. 나는 밖에서 애인을 만드는 공작 부인들을 알거든요. 하지만 의사라면 내가 정숙하게 지내기를 바라겠죠. 있잖아요, 나는 정숙한 사람이에요. 내게는 가브리엘뿐이에요. 내가 그분과 자느니 그녀와 자겠다고 하면 늙은 스완슨 박사님은 뇌졸중을 일으킬 거예요."

"아니면 같이 하자고 할지도 모르죠. 모르는 일이에요."

번스 부인이 깜짝 놀란 표정으로 왓슨 부인을 보더니 박장대소를 했다. 그들은 실컷 웃은 후 바구니에 담긴 감자를 깎기 시작했다.

"음, 이야기가 복잡해지네요. 아니다, 단순해지는 건가?"

페넬로페가 물었다. 왓슨 부인은 낮잠 중이어서 대신 샬럿이 왓슨 부인이 무료 급식소에서 알아낸 사실을 간략하게 정리해 들려주었다. 셜록 홈스 사업은 절대 지루한 법이 없다.

"번스 부인이 스완슨 박사님에게 조금도 관심이 없다면, 모리스 부인은 결국 착각한 걸까요?"

"그분은 처음 우리를 찾아온 이후로 몸이 나빠졌다고 한 적이 없어요."

샬럿이 말을 이었다.

"그 후로 몇 번을 더 만났지만 그때마다 그녀는 건강했고, 그 사실에 뿌듯해하는 듯했어요."

"그렇다면 대체 무슨 속셈일까요?"

"모리스 부인을 다시 찾아가서 몇 가지 질문을 더 하려고요."

페넬로페가 고개를 흔들며 그 일이 자신의 문제가 아니라는 사실에 안도했다. 두 사람은 드 블루아 레이디들에 대해 잠시 이야기를 나누었다. 그들은 여행지에서 벌써 엽서를 두 장이나 보냈다. 이윽고 페넬로페는 잡담이라면 충분히 했다 싶었다.

"홈스 양, 아직도 잉그램 경을 의심하세요?"

샬럿의 얼굴은 성모 마리아처럼 평온했다.

"특별히 의심하지는 않아요."

"하지만 어제 이모에게 핀치 씨를 수소문했던 남자가 잉그램 경일 수도 있다고 하셨다면서요."

"그분이 보낸 사람일 수도 있다고 했죠."

"그래도 그분이 핀치 씨를 처리했다고는 생각하지 않죠?"

"그럼요. 하지만 가능한 모든 것을 알아내려고 손을 쓰지 않았다고 어떻게 확신하겠어요."

페넬로페는 잉그램 경이 레이디 잉그램의 결혼 전 애인에 대해 은밀하게 정보를 수집하려고 살금살금 돌아다니는 모습을 상상해 보았다. 그 상상은 잘 되지 않았다. 그렇지만 홈스 양처럼 그녀도 그 가능성을 완전히 포기할 수는 없었다. 잉그램 경이 더는 아내를 사랑하지 않을 수는 있지만, 그녀는 여전히 그의 아내이자 아이들의 어머니이다. 그의 입장이 되어 보지 않으면 어느 누가 그가 무엇을 했거나 하지 않았다고 확신할 수 있을까?

"내 아버지는 당신 자신을 영리한 남자라고 생각해요."

샬럿이 말을 이었다.

"내 어머니를 아둔한 사람이라고 믿고 계시고요. 그래서 아주 미묘하게 당신의 정사를 티 내시죠. 내가 장담하는 한, 어머니는 아버지가 굳이 그런 티를 내지 않으셔도 다 알고 계셨어요.

어느 가정이나 수많은 비밀이 있겠죠. 그런데 잉그램 경은 관찰력이 있어요. 이번 여름 전까지는 레이디 잉그램이 남편에게 모든 것을 숨길 수 있었을지 몰라요. 하지만 핀치 씨가 실종된 후로 보여 준 광적인 행동들을 생각해 보면, 잉그램 경이 아내에게 무슨 일이 있는 것 같다고 짐작한다고 해도 이상하지 않아요."

"하지만 우리가 이야기한 그 남자 말이에요. 잉그램 경이 보냈을 거라고 생각하는 남자. 그 사람은 한 달 전에 핀치 씨의 마을을 찾아갔어요. 핀치 씨가 자취를 감춘 건 그보다 더 최근의 일이고요."

"레이디 잉그램이 들려준 이야기를 전적으로 신뢰할 수는 없어요. 그분은 핀치 씨를 어디에서 찾아야 할지 전혀 모른다고 했어요. 그런데 내 아버지의 변호사를 찾아간 걸 보면 그분은 우리에게 말한 것보다 더 많은 걸 알고 있어요. 이 사건과 관련해서 어느 하나에 대해 거짓말을 했다면 다른 것에 대해서도 거짓말을 했을 가능성이 농후해요."

페넬로페가 한숨을 쉬었다.

"잉그램 경이 이 일과 무관하다고 확신할 수 있으면 좋겠어요."

"그럴 수도 있어요. 적어도 적극적으로 관여하지는 않았을 거예요. 그래 봤자 아내가 관련된 일이니 결국에는 그도 피해 갈 수 없을 거예요."

페넬로페는 속마음을 드러내고 싶지 않았지만 실망한 티가 났던 모양이다.

샬럿이 유난히 다정하게 말했다.

"레드메인 양, 의학적인 질문이 있는데, 좀 도와주시겠어요?"

잉그램 경이 이 집에서 아내의 침실에 마지막으로 들어간 건 몇 해 전이었다. 그 후로 방은 군데군데 달라져 있었다. 벽난로 선반에 새 시계가 있었고, 예전에 본 기억이 없는 바다 경치를 그린 그림도 두 점 보였다. 하지만 전체적으로 그 방은 전과 다름없이 친숙했다. 그는 화장대 거울을 보면 그 앞에 앉아 아름다운 머리카락을 빗질하며 달콤한 미소를 지은 채 그를 바라보는 아내의 눈과 마주칠 것 같았다.

하지만, 그런 달콤한 미소는 결혼 초기의 미소였다. 마지막으로 그가 이 방에 들어왔을 때에도 그녀는 미소를 지었지만 의무적으로 짓는 억지 미소에 가까웠다.

그는 육체적인 친밀감이 두 사람 사이에 놓인 거리를, 그가 무엇을 해도 좁힐 수 없는 거리를 이어 주는 다리가 되기를 바랐기에 아내와 사랑을 나누고 싶었다. 그러나 결국 잘 자라는 말을 남긴 채 방을 나섰다. 더 할 말도 없었다. 그렇게 아내의 사적인 공간에서 자신이 얼마나 환영받지 못하는 존재인지만 절실히 깨달았다.

다음 주 그의 대부가 예기치 않게 숨을 거두었다. 그는 아내에게 유언장에 적혀 있던 재산이 아니라 매년 5백 파운드의 연금밖에 상속받지 못한다고 전했다. 그 순간 그녀는 격분했다. 그가 막대한 유산을 물려받을 줄 알고 결혼했는데, 이제 다 부질없는 일이 되어 버렸다고 소리를 질렀다. 재산도 손에 넣지 못하고 아이들만 유대 혈통이 되었다고 악을 썼다.

그 말을 들은 순간 그는 그녀의 분노에 압도되었다. 그 분노는 단단했고, 진짜였으며, 그가 조사하고 좀 더 알아보고 싶은 종류의 감정이었다. 그를 절망하게 만든 예의 바른 차가움보다는 차라리 분노가 나았다.

그녀가 실제로 입에 담은 말의 의미를 제대로 이해하기까지는 몇 분, 몇 시간, 며칠이 걸렸다.

진짜가 되기까지.

두 사람은 그 후로 필요한 경우가 아니면 다시는 말을 나누지 않았다.

그런데 지금 왜 아내의 방에 들어온 걸까?

그의 행동은 차마 입으로 내뱉고 싶지 않은 해답이었다.

수치심이 어느 정도 들었지만 자신도 설명할 수 없는 힘에 이끌려 방으로 들어왔다. 그는 왕실의 기밀을 팔아먹는다는 혐의를 받는 사람들을 위해 아껴 둔 철저함을 발휘해 그곳을 뒤졌다.

아무런 수확도 거두지 못하자 이번에는 자신의 서재를 수색하기 시작했다. 그가 집을 비울 때 아내가 가끔 그곳을 쓴다는 사실을 알고 있었다. 그곳에서도 그는 아무런 단서를 찾아내지 못했다. 아쉽게도 타자기의 리본에 남은 자국은 마지막으로 친 글을 읽을 수 있을 정도로 또렷하지 않았다. 그는 자신의 책을 살펴보기 시작했다. 하녀가 정기적으로 서가의 먼지를 털지만 매일 해야 하는 일은 아니었다. 그러므로 최근에 누가 서가에서 책을 뽑았다면 어떤 책인지 알 수 있을 것이다.

누가 봐도 최근에 누군가 건드린 흔적이 있는 책은 위쪽에 먼지가 없는 것으로 보아 혼인법에 관한 책이었다.

그는 법에는 특별한 관심이 없었다. 그 논문 선집은 선물로 받았는데 누구에게 무슨 일로 받았는지 전혀 기억나지 않았다. 페이지가 다른 부분은 한 장도 잘려 있지 않았는데, 혼인 서약의 해소에 관한 부분만 잘려 있었다.

아내가 한 걸까? 아내가 '이혼'에 대해 이렇게까지 조사한 걸까?

제19장

월요일

"홈스 양, 허드슨 부인. 이렇게 또 뵙는군요."

스완슨 박사가 자리에서 일어나 다정한 악수로 두 사람을 맞았다.

"클라리사는 적어도 삼십 분 후에나 돌아올 겁니다. 지금 아침 산책을 하러 공원에 나갔거든요. 그동안 제가 말벗이 되어 드릴까요."

샬럿이 미소를 지었다.

"그렇게 해 주시면 정말 좋을 거예요."

"커피를 타 오라고 할까요? 오늘은 번스 부인이 집에 있어서 그녀의 환상적인 커피를 즐길 수 있답니다."

"고맙습니다."

그들은 하녀가 커피를 내올 때까지 한담을 나누었다. 스완슨 박사는 한껏 멋을 부려 커피를 따랐고, 두 손님은 커피 향과 풍미에 찬사를 아끼지 않았다.

샬럿은 설탕과 크림을 잔뜩 넣어 커피를 마셨다. 잠시 후 그녀가 잔을 내려놓더니 말문을 열었다.

"스완슨 박사님, 실은 지난번 뵈었을 때 이 댁을 찾아온 진짜 이유를 말씀드리지 않았어요. 따님에게도 숨겼고요. 그 점에 대해서 사과를 드립니다. 사실 모리스 부인과는 자선 편물 모임에서 만난 사이가 아니에요. 모리스 부인이 제 오라버니인 셜록 홈스에게 상담하기 위해 얼마 전에 저희를 찾아오신 일을 계기로 만났죠. 부인이 댁에서 먹는 음식에 누가 독을 탄다는 두려움 때문에 몹시 마음고생을 하셨거든요."

스완슨 박사는 셜록 홈스라는 이름을 듣자 눈을 깜박거렸다. '독을 탄다'는 말에는 몸을 움츠렸다.

"가여워라. 나는 그 아이가 그렇게까지 괴로워하는 줄 몰랐습니다. 하지만 그런 증세는 런던에서만 보였어요. 우리 도시는 공기가 해롭지 않습니까. 이곳 사람들이야 대부분 적응이 되어 있죠. 하지만 가끔 호흡을 할 때 몸으로 들어오는 치명적인 입자에 너무 예민하게 반응하는 체질로 변하는 사람들도 있거든요."

"모리스 부인은 그렇게 생각하지 않으세요. 번스 부인이 박사님을 마음껏 유혹하기 위해 부인을 제거하려 한다고 믿고 계세요."

스완슨 박사가 입을 떡 벌리고 샬럿을 바라보았다.

"그건 말도 안 돼요. 번스 부인은 그런 사람이 절대 아닙니다. 맙소사, 너무 터무니없는 억측이라 그 일을 어떻게 설명해야 할지 모르겠군요."

샬럿이 몸을 앞으로 내밀었다.

"그 일을 설명할 수 있는 유일한 방법은 모리스 부인에게 사실대로 말씀하시는 거예요."

스완슨 박사가 그녀를 바라보았다.

"나는, 그게 무슨."

"제가 무슨 이야기를 하는지 정확히 아실 거예요, 박사님. 따님은 이 댁의 가정부가 비스킷에 뭔가를 넣어 건강을 해치려 한다고 믿고 계세요. 비스킷이 아니었어요. 모리스 부인이 마시는 커피에 있었죠. 박사님이 손수 내려 주신 그 커피요."

"나는 커피에 독을 타지 않았습니다."

"네, 그런 일을 친딸에게 하실 리가 없죠. 하지만 따님이 런던을 떠날 정도로 몸이 나빠지기를 바라셨어요. 그냥 있다가는 모리스 부인의 적대적인 태도 때문에 번스 부인이 그만둘지도 모르니까요. 그런 사태만은 꼭 막고 싶으셨겠죠."

스완슨 박사가 침을 꿀꺽 삼켰다.

"따님은 열대 과일을 몹시 싫어하신다고 우리에게 말씀하셨어요. 어떨 때는 특정한 맛을 견딜 수 없어서 싫어해요. 어떨 때는 아주 극소량만 먹어도 몸이 심하게 반응하기 때문이기도 하고요.

오라버니는 따님이 다양한 종류의 열대 과일에 알레르기가 있을지 모른다고 생각했어요. 하지만 따님은 열대 과일을 입에도 대지 않으시죠. 심지어 열대 과일도 아닌 건포도조차 피하세요. 그렇다면 따님의 음식에 어떻게 알레르기를 유발하는 물질을 집어넣을 수 있을까요?

오라버니는 고민을 하다가 식품 저장실에 있던 노끈을 떠올렸어요. 박사님은 커피를 직접 내려 드시니까 식품 저장실을 잘 아실 거예요. 그 노끈의 재료는 코이어였고, 코이어는 코코넛으로 만들죠. 박사님이라면 그 노끈을 잘게 썰거나 갈아서 원두 가루처럼 보이게 만드는 건 어렵지 않으실 거예요. 식품 저장실은 조명이 그리 밝지 않아요. 그게 아니더라도 모리스 부인은 자신이 몇 시간 전에 직접 갈아 놓은 커피 가루에 문제가 있다고 의심할 이유가 없어요."

스완슨 박사가 의자의 팔걸이를 꽉 쥐었다.

"클라리사에게 이 이야기를 하실 겁니까?"

"하면 안 되나요?"

"제발, 제발 그러지 마세요. 그 아이가 몹시 상심할 겁니다. 맹세해요. 그 아이를 해치려고 한 짓이 아닙니다. 아까 말씀하셨듯이 그 애가 런던을 떠나기를 바랐을 뿐이에요."

"따님이 얼마나 고통스러워하는지 보셨으면서 한 번 더 시도하셨더군요."

왓슨 부인이 더 참지 못하고 끼어들었다.

"아버지가 어떻게 그럴 수 있죠?"

"제 말을 들어 보세요. 아내가 죽은 후 나는 인생의 종착지를 향해 달려가는 기분이 들었습니다. 노인 말이죠. 세상일에 흥미를 잃었어요. 신문도 읽지 않게 되었죠. 예전에는 편지를 받으면 곧장 답장을 썼는데, 답장을 쓰는 일에도 있는 힘을 다 짜내야 했어요.

그러던 어느 날 가정부가 은퇴를 했고 번스 부인이 왔어요. 그리고…… 문득 내가 젊어진 것 같았어요. 전에는 눈앞에 보이는 것이 종말인 줄 알았는데, 이제 미래를 보게 된 거죠. 번스 부인은 아름답고 교양이 있죠. 그녀라면 함께 극장에 가고 강연도 들을 수 있을 것 같았어요. 세계 일주도 함께하고요.

나는 병원을 팔고 은퇴한 터라 그녀를 지켜보며 구애할 시간이 넉넉했습니다. 하지만 번스 부인은 너무나 정숙한 데다 속마음을 통 읽을 수가 없어요. 마침내 번스 부인도 내게 호감을 보인다는 확신이 조금씩 들기 시작했어요. 그때 클라리사가 온 겁니다. 그러더니 아예 눌러 붙어 버렸어요. 나는 점점 조바심을 내게 되었지요. 그녀는 보석 같은 사람이에요. 번스 부인 말입니다. 그런데 우리 집을 찾은 배달원들이, '그들' 중에 누군가가 그녀의 마음을 얻으면 어떻게 하겠어요. 그때 클라리사의 알레르기가 떠올랐습니다……."

샬럿과 왓슨 부인을 간청하듯 지켜보는 그는 그저 노인일 뿐이었다.

왓슨 부인의 턱에 힘이 들어갔다.

"스완슨 박사님, 알아 두셔야 할 일이 두 가지 있어요. 하나는 박사님은 번스 부인의 마음을 절대 얻지 못하실 거예요. 부인에게는 따로 마음에 둔 사람이 있어요. 두 사람은 은퇴하는 대로 함께 여생을 보낼 계획이에요.

다음으로 따님은 남편에게 돌아가지 않을 거예요. 셜록 홈스는 줄곧 그럴지 모른다고 의심하고 있었어요. 홈스 양과 내가 그의 지시를 받고 어제 데번포트에 다녀왔어요. 모리스 대위님이 집에 여자를 데려왔더군요. 모리스 부인이 그 여자와 함께 지낼 수는 없겠죠."

"몹쓸 자식 같으니라고!"

"따님은 남자 운이 그리 좋지 않으시네요."

왓슨 부인이 쌀쌀맞게 말했다.

스완슨 박사는 인상을 썼지만 그 말에 반박하지 않았다.

"내가 딸아이를 돌보겠습니다. 제발 그 애에게는 말하지 마세요."

"그럴 겁니다. 따님이 몹시 상심하리라는 말씀이 옳아요. 지금 상황에서 상심할 일이 또 생긴다면 따님이 얼마나 버틸 수 있을지 모르겠어요. 대신 박사님은 진술서를 작성해 서명하신 후에 저희에게 주세요. 그 진술서는 영국 은행의 안전 금고에 보관될 거예요. 그리고 우리는 정기적으로 따님을 찾아뵙고 건강하게 잘 지내시는지 확인하겠습니다."

스완슨 박사는 침을 꿀꺽 삼켰지만 시키는 대로 했다. 마침내 두 사람이 돌아가려고 자리에서 일어나자 그제야 박사가 물었다.

"그러면 그 애에게는 뭐라고 '하실' 겁니까?"

"우리가 찾아와서 박사님에게 조사 결과를 말씀드렸다고 하세요. 조사 결과 원인은 코코넛과 같이 저장되어 있던 커피 원두였다고요. 박사님이 우리에게 따님이 코코넛에 심한 알레르기가 있다고 확인해 주셨죠. 짜잔, 수수께끼는 다 풀렸네요."

"저는 지금도 모리스 부인에게 사실대로 말해야 했다고 생각해요."

샬럿이 스완슨 박사의 집을 나서면서 말했다.

어쩌면 그녀의 말이 옳을 것이다. 하지만 왓슨 부인은 그 가여운 여자에게 차마 그럴 수가 없었다. 그녀는 갈 데가 없었다. 진상을 알아 봐야 남은 평생 비참해지기만 할 것이다. 남편에게 배신당하고, 버팀목이 되어 줄 줄 알았던 아버지도 그녀를 배신했다는 그 진실 말이다.

"나는 여기서 하인용 문으로 들어갈게요."

왓슨 부인이 말했다.

샬럿은 그 이유에 대해 물어보지 않고 그냥 고개만 끄덕였다.

"그러면 저는 문서 보관소의 열람을 예약하고 〈타임스〉지로 가 봐야겠어요."

샬럿이 떠나자 왓슨 부인은 한숨을 쉬고 그녀 자신을 포함해 다른 사람의 마음을 다치게 하지 않고 의뢰인을 도울 수 있었던 경우를 기억에서 떠올려 보았다. 이 일을 하면서 두려워질 때도 있지만, 두려움에 비하면 슬픔이 훨씬 더 지독했다.

'이 어리석은 늙은 여자야.' 그녀는 하인용 문으로 내려가면서 속으로 말했다. '지금 당장은 네게 아무런 위험이 닥치지 않았기 때문일 뿐이야.'

사실 위험이 전혀 없는 것은 아니었다. 샬럿이 마블턴 남매가 어퍼 베이커 스트리트 18번지에 잠시 은신했던 이야기를 해 주었다. 물론 핀치 씨와 모리아티의 관계도 확인해 주었다. 공기 중에 위험이 감돌았다. 그녀는 그저 그 위험에 대해 잠시 생각을 멈췄을 뿐이다.

초인종을 누르자 번스 부인이 직접 문을 열었다.

"왓슨 부인? 여기서 뭐 하세요?"

왓슨 부인이 유감스러운 미소를 지었다.

“당신의 환상적인 커피를 대접해 주신다면 전부 이야기해 줄게요.”

번스 부인은 이야기를 들으면 들을수록 점점 믿을 수 없다는 표정을 지었지만 이야기를 끊지 않고 끝까지 들었다.

“그렇게 된 거예요. 따지고 보면 이 사건의 관계자는 아버지와 딸뿐이에요. 하지만 당신도 알아야 할 것 같았어요.”

번스 부인은 한동안 아무 말도 하지 않았다.

“나는 모리스 부인이 어디 모자란 사람인가 했어요. 그런 취급을 받을 이유가 없었군요.”

“맞아요. 그래요.”

“그리고 스완슨 박사님이 그렇게 무자비한 면을 숨기고 계신지 꿈에도 몰랐어요. 정말 심란하네요.”

“당신이 낭만적이라고 생각하지 않아서 천만다행이에요.”

“맙소사, 그럴 리가요. 처음부터 끝까지 너무 이기적이잖아요.”

“이제 어떻게 할 거예요?”

“다른 집을 찾아봐야겠죠.”

“미안해요. 당신이 원한 건 이런 게 아니었는데.”

번스 부인이 미소를 지었다.

“내 걱정은 마세요, 왓슨 부인. 내 앞가림은 잘하니까.”

그녀가 왓슨 부인을 배웅하며 말했다.

“고마워요. 정말 고마워요.”

“도움이 되었다니 나도 기뻐요.”

왓슨 부인이 장갑을 끼며 말했다.

"그나저나 전에 말씀하셨던 친구분, 그분은 결국 배우의 길을 가셨나요?"

"누구요? 오, 젊은 그레빌요? 아뇨, 누나가 돈 많은 귀족과 결혼해서 보헤미안의 삶을 살겠다는 희망은 끝나 버렸어요."

샬럿이 주목했던 광고가 모리아티의 암호를 해독하는 열쇠말을 제공하는 수단이라는 가설을 확인하는 유일한 방법은 그걸 입증하는 것뿐이다. 밴크로프트 경이 비즈네르 암호를 전보로 보낸 정확한 날짜를 알려 주었기 때문에 샬럿은 이제 자신의 가설을 실험할 수 있었다.

하지만 먼저, 특정한 시기에 실린 광고를 찾아야 했다. 그녀는 받은 날짜와 그 전에 나온 광고들을 찾기 시작했다. 그 전보는 십 년 전 것이었기에, 광고들 사이에서 암호로 실은 광고를 모두 찾아 한바탕 해독을 해야 했다. 고생한 끝에 마침내 하나를 찾았다. 암호를 풀면 C 2 5 7이 되었다. 이 주일 전에 올라온 비슷한 광고를 풀면 H 146 6 4였다.

그녀는 알파벳과 숫자를 잠시 바라보았다. 그리고 교정실로 가서 셰익스피어의 책이 있는지 물어보았다. 찾아보니 그곳 서가에 두 권이 있었다. 하나는 현대판이고, 다른 하나는 리비아가 좋아하는 《퍼스트 폴리오》•의 복제본이었다.

• **퍼스트 폴리오** 1623년에 출간된 셰익스피어의 작품 모음집

샬럿은 복제본을 살펴보았다. 희극(Comedies), 2쪽, 5행, 일곱 번째 단어. '땅(Earth)'. 그 단어는 그녀가 해독한 비즈네르 암호의 열쇠말이 아니었다. 먼저 찾은 광고를 시도해 보았다. 사극(Histories), 146쪽, 6행, 네 번째 단어. '마법사(Wizard)'. 아니다, 이것도 아니다.

완전히 잘못 짚었나?

샬럿은 모리아티가 부하들에게 보내는 거의 모든 지령과 심지어 그의 부하들끼리 주고받는 메시지도 모두 암호라는 가설을 세웠다. 암호를 쓰면 장점이 있지만 그만큼 단점도 있다. 같은 암호를 너무 자주 사용하면 관계없는 사람들도 쉽게 해독할 수 있다. 그런 결함이 생기면 기밀이 통째로 새어 나갈 수 있다.

그렇다면 몹시 정교한 암호를 쓰면서, 평문을 암호로 바꾸는 열쇠말도 자주 바꾸면 문제를 해결할 수 있다. 이런 해결책도 문제는 있다. 다시 말해, 조직 구성원 모두가 거의 동시에 새로 바뀐 열쇠말이 무엇인지 알 수 있어야 한다.

신문이 그 역할을 담당했다. 하지만 신문 광고를 확인한 사람들이 암호를 풀 때 참조할 수 있는 평범한 문헌이 필요하다. 주위에서 흔히 구할 수 있는 책으로 말이다. '성경. 브리태니커 백과사전. 윌리엄 셰익스피어의 희극과 사극, 비극' 혹은 다른 이름으로는 '퍼스트 폴리오'라고 부르는 초판 이절본 등이 좋을 것이다.

문제가 생기면, 책임자들은 문헌을 바꾸기만 하면 된다. 변절자들은 신문에서 광고를 볼 수 있지만 문헌 없이 암호를 해독할 수는 없을 것이다.

완벽하고 효율적인 시스템. 샬럿이 보기에 모리아티의 편집증과 자아도취가 결합된 거의 완벽한 시스템이었다.

그런데 어디에서 문제가 생긴 걸까?

그 순간 샬럿이 이마를 딱 소리가 날 정도로 세게 치는 바람에 근처에 있던 교정자가 어리둥절해하면서도 못마땅한 표정으로 그녀를 바라보았다. '맞아, 그게 있었지.' 암호 연락 체계를 아무리 꼼꼼하게 설계하더라도 그것을 이용하는 사람은 실수를 저지를 수 있다. 신문에 단서를 게재하는 일을 맡은 부하가 실수를 했다면 어떨까? 혹시 우연한 사고나 누군가 깜박하는 바람에 암호의 열쇠말이, 정해진 날짜보다 늦게 실린 건 아닐까?

그녀는 문서 보관실로 다시 돌아가 비즈네르 암호 전보가 발송된 다음에 발행된 〈타임스〉지를 찾아보았다. 이틀 후 실린 광고를 해독해 보니 T 44 7 9가 나왔다.

'비극(Tragedies)'의 44쪽을 펼쳐 보니 《티투스 안드로니쿠스》• 였다. 그녀는 검지로 그 면을 따라 내려가 7행을 찾았다. 그 행의 아홉 번째이자 마지막 단어는…… '진실(Truth)'이었다.

샬럿이 점심시간에 한 시간 늦게 돌아오자, 왓슨 부인은 자신이 알아낸 사실에 대해 간략하게 전했다.

"번스 부인은 레이디 잉그램의 집에서 일한 적이 있어요. 정확히 말해서 그 가족이 옥스퍼드에 살았을 때 그녀의 부모님의 집."

샬럿은 모자를 벗을 때만 잠시 멈췄다.

• **티투스 안드로니쿠스** 셰익스피어가 1950년대 초기에 쓴 복수극

"저는 차를 마시고 다시 나가 봐야 해요, 부인. 나머지는 검술 시간에 들려주시면 안 될까요?"

왓슨 부인은 그 말에 깜짝 놀랐다. 지금까지 그녀와 페넬로페는 꼼짝하기 싫어하는 샬럿에게 호신술 시간을 만들어야 한다고 잔소리를 해야 했기 때문이다. 홈스가 먼저 이야기를 꺼낸 건 이번이 처음이었다.

"되고말고요."

두 사람은 옷을 갈아입고 훈련실에서 만났다. 왓슨 부인은 홈스에게 평소에 하는 기본 운동부터 시켰다.

"좀 더 강하게 공격해 주세요. 그리고 번스 부인에게서 알아낸 사실을 계속 들려주세요."

샬럿이 말했다.

왓슨 부인은 더 힘을 주어 지팡이 검을 휘둘렀다. 샬럿이 비틀거렸다.

"오, 잘 좀 해 봐요. 중년 부인에게 휘둘리지 말고요. 어디까지 했더라? 아, 그래요. 그 무렵 번스 부인은 레이디 잉그램의 어머니의 사촌 집에서 일했어요. 그 사촌은 자매들과 함께 반년 동안 외유를 떠날 계획을 세웠는데, 몸종을 한 명만 데려가기로 했어요. 그래서 호의로 번스 부인을 그레빌 부인에게 빌려주는 형식으로 그 댁에 잠시 보냈어요. 그레빌 가족은 자신의 하인들을 데리고 옥스퍼드로 가고 싶지 않았거든요. 그들이 유럽에 그랜드 투어를 떠나는 게 아니라 근처 마을에서 비교적 누추하게 살고 있다는 사실이 새어 나가면 안 되잖아요."

샬럿이 왓슨 부인의 다음 공격을 강하게 막아 내며 좀처럼 보여 주지 않았던 전광석화 같은 속도로 몸을 피했다.

"좋아요! 발을 움직여요!"

"발은 움직여요. 몸의 다른 부분이 그 속도를 못 따라갈 뿐이죠."

"그래서 번스 부인은 그 이상한 집에서 일하게 되었어요."

왓슨 부인이 이야기로 돌아갔다.

"아들들은 학교에 갈 나이였지만 학비를 댈 돈이 없었어요. 아버지가 최선을 다해서 아이들을 가르쳤지만 예전에 배운 라틴어와 그리스어를 거의 다 잊어버렸죠. 번스 부인 말로는 아들들이 학식이 많이 부족했대요. 동생은 어려서 신경 쓰지 않았지만, 형은 그 사실에 힘들어했다더군요."

"그러면 형제의 누나는요? 번스 부인에게 물어보셨겠죠."

"번스 부인은 그 당시 레이디 잉그램이 절망에 가득 차 있다는 인상을 받았다고 했어요."

왓슨 부인이 한순간 망설이는 바람에 무기를 든 팔을 샬럿에게 노출할 뻔했다. 샬럿이 아직 실력이 모자라기는 하나 그런 기회를 낚아채는 법은 알았다. 샬럿의 지팡이가 왓슨 부인의 지팡이를 간발의 차이로 비껴 갔다.

"가끔은 그 절망이 분노에 가까운 감정이 되기도 했대요."

"레이디 잉그램은 그때 열여섯이나 열일곱 살이었겠네요?"

"열일곱이었을 거예요. 그해 겨울이었어요."

샬럿은 구석으로 몰리지 않으려고 옆으로 쏜살같이 움직여 벽으로 물러났다.

"혼외자가 있다는 이유로 아버지의 첫 번째 약혼녀가 약혼을 파기했다는 사실을 처음 알았을 때, 저는 사생아 아들이 있다는 사실 자체가 파혼의 원인이라고 생각했어요. 원래 남자들은 책임감 없이 그런 비행을 잘 저지르기는 하지만요. 그런데 나중에야 무슨 일이 있었는지 알게 되었어요. 아버지는 레이디 아멜리아 드러먼드에게 구혼하는 동안에 하녀를 건드려 임신시켰고, 그걸 안 레이디 아멜리아는 신뢰할 수 없다는 이유로 파혼했어요.

아버지는 레이디 아멜리아와 식을 올리기로 한 날에 제 어머니와 결혼했죠. 그걸 기준으로 따져 보면 핀치 씨는 저의 큰언니인 헨리에타보다 기껏해야 한 살 정도 많을 거예요. 그렇다면 그해 겨울 핀치 씨는 스물세 살 정도였겠네요."

자신의 출신과 가정 형편에 벗어날 수 없는 두 젊은이.

"레이디 잉그램이 핀치 씨와 함께할 수 없어서 절망했다고 생각해요?"

왓슨 부인이 연이어 물었다.

"그리고 핀치 씨가 레이디 잉그램과 결혼할 수 없어서 좌절한 나머지 모리아티의 조직에 들어갔다고요?"

"핀치 씨가 언제 자신의 운명을 모리아티에게 맡기려고 결심했는지 몰라요. 스티븐 마블턴도 그것까지는 몰랐어요."

샬럿이 왼쪽으로 몸을 피했지만 충분히 빠르지 않았다. 왓슨 부인의 지팡이가 팔뚝을 쳤다. 샬럿이 인상을 썼다.

"슬슬 지쳐 가고 있군요, 아가씨. 체력을 키워야 해요. 그러려면 훈련에 더 많은 시간을 투자해야 하고요."

장난기가 발동한 왓슨 부인의 한쪽 이성이 지팡이로 샬럿의 발을 걸어 넘어뜨리면 어떨까 싶었지만, 좀 더 동정심이 풍부한 반대쪽 이성은 발을 걸어 넘어뜨리기 전에 먼저 벽과 바닥에 푹신한 쿠션을 준비해야 한다고 생각했다.

"그건 그렇고 요 몇 년 동안 레이디 잉그램이 속으로 분노를 삭이고 있다는 사실을 눈치챘어요? 그런 모습은 처음 사교계에 나왔을 때만 해도 보지 못했어요."

"레이디 잉그램의 내면에는 언제나 분노가 부글거리고 있었어요. 제 언니인 리비아가 늘 분노로 부글거리는 것처럼요. 차이점이 있다면 레이디 잉그램이 훨씬 요령 있게 그 분노를 감춘다는 사실이죠."

샬럿이 한 손을 들어 휴식을 요청했다. 그녀는 어깨를 축 늘어뜨린 채 벽에 몸을 기댔다.

"그런데 부인, 혹시 갖고 계신 양산 중에 무게가 나가는 게 있나요? 아니면 그 비슷한 것이라도?"

"길레스피 씨는 의뢰인을 방문하러 가시고 안 계십니다. 아마 오늘은 안 돌아오실 것 같습니다."

얼굴이 발그레한 젊은 남자인 변호사의 비서가 허둥대며 알렸다.

샬럿은 길레스피 씨의 머리글자가 윗부분에 선명하게 새겨진 지팡이가 우산꽂이에 있다는 사실을 지적하는 대신 미소를 지으며 말했다.

“길레스피 씨는 만날 필요가 없어요. 그분이 신뢰하시는 오른팔이신, 성함이?”

“파슨스입니다.”

“네, 파슨스 씨. 파슨스 씨가 제 간단한 문의에 도움을 주실 수 있을 거예요.”

“저도 안 될 것 같습니다, 아가씨. 제, 제가 오늘은 일찍 사무실을 닫아도 된다는 허락을 받았습니다. 실은 바로 지금 닫아야 합니다. 제, 제 어머니를 마중하러 기차역에 하거든요. 어머니가 저를 만나러 런던에 오실 예정입니다. 어머니를 워털루역에 홀로 기다리시게 할 수는 없어요.”

그의 안색은 단 일 분 사이에 분홍색에서 진홍색으로 변해 갔다. 샬럿은 그가 한창 업무 중이었다는 사실을 책상 위에 널린 온갖 증거물, 그중에서도 반쯤 쓰다 만 채 타자기에 꽂혀 있는 편지만 봐도 충분히 짐작할 수 있었다. 하지만 거짓말이 얼굴에 다 드러나는 모습이 너무 재미있어서 그냥 내버려 두었다.

“물론, 어머님을 혼자 기다리게 하고 싶지 않으실 거예요.”

샬럿이 상냥하게 말했다.

“정말 그렇습니다. 그러니까 내일 다시 오시면, 어, 그러니까 오전 열 시에 오시면 그때는 꼭 도와 드리겠습니다.”

샬럿이 그를 보며 다시 미소 지었다.

“그러죠. 고맙습니다.”

샬럿은 모리아티의 조직원들이 주고받는 지령을 암호화하는 방법에 대한 자신의 가설이 옳다는 확실한 증거를 손에 넣자마자, 밴크로프트 경에게 만남을 요청하는 메시지를 보냈다. 그리하여 두 사람은 포트먼 광장 근처에 있는 자유분방한 응접실에서 다시 마주 앉았다.

그녀는 〈타임스〉지의 문서 보관실에서 알아낸 사실을 간략하게 전했다.

"저는 모리아티의 연락망이 어떻게 작동하는지 정확하게 알아냈다고 믿어요. 하지만 지금까지 그 가정을 확인할 증거는 하나밖에 없어요. 십 년 전에 작성된 비즈네르 암호문요. 경에게는 이후에 모리아티 조직이 작성했다고 믿을 만한 암호문이 많이 있을 테니 그 암호문들을 이용해서 제가 제대로 알아냈는지 확인해 보고 싶어요."

밴크로프트 경이 한숨을 쉬었다.

"홈스 양, 정말 실망이 크군요. 당신의 메시지를 받고 마침내 오래 기다린 제 청혼에 답을 받게 되는 줄 알았습니다만."

"아하."

샬럿이 말했다.

"이제 이 주가 지났어요. 우리는 십 년 넘게 아는 사이지만요. 경께서 제 성격이나 재정 상황, 결혼에 대한 제 진심에 대해서는 아무것도 상관하지 않겠다고 하신 말씀에 솔깃했어요."

"맞아요, 나는 상관없습니다."

사실 이론적으로 보면 두 사람은 거의 완벽한 커플이었다. 그는 그녀만큼 관습에 구애 받지 않고 시원시원한 성격이라는 사실을 이미 자신의 행동으로 증명했다.

"당신의 방문에 대한 내 최초의 감상을 알려 드렸으니, 이제 그 요청에 대한 제 의견을 말씀드리죠."

그가 의자에 기대앉았다.

"그 계획은 반대로 되어야 할 것 같군요, 홈스 양. 모리아티의 'MO'•를 알아내셨다면 당연히 그것을 내게 넘겨주셔야 합니다. 그러면 내 사람들을 시켜서 당신이 알아낸 사실이 타당한지 확인하게 하겠습니다."

샬럿이 기대한 대답이 아니었다. 밴크로프트 경은 샬럿이 그와 결혼하지 않을 거라면 앞으로 그의 일에 얼씬도 하지 말라고 대놓고 알려 준 셈이나 다름없었다.

"제게 결과를 알려 주실 건가요? 얼마나 기다려야 하죠?"

"그 결과는 정부 요원들에게만 통지될 겁니다. 하지만, 예외를 만들어 보죠."

샬럿은 그 예외가 무엇인지 정확하게 알았다. 그녀는 고개를 살짝 기울이며 말했다.

"부디 설명해 주세요."

"곧 레이디 밴크로프트가 되겠다고 확실하게 약속해 주신다면 원하는 것을 보장해 드리지요."

그녀의 머릿속에서 서서히 형태를 갖춰 가는 하나의 가설을 그가 알고 있다면, 그렇게 중요한 정보를 놓고 대뜸 그녀와 게임하

• MO Modus Operandi 범죄자의 범행 방식

려 들지 않을 것이다. 그렇지만 아직은 이 가설을 밝힐 단계가 아니라는 점이 문제였다.

오히려 그는 그 가설을 전혀 몰라야 했다.

밴크로프트의 이런 얌체 같은 요구를 순순히 받아들여야 할까? 필요한 것을 손에 넣기 위해 결혼해야 할 정도로 이 상황이 중요한가? (세상에, 결혼이라니!)

바로 이 지점에서 이론적으로는 이상적인 두 사람의 결혼에 균열이 발생했다. 샬럿은 필요한 경우 한없이 가차 없이 행동한다. 하지만 그녀의 혈관에 냉수가 흐른다면, 밴크로프트 경의 혈관에는 빙하가 떠다녔다. 그러므로 그녀가 어떤 합의를 강요에 의해 했다고 생각할지라도, 그는 그녀가 합의를 지킬 것임을 절대 의심하지 않았다.

이쪽으로 가면, 샬럿 앞에는 등 떠밀려 선택한 남자와 함께하는 수십 년이 기다리고 있다. 그 세월을 생각하면 압착기에 꽉 눌린 것처럼 숨을 쉴 수 없었다. 그러나 저쪽으로 가면…… 훨씬, 그보다 훨씬 더 끔찍한 일이 있지 않을까?

"좋아요."

그녀가 그의 눈을 바라보며 대답했다.

가끔 사람은 빚을 갚아야 한다. 그리고 그녀가 진 그 빚은 한없이 깊고 넓었다.

밴크로프트 경이 살짝 미소를 지었다. 놀라기도 했지만 동시에 몹시, 몹시 기뻐하는 것이 분명했다.

"하지만."

그녀가 덧붙였다.

"경께서 알려 주신 정보가 제게 쓸모 있다고 판명될 경우에만 이 합의가 유효하다는 점을 미리 말씀드리죠."

"내가 그 사실을 어떻게 알 수 있죠?"

"오, 알게 되실 거예요."

샬럿이 미소를 되돌려 주었다. 그녀의 혈관에도 가끔 빙하 한두 개 정도는 떠다녔다.

"그리고 제게 너무 많은 것을 요구하셨으니 저도 경이 전적으로 신뢰하는 남자를 한 명 빌려야겠어요."

밴크로프트 경이 샬럿에게 전해 준, 가로챈 전보는 그녀가 하운즐로우의 집에 얽힌 비밀을 알아내기 이틀 전 날짜였다. 사본이기 때문에 샬럿은 잘못 베껴 쓴 글씨가 없는지 원본과 세 번이나 대조했다.

그 말은 그녀가 다시 〈타임스〉지 문서 보관실을 찾아갈 필요가 없다는 뜻이었다. 또는 신문의 뒷면을 훑으며 작은 광고를 찾아 해독할 필요가 없다는 뜻이기도 했다. 레이디 잉그램의 의뢰 덕분에 샬럿은 그 무렵에 실린 작은 광고 전부를 공책에 기록하고 해독까지 해 두었다.

그리고 전보에 평문으로 작성된 날짜가 들어가 있다는 사실은 암호 지령을 받은 자들이 그 지령이 작성된 시기를 알아야 한다는 그녀의 가설에 더욱 힘을 실어 주었다. 그래야 어떤 열쇠말로 암호를 풀어야 할지 알 수 있기 때문이다.

《브리태니커 백과사전》이나 《퍼스트 폴리오》를 출발점으로 사용한 신문 광고는 전부 명료하게 한 단어로만 실렸다. 하지만 성경 구절로는 어떻게 풀어야 할지 샬럿도 난감했다. 성경 구절은 암호화되지 않았기 때문에, 은밀하게 활동하는 모리아티 조직의 특성을 고려하면, 구절에 포함된 단어를 열쇠말로 삼지 않는 건 너무 뻔한 일이었다.

성경 구절이 뭔가 가리킨다면, 성경 구절을 가리키고 있는 건 뭐지?

많은 사람들이 그로 인하여 거칠 것이며 넘어질 것이며 부러질 것이며 걸릴 것이며 잡힐 것이니라.

이사야서 8장 15절.

샬럿은 8장의 첫 번째 단어와 마지막 단어로 시도해 보았고, 이사야서의 첫 번째 단어와 마지막 단어로도 시도해 봤지만 아무것도 풀리지 않았다.

성경이라는 제목은? 여전히 소득이 없었다.

샬럿은 관자놀이를 문질렀다. 바로 그때 그녀는 자신이 엉뚱한 짓을 하고 있다는 생각이 퍼뜩 들었다. 그녀는 비즈네르 암호를 푸는 중이었다. 열쇠말이 들어 있는 책은 지난 십 년 동안 적어도 두 번은 바뀌었을 것이다. 그런데도 샬럿은 기본적인 암호 형식은 그대로일 것이라고만 생각했다.

암호 형식이 바뀌었다면 어떻게 바뀌었을까? 열쇠말을 찾아낼 실마리를 덮고 있는 베일이 전보다 더 투명해졌으므로, 암호 자체는 훨씬 까다로운 것으로 바뀌어야만 한다.

휘트스톤 암호•? 열쇠말을 모른다면 실질적으로 해독이 불가능했다. 하지만 그녀는 열쇠말을 알고 있었다. 적어도 지금까지 이어진 추리의 사슬이 정확하다면, 열쇠말의 후보들은 확보해 두었다. 그녀는 5×5 사각형 그리고 암호문의 철자들을 두 쌍으로 나눈 후 해독 작업을 했다.

그리고 밤이 늦어서야 '이사야(ISAIAH)'가 그 열흘 동안의 열쇠말이었다는 사실을 증명해 냈다. 비로소 그녀는 책상 앞에서 고개를 떨구었다.

그녀는 한숨을 쉬고 공책의 기록을 다시 참조한 후 깨끗한 종이를 꺼내 뭔가를 쓰기 시작했다.

• **휘트스톤 암호** 두 개로 이뤄진 문자 쌍을 다른 문자 쌍으로 치환하는 암호

제20장

화요일

리비아는 스스로 연신 감탄했다.

지난 금요일, 자신이 우연으로라도 근친을 사랑한 것이 아니라는 사실을 알고 찾아온 희열이 잦아들자, 이번에는 자신이 감정의 심연에 몸을 던졌기 때문에 몇 쪽에 걸쳐 글을 쓸 수 있었던 건 아닌지 걱정이 되었다. 가뜩이나 남에게 부러움을 받을 구석 하나 없는 평소의 자신으로 돌아가면 단 한 단어도 못 쓰지 않을지 걱정스러웠다.

하지만 이야기가 술술 풀려 나갔다. 살인자는 노파를 보내 그가 범행 현장에 떨어트리고 간 귀중한 물건의 소유권을 주장하게 했다. 그녀는 셜록 홈스의 추적을 간신히 빠져나갔다. 그런데 런던 경찰청의 경사가 홈스에게 찾아와 정황 증거를 바탕으로 누군가를 체포했다고 말했다. 물론, 오인 체포일 가능성이 농후했다.

그녀는 펜을 내려놓고 손가락을 풀었다. 가끔 샬럿의 타자기가 있으면 좋겠다는 생각이 들었다. 하지만 타자기는 필요 없을 것 같다는 생각도 들었다. 무엇보다 타자기는 '시끄러웠다'. 글이 제일 잘 써지는 시간대는 부모님이 일어나시기 전인 이른 새벽이었다. 적어도 그 시간대에는 방해받지 않고 글을 쓸 수 있었다.

하녀가 아침 응접실로 들어와 그녀에게 이른 우편물을 가져다주었다. 리비아는 특별히 기대하는 마음 없이 눈앞에 쌓인 우편물을 슬쩍 봤는데, 제일 위에 '올리비아 홈스 양'이라는 글자가 타자로 적힌 편지가 있었다.

두툼한 봉투를 열자 나온 것은 편지가 아니라 커다란 책갈피였다. 그리고 그 책갈피에는 하얀 드레스를 입은 젊은 여성이 공원 벤치에 앉아서 글을 읽는 모습이 그려져 있었다.

샬럿은 비서인 파슨스가 지정한 시간에 길레스피 변호사의 사무실을 다시 찾았다. 안색이 이미 몇 배나 더 붉어진 파슨스가 자꾸 변호사의 사무실로 들어가라고 안내했다.

"길레스피 씨에게는 볼일이 없어요."

그녀가 조용하게 말했다.

"당신이 사무실에 보관해 두는 일지에서 몇 가지 의문만 금방 해결하면 끝나요."

"하지만 길레스피 씨가 꼭 안으로 안내하라고 하셨습니다."

샬럿이 양손으로 양산의 손잡이를 감싸 쥐었다.

"그런가요? 길레스피 씨가 그렇게 저와 이야기를 하고 싶으시다면 여기로 나오셔서 저를 보시면 되겠네요. 제 말을 그분에게 전해 주시겠어요."

"그러면…… 그러면 여기 계실 건가요?"

"물론이죠. 제가 문의하러 온 질문에 아직 대답을 안 해 주셨잖아요."

파슨스는 빠르게 눈을 깜박이더니 몇 걸음을 걸을 때마다 고개를 돌려 샬럿이 잘 있는지 확인하면서 옆걸음질을 쳤다. 곧 비서가 돌아왔지만, 그의 뒤로 길레스피 씨뿐 아니라 샬럿의 아버지인 헨리 경과 마부 모트까지 줄지어 나왔다.

"이런 꼴사나운 짓거리는 이제 충분하다, 샬럿."

헨리 경이 소리쳤다.

"지금 당장 함께 돌아가자."

"아하, 아버지. 안녕하셨어요? 안녕하세요, 길레스피 씨. 그리고 모트."

양산을 쥔 샬럿의 손에 더 힘이 들어갔다. 그녀는 모트가 이 상황에서 주인에게 얼마나 충성할지 알 길이 없었다. 하지만 그가 중립을 지켜 준다고 해도 여전히 성인 남성 세 명과 맞서야 했다. 왓슨 부인의 묵직한 양산은 훌륭했지만, 그녀의 자유를 수호해 줄 정도로 쓸모가 있을지는 아직 몰랐다.

"아쉽게도, 저는 오늘 몹시 바빠서 아버지의 초대를 받아들일 수가 없어요."

"샬럿."

그의 아버지가 으르렁대듯 소리쳤다.

"네, 아버지?"

"네 발로 따라오지 않으면 무슨 일이 벌어질지 구체적으로 말해줘야겠니?"

"저도 궁금하지만, 약속을 지키지 않는 것으로 유명한 남자는 통 믿음이 가지 않네요."

길레스피 씨와 그의 비서가 경악에 찬 표정으로 헨리 경을 동시에 바라보았다. 샬럿은 그들이 그런 비난을 듣고 충격을 받았는지, 아니면 그런 비난을 대놓고 했다는 사실에 놀랐는지 알 수가 없었다. 한편 모트는 신경질적인 웃음을 터트리지 않으려고 꾹 참는 것처럼 보였다.

헨리 경의 얼굴이 파슨스만큼 벌게졌다.

"우리와 함께 가지 않으면 끌려가게 될 거다."

"저는 그렇게 생각하지 않아요."

그녀는 핸드백으로 손을 집어넣더니 데린저•를 꺼내 공이치기를 당겼다. 그녀는 고작 양산 하나에 자신의 안전을 맡길 사람이 아니었다.

헨리 경의 눈이 휘둥그레졌다. 길레스피 씨와 파슨스는 한 발자국 물러섰다.

"친아버지를 쏘려는 거냐?"

"길레스피 씨부터 먼저 쏠 거예요. 걱정하지 마세요. 발에만 쏠

• 데린저 소구경 권총

거니까요. '다음으로' 아버지를 쏘려고요. 역시나 발에만 쏴 드릴게요. 그렇게까지 하면 제 의지에 반해서 저를 어딘가로 데려가고 싶은 사람은 없겠죠."

그녀가 살짝 웃었다.

"아버지가 총 쏘는 법을 가르쳐 주셨잖아요. 제 솜씨가 얼마나 훌륭한지 잘 아시겠죠."

그때 문을 두드리는 소리가 났다. 네 남자가 어리둥절한 표정으로 서로를 바라보았다. 노크 소리가 다시 들렸다. 남자들은 그대로 굳어 버렸다.

문이 열리고 잉그램 경이 걸어 들어왔다. 그는 방을 둘러보더니 혀를 찼다.

"이분들을 인질로 잡은 거야, 홈스?"

"그럴 리가요, 경. 그나저나 좋은 아침이에요."

"지금까지 '저 아이'를 돌봐 주고 계셨습니까?"

헨리 경이 거칠고 새된 소리로 물었다.

잉그램 경이 영문을 모르겠다는 표정으로 헨리 경을 바라보았다.

"헨리 경, 나는 유부남입니다. 이름을 댈 수 있는 누구와 달리 나는 절대 혼인 서약을 깬 적이 없습니다. 제가 말씀드릴 수 있는 한, 홈스 양은 감탄이 나올 정도로 훌륭하게 자신을 돌보고 있습니다."

"그 말씀은 못 믿겠군요."

"왜요? 이 방의 누구와 달리 나는 내 말을 절대 어기지 않았습니다만."

길레스피 씨와 비서가 동시에 침을 꿀꺽 삼켰다. 모트는 갑자기 미친 듯이 기침을 해 댔다. 헨리 경은 오 분 간격으로 두 번이나 신뢰할 수 없는 사람이라는 비난을 받자 무슨 일이 벌어지고 있는지 믿을 수가 없다는 듯 멍한 눈빛으로 바라볼 뿐이었다.

"대체 여기는 왜 오셨습니까?"

헨리 경이 마침내 물었다.

"형의 부탁으로 왔습니다. 형이 홈스 양에게 청혼했습니다. 형은 답을 받을 때까지 홈스 양이 런던에 계속 있기를 원하겠죠."

"밴크로프트 경이 저 애와 '결혼'을 하고 싶어 하신다고요?"

"그렇습니다."

헨리 경이 누구의 목이라도 간절하게 졸라 버리고 싶은 표정으로 샬럿을 바라보았다.

"왜 아직 청혼을 받아들이지 않았니, 이 어리석은 것아."

"지난번에 거절했던 것과 같은 이유로요. 저는 밴크로프트 경과 결혼하고 싶지 않아요."

"그렇게만 하면 네가."

"그렇게만 하면 제가 '아버지'를 더 행복하게 만들어 드리는 셈인데요? '제 소원'은 조금도 존중해 주지 않는 아버지를?"

"이게 너를 지금까지 키워 준 사람들을 존경하는 방식이니?"

헨리 경이 침을 튀기며 소리쳤다.

"아뇨, 저는 그보다는 아버지를 조금 더 존경하고 있어요. 말이 나왔으니 말인데, 저는 아버지와 어머니에게 일 년에 백 파운드를 보내 드리려고 해요."

"너 때문에 우리가 겪은 불행을 돈으로 갚을 수 있을 것 같아?"
샬럿이 눈썹을 치켜올렸다.
"그 돈을 받지 않으시겠다는 뜻으로 받아들이죠."
"나는, 나는 그렇게 말하지 않았다."
"받고 싶으세요, 아니에요?"
"받고 싶다."
"좋아요. 하지만 이건 명심해 두세요. 저는 그 돈을 순전히 선의로 보내 드리는 게 아니에요. 그 대가로 원하는 게 있어요."
헨리 경이 한 손으로 이마를 닦았다.
"뭐라고? 원하는 게 뭐냐?"
"알게 되실 거예요. 걱정 마세요. 아버지가 그리 아쉬워할 건 아닐 테니까요."
샬럿이 미소를 지었다. 이번에는 아주 환한 미소였다.
"자, 신사분들, 파슨스 씨에게 질문이 있어서 왔으니 그 일을 얼른 해치우고 싶군요. 제가 오늘 아주 바빠서 허투루 쓸 시간이 없어요."

"고맙습니다, 경."
잉그램 경이 전세 마차에 오르도록 샬럿을 부축해 주자 샬럿이 말했다.
그가 머리를 흔들더니 웃음을 터트렸다. 그러고는 머리를 더 흔들었다.
"가끔 당신 아버지의 배를 한 대 치고 싶은 적은 있었지만 총으로 쏴 버리고 싶은 적은 없었어."

"발만 쏘려고 했어."

샬럿이 지적했다.

"그리고 아버지가 이성적으로 행동하기를 거부할 때만 쏠 작정이었어."

"그 불쌍한 변호사는?"

"그 불쌍한 변호사는 납치 시도에 자발적으로 협조했어."

그녀가 한숨을 쉬었다. 길레스피 씨가 그런 계획에 끼다니 생각지도 못한 일이었다. 그 일을 생각하니 아직도 등줄기가 서늘해졌다.

"문제는 그분은 자신이 좋은 일을 하고 있다고 믿었다는 거야. 성인 여성을 남은 여생 동안 어딘가에 감금해 놓는 일이 그 여자의 아버지에 대한 자신의 의무라고 굳게 믿고 있어."

잉그램 경이 몸을 기울여 그녀의 손을 꼭 쥐었다.

"당신이 시골에서 썩어 가도록 내가 지켜보지 않으리라는 건 알잖아."

하나가 되었던 장갑을 낀 두 사람의 손은 순식간에 둘로 돌아갔다. 하지만 감전이라도 된 듯한 충격은 순식간에 팔을 타고 어깨까지 이어졌다.

"알아. 당신이 친구여서 정말 다행이야."

'하지만 이제부터 해야만 하는 이야기를 다 들은 후에도 여전히 친구로 남아 줄까?'

오래된 침묵이 다시 시작되려 했다. 다른 날이었다면 그녀는 침묵을 막지 않았을 것이다. 하지만 오늘은 그녀가 얼른 침묵을 밀어냈다. 그에게 아이들에 대해 물었다. 사교계 시즌이 다 끝나 가니, 다시 방문할 계획인 고고학 유적지에 대해서도 물었다. 레이디 잉그램의 생일을 맞아 그와 레이디 잉그램이 주최할, 사교계의 마지막 주요 행사로 여겨지는 생일 파티에 대해서도 물었다. 이야깃거리가 떨어지자 이번에는 최근에 해결한 사건에 대해서 이야기했다. 왓슨 부인이 샬럿을 런던 최고의 여류 검객으로 키우려고 작정했다는 이야기까지 해서 그를 웃게 만들기도 했다.

마차가 어퍼 베이커 스트리트 18번지에 멈추자 샬럿이 말했다.

"오늘 밴크로프트가 당신을 보내서 천만다행이야. 그렇지 않아도 당신을 만나서 할 이야기가 있어. 올라가서 차 한잔하지 않을래?"

잉그램 경은 샬럿을 경계하는 눈빛으로 보았지만 선선히 대답했다.

"그러지."

두 사람은 셜록 홈스의 응접실에 앉았다. 샬럿이 차를 내리고 접시에 마카롱을 냈다. 마카롱은 마담 가스코뉴가 가장 최근에 올린 성과물로, 공기처럼 가벼운 머랭 비스킷 사이에 맛있는 버터크림을 넣은 디저트였다.

드디어 진실의 시간이 다가왔다.

"전에 당신에게 용서를 구한다고 했지. 내가 왜 그랬는지 이제부터 알게 될 거야."

그는 차를 마시지도 않고 젓기만 했다. 그러더니 다과에 관심이 있는 척하는 태도마저 집어던진 채 찻잔을 옆으로 밀었다.

"별로 듣고 싶지 않은데."

하지만 그는 선택의 여지가 없었다. 그리고 '그녀'도 선택의 여지가 없었다.

"보름도 더 전에, 레이디 잉그램이 나를 찾아왔어. 감정이 격앙된 채였지. 당신과 결혼하기 전에 사랑하는 남자가 있었는데, 매년 그 남자의 생일 전 일요일에 앨버트 기념비를 서로 스쳐 지나가자는 약속을 했대."

그의 얼굴에서 표정이 사라졌다.

"올해 그 남자가 약속 장소에 나오지 않았어. 레이디 잉그램은 어떻게 해야 할지 알 수가 없었어. 그 사람을 어떻게 찾아야 할지 몰랐으니까. 그러던 중 신문에서 셜록 홈스에 대한 기사를 보고 셜록에게 상담하기로 했어. 그녀가 찾고 있는 사람은 마이런 핀치 씨, 그러니까 배다른 나의 오빠라는 사실을 알고, 나는 오빠가 어떻게 되었는지 알아내기 위해서라도 조사를 해야만 했어."

그가 가만히 그녀를 바라보았다.

"그녀가 누구인지 알면서도 만나기로 한 거야?"

그녀가 한숨을 쉬었다.

"그래."

"그럴 줄 알았어."

그가 들릴락 말락 조용하게 말했다. 거의 들리지 않는 소리에 그렇게 무거운 비난이 담길 수 있다니 샬럿은 놀라울 뿐이었다.

"계속해."

그로부터 한 시간 동안 그는 단 한 마디도 하지 않았다.

백 년 전쟁을 두 번이나 치를 정도의 시간만큼 침묵을 지키던 그가 마침내 말문을 열었을 때, 그는 이렇게 말했다.

"내가 이런 말을 하게 될 줄은 몰랐어, 샬럿 홈스. 아니, 생각도 못했어. 당신을 만나지 않았다면 얼마나 좋았을까."

샬럿이 바쁜 하루가 될 것이라고 한 말은 거짓이 아니었다. 잉그램 경이 떠난 후 그녀는 기차로 옥스퍼드를 다시 방문해 핀치가 다닌 기숙 학교를 찾아갔다. 전국적으로 이름을 날리는 곳은 아니지만 그 지역에서는 나름 명망 있는 학교였다.

한 주 전, 글로솝 부부를 찾아간 후 샬럿은 핀치 씨가 다닌 기숙 학교에 편지를 보냈다. 그녀는 가상의 여성 자선 협회를 만들었다. 그리고 협회에서 가장 신망받는 후원자들의 아들들이 그 학교에 진학해 크리켓 팀에서 함께 활약했다고 썼다. 그리고 협회는 그 후원자들에게 깜짝 선물로 소식지에 크리켓 팀의 활약상을 기사로 쓰고 싶다고 했다.

샬럿은 그 기사의 담당자라며 학교를 방문해 그곳에 보관 중인 사진들을 볼 수 있는지 문의했다.

대답은 간단했다. '네, 물론입니다. 우리의 문서 보관실에 보관 중인 사진들을 기꺼이 보여 드리겠습니다.'

그래서 십오 년 전 프록코트와 줄무늬 바지를 입은 백 명이 넘는 소년들이 샬럿을 엄숙한 눈빛으로 바라보고 있었다.

"저 학생이 존스였어요."

교장이 한 학생을 손가락으로 가리키며 애석하게 말했다.

"아키볼드 존스, 아직도 기억합니다. 우리 학교 역사상 가장 뛰어난 타자 중 한 명이었습니다. 그의 아버지가 학업을 계속 시키지 않겠다고 한 일은 참으로 안타까워요. 수많은 칼리지 선수단에서 출중한 활약을 보여 줬을 텐데. 대학 팀에 들어갔더라도 대단했을 거예요."

샬럿은 사진 아래쪽에 작게 찍혀 있는 소년들의 이름을 훑느라 바빴다. M. H. 핀치가 역시 그곳에 있었다. 네 번째 줄, 왼쪽에서 아홉 번째. 그러나 샬럿이 아이들 사이에서 그를 찾기 직전 교장이 그녀 앞에 또 다른 사진을 들이밀었다.

"여기 존스의 사진이 또 있군요. 팀의 주장을 맡았던 해죠."

단체 사진에는 열한 명의 소년이 찍혀 있었는데, 그중 한 명의 얼굴이 샬럿의 시선을 단숨에 사로잡았다. 사진 아래쪽에 학생들의 이름이 따로 없었다. 샬럿은 사진을 뒤집어 보았다. 뒤쪽에 연필로 이름이 적혀 있었다. '서 있는 학생들 왼쪽에서 오른쪽으로. T. J. 피어슨, M. C. 커트보이즈, O. A. 머레이, G. G. 바버, M. H. 핀치.'

꽉 막힌 체증이 내려갔다.

어쩐지 오빠는 안전하게 살아 있을 것 같았다.

레이디 잉그램은 피곤한 몸으로 드레스 가게를 나왔다. 말이 마지막 가봉이지 끝도 없이 옷을 입고 벗어야 했다. 재단사가 그녀를 마네킹으로 이용하는 바람에 지금은 피부에 못을 박아 넣기라도 한 듯 허리가 쑤셨다.

그녀는 옷이나 유행 따위에는 관심이 별로 없었다. 사치품에 큰 돈을 쓰는 일은 더 관심이 없었다. 안타깝게도, 사람들은 그녀가 새로운 드레스를 선보이길 기대했다. 적어도 그녀의 생일 파티 무도회에서만이라도 말이다. 그래서 그녀는 자신의 의지와는 상관없이 오직 사교계의 요구를 만족시키기 위해 돈과 시간을 물 쓰듯 써야만 했다.

마차 좌석에 봉투 하나가 놓여 있었다. 레이디 잉그램은 마부를 슬쩍 보았다. 그는 공손하게 시선을 아래로 내린 채 그녀가 마차에 오르기를 기다리고 있었다. 그녀는 얼굴을 찡그리며 마차에 올랐다. 허리 근육이 너무 굳어서 몸이 뒤로 홱 젖혀질 정도였다.

둘째 아이의 출산은 처음보다 빠르고 쉽게 끝났다. 몸이 금방 회복될 줄 알았지만, 요통은 끝내 사라지지 않았다. 열 명도 넘는 의사들에게 진료를 받았지만 아무도 그녀의 고통을 해결하지 못한 채 아편팅크와 모르핀만 처방해 줄 뿐이었다. 마치 그녀가 그런 것들을 탐닉하는 나약한 인간이기라도 하듯 말이다.

그녀는 연석에 서 있던 마차가 마침내 출발하자 비로소 처음으로 봉투에 눈길을 주었다. 그제야 그녀는 창문의 커튼을 내렸다.

봉인도 되지 않았고, 앞면에 주소도 없었으며, 타자로 친 편지가 들어 있었다.

혹시?

그녀는 봉투를 가슴에 꼭 갖다 댔다. 그렇게 애를 태우더니 그 사람이 마침내 연락해 왔다. 방향을 바꾸며 좌우로 흔들거리는 마차 안에서 그녀는 핸드백에서 꺼낸 연필로 다급하게 메시지를 해독하기 시작했다.

그가 그녀의 얼굴에 미소를 되살려 주었다. 그는 생일 무도회의 밤에 만나자고 했다. 그 말이 무엇을 의미하는지 그녀는 조금도 신경 쓰지 않았다.

다만 그 사람이 보고 싶었다.

제21장

목요일

새벽 한 시, 스트라우스의 〈박쥐〉가 흥겹게 연주되는 가운데 레이디 잉그램은 하인용 문으로 손님으로 북적이는 집을 빠져나왔다. 바로 그 순간, 집 뒤편의 마차 골목에서 사륜마차가 다가왔다. 겉으로는 아무런 표식도 없었지만 창문 안쪽에 종이 한 장이 끼워져 있었다. 그 종이에는 새가 한 마리 그려져 있었다.

그냥 새가 아니라 '핀치'가.

심장이 거세게 뛰기 시작했다. 그녀는 마차에 타고 있을 그를 볼 생각에 얼른 마차에 올라탔다. 마차는 텅 비어 있었다. 그리고 좌석에 또 봉투가 놓여 있었다. 봉투 앞면에는 번호가 적혀 있고 열쇠가 들어 있었다.

그녀를 태운 마차는 어느 호텔로 향했다. 시즌 중에 런던에서 지내지만 따로 집을 빌리는 번거로움을 피하고 싶은 이들과 그 아내들의 요구를 충족시킬 만한 호텔이었다. 그 호텔의 넓은 스위트룸에는 거리로 따로 문이 나 있어서 투숙객들은 일반 주택처럼 호텔을 드나들 수 있었다.

봉투에 적힌 숫자의 건물 앞에 마차가 섰다. 그녀는 미친 듯이 뛰는 심장을 안고 허리가 아픈 것도 잊은 채 작은 현관으로 이어진 계단을 서둘러 뛰어 올라가 다급한 손놀림으로 열쇠를 열쇠 구멍에 끼워 돌렸다.

객실 안의 조명을 모두 켜 두었는지, 방마다 환하게 밝혀져 있었다. 현관에서부터 안으로 이어지는 방은 전부 텅 비어 있었다. 그녀는 응접실에 홀로 서서 한 손은 벽난로 선반에 올리고 다른 손은 다시 통증이 찾아온 허리를 짚은 채 인상을 썼다.

바로 그때 문이 열리는 소리가 들렸다. 그녀는 만면에 미소를 띠고 돌아서며 막 객실로 들어온 남자를 바라보았다.

그 순간 그녀의 얼굴에서 미소가 싹 사라졌다.

그가 아니라 그녀의 남편이었다.

"여기서 뭐 하는 거죠?"

남편도 그녀처럼 저녁 연회를 위해 차려입은 그대로였다. 그의 표정을 본 순간 그녀는 뒷덜미의 털이 모두 곤두서는 것 같았다. 남편의 그런 표정은 처음 보았다. 멍한 것도 아니고, 무표정한 것도 아니고, 그곳에는…… 아무것도 없었다.

"작별 인사를 하러 왔소."

"무슨 작별 인사요?"

그녀의 목소리가 높아졌다. 자신의 목소리를 통제할 수 없었다.

"어딜 가시나요?"

"가는 건 내가 아니라 당신이지."

그가 문 앞쪽에 있는 장식 탁자에 벨벳 주머니를 툭 던졌다.

"당신의 보석을 가져왔소."

처음에는 뭐가 뭔지 몰라 당황했던 그녀도 서서히 상황을 파악하기 시작했다. 그가 알아 버렸다. 모든 것을 알아 버렸다. 이제 끝났다.

"어떻게 알았죠?"

"충분히 조심하지 않더군. 내가 당신을 의심하는 줄은 몰랐겠지."

그가 건조하게 말했다.

"얼마나 되었죠? 언제부터 나를 의심했나요?"

그녀의 목소리가 점점 높아졌고, 그만큼 그의 목소리는 점점 평온하고 읊조리듯 나직해졌다. 그녀는 자신의 행각이 들통난 것만큼이나 그 사실이 증오스러웠다.

"그게 중요하오? 나는 진실을 알아. 적어도 당신 때문에 세 사람이 목숨을 잃었지."

그녀는 자신도 모르게 웃음을 터트렸다.

"그 사람들은 스스로 위험한 일을 선택했어요. 그리고 위험한 일을 선택하는 사람들은 집으로 못 돌아오기도 해요."

자신도 등이 아프기라도 한 듯 그가 뻣뻣한 태도로 의자에 앉았다.

"나도 몇 차례 해외로 나갔을 때 집으로 돌아오지 못할 뻔한 적이 있소. 그때 당신은 내가 돌아오지 않기를 바랐나?"

"그게 지금 중요한가요?"

슬픔 한 조각이 그의 눈에 그림자를 드리웠다.

"아니, 당신 말대로요. 이제 그런 건 중요하지 않지. 이제 가시오."

'이제 가라고? 내가 어떤 사람인지 모르나?' 그녀는 가져온 핸드백에서 권총을 꺼냈다.

"내가 떠나면 당신은 아이들을 절대 보여 주지 않겠죠. 그럴 바에는 당신을 죽이고 슬픔에 잠긴 미망인으로 살아가겠어요."

그는 자신의 이마에 겨눠진 총부리를 보고도 놀라지도 당황하지도 않았다.

"당신을 슬픔에 잠긴 미망인으로 생각할 사람은 아무도 없을 거요. 게다가 지금 총성이 울리고 나면 당신은 체포되지 않는 한 이 방을 나갈 수 없어. 호텔 밖 길 양쪽과 호텔로 통하는 문 반대쪽에는 이미 요원들이 대기 중이니까. 다른 출구는 없소. 당신이 나를 죽이면 우리 아이들은 고아가 되겠지."

그녀는 입술 안쪽의 살을 질겅질겅 씹었다.

"밴크로프트가 오는 중이라고 말할 필요도 없겠지. 당신은 그의 손에 떨어질 테고 공개적인 살인 심리는 열리지 않을 거요. 차라리 그런 재판이라도 받고 싶을지도. 내가 당신이라면 단 일 초도 허비하지 않겠어."

권총이 흔들렸다. 정말 이제 다 끝났나? 이런 꼴을 보자고 그렇게 노력하고 그렇게 인내했나?

"나는 오래전부터 당신을 경멸했어. 다른 사람들은 사교계의 결혼이 원래 그런 거라고 생각하지. 하지만 당신은, 진정한 사랑은 당신만 할 수 있다고 생각해, 아닌가? 그래, 당신에게서 '신사적인' 비난은 물릴 정도로 받았어. 지옥에서 썩길 바라."

"밖에 세워 둔 마차는 당신이 써요."

그는 그 어느 때보다 온화한 목소리로 말했다.

"나라면 집으로 가서 아이들을 데려가지 않을 거요. 어차피 아이들은 그곳에 없소."

넘어야 할 마지막 저항인 방아쇠에 닿은 손가락에 힘이 들어갔다.

그는 미동도 하지 않았다.

"밴크로프트를 기억해. 지금이 도망칠 수 있는 유일한 기회요. 그에게 잡히면 나는 당신을 도울 수 없소."

그녀의 팔이 부들부들 떨렸다. 탄환이 저 단단한 두개골을 산산이 박살 내는 모습은 얼마나 아름다울까. 그 모습을 보기 위해 무슨 짓인들 못 할까.

그녀의 입에서 비명이 터져 나왔다.

그는 그 모습을 가만히 바라볼 뿐이었다.

그녀는 핸드백에 총을 집어넣은 후 보석 주머니를 들고 도망쳤다. 밴크로프트의 손에 잡힐 수는 없었다. 그럴 수는 없었다. 그랬다가는 정말 끝장이었다. 자유를 누리며 살아 있는 한, 이것은 일시적인 후퇴일 뿐임을 증명할 수 있다.

다가올 성대한 승리를 앞둔 작은 패배일 뿐이다.

잉그램 경은 주머니에 든 권총을 쥐고 있던 손에서 천천히 힘을 뺐다.

이제 그의 몸도 사시나무처럼 떨려 왔다.

아이들은 타운하우스에서 이미 빼돌린 후였다. 그 말은 사실이었다. 하지만 그를 돕기 위해 언제든지 뛰어들 준비를 하고 있는 요원 따위는 없었다. 밴크로프트에게는 이십사 시간이 흐른 후 그녀의 도주를 알릴 것이다.

두 아이를 선사해 준 그녀에게 그 정도 빚은 졌으니까.

제22장

금요일

샬럿은 화장대에 앉아 턱의 수를 헤아리며 핀으로 틀어 올린 머리를 고정시켰다.

그때 초인종이 울렸다. 샬럿은 밴크로프트 경의 방문을 예상해 평소보다 한 시간이나 일찍 일어났다. 그의 인내심을 과소평가한 모양이었다.

"그분을 어퍼 베이커 스트리트의 응접실로 안내해 주세요."

샬럿은 방문객을 알리러 온 미어스 씨에게 말했다.

"제가 십오 분 후에 가겠다고 전해 주시고요."

셜록 홈스의 응접실에 도착해 보니 밴크로프트 경은 열린 창문 앞에 서서 담배를 피우고 있었다.

"요즘은 숙녀의 응접실에서 담배를 피워도 되는 줄 몰랐네요."

그녀가 말했다.

"사과드리죠."

그가 담배를 창밖으로 휙 던지고 창문을 닫으며 말했다. 하지만 그의 목소리에서는 특별히 언짢게 여기는 기색이 느껴지지 않았다.

"차 드시겠습니까? 집사가 어찌나 차를 마셔야 한다고 고집을 부리던지."

"집사가 교양 있게 행동해 주었다니 다행이군요. 머핀까지 먹으라고 고집을 부려 줘서 정말 다행이에요. 그렇게 하지 않았다면 굶어 죽을 수밖에 없는 이 끔찍한 시간에 침대에서 끌려 나오지 않았겠죠."

밴크로프트 경이 손가락으로 머리를 쓸어 넘겼다. 아주 사소한 행동이지만 처음으로 알아본 형제 사이의 닮은 모습이었다.

"차와 머핀이 있으니 대체 무슨 일이 벌어지고 있는지 말씀해 주시겠습니까?"

"잉그램 경은 뭐라고 하시던가요?"

"당신이 다 설명해 주실 거라는 말밖에 없었습니다."

"그 이상을 말했을 텐데요."

"좋아요. 지금부터 내가 할 이야기는 당신은 다 추리하셨을 겁니다."

밴크로프트 경은 자리에 앉아 미어스 씨가 고집을 부린 홍차를 한 모금 마셨다. 하지만 그는 위스키를 마시고 싶어 하는 것 같았다.

"최근에 우리는 뛰어난 요원을 잃었습니다. 남자 요원 두 명과 여자 요원 한 명이었죠. 우리 중에 배신자가 있다고 추측했지만 누군지 알아낼 수가 없었어요. 오늘 아침 동이 트자마자 내 동생이 나를 찾아와 문을 두드리더니 배신자는 우리 조직이 아니라 자신의 집에 있었다고 하더군요. 그의 아내가 무도회 밤에 도주했으며 그 후로 이십사 시간이 흘렀다고 했죠."

"그게 다였나요?"

"그런 말을 남긴 후 떠났습니다. 어디에 있는지 도저히 모르겠어요."

물론, 아이들과 함께 있을 것이다. 아이들이 제 어머니를 잃은 다음 날이었다.

밴크로프트가 뭔가를 기대하는 표정으로 그녀를 바라보았다. 한창 머핀을 먹고 있던 샬럿은 밴크로프트 경에게 전부 털어놓지 않으면 나머지 머핀을 못 먹을 것 같은 예감이 들었다. 밴크로프트는 이미 충분히 기다린 것 같았다.

"좋아요. 얼마 전에 셜록 홈스의 이름이 신문에 오른 적이 있어요. 그가 하는 일이라고는 특별한 결과도 얻지 못할 남의 가정사나 조사하는 일뿐이라고 은근히 지적하는 꽤 오만한 기사였죠. 사실 경께서 친절하게도 제게 청혼하신 날이었어요."

"그런 일이 있었군요."

"경이 돌아가시고 한 시간도 지나지 않아 심부름꾼이 이 주소로 편지를 한 통 가져왔어요. 봉투와 글을 쓴 타자기가 잉그램 경의 것이라는 사실은 알 수 있었지만, 그분이라면 셜록 홈스와 만나려고 편지를 쓸 필요가 없겠죠. 그렇다면 그 편지는 그분의 아내가 보낸 것이겠죠. 그 사실을 바탕으로 레이디 잉그램에게 매우 사적인 문제가 있다는 사실을 짐작했어요. 십중팔구 남자와 관계된 일이겠죠."

"그래서 만나기로 하셨습니까?"

"네, 그랬어요. 아니, 레드메인 양이 만났다고 해야겠군요. 레이디 잉그램은 부모의 탐욕과 명문가의 딸에 대한 사람들의 기대감 때문에 어쩔 수 없이 헤어진, 어린 연인들의 가슴 아픈 이야기를 들려줬어요. 물론, 사랑에 빠진 숙녀는 그녀였죠. 그런데 그녀의 연인이 행방불명되었다는 거예요.

레이디 잉그램은 그의 이름이 마이런 핀치이며, 회계사로 일하는 사생아라고 알려 줬어요. 저는 만난 적은 없지만 그런 설명과 일치하는 남자를 알고 있었어요. 저의 배다른 오빠니까요. 사교계 시즌이 시작되었을 즈음에 오빠가 아버지에게 보낸 편지로 오빠의 주소도 알고 있었어요. 손 하나 까딱하지 않고도 해결할 수 있는 사건 같았어요. 오빠가 사는 곳을 찾아가 정말 실종된 건지, 단순히 레이디 잉그램을 공공장소에서 일 년에 한 번만 만나는 일이 지겨워진 건지 확인하면 끝이니까요.

그런데 이 의뢰를 받았을 때부터 어딘지 석연치 않다는 느낌이 가시지 않았어요. 레이디 잉그램이 털어놓은 이야기에 의심이 들었어요. 그녀가 우리에게 들려주지 않은 부분이 궁금했죠. 그런데 그 무렵 언니에게 이런 이야기를 들었어요. 언니가 핀치 씨, 아니 우리가 핀치 씨라고 생각했던 남자를 만났는데, 그 남자와 레이디 잉그램이 서로 얼굴을 알아볼 수 있는 거리에 있으면서도 서로를 알아보는 기색이 없더라는 거예요. 그 이야기를 듣고 나니 레이디 잉그램의 이야기가 순전히 지어낸 이야기라는 가정이 터무니없는 생각이 아닐 수도 있다고 생각했지요.

하지만 그 이상은 의심할 수가 없었어요. 알고 보니 핀치 씨도 가짜였거든요. 가짜 핀치 씨를 레이디 잉그램이 못 알아보는 게 당연하겠죠. 그 가짜는 해마다 앨버트 기념비에서 그리운 눈빛을 주고받으려고 온 그녀를 상상할 수도 없었겠죠.

어쨌든 모든 상황을 다시 살펴봤을 때 레이디 잉그램을 덮어놓고 신뢰할 수는 없었어요. 저는 처음부터 그녀가 누군가를 마음 깊이 사랑할 만한 사람으로 보이지 않았거든요. 사랑을 하더라도 낭만적인 의미는 아닐 거예요. 제가 생각했던 그녀의 성격과 그녀에 대해 알고 있었던 모든 것을 고려하면, 불가능한 갈망이나 그리움 같은 이런 이야기는 모순이 있어 보였죠.

게다가 개인 조사원을 고른 그녀의 선택에도 의문이 들었어요. 그녀는 다른 사람이 아닌 셜록 홈스를 찾아왔죠. 셜록 홈스는 트레들스 경사와 함께 악명 높은 사건에 깊이 관여했고, 트레들스 경사는 남편과 아주 잘 아는 사이예요. 그렇다면 그녀가 제가 셜록 홈스이고 마이런 핀치가 제 배다른 오빠라는 사실을 모른다고 확신할 수는 없죠.

만약 그녀가 그 사실을 알았다면, 마이런 핀치와 제가 남매라서 저를 일부러 선택했다는 뜻이죠. 그리고 그녀 자신이 인정한 것보다 마이런 핀치에 대해서 훨씬 많은 사실을 알고 있다고 추측할 수 있어요. 하지만 그녀가 몇 가지 사실을 숨겼다고 해서 다른 동기를 숨기고 있다고 섣불리 판단할 수는 없어요. 그녀가 뭔가를 더 알고 그 때문에 저를 찾아왔다는 사실을 제가 눈치챈다면 돕지 않겠다고 할 수도 있으니까요. 그걸 걱정했는지도 모르죠. 또 엄연히 가정이 있는 여자가 남편이 아닌 남자의 행방을 수색하기 위해 무슨 짓을 했는지 고백했다가 쏟아질 비난을 감수할 엄두가 나지 않았을 수도 있고요.

저는 레이디 잉그램에 대한 의심은 잠시 옆으로 미뤄 놓고, 우선 마블턴 씨가 왜 핀치 씨 행세를 하고 다니는지 알아보려고 했어요. 그렇지만 그것도 잠시뿐이었어요. 레드메인 양과 아버지의 변호사를 만나러 갔다가 레이디 잉그램도 변호사를 만나러 왔다는 사실을 알게 되었거든요. 변호사를 만나러 왔다는 건, 그분이 핀치 씨가 누구 가족인지 알고 있었다는 뜻이잖아요. 그러니 더 많은 사실을 알고 있을 수도 있죠. 그러던 중에 마블턴 남매가 우즈 부인의 집에서 매복하고 있던 자에게 습격을 받은 후 이곳에 잠시 은신한 일이 있었어요. 그 일로 레이디 잉그램에 대한 제 의심은 확신이 되었죠.

왓슨 부인의 집이 감시받고 있다는 사실은 잉그램 경이 먼저 제게 알려 줬어요. 그때는 우리의 움직임이 모리아티의 손아귀에서 벗어난 그의 아내에게로 이끌지도 모른다고 생각한 모리아티 일당의 짓이라고 추측했어요. 그런데 어쩌면 그 감시자들이 레이디 잉그램과 관련된 사람들이 아닐까. 저를 따라다니면 곧장 핀치 씨를 찾을 수도 있다는 생각에 감시 중인 건 아닐까. 자꾸 이런 생각이 드는 거예요.

감시 사실을 처음 알게 된 후 며칠 동안 우리는 몹시 조심스럽게 행동했어요. 시간이 흐르면서 우리 경계도 느슨해졌죠. 우리가 작정하고 감시를 따돌리니 잠시 중단했다가 우리가 경계를 완전히 풀면 감시를 재개할 가능성도 있었어요. 그래서 의도치 않게 마블턴 씨가 지내고 있는 집으로 레이디 잉그램을 안내한 셈이 되고 말았죠.

기억하실 거예요. 제가 경에게 마블턴 일가가 홈스가에 접근해서, 알고 있는 걸 알아내려고 핀치 씨 행세를 한다는 가설을 들려드렸잖아요. 진짜 핀치 씨는 하운즐로우의 그 집에서 살해당한 남자라고도 주장했고요. 마블턴 일가를 보면서 모리아티를 떠올린 건 그들이 사용하는 암호 체계가 비슷했기 때문이었어요. 죽은 사람에 대해 떠올린 가설은 레이디 잉그램이 피살자가 핀치 씨가 아니라고 단호하게 말하는 순간 끝장났지만요.

그렇지만 스티븐 마블턴은 적어도 제 추리의 일부가 옳았다고 확인해 줬어요. 즉, 핀치 씨는 모리아티의 수하였어요. 하운즐로우의 그 피살자는 모리아티 밑에서 함께 일했던 동료였고요. 두 사람은 모리아티에게 아주 중요한 뭔가를 가지고 그의 조직에서 도망쳤어요.

레이디 잉그램이 모리아티를 위해서 핀치 씨를 추적 중이라는 가설은 상당한 비약이었어요. 하지만 달리 생각하면 그녀는 더할 나위 없이 완벽한 위치에 있었어요. 경은 주위에 가까운 사람이 없으시죠. 그러니 적어도 그녀는 단기적으로는 그들에게 최고의 한 수였어요. 사교계를 지긋지긋하게 여기고, 매우 지적인 여성이며 적의를 품고 있는 남편은 경의 동생이자 가장 신뢰하는 동지니까요."

여기까지 들었을 때 밴크로프트 경이 차를 한 모금 더 마셨다.

잉그램 경은 입이 무겁고 치밀한 남자였다. 부부 사이가 차갑게 식었어도 그는 아내와 여전히 한집에 살았다. 평소 잉그램 경은 일지를 썼다. 물론, 모든 글을 암호로 썼으며 중요한 관계자의 이름은 언제나 가명으로 처리했다……. 그러나 암호는 얼마든지 해독할 수 있고, 특히 자주 사용하는 암호는 더 쉽게 해독할 수 있다. 그가 집을 비울 때는 일지도 가져갔지만, 집을 비운 동안 그는 아이들에게 자주 편지를 썼다. 그러므로 그의 아내는 봉투만 봐도 그가 어디서 임무를 수행 중인지 쉽게 짐작할 수 있었다.

잉그램 경은 아내에 대한 애정이 식었기에, 암호 정도면 자신의 안전을 도모하는 데 충분하리라 믿었다.

샬럿이 차를 휘저었다.

"제가 아버지의 변호사를 두 번째 방문한 목적은 레이디 잉그램이 그 사무실을 찾은 정확한 날짜를 확인하기 위해서였어요. 그녀가 저를 찾아오기 삼 주 전이었더군요. 그 무렵 핀치 씨가 예전에 살았던 마을에서는 어떤 남자가 핀치 씨를 수소문하고 다녔어요. 저는 레이디 잉그램이 변호사 사무실에서 알아낸 사실을 모리아티에게 전했고, 그가 그 남자를 그 마을로 보냈다고 짐작했어요. 하지만 그건 전부 제 추측일 뿐이에요.

저는 한 가지 계획을 짜서 레이디 에이버리와 레이디 서머스비에게 레이디 잉그램이 한때 사생아인 남자와 사랑에 빠진 적이 있다는 소문이 돌았던 시기를 확인해 보려고 했어요. 소문이 돌았던 건 최근이라는 사실을 알아냈지만, 정황 증거만 하나 더 늘었을 뿐이었죠.

그런데 그녀가 모리아티를 위해 일했다는 사실을 확인할 방법이 한 가지 있었어요. 만약 모리아티의 수하라면 그가 보낸 지령을 해독하는 법을 알겠죠.

저는 잉그램 경에게 다 말했어요. 말할 필요도 없겠지만, 몹시 화를 내시더군요. 제가 레이디 잉그램을 위해 그녀의 옛 애인의 행방을 알아보려고 했다는 고백부터 시작해서 저의 마지막 제안까지 전부 다요. 그분의 아내가 국가의 적이자 위협인 그 조직에 충성을 맹세했는지 확인할 수 있는 방법을 알려 줬어요."

놀랄 일은 아니었다. 잉그램 경이 아내를 마지막으로 시험해 봤을 때, 그녀가 오로지 돈을 위해 자신과 결혼했다는 사실을 확인했으니까.

샬럿이 다시 머핀에 손을 뻗었다.

"나머지는 아시는 대로예요."

밴크로프트 경의 입술에 차가운 미소가 걸렸다.

"이 정보를 지난번 만났을 때 모두 털어놓아야 했다는 생각은 안 드시던가요, 홈스 양?"

샬럿이 그의 눈빛에 당당히 맞섰다.

"저는 잉그램 경에게 크나큰 빚을 졌어요. 잉그램 경에게 아이들을 낳아 준 여자에게 경이 취하실 조치를 잉그램 경이 좋아하실 것 같지 않았어요."

"그 아이들의 어머니는 이제 우리 모두의 위협이 되었군요."

"잉그램 경은 그 점도 고려했으리라 확신해요."

뱅크로프트 경이 일어서서 사이드보드로 가더니 셜록 홈스의 고급 위스키를 한 모금 가득 들이켰다.

"나도 나머지 이야기를 전부 알지는 못해요. 가령, 핀치 씨의 현재 행방은 모릅니다."

샬럿이 요조숙녀처럼 차를 한 모금 마시며 말을 이었다.

"그건 저도 전혀 모르겠어요."

잉그램 경은 샬럿에게 그가 세상에서 만난 최고의 거짓말쟁이라고 늘 말했다. 한 세대에 한 명 나올까 말까 한 대단한 재능이라고 말이다. 어쩌면 그녀가 지금까지 한 거짓말은 모두 이 순간을 위한 예행연습이었을지 모른다.

"하지만 이건 말씀드릴 수 있어요. 모리아티는 잃어버린 서류를 이미 되찾았을 거예요. 죽은 자의 얼굴에 남은 표정을 기억하세요? 그건 상대가 찾고 있는 것을 주기만 하면 목숨만은 살려 주겠다는 말을 들었는데, 결국 목이 졸리게 된 사람의 표정 같았거든요.

제가 마지막으로 레이디 잉그램을 만났을 때, 그녀가 이미 핀치 씨를 찾겠다는 마음을 접었다는 건 말할 필요도 없겠죠. 그전까지만 해도 거의 미쳐 버릴 것 같았던 사람이 그런 결정을 내리다니요. 그런 변화는 핀치 씨를 향한 모리아티의 관심이 줄어들었다는 뜻이죠. 핀치 씨는 여전히 추적당하는 신세이지만, 모리아티는 이미 서류를 되찾았으니 한시바삐 변절자를 찾아 응징해야 할 이유는 없겠죠."

물론, 거짓말이었다. 레이디 잉그램은 죽은 남자 사진의 뒷면을 보았다. 그곳에는 살인이 발생한 장소와 날짜가 적혀 있었다. 그때 레이디 잉그램은 한 번 더 그 사진을 확인했다. 그녀는 그제야 죽은 사람이 누구인지 깨달았다. 그리고 의식적이든 아니든 샬럿이 핀치 씨와 모리아티를 연결 지어 생각하기 시작했다는 사실도 깨달았다. 바로 그런 이유로 레이디 잉그램은 돌연 태도를 바꾸어 핀치 씨에 대해 더는 관심을 갖지 않겠다고 알린 것이다.

그리고 그 죽은 남자의 표정은 샬럿이 알아낸 사실이 진실이라는 증거였다. 서류를 가진 사람이 동료이므로, 자신은 결국 제거되리라는 사실을 깨달은 표정일 수도 있을 것이다.

밴크로프트 경이 그녀를 한참 동안 뜯어보았다. 샬럿은 그 시선을 의식하며, 평소처럼 사랑스럽기 그지없는 멍한 표정을 계속 지을 수 있기만 기도했다.

"남자는 조국을 위해 자신을 희생해야 할 때가 있습니다."

밴크로프트 경이 마침내 입을 열었다.

"내 동생은 그 아이 몫의 희생을 했죠. 물론, 나도 그에 못지않은 희생을 감수할 겁니다."

그녀가 눈썹을 치켜올렸다.

"우리의 합의에 따라, 내가 오늘 다시 청혼한다면 당신은 반드시 청혼을 받아 주셔야 합니다. 하지만 당신은 결혼이라는 제도에 희생되기에는 너무나 귀한 인재이죠. 나는 레이디 밴크로프트가 내게 닥친 여러 문제에 휘말리게 하지 않을 겁니다. 하지만 당신, 당신은 내게 꼭 필요한 인재입니다. 내 청혼을 거절하셔도 됩니다, 홈스 양."

그는 그 말을 끝으로 자리를 떴다. 응접실에 혼자 남자 샬럿은 한숨을 쉬었다. 밴크로프트 경은 아내 덕분에 자신들 사이에서 암약했던 배신자를 물리친 세상에서 사는 모습을 결코 상상할 수 없을 것이다. 그 이유로 레이디 밴크로프트가 되는 운명을 피할 수 있었다니.

어쩌면 샬럿이 눈을 동그랗게 뜨고 입에 침도 바르지 않은 채 거짓말을 늘어놓는다는 사실을 알아차렸기 때문일지도 몰랐다.

리처드 헤이워드 살인 사건을 종결한다는 결정이 상부에서 내려온 지 열두 시간이 넘었지만, 트레들스 경사는 이 상황을 어떻게 받아들여야 할지 마음을 정할 수 없었다.

한편으로는 쓸데없는 개입에 화가 났다. 또 한편으로는 자신이 남에게 잘 보이려고 거짓말을 일삼는 비열한 족제비 같은 인간인지 더 고민하지 않아도 되었다.

하지만 두 갈래로 나뉜 마음이 세 갈래로 나뉠 수도 있다는 듯, 혹시 이 사건에 셜록 홈스가 관계되어 있을지 모른다는 생각이 자꾸 들었다. 하운즐로우 이후로 샬럿 홈스와는 더는 마주치지 않았다. 잉그램 경의 연락도 없었다. 그런데도 왜인지 그가 코를 땅바닥에 처박은 채 사건을 열심히 쑤시고 다니는 동안 그들은 훨씬 높은 곳에서 사건을 수사하고 있었다는 성가신 의심이 마음 한구석에서 좀처럼 사라지지 않았다.

그의 곁에 누워 있어야 할 아내가 없다는 사실을 깨달은 건 한참 뒤였다. 두 사람은 바구니에 든 새끼 고양이 한 쌍처럼 늘 꼭 안은 채 잠이 들곤 했다. 그러나 요 며칠 그는 코가 자꾸 막혀서 반대 방향으로 누우면 숨을 쉴 수가 없다는 핑계를 대며 아내에게 등을 돌리고 잠을 청했다.

그가 잠자리에서 일어나 앉자마자 아내가 외출복으로 갈아입고 모자까지 쓴 채 심각한 표정으로 방으로 들어왔다.

"지난밤에 오빠가 숨을 거뒀어요. 지금 새언니를 보러 가는 길이에요. 그리고 상복을 사러 다녀와야겠어요."

그는 방금 들은 이야기를 받아들이고 싶지 않은 마음에 아내를 바라보았다.

"그 말은, 그 말은, 커즌스 매뉴팩처링이……."

"그래요, 내가 상속받을 거예요. 하지만 지금은 그런 일을 생각할 겨를이 없어요. 할 일이 너무 많아요."

그녀는 몸을 숙여 남편의 볼에 입을 맞추었다.

"오늘 하루 잘 보내요, 경사님. 저녁에 봐요."

그는 한참을 그대로 굳어 있다가 양손으로 머리를 감싸 쥐었다. 그녀는 평생 원하던 것을 마침내 손에 넣었다. 그는 평생 지금처럼 자신이 초라하게 느껴진 적도, 이렇게 외로운 적도 없었다.

잉그램 경은 데번 코스트에 있는 자신의 집 진입로를 걸어오는 샬럿 홈스를 보고도 전혀 놀라지 않았다. 아이들은 정원에서 놀다가 샬럿을 보자 반갑게 맞았다. 그녀는 어딘지 어색한 자세로 아이들을 쓰다듬어 주었고, 아이들이 그녀가 내민 사탕을 받아들고 비밀 기지로 가서 먹으려고 후다닥 뛰어갔다. 샬럿은 그제야 마음이 놓이는 기색이었다.

"차에 곁들여 먹을 게 버터 바른 토스트밖에 없어서 미안한데."
그가 샬럿에게 말했다.
"언젠가 이런 여름에는 버터 바른 토스트가 최고의 사치이던 때가 있었어. 물론, 내가 그걸 살 형편이 됐다면 말이지. 버터 바른 토스트라면 언제나 환영이야."
샬럿이 유쾌하게 대답했다.
잉그램 경은 잠시 실례를 구한 후 관리인과 이야기를 하러 갔다. 돌아와 보니 샬럿은 정원 가장자리에 서서 양손을 난간에 올린 채 행맨 클리프의 절경을 감탄하며 감상 중이었다.
"아름다운 풍경이야."
"맞아."
샬럿이 그를 슬쩍 보았다.
"아이들은 어때?"
"잘 지내는 것 같아. 당장은."
"아이들에게 뭐라고 말했어?"
"엄마가 병이 나서 의사들이 당장 스위스에 있는 요양원에 입원해야 한다고 조언했다고 했지."
"엄마를 만나러 가자고 하지 않아?"
"그랬지. 하지만 지금은 아이들의 안전을 위해서 병문안을 갈 수 없다고 했어. 엄마 근처에 가면 안 되고, 잘못하면 병을 옮을 수 있고 어쩌고저쩌고."
그녀가 고개를 끄덕였다.
바다가 절벽의 발치로 몰려왔다 물러났다. 갈매기들이 까악거리며 머리 위를 선회했다. 산들바람이 불어오자 소금과 신선한 풀, 야생화의 향기가 그의 감각을 가득 채웠다. 작은 만 저 멀리 끄트머리에서는 자그마한 하얀 솜털 공 같은 양 떼가 녹색으로 물든 곳의 들판을 어슬렁거렸다.

샬럿이 그를 다시 바라보았다.

"당신은 어때?"

그가 반쯤 고개를 흔들었다.

"모르겠어. 어떤 때는 모든 기만이 끝나서 후련해. 또 어떤 때는 영원히 모르고 살았으면 좋았을 텐데, 라는 생각이 들어. 그러다가도 지금 그 사람은 어떻게 지내고 있을지 궁금해……."

그가 잠시 눈을 감았다. 그렇게 하면 마음을 뒤흔드는 돌풍을 몰아낼 수 있다는 듯이. 죄책감이리라.

"내 곁에는 여전히 아이들과 형제들, 친구들이 있어. 안락한 인생을 누리고 있고. 나는 그 사람에 대한 환상을 제외하면 아무것도 잃지 않았어. 하지만 그 사람은, 그 사람은 자유를 되찾기 위해 모든 것을 포기했어. 모리아티 같은 사람에게 봉사하는 자유가 어떤 자유일지 누가 알겠어."

"잃을 게 없는 여자는 위험한 존재가 될 수도 있어."

"나도 대비하고 있어. 그 사람이라면 분명히 아이들을 데리러 올 테니까."

샬럿이 그의 손을 잡고 살짝 힘을 주었다. 손을 놓으려는 순간 그가 그녀의 손을 다시 잡았다.

"당신을 만나지 않았다면 좋았을 거라고 했을 때 내 심정을 알지, 그렇지?"

"그런 것 같아. 당신 인생에서 나는 늘 최악의 소식을 알리는 전령이었어. 이번에는 당신의 아이들이 엄마를 잃을 거라는 소식을 전해 주었지."

그녀는 마음씨가 너무 고와서, 차마 고귀한 동료들을 밀고한 사람이 바로 그의 아내라는 사실을 알려 준 사람도 자신이었다고 말할 수는 없었다. 그 여자와 결혼할 때 그가 상상할 수 있는 그 어떤 실수보다 더 지독한 실수를 저질렀다고 경고한 장본인이기도 하다는 사실도 차마 일깨울 수 없었다.

"사과할게."

그가 말했다.

"그 사과, 받아 줄게."

그가 마침내 샬럿의 손을 놓아 주었다. 마침 관리인이 차와 버터 바른 토스트를 가져왔다.

"그건 그렇고 내 말을 들어줘서 고마워. 단 한 마디도 듣고 싶지 않았을 텐데."

그녀가 말했다.

샬럿이 할 말이 있다면 언제든지 귀를 기울일 것이다. 그는 굳이 그 말을 입 밖에 내지 않았다. 샬럿은 이미 다 알고 있을 테니까.

커다란 마가목 나무의 그림자가 어른거리는 곳에 차와 다과가 차려졌다. 무심히 그곳으로 시선을 던진 사람이라면 그림처럼 아름다운 목가적 풍경이라고 했을 것이다. 오래된 피크닉 테이블 위에 깔아 놓은 깅엄 체크무늬 테이블보 위에는 소박하고 통통한 찻잔과 찻주전자와 보라색과 흰색, 연분홍색 야생화로 장식한 화병이 놓여 있었다.

그는 이 풍경과 순간을 그저 즐기고 싶었다. 그렇게까지 맹목적으로 행동하지 않았다면 얼마나 좋을까. 내일 눈을 뜨면 차갑고 무언의 적의가 흐르는 결혼 생활이 걱정거리의 전부라면 얼마나 좋을까.

그는 샬럿에게 차를 따라 주었다. 그리고 아수라장이 되어 버린 자신의 인생이 아닌 다른 것을 생각하고 싶어서 이렇게 물었다.

"필요한 암호문을 주었다는 이유만으로 당신이 형의 청혼을 받아들였다는 이야기가 사실이야?"

"도박이었어. 나는 내가 옳았다는 사실을 증명하고 밴크로프트의 조직을 덮칠 큰 위험을 제거할 수 있다는 쪽에 판돈을 걸었을 뿐이야. 내가 이긴다면 그 사람은 내게 빚을 진 셈이 되니까 어리석은 흥정은 강요하지 못할 거라고 생각했어."

그녀의 목소리는 차분하면서도 흔들림이 없었지만, 그는 샬럿이 실은 자신이 없었다는 사실을 직감적으로 알았다. 깊은 협곡에서 조난당한 등반가가 갖고 있던 밧줄 덕에 구조된 후 내쉴 법한 안도의 한숨, 그리고 구조된 후 여전히 숨을 헐떡대는 소리가 뒤이어 들리는 것만 같았다.

"그랬는데 맘 졸인 보람도 없었어. 밴크로프트가 청혼을 취소했어."

그녀가 말했다.

"그랬어?"

그도 처음 듣는 이야기였다.

"이유가 뭐래?"

"내가 결혼이라는 제도에 희생되기에는 너무 귀한 사람이래. 내가 결혼을 너무 안 좋게만 생각했나 봐."

그녀는 버터 바른 토스트를 하나 집었다.

"이제 내가 한 가지 물어볼게. 당신이 밴크로프트에게 다시 청혼하라고 등을 떠밀었어?"

"그 반대였어. 나는 하지 말라고 조언했어."

그때 기억에 그는 슬며시 웃음을 지었다.

"밴크로프트 형이 자신의 행운을 한 번 더 시험해 보고 싶다고 하기에 청혼 말고 구애부터 하라고 했어."

"대체 왜?"

토스트에 잼을 펴 바르며 그녀가 물었다.

"당신에게 청혼하는 사람은 누구든 절대 성공하지 못해. 결혼할 마음이 생기면, 당신이 그 사람의 어깨를 탁 치면서 먼저 청혼할 테니까."

잼을 뜬 숟가락이 공중에 그대로 떠 있었다.

"속속들이 까발려진 사람들이 왜 불편해하는지 이제 좀 알겠네."

산들바람에 늘어져 있던 곱슬머리 가닥이 살짝 들렸다가 샬럿의 입술 위로 떨어졌다. 그녀가 성가신 머리카락을 옆으로 치웠다.

"하지만 누군가 나를 이렇게까지 잘 안다니 기분은 좋은데."

그가 한쪽 눈썹을 치켜올렸다.

"누군가?"

샬럿이 눈을 돌려 하늘처럼 새파란 바다가 반짝이는 모습을 지켜보더니 마침내 그의 눈을 바라보았다.

"알았어. '당신이' 나를 이렇게까지 잘 안다니 기분이 좋아."

리비아는 자신의 소설에 대해 도저히 입을 다물 수가 없었다.

"그래서 셜록 홈스가, 아니 '나'의 셜록 홈스가 그만의 생명력을 얻게 되었어. 그는 먹지도 않아. 잠을 자지도 않아. 꽤 무례하고 매우 뛰어난 사람이야. 그리고 홈스가 다른 사람에게 바보 같다고 말하는 건, 아마 내 평생 써도 다 못 쓸 것 같아."

"나는 만나는 사람마다 바보라고 부르는 사람을 알아."

샬럿이 말했다.

"그거 나야?"

리비아가 터져 나오는 웃음을 참으며 말했다. 하지만 자신의 마음속으로 퍼져 나가는 들뜬 기분마저 참을 수는 없었다.

"맙소사, 네 말이 맞아."

리비아의 말에 마차 등불의 불빛 속에서 샬럿이 미소를 지으며 답했다.

"그리고 언니는 음식이나 잠에 크게 연연하지 않잖아."

그날은 리비아가 런던에서 보내는 마지막 밤이었다. 그녀는 저녁에 열리는 강연을 들으러 간다며 부모님에게 간신히 외출 허락을 받았다. 사실 강연이 목적이 아니었다. 그곳에서 사랑하는 동생 샬럿을 만나서 작별 인사를 전하기 위해서였다.

두 사람은 늦게까지 문을 여는 찻집으로 들어가 강연이 아직 끝나지 않았다는 변명이 도저히 통하지 않을 때까지 앉아 있었다.

그리고 지금은 모트가 모는 마차를 타고 집으로 가는 중이었다. 리비아는 그녀에게 아름다운 책갈피를 보내 준 '오빠가 아닌' 남자에 대해 차마 말을 꺼내지 못했다. 너무 부끄러웠다. 게다가 너무 무섭고, 너무 기쁘기도 했다. 그래서 이렇게 물었다.

"집에서 이렇게 가까운 곳까지 가도 괜찮겠니?"

"아, 그러고 보니 길레스피 씨의 사무실에서 아버지와 마주친 이야기를 안 했구나."

샬럿이 그때 일을 들려주자 리비아는 기겁을 하다가, 낄낄거리며 웃음을 터트리다가, 정신을 못 차렸다.

"그렇게 열심히 '지팡이 펜싱' 연습을 했는데 정작 꺼내 든 건 데린저 권총이었다는 거야?"

"사람은 그때그때 상황에 맞춰 대응할 줄 알아야 해."

"일 년에 아버지에게 백 파운드를 보내는 대가로 뭘 받아 낼 작정이야?"

"당연히 언니들이지. 언니와 버나딘."

샬럿이 다정하게 말했다.

그 말을 듣는 순간 리비아의 눈에 눈물이 차올랐다. 그녀는 두 팔로 샬럿을 감싸 안았다.

"미안해. 너무 오래 안고 있으면 네가 불편해하는 거 알아. 하지만 네가 너무 보고 싶을 거야. 네 계획이 성공하기를 얼마나 바라는지 몰라. 바라는 게 너무 많아서 이래도 되나 두려워!"

샬럿이 언니의 등을 몇 번 토닥여 주었다.

"다 잘될 거야. 우리는 방법을 찾아낼 거야."

리비아가 어쩔 수 없이 동생을 놓아주었다. 그때 마차가 멈춰 섰다. 리비아는 눈가에 고인 눈물을 닦고 샬럿의 두 손을 꼭 잡았다.

"너를 믿어. 우리가 방법을 찾으리라 믿어."

샬럿은 모트가 다시 집으로 데려다주기로 했다고 리비아에게 말했다. 그런데 모트는 곧장 마구간으로 가서 마차 차고의 문을 열고 등을 밝힌 후 마차를 몰고 안으로 들어갔다.

마차에 오를 수 있도록 부축할 때 샬럿이 그의 손에 재빨리 쥐여 준 쪽지의 지시 사항대로였다.

그는 마차 차고의 문을 닫고 빗장까지 질렀다. 그리고 장갑을 벗은 후 마차의 문을 열었다.

"샬럿 양."

샬럿은 그의 도움을 받으며 마차에서 내리더니 그를 난생처음 보듯 꼼꼼하게 뜯어보았다.

"안녕, 오빠."

(3권에서 계속)

벨그라비아의 음모

초판 1쇄 발행 2022년 6월 13일
지은이 셰리 토머스 | **옮긴이** 이경아 | **펴낸이** 신현호
편집부장 윤영천 | **편집부** 김다솜 주혜린 | **북디자인** 형태와내용사이
본문조판 양우연 | **마케팅** 김민원
펴낸곳 (주)디앤씨미디어 | **출판등록** 2002년 4월 25일 제20-260호
주소 서울시 구로구 디지털로 26길 111 제이앤케이디지털타워 503호
전화번호 02.333.2513 | **팩스** 02.333.2514

ISBN 979-11-977085-5-8 04840
ISBN 979-11-977085-1-0 (set)

정가 16,000원

* 잘못 만들어진 책은 구매처에서 바꾸어 드립니다.